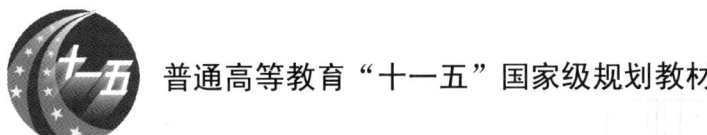

普通高等教育"十一五"国家级规划教材

文艺学论纲

（修订本）

胡有清 著

南京大学出版社

略谈文学概论课程的性质和体系
——修订本自序

近年来社会对应用性人才的需求,大学特别是综合性大学本科阶段培养目标的调整,都给传统教学模式以强烈的震撼。文、史、哲等基础学科过去以培养理论研究人才为主要目标,而现在实现这一目标的重心已经转移到了研究生特别是博士生阶段。在这种背景下,基础学科特别是其理论课程的价值和地位受到怀疑和动摇,面临着深刻的危机和严峻的挑战。在世纪之交进行的文化反思中,与对文学理论整个学科发展的反思相联系,对文学理论课程结构特别是像文学概论(或称文学原理、文艺学导论等)这样的基础理论课程是否需要设置和如何进行教学也出现了不少争论。

大学的文学理论课程主要有三个层次。第一层次是文学概论这样最具基础性的课程。第二层次是由于研究主体、对象、视角、方法等原因形成的分支学科及相应的课程。这主要包括:一是以研究主体的地缘和文化背景不同形成的不同学科和课程,如西方文论、东方文论、中国文论等;二是以研究对象不同形成的不同学科和课程,如文学本质论、文学创作论、文学形态论、文学批评论、文学史论等;三是以研究视角和方法不同而形成的不同学科和课程,如文学社会学、文学心理学、文艺美学等。第三个层次则是更为专门化的研究及相应的课程,通常所说的"三专"课程中专家研究、专书研究以及相当一部分专题研究都属于这一层次,它们一般属于第二层次的某一学科或课程的细化和深化,如黑格尔《美学》、刘勰《文心雕龙》就是第二层次西方文论、中国文论课程的细化和深化,小说理论、诗歌理论就是文学形态论的细化和深化。我国高校中文专业的教学中,除了文学概论课程为各校在本、专科一、二年级普遍开设外,其余课程则根据各校实际在本、专科和研究生阶段有选择性地开设,具体的名称、开设时间和层次往往都有所不同,学生的修读一般也有较大的自由度。

按照美国心理学家布鲁纳的"结构主义"课程理论,教学应当重视怎样使学生掌握学科知识复杂的基本结构,而不光是传授零散的知识。所谓基本结构是指这门学科的基本概念、基本原理的体系。布鲁纳指出:"简单地说,学习结构就是学习事物是怎样相互关联的。""他学到的观念越是基本,几乎归结为定义,则这些观念对新问题的适用性就越宽广"。布鲁纳对学习和掌握基本结构的强调,揭示了课程教学和知识学习的重要规律。如果学生较好地了解和掌握了学科的体系结构和基本原理,就更容易理解和掌握学科的多方面知识,即使是对具体知识的记忆也会更省力一些。更重要的是,学习和掌握了学科知识的基本结构,就可以在此结构的基础上去加深了解和扩大知识,有助于理解可能遇见的其他类似的事物,就能形成学习中大量的心理学上所说的"原理和态度的迁移"。[1] 而在上述课程体系中,第一层次的文学概论课程正应该反映整个文学理论研究的学科结构,第二层次乃至第三层次的某些课程都应该在其中得到某种反映。而第二层次的课程则应该反映相关研究的学科结构,与其相关的第三层次的研究和课程应该在其中得到反映。这三个层次是互相联系、逐步深入的。在现行的高等教育体制中,专业性研究和教学人才的培养是通过本科、硕士生、博士生等台阶逐步完成的,其专业性逐步加强,普适性逐步减弱。对于不同课程的地位和关系,正需要从这一体系中来认识。

文学概论这门课程伴随着中国现代大学中文教育的出现就已存在,它的最早一批教材产生在1920年代初期,到了1950年代,它作为中文专业的一门核心课程的地位得到确定,而且新闻、外语等学科也普遍开设这门课程。近年来,在许多学校更作为文化素质课程开设,为更多学科的学生修读。这门课程的设立和逐步受到重视,应该说和现代教育对体系性、结构性的强调是有密切关系的。它的主要任务在于系统地阐述文学的基本知识和基本理论,其教学目标主要在于:帮助学生初步了解文学理论研究的基本范畴(例如主要涉及哪些问题,有哪些主要的理论体系和研究方法,在主要理论问题上有哪些代表人物和观点,等等);同时,适当了解一些文学理论的发展历史和研究现状,初步学习文学理论活动(包括文学批评和其他文学研究)的基本知识和方法,培养科学的文艺观念。显然,文学概论不是一家一派的概论,它不同于文艺心理学、文艺社会学等文艺学的分支学科和相关课

---

[1] 以上引文见[美]布鲁纳:《教育过程》,邵瑞珍译,文化教育出版社1982年版,第28、36页。

程,而包含了对整个文学过程和多种文学理论的辨析、评说。它为学习其他文学专业课特别是更加专门的文学理论课提供基础理论准备。这样一门课程对于大学中文系一、二年级的学生(包括那些以后并不从事专门的文学研究或其他文学工作的学生)来说,是有用的、必要的。即使对于其他专业的学生来说,学习文学理论方面的基本知识,参与文学鉴赏和文学批评的实践,无疑也有普遍的人文修养意义。二、三类课程当然可以加强和深化这种基础课程的内容,但也并不能代替或取消它的作用。二类课程和三类课程的关系大体也是如此。同时,文学理论课程和其他文学课程(如文学史、文学批评等方面的课程)互相影响、互相制约的关系也值得注意,但也是不可互相代替的。而对于多数学生来说,文学概论则是他们最普遍接触的文学理论课程,对于他们学好其他文学课程具有重要意义。

在确定一门课程的教学目标时,不但要明确其在整个人才培养体系中的作用,还有必要明确本课程知识的基本结构。文学概论是文学理论的入门课,它应该通过自身的体系性来体现文学理论学科的体系性和一般结构。一般说来,文学理论所研究的范畴大致包括:第一,关于文学本质的理论,即通常所说的本质论。它主要研究文学本质以及体现本质的各种特征,研究文学在人类精神生活以至整个社会生活中的地位和功能。第二,关于文学过程的理论,具体研究现实世界、作家、作品和读者四要素所构成的相互联系和运动,包括通常所说的创作论、作品论和接受论等。第三,关于文艺学其他学科的理论,包括通常所说的批评论和文学史论,主要研究文学批评和文学史作为文艺学的分支学科的性质、作用和方法,同时研究文学批评和文学发展中的若干具体问题。尽管各种理论体系在上述范畴内所涉及的内容和重点有所差异,对同一个问题的答案也不尽相同甚至相互对立,但大致都不超出上述这样一个总的范围,总有一定程度的共同认识或基本趋于一致的认识;即使是分歧较大的问题也总有重要的派别、人物的观点和著作反映代表性的认识。这些就形成了文艺学这门学科以及文学概论这门课程的基本知识结构。文学概论课程教学内容特别是教材的体系性应该体现在以马克思主义的科学文艺观和方法论为指导,勾勒文艺学特别是文学理论总的构成体系,包括它的研究对象、学科结构、研究方法和主要范畴,表述若干理论问题上人们的共识和代表性观点,体现文学理论发展纵横两方面的脉络。这种体系性显然就不同于文艺学某一学科或者某一理论的体系性。当然,教材编写者和任课教师的立场、观点和方法自然也应该有自己的体系,而且也应该根据学科研究的发展而不断更新,但这些都是应该与上述教学体系联系在一起,并渗透在教学体系之中的。这个教学体系相对稳定的外在结构就是目前我们习见的几大块结构。这种结构在20世纪初这门课程的开创阶段的教材中就已基本形成。1980年代中期文学观念和方法更新,曾经试图打破这种板块结构,但经过一段时间的探索,许多教材的编写者们不约而同地又都采用了这种结构。这正说明它具有自己的合理性。因为这几大块所涉及的确实是文学艺术的基本问题,而各种不同的以至对立的理论体系,其所论虽然会各有侧重,认识上会各有不同,也经常会开拓新的研究领域,提出新的理论命题,但大致总不会超出这些范围。

为了保证文学概论作为原理课的性质,应该注意不要将其与文论史、思想史课程相混淆。文学本身是发展变化的,从某种意义上说,各种文学理论学说都是在一定历史条件下针对一定历史形态文学的产物,其本身具有思想史的价值,因此,在概论教学中不可避免地要涉及中外文论发展的历史以及作为其背景的文化史、思想史。但是概论课程所具有的以下几个特点又决定了它不同于文论史或思想史:一是概论课展开的路径是论而不是史,一般来说,论是纲,史是目。二是概论课在相当大的程度上要讲授共识和常识,文学本身尽管是发展变化的,但在不同历史形态之间毕竟有着相互联系和沟通乃至稳定的一面,这就给共识和常识的存在提供了可能,这些共识和常识的形成当然也有历史的过程,但并不需要也不可能都在概论课上展开。三是概论课更多是面对文学的当代形态,它对于历史形态的文学和文学理论的介绍不可能不受到限制。因此,概论课讲史从整体上来说是比较简要的,在某些个别问题的局部上则有可能较为具体深入,但这只能限于少数问题,否则就不但与课程的性质有违,也与课程的容量冲突。

同样,也应该注意不要将文学概论混同于鉴赏课、评论课。文学鉴赏、文学评论都是文学理论研究的问题,也是文学概论课程的重要教学内容,在教学中适当开展对文学作品的鉴赏评论活动有助于学生深入理解理论知识,也有利于学生提高鉴赏评论水平,对于实现文学概论课程教学目标是有利的。文学理论在一定意义上又确实具有方法论的作用,可以指导文学鉴赏和评论活动。但是二者之间无疑是有区别的:一是课程教学目标不同,鉴赏课、评论课重在帮助学生掌握分析作品的基本知识和技能,提高文学鉴赏和评论的水平;概论课重在把握理论知识结构,培养理论思维能力。二是课程教学重点不同,鉴赏课、评论课重在对具体作品的阐释评价;概论课重在对理论命题的理解消化。三是课程教学方法不同,鉴赏课、评论课重在对具体作品的感知体味判断分析,实践性强;概论课重在对理论问题的归纳演绎抽象思考,理论性强。把概论课上成鉴赏课、评论课,就容易削弱以至取消文学理论课教学目标的实现。

本书作为文学概论或文学原理课程教材,正是按照上述认识进行写作的。读者可以利用本书作为进入文学理论殿堂的最基础性的导游手册,至于更深入的探究则需要借助更高深的著作,在校的同学还可以选修上面所说的更专门的理论课程。

胡有清
2006 年 6 月于南京大学

目 录

略谈文学概论课程的性质和体系
　——修订本自序 ………………………………………… 1
绪　论　文艺学的对象、体系和方法 ………………………… 1
　第一节　文艺学的研究对象 ………………………………… 1
　　一　文学和艺术的内涵 …………………………………… 1
　　二　艺术的分类和文学的地位 …………………………… 3
　第二节　文艺学的学科体系 ………………………………… 4
　　一　文艺学及其构成部门 ………………………………… 4
　　二　文艺学体系的多样性 ………………………………… 6
　第三节　文艺学的研究方法 ………………………………… 13
　　一　文艺学研究方法的体系构成 ………………………… 13
　　二　文艺学研究方法的若干形态 ………………………… 16
第　章　文学本质论 ………………………………………… 23
　第一节　关于文学本质的系统认识 ………………………… 23
　　一　历来对文学本质的理论探讨 ………………………… 23
　　二　运用系统方法认识文学本质 ………………………… 31
　第二节　文学是一种社会意识形态 ………………………… 33
　　一　文学在社会大系统中的地位和性质 ………………… 33
　　二　文学与上层建筑其他部门的关系 …………………… 37
　第三节　文学是以语言为媒介的审美创造 ………………… 41
　　一　文学用语言创造非现实的审美对象 ………………… 41
　　二　文学活动的基本内容是非功利的审美观照 ………… 45
　第四节　文学的社会作用 …………………………………… 49
　　一　文学的审美观照作用 ………………………………… 49
　　二　文学多层次多方面的社会作用 ……………………… 51
　　三　文学产生社会作用的特点 …………………………… 58

第二章　文学特征论 …… 63
第一节　文学的内容 …… 63
　　一　文学的生活内容 …… 64
　　二　文学的情感内容 …… 67
　　三　文学的认识内容 …… 69
　　四　文学的审美内容 …… 72
第二节　文学形象 …… 75
　　一　文学形象是文学把握世界的特殊形式 …… 75
　　二　文学形象的特殊形态——意象 …… 79
　　三　文学形象的优化形态——典型 …… 83
　　四　文学形象的意蕴体系——意境 …… 86
第三节　文学语言 …… 90
　　一　文学语言是文学的艺术语言 …… 90
　　二　文学语言的基本特点 …… 93

第三章　文学作品论 …… 103
第一节　文学作品的分类 …… 104
　　一　文学作品分类的基本原则和方法 …… 104
　　二　文学作品分类的历史性和相对性 …… 105
第二节　叙事类文学 …… 108
　　一　叙事类文学的性质和特点 …… 108
　　二　叙事类文学的主要体裁 …… 111
第三节　抒情类文学 …… 116
　　一　抒情类文学的性质和特点 …… 116
　　二　抒情类文学的主要体裁 …… 119
第四节　表演类文学 …… 127
　　一　表演类文学的性质和特点 …… 127
　　二　表演类文学的主要体裁 …… 130

第四章　文学创作论 …… 139
第一节　文学创作的过程 …… 139
　　一　文学创作中的艺术积累 …… 139
　　二　文学创作中的艺术构思 …… 142
　　三　文学创作中的艺术传达 …… 145

第二节　文学创作的艺术思维规律 …………………… 147
　　　一　艺术思维和形象思维 ………………………………… 147
　　　二　文学创作中形象思维的基本特点 …………………… 151
　　　三　艺术思维中的抽象思维 ……………………………… 158
　　　四　艺术思维中的灵感现象 ……………………………… 160
　　第三节　文学创作的变形规律 …………………………… 165
　　　一　文学创作中变形的内涵和特点 ……………………… 165
　　　二　变形中的艺术真实 …………………………………… 170
　　第四节　文学创作的典型化规律 ………………………… 176
　　　一　典型化的基本规律 …………………………………… 176
　　　二　性格的丰富性和人物典型化 ………………………… 182
　　　三　典型环境和人物典型化 ……………………………… 187

第五章　文学创作主体论 …………………………………… 193
　　第一节　文学创作的主体 ………………………………… 193
　　　一　文学创作的主体 ……………………………………… 193
　　　二　文学创作主体的基本修养 …………………………… 197
　　第二节　文学风格 ………………………………………… 202
　　　一　文学风格的内涵和表现 ……………………………… 202
　　　二　文学风格的形成和发展 ……………………………… 205
　　　三　文学风格的一致性和多样性 ………………………… 209
　　第三节　文学流派 ………………………………………… 213
　　　一　文学流派的内涵和类型 ……………………………… 213
　　　二　文学流派的形成和发展 ……………………………… 216
　　　三　文学流派的作用 ……………………………………… 219
　　第四节　文学思潮 ………………………………………… 220
　　　一　文学思潮的内涵和作用 ……………………………… 220
　　　二　文学思潮的若干形态 ………………………………… 222

第六章　文学鉴赏论 ………………………………………… 233
　　第一节　文学鉴赏的生成和过程 ………………………… 233
　　　一　文学鉴赏的生成 ……………………………………… 233
　　　二　文学鉴赏的过程 ……………………………………… 236
　　第二节　文学鉴赏的性质和作用 ………………………… 239

一　文学鉴赏的性质 …………………………………………… 239
　　二　文学鉴赏的作用 …………………………………………… 242
　第三节　文学鉴赏的主体 ………………………………………… 245
　　一　文学鉴赏的主体——读者 ………………………………… 245
　　二　文学鉴赏主体的共鸣现象 ………………………………… 248
　　三　文学鉴赏主体的误读现象 ………………………………… 250
　　四　读者层次和文学的雅俗问题 ……………………………… 252

第七章　文学批评论 …………………………………………………… 257
　第一节　文学批评的性质和作用 ………………………………… 257
　　一　文学批评的性质和内容 …………………………………… 257
　　二　文学批评的系统地位和作用 ……………………………… 263
　第二节　文学批评的标准 ………………………………………… 266
　　一　文学批评的原则标准 ……………………………………… 266
　　二　文学批评标准的系统性和多样性 ………………………… 269
　第三节　文学批评的主体 ………………………………………… 271
　　一　文学批评家的文化心理结构 ……………………………… 271
　　二　文学批评的基本原则 ……………………………………… 275

第八章　文学发展论 …………………………………………………… 279
　第一节　文学的起源 ……………………………………………… 279
　　一　研究艺术起源的基本途径 ………………………………… 279
　　二　关于艺术起源的主要理论 ………………………………… 281
　　三　文学起源是历史合力作用的结果 ………………………… 285
　第二节　文学发展和社会发展 …………………………………… 288
　　一　文学发展和社会发展 ……………………………………… 288
　　二　文学发展和物质生产的关系 ……………………………… 292
　　三　文学发展和其他精神生产的关系 ………………………… 296
　第三节　文学发展的自身规律 …………………………………… 300
　　一　文学发展中的继承与革新 ………………………………… 300
　　二　各民族文学的相互影响 …………………………………… 305

后　　记 ………………………………………………………………… 311
修订本后记 ……………………………………………………………… 313
修订本二版后记 ………………………………………………………… 316

绪 论

文艺学的对象、体系和方法

文艺学是以文学为研究对象的科学。本章三节依次介绍文艺学的对象范畴、学科体系和研究方法,为以后各章论述文艺学的基本原理提供框架背景和基本方法。

第一节 文艺学的研究对象

一 文学和艺术的内涵

"文学"这个词汇虽然很早就在中文里出现,但一般是指文章博学或文献经典。前者如"文学子游子夏"(《论语·先进》),后者如"选豪俊讲文学"(《汉书·武帝纪》)。倒是和"文学"相对的"文章"(或称文辞、文),指不带学术性而富于辞章的作品,接近于今天"文学"的意义。

西方语言中相应的词汇,如英文的 literature、俄文的 литература 等也与此相似,可以泛指一切用文字书写和印刷的文献。但除此以外,也专指具有艺术性的文学作品。

历史上"文学"这一词汇的含义和今天"文学"的所指既有联系也有区别。今天使用的艺术、文学的概念是近代人类认识发展的产物,文化分类、艺术分类和文学分类都是现代科学学科发展的结果。可以说,过去是一种泛指,近代以来则是特指。"'文学'一词的现代意义直到 19 世纪才真正出现。"[1]随后,中国受西方影响,用"文学"一词来专指作为艺术一个门类的文学(或称美文学)。鲁迅在《门外文谈》中曾经谈到这一演变过程:

---

[1] [英]伊格尔顿:《二十世纪西方文学理论》,伍晓明译,陕西师范大学出版社 1986 年版,第 22 页。

用那么艰难的文字写出来的古语摘要,我们先前也叫"文",现在新派一点的叫"文学",这不是从"文学子游子夏"上割下来的,是从日本输入,他们的对于英文 Literature 的译名。[1]

由于翻译上的约定俗成,literature、литература 等词在被译为"文学"的同时,也被译为"文艺"。这样,"文艺"一词也就有了广义和狭义两种不同的理解和运用。狭义的文艺概念单指文学,广义的文艺概念包括文学和艺术。由于现在一般将文学视为艺术的一个部门,因此广义的文艺也就成为艺术的同义词,包括了艺术的各个部门。除了文学以外,艺术还包括绘画、雕塑、戏剧、音乐、舞蹈、摄影、电影、电视剧、建筑、曲艺、书法、杂技等等。

和文学、艺术这些词汇的内涵经历了复杂的演变过程一样,文学、艺术作为具体的文化形态也经历了长期的发展才形成现在这样的格局。

虽然现代意义上的文学艺术观念形成较晚,但是人类的审美活动包括人工创造审美对象、以人造物为审美对象的活动即艺术活动却历史久远。包括诗歌、音乐、舞蹈、绘画等等在内的这些文化形态都是伴随着人类最早的文明发展就产生和存在了,它们之间的共同性和相互联系也早已被人们逐步发现和揭示。从这个意义上来说,艺术包括文学自古就存在了。当然,这种审美活动在较长时间内是和其他功利性活动联系或结合在一起的。尽管如此,人们对这种活动或因素一直予以关注,不管是肯定还是反对,是利用还是排斥,都不同程度地认识到它的存在及其与其他人类活动的差异。归为艺术的各种样式虽然存在着各种不同的性质与特点,但它们之间存在着基本的共同点;随着人类社会生活特别是文化生活的发展,艺术的范畴也会发生一些变化,艺术与非艺术之间也存在着某些难以明确划分界限的边缘地带,但艺术的中心保持稳定。这个共同点和中心就是各门艺术都创造艺术形象作为非现实的审美观照物,对现实世界进行观照。建筑、书法等艺术门类以及许多艺术门类中的若干特殊品种,尽管往往带有相当的实用性,但只要审美观照在一定程度上成为它们的基本性质和功能,它们就很自然地属于艺术。建筑艺术通过对空间和物质材料的处理,构成具体可感的建筑美,它不但体现出建筑设计者和建造者的思想观念和审美观念,而且以直观的形式展现一定时代、一定社会的物质文化和精神文化发展的水平。书

---

[1] 鲁迅:《门外文谈》,《鲁迅全集》第 6 卷,人民文学出版社 1981 年版,第 93 页。

法艺术则是从人们书写文字的日常实用活动发展起来的一种特殊的艺术门类。它以笔画线条的形状结构为媒介,表达主体的气质、情感和审美观念,造成可供观照的审美对象。当然,当它们并不具备审美观照对象这一特定性质和功能时,便不具备作为艺术品的资格;所以,并不是所有的建筑物或文字书写都可以被称作艺术品。对于各门艺术包括文学来说,其边界也同样存在一定的模糊性。

艺术的范畴包括文学的范畴是不断发展和变化的。一方面是因为人们的艺术观念在发展和变化,对于艺术的审视标准会有所调整,带来对某种文化形态是否归为艺术的认识的变化,从而引起具体艺术部门取舍的不同。例如人们对于散文、报告文学、杂文、广场文艺等边缘性样式的归属就长期存在争论。另一方面是因为随着人类物质生产和精神生产水平的发展以及艺术观念的变化,新的艺术样式仍会不断产生。例如,随着电视机的普及和电视技术的发展,电视剧今天已经成为比电影更具群众性的艺术样式;而随着计算机的普及和互联网的发展,网上文艺活动也方兴未艾。但是就目前情况来说,上面所说的以审美观照为基本内容的特质仍然可以作为衡量艺术归属的核心标准。即使是引起众多争议的所谓行为艺术,驱除某些具体实施者种种以张扬暴力、性为特点的放浪形骸、惊世骇俗行为的迷雾,仍然可以体会出其基本的性质和特点还是在于用主体的某种现实行为来为人们提供非现实的审美对象,仍然可以从中发现我们所说的艺术的一般性质。至于那些暴力、性的因素,其实在其他作品中也存在,只不过在一些所谓行为艺术作品中表现得过于违背一般社会习俗,加上和一般艺术品的非现实性相比,其现实性明显突出,因此遭到一些激烈的批评也是很自然的。

二　艺术的分类和文学的地位

文学是用语言来塑造艺术形象的。借用语言这个词汇,便把各门艺术塑造艺术形象的媒介和物质手段都称作艺术语言。除了艺术语言的不同以外,各门艺术在表现的内容和所起的作用等方面也存在着程度不同的差异。

根据上述差异,中外历史上的许多艺术家和理论家都曾经对艺术的分类问题和各类艺术的特点作过不同程度的探讨。例如,古希腊哲学家、文艺理论家亚里士多德在《诗学》中以模仿理论为基础,认为可以根据艺术模仿现实的媒介、对象和方式等三方面的不同来划分艺术种类。文艺复兴时期意大利艺术家达·芬奇、德国启蒙主义文艺理论家莱辛等人曾着重对诗与画的不同性质和特点进行区分。德国古典主义美学家黑格尔在他的名著《美学》中将艺术划分为象征艺术、古典艺术和浪漫艺术三大类型。俄罗斯美学家卡冈运用系统方法研究艺术形态,指出艺术类别、门类、样式、品种、种类和体裁等构成多层次多侧面的完整系统。这些都是颇有影响或特色的分类方法。

现在我国通行的方法是将艺术分为四类,即:造型艺术、表演艺术、语言艺术和综合艺术。造型艺术运用线条、色彩等作为艺术语言,包括绘画、雕塑、书法等样式。表演艺术运用音响、节奏、旋律或人体动作等作为艺术语言,包括音乐、舞蹈、杂技等样式。语言艺术即文学,它以语言作为媒介来塑造艺术形象。综合艺术则综合地运用上述各种艺术语言,包括戏剧、电影、电视剧等样式。

除此以外,还有其他一些艺术分类方法。如以艺术形象的存在方式为标准,将艺术分为空间艺术、时间艺术和时空艺术等三类;以艺术形象的感知方式作为标准,将艺术分为视觉艺术、听觉艺术和想象艺术等三类;以艺术形象的展示方式作为标准,把艺术分为静态艺术和动态艺术等两类。在这些分类方法中,文学分别属于时间艺术、想象艺术和动态艺术。通常还将那些既具有实用价值又具有审美价值的艺术样式或品种归为实用艺术一类,和审美艺术或纯艺术相对。实用艺术中既包括了工艺美术、书法、建筑等艺术门类,也包括各种艺术门类中的一些特殊品种,如装饰绘画和雕塑,文学中的杂文学(如报告文学、传记文学、杂文等),还包括综合各种艺术的因素形成的某些艺术,如广告艺术。

各种艺术分类方法都是根据一定的标准,从某些方面来确定艺术的特点和分界的。实际的艺术现象是复杂的。就像艺术与非艺术之间存在边缘地带一样,艺术的各个门类之间的界限也常常存在一定的模糊性。文学的全部性质和特点就很难用某一种分类方法来完全说明。就像艺术的范畴会发生变化一样,艺术的分类也必然是相对的、发展的。

第二节　文艺学的学科体系

一　文艺学及其构成部门

文艺学在现代汉语中是外来词。在外文中这个术语由文学和学科(学问)两个词合成,直译应为文学科学或文学学。例如:英语中的 science of literature、俄语中的литературоведение、德语中的 Literaturwissenschaft 等，都是这样构成的。一般的文艺学著作或教材也只研究语言艺术而不涉及或只是偶尔涉及其他艺术门类。文艺学实际上是以文学作为研究对象，揭示和探究其本质、特征和规律的科学，严格地说，应该称为文学学。但是我国理论界长期沿用约定俗成的译名称之为文艺学。

国内外文学理论界一般把文艺学即文学科学视为三个部门构成的完整系统。这三个部门是文学理论、文学批评和文学史。

文学理论以文学的基本概念范畴、基本原理、基本规律以及学科研究的基本方法等作为研究对象。它不像文学批评和文学史那样具体地分析品评个别的文学现象，而是以文学批评和文学史研究为基础，通过对广泛的文学现象进行高度的理论概括，从而给文学创作、文学批评和文学史研究提供文学观念、价值标准和基本方法。正如美国学者韦勒克所指出的，文学理论的任务在于对所有文学进行概括，寻找它们的一般性。"文学批评和文学史二者均致力于说明一篇作品、一个对象、一个时期或一国文学的个性。但这种说明只有基于一种文学理论，并采用通行的术语，才有成功的可能。文学理论，是一种方法上的工具，是今天的文学研究所急需的。"[1]因此，它被称为体系性的文艺学，在整个文学科学中占有特别重要的地位。

文学批评以当代作家、作品以及其他文学现象作为研究对象。它通过考察评价对象，帮助作家总结创作经验，引导读者提高鉴赏水平，并研究文学发展的新动向，提出新问题，总结新经验，从而推动和促进文学事业和文学科学的发展。文学批评被称为应用性的文艺学，是文学科学中最直接参与文学过程的一个部门。

文学史以文学的产生、发展和演变的历史作为研究对象。它既可以是某一国家、某一地区或更大范围的通史（如中国文学史、欧洲文学史等），也可以是某一时代的断代史（如两宋文学史、抗战文学史等），还可以是某一体裁、题材或风格等等的分类史（如小说史、山水诗史等）。它通过对具体文学现象的分析，评价各个历史时期作家作品及其他文学现象的地位、作用和价值，揭示各个历史时期文学的相互演变更迭继承革新，剖析各个历史时期经济、政治、文化等各种社会因素与文学的相互联系和作用，等等，从而总结历史经验，探讨文学规律，为现实的文学发展提供借鉴。因此，它被称为历史

---

[1] [美]韦勒克、沃伦:《文学理论》，刘象愚等译，文化艺术出版社2010年版，第8页。

性的文艺学。

　　文艺学的三个部门既互相独立又互相联系,形成一个有机的整体。首先,三者统一在对文学现象的综合分析上。尽管其中有的直接,有的间接,有的侧重现实,有的专攻历史。其次,文学理论及其反映的哲学观、美学观渗透在文学批评和文学史中,形成统一的文学观念,从而也就造成了不同的文艺学体系。再次,它们从不同的层次和角度分工合作,实现同一个学科目标,即研究和揭示文学的奥秘。

　　文学理论与文学批评、文学史之间是基础理论与应用科学的关系。前者不但提供了理论观念供后者在实践中运用,而且还包括了关于文学批评和文学史的理论,对后者进行研究和指导。例如,中国和西方传统文学理论中意境、典型等不同的理论范畴就指导了不同的批评模式。而不同的文学理论观念的指导,也会导致不同的文学史著作出现。一定的理论观念变化也就必然带来对历史现象(包括作品价值、作家地位等等)的重新认识和评价,带来重写文学史的要求。至于在具体的作家作品评论中,由于理论观念不同造成品评标准不同而出现意见分歧以至尖锐的对立斗争,在文学发展史上也是常见的。与此同时,文学批评和文学史研究则为文学理论提供对具体文学现象进行分析概括的研究成果,使文学理论与文学实践保持着密切的联系,不断得到丰富和发展。许多优秀的文学批评和文学史著作,如我国南北朝时期钟嵘的《诗品》,德国启蒙主义评论家莱辛的《拉奥孔》、《汉堡剧评》,19世纪法国文艺史学家丹纳的《艺术哲学》,丹麦文学史学家勃兰兑斯的《19世纪文学主流》等,就都具有非常突出的理论价值。

　　文学批评和文学史也是互相依存、互相补充的。一件作品或其他文学现象必然同历史有着一定的联系,而它的意义也总是历代无数读者和批评家不断认识、评价和开掘的结果。因此,文学批评离不开对文学史的借鉴;同时,文学史研究又离不开文学批评所提供的资料和观点来充实自己的基础,丰富自己的内容。

二　文艺学体系的多样性

　　文艺学包括文学理论是一个开放性的概念。这种开放性,从纵向上看,表现为没有永恒不变的模式;从横向上看,表现为没有统一规范的模式。

　　文艺学体系的开放性常常体现在对文学的多环节、多视角、多时空、多层次的考察中,从而造成了理论模式的多样性。

(一) 对文学的多环节考察

一般说来,文学过程大致包括了现实世界、作者、作品和读者这样几个环节。美国当代学者艾布拉姆斯在《镜与灯》一书中,从艺术范畴提出这个问题,称之为艺术的四个要素。他指出:

> 第一个要素是作品,即艺术产品本身。由于作品是人为的产品,所以第二个共同要素便是生产者,即艺术家。第三,一般认为作品总得有一个直接或间接地导源于现实事物的主题——总会涉及、表现、反映某种客观状态或者与此有关的东西。这第三个要素便可以认为是由人物和行动、思想和情感、物质和事件或者超越感觉的本质所构成,常常用"自然"这个通用词来表示,我们却不妨换用一个含义更广的中性词——世界。最后一个要素是欣赏者,即听众、观众、读者。作品为他们而写,或至少会引起他们的关注。

他认为这四个要素构成某种确定的三角关系,他把这种三角关系用图来表示,即:

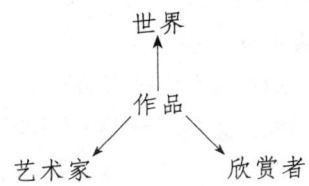

在这组关系中,作品是中心,它连接其他三个要素。艾布拉姆斯认为,任何一种像样的理论都会涉及所有四个要素,但是几乎所有理论都明显地侧重于其中一个要素。"就是说,批评家往往只是根据其中一个要素,就生发出他用来界定、划分和剖析艺术作品的主要范畴,生发出借以评判作品价值的主要标准。"他把艺术理论相应地分为模仿理论、表现理论、实用理论和客体理论。前三者分别通过与世界、艺术家、欣赏者的关系来解释作品,而客体理论则把作品视为一个自足体孤立地加以研究。[1]

---

[1] 以上均参见[美]艾布拉姆斯:《镜与灯——浪漫主义文论及批评传统》,郦稚牛等译,北京大学出版社1985年版,第5~6页。

华裔美国学者刘若愚修改了艾布拉姆斯的示意图，进一步揭示出文学系统四要素之间的动态关系所构成的整个艺术过程。修改后的示意图如下：

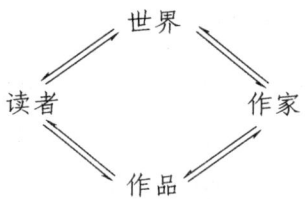

刘若愚解释说："这种安排展示出了四个要素之间的相互关系是怎样构成了整个艺术过程的四个阶段的；我所说的艺术过程不仅是指作家的创作过程和读者的审美经验，而且也指创作之前的过程和审美经验之后的过程。"在他的图示中，艺术过程形成了一个双向运动的完整的圆圈。他认为这样可以包容其他一些艾布拉姆斯所归纳的四种类型所难以包括进去的理论。[1] 他们的这些分析有力地说明了文学活动多环节特点所造成的理论模式的多样性，因此为学术界所重视。

(二) 对文学的多视角考察

由于文学研究主体的条件、目的等方面的差异，也由于文学内涵的丰富性（包括文学本质的多层次性、文学活动的复杂性、文学作品内涵的多样性等），自然造成了文学研究的多种视角。真正的所谓纯文学研究是很少的，常见的倒是从哲学、美学、政治、心理学、社会学、伦理学等不同的角度切入，和文学研究的具体特点结合起来，形成一定的理论体系和文学科学分支。诸如：文学心理学、文学社会学、文学美学、文学民俗学，等等。

这种多视角的考察和前面所说的多因素考察是互不重合的。例如文学心理学的研究就可以分别在四要素及其相互联系中展开。在现实世界这一因素环节上，可以着重研究现实的社会心理对作者和读者的影响，及其在作品中的表现；在作者这一因素环节上，可以着重研究作者的创作心理；在作品这一因素环节上，可以着重研究作品人物的心理；在读者这一因

---

[1] 参见[美]刘若愚：《中国的文学理论》，田守真等译，四川人民出版社1987年版，第14～19页。

素环节上,可以着重研究读者的鉴赏心理;还可以研究各种心理之间的相互影响、渗透等等。

但是,应该注意的是,这样形成的理论和学科,并不等于原来的理论和学科。例如文学心理学的目的、任务和一般心理学就并不完全相同。在文学作品中搜集人物心理活动的事例作为研究的佐证,这在一般心理学研究中是常见的。同样,也可以从文学作品中去求证探寻一个时代、一个社会的语言规范、道德观念或民俗演变。但是,如果这种研究并不深入到文学内部的规律性特征,那就只是一般的心理学、语言学、伦理学或民俗学的研究,而不是文学研究。

由于文学包含了对社会生活丰富内容的表现和认识,历来许多人文社会科学研究常常从文学作品中吸取素材、思想和灵感,从特定学科、理论体系或方法的角度对文学作品或其他文学现象做出阐释。如果这种阐释只是对特定理论本身的发挥,并不属于对文学本身性质、特征和规律的探究,则一般不将其归入文学理论的范畴。艾布拉姆斯所说的客体理论主张者对这一点非常强调,韦勒克就是其中一位,他指出:

> 文学研究如果不决心把文学作为不同于人类其他活动和产物的一个学科来研究,从方法学的角度说来就不会取得任何进步。因此我们必须面对"文学性"这个问题,即文学艺术的本质这个美学中心问题。[1]

韦勒克所属的新批评派等理论家在坚持文学和文学研究的独立性方面作出了不懈的努力。不过,这种观点在后来兴起的文化研究等思潮面前受到了质疑和挑战。

1960年代发轫于英国的伯明翰学派后来逐步波及世界的文化研究,1990年代以来在中国造成了很大的影响。这种文化研究实际上是以文化问题为中心进行社会研究,在研究目的上和以研究文学、揭示其本质、特征和规律的文学研究存在明显的区别。由于在中国从事文化研究的学者大部分都具有文学研究特别是文学理论的专业训练和知识背景,在学科体制上属

---

〔1〕[美]韦勒克:《比较文学的危机》,张隆溪选编:《比较文学译文集》,北京大学出版社1982年版,第30页。

于文艺学等文学学科,他们的研究活动使得文化研究和文学研究紧密地联系起来,丰富了文学研究的视角、资源和经验。同时,独立的文学研究的价值、地位和前途也因此受到挑战,文学研究包括文学批评是否还应该或能够存在的问题被尖锐地提了出来。

文学研究的对象是文学作品及其他相关文学现象,而文化研究的对象则要广泛得多,通常分属文学、历史学、哲学、社会学、人类学、心理学、政治学、经济学等多种学科的研究对象几乎都可以包揽其中。文化研究通常注意媒体、性别、种族、大众文化、阶级阶层、意识形态等等问题。它可以论及各种艺术门类,诸如电影、电视文艺、建筑、广场文艺;它还可以论及各种更宽泛的文化现象,诸如时装、广告、畅销书、时政新闻、演讲比赛、居室装修等等。文学文本或其他文学现象在文化研究的视阈中只是一个有限的部分。

即使是同样以文学为对象,文化研究与文学研究指向的差异也同样鲜明地表现出来。文学研究始终围绕着文学本身,具有美学意义的文本剖析始终是其主要的、基本的内容。它虽然也常常论及文学之外的事物,不外乎或因作品内容所指涉,或因作家背景所关联,或因作品意义所延伸,即使有时从作品生发出对社会问题的思考,但最终都落实到对文学规律的探讨和对文学价值的判断上来。因此,即使是文学社会学或文学心理学这些较多涉及文学外部因素的分支学科或方法形态,都不会超越文学研究这个基本的边界,因而不同于常常从文学中寻找和利用素材的一般的社会学研究或心理学研究。与文学研究不同的是,文化研究即使是以文学现象为主要考察对象,以文学作品为个案分析的素材,它所关注并着力开掘的总是文本所包含的社会生活的信息、文学文本与文化环境的外部关系等内容,对于文学文本自身的美学价值、艺术特色等则往往注意不多。可以说,文学研究是为了研究文学而研究社会,而文化研究是为了研究社会而研究文学。

因此,尽管文化研究和文学研究在对象领域上存在一定的交叉重合,以文学为对象的文化研究可以成为文学研究或文艺学特殊的一支,但是无论是这一支还是文化研究整体都难以取代文学研究或文艺学研究。

(三)对文学的多时空考察

文学研究领域里通行的世界文学(或译总体文学)、比较文学、民族文学(或译国别文学)的概念就标明了研究空间的区别。文学的不同内容和不同形式也会造成不同的研究空间,甚至创作者与接受者的不同群体,例如民间文学和文人创作,也会造成一定空间的区别。在这些不同空间里,就会产生相应的理论,例如在对中国古典文学的研究中产生了相应的中国古典文学理论。文学作为一个延续的动态的存在,有着自己的历史过程,对其不同时间阶段的研究也会产生不同的理论,例如,在对于文学艺术起源阶段研究的基础上就形成了所谓文艺发生学。

通常所说的微观研究和宏观研究,是个带有随机性的概念,它也反映出文学研究时空范围的变化、调整和对不同方向的侧重。一般说来,对于具体作家、作品的研究属于文学的微观研究;对于一个时代、一个国家等较大范围内文学现象的研究属于宏观研究。在这些不同的领域里,都会产生相应的理论。

(四) 对文学的多层次考察

和研究对象本身具有层次性一样,学科的理论构架也是多层次的。一方面,前面所说的不同环节、视角、时空等等,可以形成不同的层次。例如,既可以从反映论这一哲学层次上来把握认识文学,也可以从审美创造这一美学层次来把握认识文学,还可以从语言文字这一媒介的层次上来解释文学的奥秘。另一方面,在同一环节、视角、时空的考察中,也会有层次的不同。例如,同是重视作品本体分析的西方文艺学派别,新批评派和结构主义就有研究层次的差别。结构主义运用归纳和演绎相结合的方法对浩如烟海的文学作品进行研究,试图总结出诗歌程式、戏剧模式等文学群体构成规范。例如,加拿大学者弗莱研究欧洲小说一千多年的发展,从主人公与其他人物及环境力量对比的阶段性变化出发,得出了小说的五种模式,即:

> 神话:作品中主人公的力量绝对地超过其他人物和环境的力量;
> 罗曼司:作品中主人公的力量相对地超过其他人物和环境的力量;
> 现实主义小说(直译为高级模仿小说):作品中主人公的力量相对地超过其他人物,但不超过环境的力量;
> 自然主义小说(直译为低级模仿小说):作品中主人公的力量并不超过其他人物和环境;
> 嘲弄性小说:作品中主人公力量次于其他人物和环境。[1]

---

[1] 以上参见胡经之等:《西方二十世纪文论史》,中国社会科学出版社1988年版,第173～174页。

此外,有的美国批评家则认为一切小说都可以按照虚构世界和经验世界的关系而构成更为细致复杂的多种模式。[1]显然,这种研究和主要研究作品个体构成特点的新批评派就有层次上的不同。认识各种文艺学体系之间存在着研究对象层次的不同,有利于进一步揭示各种理论的性质、特点和相互联系,从而可以帮助人们更科学地认识文学的本质、特征和规律。

这样众多的考察方式形成了众多的理论体系,也形成了众多的研究方法。这对于研究文学这一对象无疑提供了有利的条件。但各种理论往往瑕瑜互见,各有长短,而且论者常常各执一词,争讼不休,表现出程度不同的片面性和局限性,造成了错综复杂的局面。

一般说来,文学理论所研究的范畴大致包括:

第一,关于文学本质的理论,即通常所说的本质论。它主要研究文学的一般本质和特殊本质,研究体现其本质的各种特征,研究文学在人类精神生活以至整个社会生活中的地位和功能。

第二,关于文学活动过程的理论。具体研究现实世界、作家、作品和读者四要素所构成的相互联系和运动,包括通常所说的创作论、作品论和接受论。其内容分别为:研究文学创作的主体,研究文学创作的现实基础和历史背景,研究它的过程和规律;研究作品的个体构成和群体构成;研究文学接受的主体、过程和规律;研究一般文学阅读与审美的文学阅读即文学鉴赏之间的联系与区别等等。

第三,关于文艺学其他学科的理论,包括通常所说的批评论和发展论(或称文学史论)。主要研究文学批评和文学史各自作为一门科学的性质、作用和方法,提供一般的指导理论;同时,研究文学批评在文学系统运行过程中的作用,研究文学起源和发展的原因与规律等等。

尽管各种理论体系在上述范畴所涉及的内容和重点有所差异,对同一个问题的答案也不尽相同甚至相互对立,但大致都不超出这样一个总的范围。

本书总体结构也以这三大范畴作为依据。绪论的部分内容及一、二两章,属于本质论部分。第三至第七章,属于过程论。第七章"文学批评论"同时也包含了文学批评学科的理论,又和第八章"文学发展论"一起,属于关于文艺学其他学科的理论。

---

[1] 以上参见胡经之等:《西方二十世纪文论史》,第173～176页。

第三节 文艺学的研究方法

一 文艺学研究方法的体系构成

现代科学意义的方法概念,狭义的是指科学研究的主体把握对象的途径、方式、手段等等的总和。同时,因为这些途径、方式、手段又总是和一定的科学理论相联系的,所以,理论也就具有方法的意义。广义的方法概念即指科学理论或理论的实际运用。研究方法的理论即所谓方法论。

科学研究的方法按其概括程度和适用范围可以分为三个不同的层次。这种区分也适用于文艺学研究方法。

科学研究方法的第一个层次是哲学方法。这是从整体上把握世界认识对象的方法。每一种文艺学派别一般总要以一定的哲学理论为指导,因此哲学方法既是文学研究方法体系的最高层次,又是这一体系的理论基础。

唯物辩证法是适合于自然科学、社会科学和人文科学的最正确的哲学方法,是指导人们进行科学研究和社会实践的强大思想武器。它既是一种世界观,又是一种方法论。它比一般方法的概括程度更高,为一切方法提供了应该遵循的普遍原则。我们必须以这一方法为指针,根据文艺学研究过程中的具体需要和可能,综合地或单独地运用其他层次的方法,并试验探索新的方法。

第二个层次是一般方法。这是指从一个方面把握世界、认识对象的方法。作为中间环节的方法,它适用于各种学科,也适用于文学研究。它具有一定的独立性,不同世界观指导的学说往往都可以运用,当然其结果不会没有差别,有时甚至是很不相同的。

一般方法包括了如下三个方面:

一是经验方法,包括观察法、实验法、调查法、模型法等。

二是理论方法,主要有历史和逻辑相结合、归纳和演绎、分析和综合、比较的方法等,数学的统计方法也常常作为理论方法的一个环节。

三是系统方法,或称综合方法、横断科学方法。它是 20 世纪中叶以后从具体的自然科学部门中发展起来,并上升到一般方法的高度而为各门学科所广泛采用的。

现代一般系统论的创始人是美籍奥地利生物学家贝塔朗菲。系统论认为,一切事物都是由相互作用和相互依赖的若干要素即部分组成的具有确定功能的有机整体。所谓系统方法,就是按照事物本身的系统性把对象置于系统的形式中加以考察的方法。

由于文学研究对象的特殊性等原因,文学研究中运用系统方法尚未达到一般学科中运用数学手段建立结构模型的水平。文学研究工作者是从比较宽泛的意义上来理解和界定系统方法的主要原则,将其运用于文艺学的各个部门中的。这些原则主要包括:(1)整体性原则。认为从系统整体分离出来的部分与在整体中发挥机能的部分是不同的,因此对部分的考察应该注意将其置于整体中进行。例如对于文学的认识作用就应置于以美感为中心的系统来考察,而不致将其与一般科学读物的认识作用等同混淆。(2)结构性原则。认为系统由各种部分按照一定方式结构而成,系统的性质不仅取决于它的组成部分,而且取决于它的结构方式。一旦结构方式改变了,系统的性质功能也就发生改变。整个文学系统的构成部分以及它们的结构方式即联系方式,就造成了具有不同时代、民族、地区、阶级等方面特点的各种文学。(3)层次性原则。系统都是按照一定秩序和等级组织起来的。一个系统(如文学)对于更高一级的系统(如艺术、社会意识形态)来说,它是一个部分;而对于低一级的部分(如小说、诗歌)来说,它又是一个系统。应当注意从不同层次上考察对象,从而得出不同的结论。(4)动态性原则。任何系统都是处于动态的、生成的状态。应当根据这一特点来把握对象。例如诗歌作为一种最古老的文学形式,它的性质、特点和功能就随着社会历史和文学艺术的发展而有所变化,其抒情性得到充分的发展,而叙事性则不断地削弱。

系统方法往往需要和其他文艺学方法结合起来使用。系统方法还可以帮助人们按照最优化的原则,根据研究的目的和主客观条件,在多种方法中选择最优的方法或方法组合来解决问题。

第三个层次是专门方法。这是指适用于特定学科的特殊方法。文学研究的特殊方法既有从自身长期的历史过程中形成和发展起来的传统研究方法,也有从其他社会科学和自然科学移植过来的研究方法。前者如技巧分析方法、评点方法等,后者如心理学方法、社会学方法、人类学方法等。

有的专门方法和一定的理论观念密不可分,同时本身也包含了多种方法因素的融合。例如,原型批评方法就是以瑞士心理学家荣格的分析心理学作为主要理论基础的。荣格改造了弗洛伊德的学说,提出无意识除了个人无意识之外,还有集体无意识的层次。人类世代创造和积累的心理经验通过遗传成为个体的心理气质,成为集体的、普遍的、历史的无意识。集体无意识的表现形式即原型。"原始意象或原型是一种形象,或为妖魔,或为人,或为某种活动,它们在历史过程中不断重现,凡是创造性幻想得以自由表现的地方,就有它们的踪影,因而它们基本上是一种神话的形象。更为深入地考察可以看出,这些原始意象给我们的祖先的无数典型经验赋以形式。"[1]另外,英国文化人类学家弗雷泽关于巫术、宗教、科学顺序发展的思想进化理论,包括关于人的高级思维活动中保留有原始巫术、宗教和神话痕迹的观点,对原型理论和方法也有重要的启发意义。后来,加拿大学者弗莱等人将这些理论创造性地运用于文学研究,形成了独具特色的文艺学理论和方法。这种方法着力在作品中寻找反复出现的原型(包括形象、主题、结构等),进而分析作家个人心理中的集体无意识,比较具有同一原型作品的异同,追溯它们同神话等原始文化形态的联系,并以此为基础,对文学的本质、特征、功能和历史等问题做出自己的解释。这种研究方法兼有社会学、心理学、形式主义等方法的特征,又有其特定的理论内涵。

另外,有的专门方法则具有相当大的独立性,可以与其他各种方法结合起来运用,例如评点(或称批点)方法就是这样。它作为我国传统的一种批评模式,最初用于诗文,后随小说、戏曲的发展而盛行一时。明清两代曾出现过许多以评点为主要形式的批评家,像李贽评点《水浒传》,金圣叹评点《西厢记》、《水浒传》,脂砚斋评点《石头记》(即《红楼梦》)等,都是内容广泛见解深刻的文学批评杰作。评点方法包括评注(或称批注)和圈点两个方面。评注既包括对作品整体或部分的总评,也包括眉批、夹注或旁批等对于作品细部艺术描写以至字词运用的分析。圈点则是给最重要、最精彩或应引起注意的字句乃至段落标上引人注目的记号。评点这种随感式的批评方法,不但形式灵便,容量自由,而且由于紧密结合作品实际,便于指导人们深入体验品味作品,提高文学鉴赏水平和艺术修养。这种方法在今天仍然可以用于各种方法的文学研究,具有一定的实用价值。

文艺学研究方法的三个层次,体现了一般与特殊的辩证关系,构成了一个完整的体系。哲学方法作为基础指导着其他两个层次。一般方法与专门方法之间,一般方法之间,专门方法之间,都是相互渗透相互补充的。例如

---

[1] [瑞士]荣格:《论分析心理学与诗的关系》,叶舒宪选编:《神话—原型批评》,陕西师范大学出版社1987年版,第100页。

文学社会学的方法作为一种专门方法,就不但可以和不同的一般方法或哲学方法相结合,形成不同的视野和途径,产生不同的结果。同时,它也可以和其他专门方法(如评点、心理分析等)结合,增加自己的力量。因此,孤立地罗列各种方法,却忽视它们之间的联系,忽视它们在方法大系统中的地位和作用,无疑是错误的。

二 文艺学研究方法的若干形态

在文学理论和其他文艺学部门中,存在着一些稳定的研究方法形态,其中比较有影响的包括以下几种。

(一)社会学方法

社会学方法是文学研究中有着悠久传统的一种方法。近代西方文艺社会学的创始人是19世纪法国文艺史学家丹纳。他在《〈英国文学史〉序言》中提出文学创作及其发展取决于种族、环境和时代三种力量。种族包含人的先天的、生理的、遗传的因素,环境包含地理的因素,时代包含历史、文化的因素;种族是内部根源,环境是外部压力,时代是后天动量。[1]他在《艺术哲学》一书中结合意大利文艺复兴时期的绘画、尼德兰的绘画、希腊的雕塑论证上述规律,说明自己的理论。这种理论和方法开近代文艺社会学批评之先河,产生了广泛的影响。

马克思主义产生以后,以其辩证唯物主义和历史唯物主义学说给文艺社会学研究提供了更为坚实的哲学基础。马克思主义经典作家的文学批评活动主要是在社会学范围内进行的。俄国早期马克思主义者普列汉诺夫运用社会学方法研究文艺史,特别是原始艺术,也取得了令人瞩目的成就。

后来被称为西方马克思主义或新马克思主义的卢卡契、本雅明、马尔库塞、阿多诺等人,在对经典马克思主义进行修正的同时,也在文艺社会学的领域里进行了许多深入的探索,提出了富有新意的见解。而近年受到中国学者重视的西方一些非马克思主义的理论流派和理论家,例如着重从读者接受角度出发研究文学及其历史的德国接受美学,提出用文学场概念来分析"艺术的法则"的法国学者布尔迪厄等,他们的探索主要也是在文艺社会学领域里进行的。

---

〔1〕参见[法]丹纳:《〈英国文学史〉序言》,伍蠡甫等主编:《西方文艺理论名著选编》中卷,北京大学出版社1996年版,第149~153页。

文学社会学方法的基本点在于强调文学是一种社会现象,它受社会现实的制约,同时又反过来影响社会现实。因此,应把文学置于一定的社会大背景中进行考察,对文学活动的社会原因和社会关系作广泛深入的研究。与此同时,研究文学所产生的社会作用。也就是说,既研究社会如何影响文学,也研究文学如何影响社会。

文学社会学的研究对象包括从创作到接受的文学活动的完整过程、文学作品所涉及的多方面社会内容、文学的社会本质等等。此外,它还涉及一些其他研究方法较少注意或不予注意的领域,如文学的社会传播、社会管理、社会政策、社会生态等。社会学方法还被广泛运用于文学批评和文学史研究之中,人们将文学置于社会发展的大背景下,考察其起源、演变的历史过程和规律,品评其得失,预测其未来趋势。

社会学方法和心理学方法一样,在文学研究中的意义更多体现在研究领域和途径的拓展上,也需要和其他方法结合起来运用。在实际运用时要防止和克服庸俗社会学的倾向,即将文学现象与社会现象进行简单机械的联系,把文学看作物质经济生活和政治生活的简单再现,把文学与经济、政治的关系看成简单的从属关系而随意加以比附,忽视或抹杀文学的独立性和独特性,等等。

(二) *心理学方法*

古代的文学理论著作,曾经以经验描述的方式论及文学活动中的心理现象,总结出一定的规律。现代意义的文学心理学方法则是以现代心理学的发展为基础的。19世纪末期,心理学脱离哲学而成为一门独立的学科得到发展,随后渗入文学研究领域,逐步形成一种广泛流行影响深远的方法。这种方法的基本特点是从文学与心理学的相互联系中研究文学。它既包括运用现代心理学的原理来研究文学现象,也包括将心理学研究所特有或惯用的方式和手段(包括某些技术措施)用于文学研究。前者,如根据心理学关于人的气质区分为胆汁质、多血质、黏液质和抑郁质的观点来研究作家气质对创作的影响;后者,如运用问卷调查、测试实验、个体跟踪等方式和手段研究读者的接受心理。

现代心理学流派纷呈的局面导致了文学研究中心理学方法的丰富多彩。在这些流派和方法中间,奥地利精神病学家、心理学家弗洛伊德创立的精神分析学派尤具特色。弗洛伊德的精神分析心理学主要包括以无意识为基础的人格结构学说、以性本能为核心的本能学说、梦的学说和以泛性论为基础的人格发展学说等等。弗洛伊德在阐述心理学理论时分析了许多文学作品以及其他文学现象,表达了自己独特的文学见解,体现了与众不同的方法。弗洛伊德认为,在作家心灵深处,和常人一样有着为人类社会伦理、宗教、法律等所不容的本能欲望,这种本能欲望受到压抑,便通过各种形式进行宣泄而得到满足。而文学创作就是作家白昼梦即幻想的结果,它和夜间梦一样,是被压抑的本能欲望经过改装以后的实现。至于读者则通过阅读鉴赏分享作家的白昼梦以使自己类似的欲望得到实现。在此过程中,由于本能目标及对象变得更富有社会价值,所以文学不但是本能的补偿,而且是本能的升华。[1] 根据这一基本观念,精神分析学者在文学研究中注重通过作品和传记材料来探寻推测作家所受的性压抑等精神创伤,研究判断创作动机及其对作品的影响。对于作品的分析,也注意寻找支配人物行动的无意识因素,用精神分析的一整套理论和术语来解释文学现象。例如,弗洛伊德对古希腊索福克勒斯的《俄狄浦斯王》、文艺复兴时期英国莎士比亚的《哈姆雷特》和19世纪俄国陀思妥耶夫斯基的《卡拉马佐夫兄弟》等三部作品的分析,就是突出的例证。他认为这些作品中的主要人物都是作家自我的体现,主题都隐含着恋母弑父的"俄狄浦斯情结"。精神分析方法把文艺学研究引入到主体的心灵深处,对于那些以描写人们精神活动为主要内容、带有神秘色彩的作品尤有阐释剖解的力量,对于文学创作也产生了深远的影响。但是如果将其作为一种可以规范或解释一切文学现象的模式,则既不是科学的也不是现实的态度。它的局限性还是明显的。

完整的文艺心理学体系包括文学社会心理学、创作心理学、作品心理学和接受心理学等部分。心理学方法提供了独特的途径和更为准确的语言来揭示作家、读者以及文学人物的心理奥秘,对于文艺学各个领域都有积极的意义。在文学研究中运用心理学方法,应当重视心理现象的社会背景,注意具体作家的艺术个性以及研究课题的目的、性质,避免机械搬用,保持文学研究的学科独立性,提高科学性。

(三) 形式主义方法

现代意义上的形式主义方法,受到现代语言学发展的深刻影响,同古代对作品艺术形式分析的方法不同,有着一套完整的方法论原则。20世纪西

---

[1] 参见[奥]弗洛伊德:《诗人与幻想》,胡经之等主编:《西方二十世纪文论选》第1卷,中国社会科学出版社1989年版,第121~129页。

方文学研究中形式主义盛行,从 1920 年代的俄国形式主义、1940 年代的英美新批评派,到 1960 年代的法国结构主义,可以说是一脉相承,不断发展。

形式主义方法的基本特点在于强调文学是独立自足的,它与自身以外的社会、历史、文化、道德、心理等等无关。因此,这种方法把研究范围限制在文学本身,排斥一切从外部或从文学与外部的关系所展开的研究。文学的社会性质和社会作用,作品所表现的社会内容,作者和读者作为社会的人的性质、特点和作用等,都被忽视或抹杀。

形式主义方法以作品(文本)为文学的中心,将文学四要素中的作品因素突出出来,并不同程度地将其和其他因素割裂。新批评派学者维姆萨特和比尔兹利指出文学研究中有两种谬见:一是意图谬见,即"将诗与其产生过程相混淆";二是动情谬见,即"将诗与其结果相混淆"。[1] 所以他们既反对研究作者和创作过程,也反对研究读者和接受过程,而将作品文本作为唯一的研究对象。

在对作品文本的分析中,形式主义方法不同程度地偏重于艺术形式方面,而排斥对文学内容的研究。其中最突出的是俄国形式主义,即以艺术形式来规定文学的本质。在具体研究过程中,形式主义强调对作品进行反复的精细的阅读和赏析(即新批评派所说的细读方法),从中体味作品字句乃至整个作品的内涵、象征意蕴及其相互联系,对作品个体或群体的结构形式做出阐释。形式主义理论家们创造和使用一系列体现自己理论观念的术语概念,用于这种条分缕析的研究。新批评派文论中最有系统性的著作——韦勒克、沃伦的《文学理论》就重点研究文学形式,并且提出了"描述和分析艺术品不同层面的方法",认为对于个体作品可以从五个层面顺序进行分析比较。这些层面包括:(1)声音层面;(2)意义单元;(3)意象和隐喻;(4)象征和象征系统;(5)形式与技巧。[2]

形式主义方法的基本原则是形而上学的,但它强调文学的独立性和独特性,坚持研究的客观性,重视对作品形式因素的细致分析等都有可借鉴之处。

(四)比较文学方法

比较的方法,包括对比和类比两种基本方式。它作为一般科学方法,适

---

〔1〕参见赵毅衡:《新批评——一种独特的形式主义文论》第四章,中国社会科学出版社 1986 年版。

〔2〕参见[美]韦勒克、沃伦:《文学理论》,第 167 页。

用于文学研究的各个领域,也并不为某一理论派别所专有。19世纪中叶以后,随着世界经济文化交流的发展,人们将这种方法运用于特定的文学研究领域和对象,形成了比较文学这一文艺学部门和方法。

比较文学指对两个或两个以上的不同国家、民族的文学进行比较研究,探寻它们之间可能存在的相互联系和影响,揭示它们各自的特点和共同的发展规律。在比较文学中形成了注重影响研究的法国学派和提倡平行研究的美国学派,这两派在研究方法上有着明显的不同。

法国是比较文学的发源地之一。1950年代以前,法国一直是国际比较文学的中心。法国学派所代表的传统的比较文学研究方法,强调通过实证考据,寻溯比较对象之间的渊源、影响、媒介、流传等关系,从而理清某一民族文学影响另一民族文学的途径和过程。它包括渊源学、流传学、媒介学等分支。这种影响研究,既可以从整个民族文学或者流派、思潮、运动等大的范围进行,例如研究西欧各国文学对俄国文学的影响;也可以从作家作品等小的范围内展开,例如研究我国元杂剧《赵氏孤儿》对18世纪西欧各国戏剧的影响。法国学派的研究一般限于欧洲(主要是西欧)文化系统,存在着欧洲中心论的偏向。

第二次世界大战以后,比较文学以美国为基地得到复兴。美国学派代表了比较文学新的潮流和方向。他们注意探讨那些不能直接互相施加影响的文学之间的美学联系,形成了主题学、题材史等分支;提倡不同文化体系的类同研究和对比研究;主张进行文学与其他学科(包括其他艺术样式、其他社会意识形态以至自然科学)的比较研究,即所谓跨学科研究,形成了非常宽泛的比较文学概念。在研究对象上,它打破了法国学派的欧洲中心论,视野显得更加开阔,态度也更为公允。美国学派还将这种研究扩展到不同国家、不同民族的文学理论、文学批评等范围内,形成了所谓"比较诗学"。

各种理论体系、各种研究方法之间存在着区别和差距,对立和斗争,但它们之间也有同一性和互补性。严格地说,从文学的各方面属性延伸出来的各种理论和方法都不是对文学的整体把握。面对着纷纭复杂的理论体系和方法形态,文学这个有着自己本质规定性和价值取向的系统,也就有着被肢解的危险。就文学研究的总体而言,只有综合地运用各种方法才能达到全面地深刻地认识文学这一系统的目的。而且,即使就某一方面、某一层次的研究而言,在肯定一种或数种方法的主导性的同时,也不能忽视其他一些次要方法的补充和辅助作用。这既是揭示文学系统一般规律的需要,也是更有效地揭示文学系统某一层次、某一方面、某一部分规律的条件。各种研究方法之间互相排斥的结果往往是强化了自身的局限,而且很容易把对象以及研究本身引入死角。

文学研究方法和理论一样,也是开放的体系。对外的吸收引进,内部的相互渗透和补充,都是必然的。事实上,当不同的文学派别在理论上展开漫无休止的论争时,在实践中却常常表现出不可抗拒的沟通和融合。

当然,肯定各种方法之间的同一性和互补性,并不是抹杀它们各自的特点和相互区别,也不是要求用某一种方法去包罗万象。虽然文学批评和整个文艺学研究在整体上呈现出多种形态的开放和联系,但是具体的研究主体和派别仍有选择某种方法的自由和必要,只是在特殊的视野内应尽量保持整体的、系统的文学观念和文艺学观念。只有这样,才能保证批评和研究的科学性,促进文学的繁荣和进步。

第一章

文学本质论

　　文学的本质,是文学理论中一个古老的问题。尽管文学一词被赋予现代意义的时间不长,但是从人类对诗歌、戏剧等古老的文学样式的探究中不难发现,人们一直在试图揭示这些样式的本质以至它们的共同点。到了现代,这些探究归结为文学本质即什么是文学或文学是什么的问题,并在这一理论命题的框架下得以发展。这样看来,这个问题既是一个古老的问题,也是文学研究中一个最基本的和相当困难的问题。它与文学的性质、形态、范围和发展历史相联系,成为研究和确定文学与非文学分界的重要问题。

第一节　关于文学本质的系统认识

一　历来对文学本质的理论探讨

　　几千年来,中外古今的哲学家、美学家、文学家和文学理论家在对文学进行研究时都不可避免地要涉及文学本质的问题,做出各种各样的解释。可以说,有多少种文学理论,也就有多少种文学本质观。

　　人们对于文学本质的认识,与文学自身的演变、整个社会的发展以及其他科学部门的发展相联系,经过长期的探索而不断进步。它经历了由宽泛到专一、由肤浅到深刻、由笼统到清晰、由单一到综合的历史发展过程。其中,也包含了正确与错误、进步与落后等等之间的斗争。这种文学观念的交锋,还常常和政治、宗教、哲学等其他思想领域里的斗争相联系,形成错综复杂、激烈尖锐的局面。总的说来,历代有成就的研究者曾经围绕这个问题,从不同方面、不同程度上提出了许多重要的精辟见解,下过种种不同的定义,触及或揭示了文学本质的奥秘。由此构成的对文学本质的总的认识之链,在每一环上都镌刻着不断更新的标记。这些探讨不但在不同程度上启发,推动了不同时代、不同民族、不同文化背景的文学实践的发展,而且其中许多成果和探索经验为在新时代进一步研究这个问题提供了有益的借鉴。

在西方文学理论史上,影响最大的两种文学本质理论,是再现理论和表现理论。中国文学包括文学传统的发展走过了与西方不同的历史道路,存在明显的差异,但是也有许多类似或相通之处。到了20世纪,中国受西方的影响,在文学本质观以至整个文学理论上出现了一定程度的与西方趋同的倾向。

再现理论着重从文学作品与客观现实世界的关系来说明文学艺术的本质,将其解释为对现实世界的模仿或再现。

这一理论起源于古希腊亚里士多德的模仿说。在他之前,哲学家赫拉克利特、德谟克利特就论及过艺术模仿自然的问题,他的老师柏拉图也从唯心主义立场出发肯定过文艺是对现实的模仿。而亚里士多德在希腊文艺已达到高峰而转向衰落的时代,用科学方法对其做出了精细的分析和简要的总结,写出了《诗学》这一重要理论著作。其中,他对模仿说作了唯物主义的解释,认为文学艺术是对现实的模仿,而现实就是客观存在着的生活本身。他指出:

> 诗人既然和画家与其他造型艺术家一样,是一个摹仿者,那么他必须摹仿下列三种对象之一:过去有的或现在有的事、传说中的或人们相信的事、应当有的事。[1]

亚里士多德在这里所说的第一种方式是简单地模仿自然,第二种是根据神话传说,而第三种则是最好的方式。他说:"诗人的职责不在于描述已发生的事,而在于描述可能发生的事,即按照可然律或必然律可能发生的事。"[2]这就把揭示现实世界所具有的必然性和普遍性即它的内在本质和规律作为诗人的职责。"亚里士多德是第一个以独立体系阐明美学概念的人,他的概念竟雄霸了二千余年。"[3]因此,在西方,模仿说长期占据统治地位,直到近

---

[1] [古希腊]亚里士多德:《诗学》,《西方文艺理论名著选编》上卷,第87~88页。
[2] [古希腊]亚里士多德:《诗学》,《西方文艺理论名著选编》上卷,第60页。
[3] [俄]车尔尼雪夫斯基:《论亚里士多德的〈诗学〉》,车尔尼雪夫斯基:《美学论文选》,缪灵珠译,人民文学出版社1957年版,第129页。

代才有所变化。

欧洲文艺复兴时期,自然科学得到发展,人文主义者重视艺术模仿现实的传统观念,艺术家达·芬奇等人曾经用镜子比喻作家的心灵和作品,认为它们对现实进行折射和摄取。[1] 19世纪中期,别林斯基等俄国革命民主主义美学家、文艺批评家在社会革命的背景之下,运用唯物主义观点总结现实主义文艺的经验,进一步发展了再现理论。车尔尼雪夫斯基明确指出艺术的三大任务首先是再现生活。他认为现实永远高于艺术,二者的关系就像绘画原作和复制品的关系一样,复制品总比原作低劣,但却可以让更多的人得以欣赏。"艺术作品的目的和作用也是这样:它并不修正现实,并不粉饰现实,而是再现它,充作它的代替物。"[2]在此基础上,车尔尼雪夫斯基认为艺术应该承担说明生活,给生活下判断的任务,从而成为生活的教科书,强调了文学的认识功能和教育功能。

我国古代的理论家和作家、艺术家也曾有不少人论及文艺同自然、同现实的关系。南北朝时期刘勰的《文心雕龙》是我国第一部系统的文学理论专著,其中《物色》、《时序》等篇章就论述或涉及文学同自然、社会、时代的关系。刘勰指出:"春秋代序,阴阳惨舒,物色之动,心亦摇焉。"[3]"人秉七情,应物斯感,感物吟志,莫非自然。"[4]而钟嵘在《诗品》中也指出:"气之动物,物之感人,故摇荡性情,形诸舞咏。"[5]他们都在肯定诗文"言志"传统的基础上,进一步指出作家的情志即构成创作冲动和作品意蕴的思想感情,是由"物感"即自然景物和社会生活等客观现实的感动触发而产生的。另外也有不少论者着重从社会政治角度论及文学与现实的关系。例如唐代诗人白居易提出:"文章合为时而著,歌诗合为事而作",从而达到"补察时政","泄导人情"的作用。[6]但是,这些论述从根本上来说,和西方的再现理论还是有区别的。

---

[1] 参见[意]达·芬奇:《笔记》,《西方文艺理论名著选编》上卷,第160页。

[2] [俄]车尔尼雪夫斯基:《艺术与现实的美学关系》,《西方文艺理论名著选编》中卷,第358页。

[3] 刘勰:《文心雕龙·物色》,《文心雕龙注》下册,范文澜注,人民文学出版社1958年版,第693页。

[4] 刘勰:《文心雕龙·明诗》,《文心雕龙注》上册,第65页。

[5] 钟嵘:《诗品·序》,郭绍虞主编:《中国历代文论选》一卷本,上海古籍出版社1979年版,第106页。

[6] 白居易:《与元九书》,《中国历代文论选》一卷本,第140~141页。

到了20世纪中期,再现理论和马克思主义的反映论相结合被中国文学界所接受,形成了文学是社会生活的反映这一基本文学观,造成了极大的影响。这个命题就总体而言,是再现理论的继承和发展。但是在阐释运用过程中,由于忽视人作为主体的主观能动性,忽视文学的审美特性,并且以此作为对文学本质的唯一解释,排斥和否定其他理论从不同角度和层次对文学本质以及其他文学问题的解释,从而陷入了绝对化和片面性。这样,就妨碍了对文学本质问题的深入研究,也妨碍了文学功能的更好发挥和文学的繁荣发展。

和再现理论在西方文学传统中占据统治地位的情况相反,在中国,着重从创作主体的思想感情以至感觉的表现来解释文学本质的观点自古得到推崇,这和西方后起的表现理论相当吻合。《尚书·尧典》中的"诗言志"[1]作为中国古代诗论开山的纲领而源远流长。被看作是先秦儒家诗论总结的《毛诗序》,从志情合一的角度进一步阐明了诗歌的言志特点。文中指出:

> 诗者,志之所之也,在心为志,发言为诗。情动于中而形于言,言之不足故嗟叹之,嗟叹之不足故永歌之,永歌之不足,不知手之舞之,足之蹈之也。[2]

尽管在长期的封建社会里,"诗言志"经常与"文以载道"联系在一起,但是"缘情"的传统却始终不断,到了明清两代还出现了像李贽的"童心说"、袁枚的"性灵说"等强调表现真情实感的理论主张。明代李贽从反抗封建礼教的立场提出"童心说"。他认为:"天下之至文,未有不出于童心焉者也。"而所谓"童心者,真心也","绝假纯真,最初一念之本心也。若失却童心,便失却真心;失却真心,便失却真人"。他对载道说持批判态度,认为"多读书识义理"只能是"障其童心","以童心既障,而以从外入者闻见道理为之心也"。[3] 清代诗人袁枚力倡"性灵说",其理论源于钟嵘等人,更是晚明公安派"独抒性灵,不拘格套"等观点的继承与发展。他所谓的"性灵",即"性情"

---

[1] 《尚书·尧典》,《中国历代文论选》一卷本,第1页。
[2] 《毛诗序》,《中国历代文论选》一卷本,第30页。
[3] 李贽:《〈焚书〉卷三〈杂述〉》,北京大学哲学系美学教研室编:《中国美学史资料选编》下册,中华书局1981年版,第125~126页。

与"灵机"的结合,而又以前者为主,其主要内涵就是要求自然风趣地抒写个人的真情实感。他指出"诗之本旨"是表达感情的,"诗者,各人之性情耳"。[1]"有必不可解之情,而后有必不可朽之诗。"[2]他们的这些主张都和风教、载道、温柔敦厚等封建正统文学观念以及复古主义文学倾向相对立,包含有追求个性解放的积极思想因素。

表现理论近代在西方的兴起和盛行,其理论渊源在于德国古典主义哲学家、美学家康德从人的主观天性和才能去探讨艺术本质的观点。18世纪后期浪漫主义文学思潮在欧洲兴起,表现理论作为它的理论根据而逐渐盛行。它不仅为许多理论家所坚持,也为一大批文学家和其他艺术家奉为信条。例如,俄国作家列·托尔斯泰就认为:"艺术是这样的一项人类活动:一个人用某种外在的标志有意识地把自己体验过的感情传达给别人,而别人为这些感情所感染,也体验到这些感情。"[3]但托尔斯泰等人和康德一样,都没有根本排斥艺术的理性因素。

而另外一些理论家,如德国哲学家叔本华、尼采等人,则把康德思想中的非理性因素大大加以发挥,形成了西方现代文论中表现理论的新潮流。法国哲学家柏格森强调神秘的"生命的冲动"和直觉,认为"艺术总是以个人的东西为对象的"。"诗人歌唱的是他自己而不是别人的某一种精神状态,而且这种精神状态以后再也不会重现。"[4]意大利美学家克罗奇主张直觉即表现,表现即艺术;而当人们以直觉方式对一件事物产生意象时,也就完成了一件艺术品。他指出:"把直觉作为艺术的定义,就已经给艺术下了完整的定义。"[5]这些和弗洛伊德把艺术看作是被压抑的本能欲望的宣泄和升华的观点一样,都是西方现代表现理论中具有代表性的观点,这些理论肯定和强调了作家主观因素在文学艺术中的地位作用,但往往又把这种主观因素同社会实践和客观世界割裂开来,在这种主观因素内部又把情感、感觉等和认识对立起来,甚至孤立地强调人的某些动物性的原始本能,这就难免带来谬误和偏见。因此,即使是一些重视艺术表现性的西方理论家,也对这种倾向持保留或批评的态度。例如美国符号论美学家苏珊·朗格就认为艺术并

---

[1] 袁枚:《答施兰垞论诗书》,《中国美学史资料选编》下册,第352页。
[2] 袁枚:《答蕺园论诗书》,《中国美学史资料选编》下册,第353页。
[3] [俄]列·托尔斯泰:《艺术论》,《西方文艺理论名著选编》中卷,第412页。
[4] [法]柏格森:《笑——论滑稽的意义》,《西方文艺理论名著选编》中卷,第489页。
[5] [意]克罗奇:《美学纲要》,《西方二十世纪文论选》第1卷,第26页。

不是表现艺术家本人所具有的情感和情绪,而是表现人类的普遍情感。她指出:

> 一件艺术品就是一件表现性的形式,这种创造出来的形式是供我们的感官去知觉或供我们想象的,而它所表现的东西就是人类的情感。[1]

在中外文学理论史上还有一种理论值得注意。它的基本特点可以用中国文论中的"载道"来表示。中国古代有文以明道、文以贯道、文以载道等说法。对于道的理解虽然也有不同和差别,但基本指的是一种客观存在的规律或规范。所谓"道者,万物之所以成也"。"圣人得之以成文章"。[2]宋代理学家周敦颐首先提出了"文所以载道"。[3]理学家所说的"道",有其特定的具体内容,指的是身心性命的义理之学;而"文"的内涵也主要限于语言文字。他们重道轻文,将文学视为"圣贤之道"的附庸;到了程颐,则进而认为"作文害道","词章之文"属于"玩物丧志"。[4]这样,"载道"理论就被推向极端,在我国文学发展中造成了严重的消极影响。

一些西方理论家所说的"理念",和中国古代文论中所说的"道"有着接近和类似之处。古希腊哲学家柏拉图认为在现实世界之外,有一个完全超越的理念(或译理式)世界。他举例说,在木匠制作的现实的床以外,还有一个"床之所以为床"的神造的理念。只有这种理念世界才是真实的世界,现实世界只是理念世界的摹本。而文艺,例如画家画的床,模仿的是现实世界,即理念世界的影子。因此,只是摹本的摹本,影子的影子,"和真理隔着三层"。[5]他的观点看起来也是模仿说,但实际上已改变了原有的朴素唯物主义的内涵。

德国古典主义美学家黑格尔也强调宇宙的本源是"绝对理念"。和柏拉图所不同的是,他的理念已进入现实,成为现实世界的灵魂,并且不再是静止不变的,而体现为一个不断发展的辩证过程。他认为艺术、宗教、哲学是

---

[1] [美]苏珊·朗格:《艺术问题》,滕守尧等译,中国社会科学出版社1983年版,第13~14页。
[2] 《韩非子·解老》,《中国美学史资料选编》上册,第74页。
[3] 周敦颐:《通书·文辞》,《中国历代文论选》四卷本,第2册,上海古籍出版社1979年版,第283页。
[4] 程颐:《语录》,《中国历代文论选》四卷本,第2册,第284页。
[5] 参见[古希腊]柏拉图:《理想国》,《西方文艺理论名著选编》上卷,第22~28页。

由绝对理念发展出来的三种形式,而艺术则是其中最不完善的一种。"艺术的任务在于用感性形象来表现理念,以供直接观照"。"艺术的内容就是理念,艺术的形式就是诉诸感官的形象。"[1]

"道"和"理念",都是某种客观存在的规律或绝对精神。但所不同的是:在西方,更强调这种绝对精神是客观存在的灵魂;而在中国,更强调它融于作家心志之中,并让文学去言、去载、去明。因此,常常把前者归入模仿理论或再现理论,而把后者归入诗言志的主流。在我国当代的文学观念中,有人在认为文学是社会生活的反映时,强调揭示事物的本质规律,因而常将某些政治主张、哲学命题当作具体的作品主题而加以图解,其中也反映出这种载道论的影响。

上述这些本质论体系,都是围绕文学活动不同环节而存在的。本书绪论中提到艾布拉姆斯在《镜与灯》中论及的实用理论和客体理论,就是从文学作品对现实的实际功用、文学作品的独立自足性等不同方面来界定文学本质的。历史上对文学本质问题的考察,由于视角、时空、层次、对象等等的不同,还形成了许多其他理论。

在近现代学科体制不断发展,人们努力加强对文学本质进行科学界定的同时,随着反本质主义在哲学上的滥觞,文学理论领域中对文艺本质问题的认识也出现了反本质主义的倾向。20世纪中期,西方一些倡导分析美学的理论家如美国的维特根斯坦、肯尼克等人,一概否定艺术的共同点,否定对艺术特征进行概括和对艺术本质进行界定的可能性。他们认为:"我们之所以能将艺术品与其他事物区分开来,是因为我们懂英语,即是说,我们知道如何正确地使用'艺术'一词和'艺术品'这一字眼。""一旦有人问起我们艺术是什么时,我们便不知道了;这就是说,我们无法找到任何简单或复杂的定义来准确表达它们的逻辑内容。"[2]20世纪后期兴起的后现代主义与文化研究等思潮都倾向于强调"文学"是一种处于不同社会文化历史语境中而不断变化的话语建构,认为寻找其普遍的稳定的本质是不可取的。他们认为,"文学"这个术语的作用和"杂草"这个词汇相似,"杂草"不是特定品种

---

[1] [德]黑格尔:《美学》第1卷,朱光潜译,商务印书馆1984年版,第90、87页。
[2] [美]肯尼克:《传统美学是否建立在错误的基础之上?》,蒋孔阳主编:《20世纪西方美学名著选》下册,第107~108页。

的植物,"文学"也只是"一种形式的、空洞的定义"。[1]这种否定对艺术本质进行界定的必要性和可能性的观点,其实也是一种特殊的本质观。当代文学艺术发展的多样性,特别是随着为了适应娱乐性消费而大批量生产的大众文化的发展而出现的一些现象,无疑在一定程度上给这种观念提供了某种佐证。

但是,即使是持这种观点的论者,也很难否认在各种不同文学和不同文学观念之间存在着某些普遍的共同性和延续性因素,很难否认人们在不同的时间和空间范围内对于文学现象存在某种程度的共识。例如,乔纳森·卡勒是强烈地持这种观点的一位美国学者。他认为:"文学就是一个特定的社会认为是文学的任何作品"。[2]他强调:"我们可以把文学作品理解成为具有某种属性或者某种特点的语言。我们也可以把文学看作程式的产物,或者某种关注的结果。"他列举了五点"理论家们关于文学本质所做的论述",企图来说明这种两面性,这些论述包括:第一,"文学是语言的'突出'";第二,"文学是语言的综合";第三,"文学是虚构";第四,"文学是审美对象";第五,"文学是互文性的或自反性的建构"等。他归结说:"我们面对的是有可能被描述成文学作品特点的东西,是那些使作品成为文学的特点。不过,我们也可以把这些特点看作是特别关注的结果,是我们把语言作为文学看待时赋予它的一种功能。""文学的'文学性'也可以存在于语言材料与读者对什么是文学的程式化期待两者之间相互作用所形成的张力之中。"[3]但是,无论是作家、编辑或评论家的"特殊关照"或"赋予"功能也好,还是读者的"惯常的期待"也好,都需要有一定的依据。而卡勒列出的五点认识,既有传统的观念的沿用,也有结构主义、后结构主义的介入,恰恰可以作为人们认识"文学是什么"的依据或参考,在一定程度上反映出人们对于文学性质和特点的某种共识。这种共识正是通常意义上的所谓本质或规律,将这种共识绝对化、凝固化是错误的;反之,否认这种共识,否定对文学性质和特点共同性、延续性的探讨也是不可取的。

---

〔1〕 参见[英]伊格尔顿:《二十世纪西方文学理论》,伍晓明译,陕西师范大学出版社1986年版,第12页。
〔2〕 [美]卡勒:《文学理论入门》,李平译,译林出版社2008年版,第23页。
〔3〕 [美]卡勒:《文学理论入门》,第30~38页。

二　运用系统方法认识文学本质

历史上对文学本质探讨的各种理论为我们认识文学本质打下了广阔而坚实的基础,提供了多方面的深刻启示。文学本质理论的多样性是和文学现象的复杂性、文学发展的历史性、文学功能的综合性等联系在一起的;同时,又是由人类认识水平的渐进性、主体条件的差异性、主体把握客体过程中不可避免的片面性等因素决定的。各个时代、各个社会、各个阶级或阶层的学者,在论述文学本质时,不管存在多大的谬误,一般总有一定的科学或实践的根据,从而使自己的主张具有一定的合理性。

然而,这并不是说文学的本质可以随意解释,可以因时、因地、因人而随意变化。经过千百年的发展,文学之所以为文学,总有某种客观的、相对稳定的、延续的基本性质和特点存在。因此,我们既要注意从文学自身的形态、特点出发去探索它的本质,又要发挥主体的优越性,克服局限性,以求提高对文学本质问题的认识水平。一方面,把文学本质视为一个多层次多侧面的综合系统;另一方面,把对文学本质的认识视为一个多层次多侧面的综合系统。

我国自1970年代后期进入社会生活的历史新时期以后,文学得以繁荣和发展,人们对文学本质的理论认识也得以深化。首先,摒弃了阶级斗争工具说;接着,过去几十年中长期占主导地位的社会生活反映说(它融合了再现理论和载道理论而为一体)的简单模式被打破了。先是表现理论崛起,继而是表现再现统一之说盛行,另外还有从审美特性、人的本质力量确证等方面来阐释文学本质的观点,一时呈现众说纷纭的复杂局面。经过一段时间的探讨,包括对广泛介绍的西方文艺理论的消化借鉴,理论界对文学本质问题的综合性系统性有了比较清醒的认识,无论是反对界定文学本质的,还是主张可以做必要界定的,都认为文学是一个多层次、多侧面、动态发展的复杂结构,应该采取开放的、历史的态度进行科学的认识。一方面肯定了从不同侧面、不同层次研究这一问题的合理性和可能性,另一方面则强调系统地、综合地解决这一问题的必要性和可能性。

在后一方面,俄罗斯学者卡冈的理论探讨给我们以方法论的深刻启示。卡冈认为,对于艺术本质,"单线条确定"和"双维的解释"(如认识与评价、反映和创造之类),都不能"以应有的充分再现艺术的复杂结构"。因此,必须采用系统方法。卡冈指出:

人类的现实生活活动作为有机的完整体,由四种基本成分——劳动、认识、价值定向和交际——的相互作用而形成。艺术也相应是如此,它的作品本身同样是有机的完整体,艺术仿效人类生活活动的这种结构。[1]

这样,艺术融合了四种基本社会活动,同时成为和它们并列的一种特殊的人类活动。卡冈一方面将艺术置于人类的整个社会活动中进行考察,一方面又揭示出二者的联系,提出艺术同时作为现实生活的类似物和差异物出现;艺术的各种性质和功用,是有机完整的统一体。他还运用系统方法对艺术形态即"历史形成的、艺术掌握世界的各种具体方式"进行研究,指出"这些方式中的每一种既具有对于所有方式是普遍的特点,又具有个别特殊的特点",从而说明艺术本身是一个包括各种具体形态的系统。卡冈认为艺术的系统性还表现在它是不断发展变化的。这种发展变化既体现在它同其他社会活动的关系上,也体现在自身形态的演变上。[2] 卡冈对艺术本质的分析也有其不足之处,主要是对于艺术本身质的规定性即艺术之所以为艺术说明不够。除此以外,国内外也还有其他一些理论家运用系统方法来研究文学的本质及功用等问题,虽然学术界对此评价并不一致,但总的说来,这些工作是富于启发性和开拓性的。

文学本质可以有多层次多侧面的说明,其中这样三个方面应该说是基本的和主要的:

第一,从文学在整个社会结构系统中的地位来说,文学是一种社会意识形态(学界对意识形态一词的运用有多种含义,本书只是在一般的描述意义上运用,即指社会总体结构的一部分),这是它的系统质。

第二,从文学区别于其他社会意识形态、其他艺术样式的最基本的特点来说,文学的自身质在于它用语言创造审美观照对象,是一种以语言为媒介的审美创造活动。

第三,从文学的社会作用来说,文学的功能质在于提供人工对象来满足人们审美观照的需要,在此基础上产生多种社会作用。

本章将从这三个方面对文学本质问题展开讨论。

---

〔1〕[俄]卡冈:《艺术》,《美学和系统方法》,凌继尧译,中国文联出版公司1985年版,第56页。
〔2〕以上参见[俄]卡冈:《艺术》、《文化系统中的艺术》等文,均收入《美学和系统方法》一书。

第二节 文学是一种社会意识形态

一 文学在社会大系统中的地位和性质

要全面阐明文学的本质,不能孤立地从文学自身去寻找答案,而必须从文学与整个社会的联系以及在社会中的地位等方面来加以考察。

文学和艺术的其他部门一样,都是人类意识活动的产物,是社会的精神现象,是一种社会意识。文学不是像社会心理那样的自发的低水平的社会意识,而是经过作家自觉加工的高水平的社会意识。文学也不同于自然科学,它必然直接或间接地反映社会政治与经济。因此,文学及整个艺术都属于社会意识形态。马克思主义关于经济基础和上层建筑的学说科学地阐明了社会的内部构造及其客观规律,揭示了各种社会意识形态之间的相互关系,从而为全面认识文学的本质提供了科学的武器。马克思在《〈政治经济学批判〉序言》中对人类社会的内部结构以及社会意识和社会存在的关系作了经典性的表述。他指出:

> 人们在自己生活的社会生产中发生一定的、必然的、不以他们的意志为转移的关系,即同他们的物质生产力的一定发展阶段相适合的生产关系。这些生产关系的总和构成社会的经济结构,即有法律的和政治的上层建筑竖立其上并有一定的社会意识形式与之相适应的现实基础。物质生活的生产方式制约着整个社会生活、政治生活和精神生活的过程。不是人们的意识决定人们的存在,相反,是人们的社会存在决定人们的意识。[1]

根据这一认识,我们确定文学在社会大系统中的地位:第一,它属于上层建筑;第二,它属于上层建筑中的社会意识形态;第三,它属于社会意识形态中的艺术。

所谓社会意识形态,包括了人类社会众多的精神活动的产物,包括政治、法律观点以及宗教、道德、哲学和文学艺术等。它和政治法律制度等构

---

[1] [德]马克思:《〈政治经济学批判〉序言》,《马克思恩格斯选集》第2卷,人民出版社1972年版,第82页。

成了上层建筑。承认文学是一种社会意识形态，就意味着承认它作为社会意识形态应该具有的一般特点，同时也不抹杀它的独立的自身特点。

首先，必须承认文学是在一定的经济基础上形成和发展起来的，归根结底受着经济基础的制约和决定；同时，它又具有自身发展的独立性和稳定性，反过来对经济基础必然产生影响和反作用。

经济基础即生产关系的总和，它与生产力共同构成了社会物质资料的生产方式。生产力是其物质内容，生产关系是其社会形式。这种物质资料的生产方式制约着整个社会生活包括精神生活的过程，文学也不例外。它作为一种精神生产，其内容、形式、水平、风貌等都受到物质生产方式的制约和影响。

原始社会的文艺活动，和人们的物质生产活动及其他精神活动直接结合在一起，自身各个部分的分野也不明显。它表现了原始人对于自然的依赖和在征服自然、改造自然方面幼稚的幻想，往往带有神奇的色彩。随着生产力的发展和阶级的产生，随着物质劳动和精神劳动的分工，国家出现，各种社会意识形态逐步发展起来，社会生活的内容也越来越复杂。社会物质生活与生产方式的变动，以及由此引起的整个社会生活的变动，也是不断的、经常的，这些都给文学以深刻的影响。正如马克思所说的："在不同的所有制形式上，在生存的社会条件上，耸立着由各种不同情感、幻想、思想方式和世界观构成的整个上层建筑。"[1]离开了经济基础，就无法正确地解释各个时代的文学观念。

从作家个人来说，所处的社会经济地位对于自己的创作也是重要的制约因素。在中外文学史上，都有一些作家、诗人被宫廷、贵族或教会等豢养保护，当他们处于并安于这种地位时，便不可能违背主人的意愿观念和审美趣味进行创作。而经济地位的变动也常常带来作家个人思想观念、审美趣味以至题材视野等方面的变化，从而导致其创作指向和文学风格的改变。

各种社会意识形态与经济基础的关系并不一样，普列汉诺夫曾经把马克思主义关于经济基础与上层建筑的学说概括为一个公式：

  一定程度的生产力的发展；由这个程度所决定的人们在社会生产过程中的相互关系；这些人的关系所表现的一种社会形式；与

---

〔1〕［德］马克思：《路易·波拿巴的雾月十八日》，《马克思恩格斯选集》第1卷，第629页。

这种社会形式相适应的一定的精神状况和道德状况；与这种状况所产生的那些能力、趣味和倾向相一致的宗教、哲学、文学、艺术。[1]

在这一公式中，全部社会现象被分为五层：一是生产力；二是生产关系；三是社会制度，即政治制度、法律制度等；四是精神和道德状况；五是宗教、哲学、文学、艺术。这样形成的是一个以生产力为最基础部分的"五层楼"的社会大厦。经过这样细致的分析，就既可以认识经济因素的最终决定作用，又可以看到经济与文学、艺术之间层层叠叠的复杂关系。

文学艺术与哲学、宗教一样，比起政治、法律、道德等，距离经济基础较远，是一种"更高地悬浮于空中的思想领域"[2]。经济基础与文学艺术之间的作用与反作用，往往要通过上层建筑的其他环节特别是政治作为中介来实现。一定的经济基础，通过这种中介，制约和影响文学的性质与发展；一定的文学，反过来又通过这种中介，为相应的经济基础服务。政治作为中介，同经济和文学艺术都有较为直接的关系，它反映一定经济基础的要求并影响文学的发展。

文学在社会大系统中所处的特定层次和地位，决定了它的特定性质和作用。只有清楚地把握了这一点，才能科学地认识文学的本质。同时，也正因为这个原因，文学和政治思想、法律思想等具有不同的历史发展过程和前途，并将与人类社会生活长期共存下去。

其次，必须承认文学和其他社会意识形态一样，都是人脑对客观现实世界特别是人类社会生活的反映。正如毛泽东所指出的："作为观念形态的文艺作品，都是一定的社会生活在人类头脑中的反映的产物。"[3]这是从社会意识与社会存在的一般关系得出的必然结论，也是对文学实践的正确分析。可以说，无论时代或民族有什么不同，内容和形式有什么差异，所有的文学作品都毫无例外地是一定社会生活的反映。即使是描写非现实或超现实事物的作品，例如像后羿射日那样以幻想为内容的古代神话，像《西游记》那样

---

[1] [俄]普列汉诺夫：《唯物主义史论丛》，《普列汉诺夫哲学著作选集》第2卷，生活·读书·新知三联书店1961年版，第186～187页。

[2] [德]恩格斯：《致康·施米特》，《马克思恩格斯选集》第4卷，第484页。

[3] 毛泽东：《在延安文艺座谈会上的讲话》，《毛泽东论文学与艺术》，人民文学出版社1965年版，第64页。

的神魔小说，以及像奥地利作家卡夫卡的《变形记》那样怪诞离奇的现代作品，它们的根源仍在现实，仍是现实生活的曲折反映。鲁迅说得很深刻："描神画鬼，毫无对证，本可以专靠了神思，所谓'天马行空'似的挥写了，然而他们写出来的，也不过是三只眼，长颈子，就是在常见的人体上，增加了眼睛一只，增长了颈子二三尺而已。"〔1〕

文学对客观世界的反映，是主体即作家的主观世界能动的、积极的创造性作用的结果，绝不是对现实世界被动的、消极的机械摹写。因此，把反映同创造、再现同表现对立起来是错误的。18世纪德国思想家、作家歌德曾经指出：

  艺术家对于自然有着双重关系：他既是自然的主宰，又是自然的奴隶。他是自然的奴隶，因为他必须用人世间的材料来进行工作，才能使人理解；同时他又是自然的主宰，因为他使这种人世间的材料服从他的较高的意旨，并且为这较高的意旨服务。

  艺术要通过一种完整体向世界说话。但这种完整体不是他在自然中所能找到的，而是他自己的心智的果实，或者说，是一种丰产的神圣的精神灌注生气的结果。〔2〕

既然如此，文学作品所表现的社会生活也就并不等于客观存在的现实生活。歌德曾把未经加工过的客观生活叫作"第一自然"，而把经过作家感觉、思考、加工和改造后写进作品中的生活景象叫作"第二自然"。"第二自然"来源于"第一自然"，但又不等于"第一自然"，是一种"人化的自然"。而像车尔尼雪夫斯基那样把艺术与生活的关系看作是印刷品和原画的简单复制关系，也就否定了艺术家的主观能动作用和艺术生产的创造性价值。

文学是客观世界的反映，但不限于是物质世界的反映，并不是所有的作品都只以物质的存在作为自己表现的对象。因为人的精神世界尽管一方面是物质存在的反映，但同时也是一种客观的存在；它同样可以而且必然成为文学反映的对象。在文学作品中，对人的精神世界的表现始终占有突出的地位，而在抒情类作品中则成为基本的主要的表现对象。作者在作品中表

---

〔1〕 鲁迅：《叶紫作〈丰收〉序》，《鲁迅全集》第6卷，第219页。

〔2〕 [德]爱克曼：《歌德谈话录》，朱光潜译，人民文学出版社1978年版，第137页。

现的人物或自己的感情,总是植根于客观现实的土壤中,它本身就是社会生活的有机组成部分。所以,抒情类作品也是社会生活的反映。

文学及其他艺术对客观世界的反映,是一种以审美为中心的把握世界的方式,是审美反映,它所体现的是人与客观世界的多种关系的一种,即审美关系。

审美构成了文学及整个艺术与其他社会意识形态的区别。这种区别既表现在反映的形式上,也表现在反映的内容及社会作用等方面。抹杀了这一点,甚至把反映等同或归于认识,就是抹杀了文学艺术的独立意义,也是对反映本身的曲解。"倘若研究者只是想当然地把文学单纯当作生活的一面镜子,生活的一种翻版,或把文学当作一种社会文献,这类研究似乎就没有什么价值。只有当我们了解所研究的小说家的艺术手法,并且能够具体地而不是空泛地说明作品中的生活画面与其所反映的社会现实是什么关系,这样的研究才有意义。"[1]美国学者韦勒克在这里所说的当然是文学研究的"价值"和"意义"。至于认为文学的作用只是向政治或其他社会意识形态提供功利性的工具形式,那种"非文学"的观念从文艺学角度上来看显然是不足取的。当然,这并不意味着可以割断文学同社会的一切联系,否认文学本身所具有的社会性质和功能。

二 文学与上层建筑其他部门的关系

研究文学在社会大系统中的地位和性质,脱离不了研究文学与上层建筑其他部门的关系。

整个上层建筑的各个部门都直接或间接地影响和制约文学,其中尤其以政治的作用最为突出。它们和经济基础一起赋予文学多种社会性质(诸如民族性、阶级性、时代性等)和社会功能,同时也给人们认识文学的本质增添了盘错繁复的雾障。

这种影响和制约主要表现在以下几个方面。

(一) 对文学发展的环境制约

一定的政治制度、方针和政策,一定的法律制度和条令,一定的道德规范,一定的宗教制度和观念,以及由它们所引发的矛盾、冲突和斗争,所造成

---

[1] [美]韦勒克、沃伦:《文学理论》,第107页。

的社会风尚习俗等,都会构成一定的客观环境条件,直接或间接地影响和制约文学发展的方向、水平和面貌。

在这当中,政治对文学的制约影响往往更为直接、深刻和强大。政治的开明常常都包括了文化政策的宽松和谐,它可以促进文学健康地发展,从而得到繁荣;相反,专制的政治总是文网森严,它就迫使文学衰落凋零。我国"文革"时期,就由于文化专制主义的禁锢,造成了毛泽东也承认的没有小说,没有诗歌,没有评论,没有百花齐放的局面。

一般说来,激烈的政治斗争往往会给文学造成特殊的客观环境,刺激作家的创作欲望,给作家提供丰富的创作素材。法国启蒙主义思想家狄德罗曾经这样说过:

> 什么时代产生诗人?那是在经历了大灾难和大忧患以后,当困乏的人民开始喘息的时候。那时想象力被伤心惨目的景象所激动,就会描绘出那些未曾亲身经历的人所不了解的事物。[1]

实际上,在政治的或其他的社会大事变之前或之中同样也会产生诗人和佳作。所不同的是,在大事变之前,诗人以敏锐的感受力预言它,如高尔基的《海燕》;在大事变之中,诗人以顽强充沛的激情支持或抗争它,如屈原的《离骚》;而在大事变之后,则以深沉的历史感来反思它,如我国1980年代的"反思文学"。这是因为,围绕政治等方面的社会大事变,社会的各种矛盾往往都充分地暴露出来,各种纷纭变化错综复杂的生活现象奔涌到作家面前,深深地吸引着作家自觉不自觉地卷入其中,从而获得了诗情,催促着新作的产生。

即使是表现山水花鸟等自然景物而很少或完全不涉及政治内容的作品,其题材、风格和主题,甚至能否生存,往往都受到政治的影响和制约。如我国"文革"时期,就对这类作品一概采取贬斥的态度,限制了它们的生存和发展。

政治等其他上层建筑部门对文学的影响并不都是正向的。例如政治上的高压政策,有时就会产生相反的结果,激发起作家反抗的热情,使文学创作闪耀出光彩。俄国19世纪的批判现实主义文学、我国五四文学的出现就都有这方面的原因。

---

[1] [法]狄德罗:《论戏剧诗》,《西方文艺理论名著选编》上卷,第254页。

（二）对文学主体的思想渗透

这种思想渗透主要体现在文学创作的主体特别是作家身上。各种哲学的、美学的、道德的、政治的、宗教的等观念必然同作家发生这样那样的联系，作家在这种背景下形成自己的哲学观、美学观、道德观、政治观、宗教观等，并且或明或暗地流露在作品中。我国唐代三位著名诗人李白、杜甫和王维，在思想上受到不同文化因素的影响，反映到创作中，也就促进了不同风格特色的形成。李白较多受道教思想影响，诗作表现出蔑视礼法、独与天地精神往来的境界。杜甫较多受儒家思想影响，诗作表现出忧国忧民的倾向。王维更多受佛教思想影响，诗作则流露出闲静孤寂的心态。他们分别被称为诗仙、诗圣和诗佛，正显示出这种思想和风格的不同。而当这种思想渗透实现在一定的作家群体身上时，往往就造就了一定的文学流派、运动和思潮。西方各国近几百年来各种文学思潮流派的嬗变更迭，就是与不同的哲学思想、道德观念、美学思想等的兴衰起伏紧密相连的。例如：古典主义文学和唯理主义哲学，浪漫主义文学和德国古典主义哲学，现实主义文学和唯物主义哲学，现代主义文学和叔本华、尼采等人的反理性主义哲学，相互之间都存在着这样的关系。

有的作家作品思想倾向比较曲折隐晦，特别有意回避政治，但这往往恰好是对现实政治强烈不满的特殊表现。我国晋代作家陶渊明的许多作品，表现和赞美一种超脱于政治漩涡之外的田园生活，流露出"采菊东篱下，悠然见南山"的恬淡自得，其中正包含了对当时黑暗混乱的政治现状的否定和抗议。普列汉诺夫这样说过：

> 艺术家和对艺术创作有浓厚兴趣的人们的为艺术而艺术的倾向，是在他们与周围的社会环境之间的无法解决的不协调的基础上产生的。[1]

也就是说，"为艺术而艺术"其实也是一种政治倾向或思想倾向。除此以外，其他上层建筑对文学的接受主体——读者的思想渗透，也会在一定程度上影响作家的创作，进而影响文学的总体风貌。

---

〔1〕［俄］普列汉诺夫：《艺术与社会生活》，《〈没有地址的信〉〈艺术与社会生活〉》，曹葆华译，人民文学出版社1962年版，第214页。

（三）对文学形式的功利运用

由于文学具有形象性、情感性等特点，其他各种上层建筑部门往往都以文学为形式，来宣传自己的思想，扩大自己的影响。例如，在政治上，"任何一个政权只要注意到艺术，自然就总是偏重于采取功利主义的艺术观"。[1] 各种政治力量总是要求文学适应自己的需要，为自身的政治目的服务。在我国封建社会里，从孔子开始，儒家论文主要是从政治和伦理的要求着眼的。在西方，这种功利的要求也是司空见惯。

在文学史上，以宣传一定的政治主张、宗教教义、道德观念、哲学原理为任务的作品屡见不鲜。以宗教而言，在原始社会里，原始文艺和原始宗教就密不可分；后来，宗教文化和世俗文化分离，但宗教为了自身的需要，仍然离不开文艺。在为宗教宣传而创作中也出现了不少具有不朽价值的艺术作品。例如，文艺复兴时期意大利艺术家达·芬奇、米开朗基罗、拉斐尔等人的许多作品都属于这种情况。作为传经布道的工具，文学也许没有绘画、雕塑乃至戏剧那样更具有通俗性和群众性，但也还是一种不可忽视的手段。例如历史上的佛教变文就是利用文学宣传宗教的一种形式。

这种带有一定宣传目的的创作有时甚至蔚然而成一种运动和流派，形成一定的文学传统。例如19世纪后期欧洲出现的社会问题剧，针对现实的社会问题，抓住典型的人物或事件加以解剖，从而把剧场变成了一种激发观众思考社会问题的教育场所，形成了颇有影响的戏剧类型和文学派别。其中，挪威易卜生的作品最为著名。他的《玩偶之家》，表现女主人公娜拉在认识到自己只是丈夫的玩偶时，拒绝了种种关于家庭神圣的宗教和道德的说教，毅然离家出走。这部戏剧曾经对中国五四时期反对封建礼教争取妇女解放的斗争产生了积极的推动作用。而在中国文学的历史上，历来就有"风教"即强调自上而下的教育感化的传统。元末高明的戏剧名作《琵琶记》，开场就明确地提出："不关风化体，纵好也徒然"。他提醒观众要对剧情"这般另作眼儿看"，"只看子孝共妻贤"。这种宣扬封建伦理道德的主观意图，在《琵琶记》以及其他许多古典文学作品中，表现得都很强烈。

这种对文学的功利性运用，对文学的内容和形式都产生了复杂的影响。总的来说，一方面，它丰富了文学创作的内容，与此相适应，促进了某些文学体裁样式的产生和发展，增强了文学与现实生活的联系；另一方面，又常常

---

[1] [俄]普列汉诺夫：《艺术与社会生活》，《〈没有地址的信〉〈艺术与社会生活〉》，第216页。

由于急功近利,削弱或抹杀了文学的艺术性质和特征,妨害了文学的发展。

文学作为一种独立的社会意识形态,既独立于人类的物质生产活动,也独立于人类的其他精神生产活动。研究它的一般本质和特点,讨论其他上层建筑对它的渗透和影响,并不意味着可以忽视或抹杀它的独特本质。这是应该特别注意的。

第三节 文学是以语言为媒介的审美创造

一 文学用语言创造非现实的审美对象

文学艺术作为社会意识形态的独特之处,在于对现实世界进行审美反映或把握。人的审美活动普遍存在于物质生产、精神生产和社会生活的其他过程中。即使是在最基本最简单的建房造屋、织布缝衣等活动中,除了考虑实用以外,也要讲究审美,即使是处在原始状态的人类也是这样。但是在这些过程中,人对现实的审美关系只是人对现实诸多关系中的一种,而且往往不是其中的主要内容。和实用的需要相比,审美的需要往往不得不退居其次。一座房子外观不够漂亮,但仍可防风御雨;一件衣服色彩不鲜艳,但仍可穿着蔽体。也就是说,它们还具有实用价值。

对于文学以及其他艺术来说,审美则成为其主要内容和基本特征。当一部文学作品不具备审美价值时,它也就失去了作为文学作品的价值。报告文学具有新闻性这样较强的实用性,处于新闻与文学的边缘地带。但是一篇报告文学作品如果不具备审美价值的话,它也就只能作为一般的新闻通讯,而不能跻身于文学作品之列了。

艺术和一般审美活动的不同还在于,它不是面对着现成的对象进行审美,而是通过自己创造人工的审美对象来获得美的享受和启迪。和其他艺术一样,文学活动的中心是创造非现实的审美对象。文学创造活动的主体——作者根据一定的审美理想对现实世界特别是人类社会生活做出审美反映,创造出传达自己审美意识的文学形象及其体系作为人工的审美对象。这一对象的载体就是文学作品。文学接受活动的主体——读者在阅读和欣赏作品时,感受体验作者创造的审美对象,并以此为基础展开自己的审美再创造活动,补充、丰富以至重新创造审美对象。

和其他艺术所不同的是,文学用自己特殊的媒介——语言来创造这种审美对象,进行审美活动。它不像绘画、雕塑、音乐等其他艺术那样,可以从色彩、线条、形体、音响等方面给人以某种直接的物质感受。文学的媒介是一系列的文字符号,人们只有具备语言和形象之间的转化能力才能进行文学创作和文学接受,才能创造出文学的审美观照对象。西方许多学者提出的文学性概念,指的正是由这种特殊媒介所造成的文学区别于其他艺术的特殊性。这种特殊性制约了以作品为中心的整个文学活动过程。它在对人们的创作和接受产生制约的同时,又使得文学比其他艺术更少受到媒介的束缚,从而成为一种最自由、最灵便的艺术形式。就如黑格尔所说的:

> 诗则一般力求摆脱外在材料(媒介)的重压,因而感性表现方式的明确性并不至迫使诗局限于某一种特定的内容以及某些特定构思方式和表现方式的窄狭框子里。因此,诗也可以不局限于某一艺术类型;它变成了一种普遍的艺术,可以用一切艺术类型去表现一切可以纳入想象的内容。[1]

文学创造的审美对象的非现实性,其核心内容是非自然形态性。文学不同于科学那样用抽象的概念把握世界,它必须构建一定的具体可感的生活形态,才能比较真切地传达出作者的审美感受和体验,也只有这样,才能唤起读者相应的审美体验和感受。德国作家歌德在谈到建筑艺术时这样说过:

> 艺术早在其成为美之前,就已经是构形的了,然而在那时候就已经是真实而伟大的艺术,往往比美的艺术本身更真实、更伟大些。原因是,人有一种构形的本性,一旦他的生存变得安定之后,这种本性立刻就活跃起来;……
>
> 而这种独特的艺术正是唯一的真正艺术。当它出于内在的、单一的、个别的、独立的情感,对一切异于它的东西全然不管、甚至不知,而向周围的事物起作用时,那么这种艺术不管是粗鄙的蛮性的产物,抑是文明的感性的产物,它都是完整的、活的。[2]

---

〔1〕[德]黑格尔:《美学》第3卷下册,第13页。着重号为原文所有。

〔2〕[德]歌德:《论德国建筑》,转引自[德]卡西尔:《人论》,甘阳译,上海译文出版社1985年版,第179页。

德国现代哲学家卡西尔在引述歌德的上述观点时指出:"艺术确实是表现的,但是如果没有构型它就不可能表现。而这种构型过程是在某种感性媒介物中进行的。"[1]对于文学来说也完全是这样的。只是由于文学构形的媒介是文字,和造型艺术、表演艺术等不同,在很大程度上是"写意"式的构形,不可能将"形"完全固定下来,而只是相对地规范它。

爱情是文学创作历久不衰的题材。但这类题材作品所表现的爱情的性质、特点以及作品本身的主题却是千差万别的。这些主题或爱情不可能是抽象的表达,而总是通过对具体的爱情生活的描写即构形来表达的。同样是表现封建时代的男女爱情,同样表达出追求个性解放的思想倾向,王实甫的《西厢记》和曹雪芹的《红楼梦》就有所不同。《西厢记》的剧情比较简单,张生和崔莺莺追求个性解放集中在性爱方面,全剧又以大团圆结局。而《红楼梦》中贾宝玉和林黛玉的爱情悲剧,则在更广阔的社会背景中展开,他们在思想上追求个性解放的倾向也表现得更为鲜明,悲剧的结局更给人物及整个作品的思想意义和感情色彩打上了与《西厢记》不同的印记。同是描写未婚青年的爱情生活,《小二黑结婚》和《被爱情遗忘的角落》、《罗密欧与朱丽叶》和《少年维特的烦恼》就各有不同。同是表现已婚男女的感情纠葛,《长恨歌》和《孔雀东南飞》、《安娜·卡列尼娜》和《克莱默夫妇》也各有不同。对爱情的表现,不通过一定的情节、环境乃至言语、动作等细节,即具体的"形",也就很难细致入微地传达出"意"。而所构的形越复杂,其中包蕴的"意"往往也就越复杂。

文学的构形可以是构建与生活形态大致相同或相似的文学世界,借以表达对相应现实生活的审美感受和认识。这时,尽管意(即所传达的审美感受和认识)可能大于形,但是意与形基本保持一致。例如宋代文学家苏轼《饮湖上初晴后雨》一诗,前两句用直接描写构西湖之形:"水光潋滟晴方好,山色空濛雨亦奇";后两句用间接描写构西湖之形:"欲把西湖比西子,淡妆浓抹总相宜"。尽管诗中包含了景色之外的哲理意蕴,但作者对西湖的审美感受与所构西湖之形则基本是一致的。

文学的构形也可以是借用并无必然联系的生活形态来表情达意。这时,作者常用象征、隐喻、拟人等艺术手法进行创作,将生活中本无必然联系的意与形联系在一起。例如宋代理学家朱熹《观书有感》一诗,通篇并未写

---

[1] [德]卡西尔:《人论》,第180页。

"观书",而是实写塘水:"半亩方塘一鉴开,天光云影共徘徊。问渠哪得清如许,为有源头活水来。"全诗只是在后两句中含蓄地表达了"观书"的感受。

文学的构形还可能是依靠强有力的语言表达化无形为有形,造成强烈的情感世界。例如陆游《示儿》:"死去原知万事空,但悲不见九州同。王师北定中原日,家祭毋忘告乃翁。"就基本是直抒胸怀。不过,这种作品一般仍需要运用那些能引起充分具体感受的形象性语词来局部构形,也就是说整体是无形的,局部是有形的。像陆游诗中的九州、王师、中原、家祭等,都可以说是汉民族文化中具有原型意义的词汇,能够唤起形象的感受;相反,如果没有基本的汉民族文化修养,便无法引起任何形象的反应,这首诗读起来也就索然无味了。

构形是从整体上把握现实,用卡冈的话来说,就是"应该不去复制生活,而是再现它的结构"[1]。既然不复制,不完全变成对生活形态的描摹写真,就必然要有所变化。这样,在构形的过程中就自然包含了变形。这是文学创造审美观照对象的性质所决定的。为了表达自己的审美理想和感受,为了引起读者相应的审美反应,作者在创作中必然要对生活形态的东西做出选择,或剔除,或保留,或改造,并以虚构来补充。这种艺术变形实际上已经成为艺术创造的一条重要规律,本书将在第四章中着重加以讨论。

总而言之,文学既要构生活之形,又要变生活之形,最终创造出非自然形态的文学形象及其体系。它既是生活的类似物,又是生活的差异物,可以造成比现实美更强烈的审美效应。

构形变形的主要依据是作者的审美追求。作者总是运用自己可能运用的材料和技巧,构建最能体现自己审美追求的文学形象体系,提供给读者作为审美对象。为什么对于同一客观对象,不同的作家可能写出完全不同的作品来?主题不同,体裁不同,容量不同,风格不同……以风格而言,有的幽默,有的讽刺,有的恬淡平和,有的慷慨激昂。这正是由于作家各自有着不同的审美追求。这种审美追求渗透在不同流派、思潮的创作思想、文学风格和批评标准等等之中,现实主义与浪漫主义,荒诞派戏剧与意识流小说,虽然都在构形变形,但却又都有所不同。造成这种现象的原因之一,正在于作家有不同的审美追求。但总的来说,文学作品带给读者的审美感受,一般都比现实生活中美的对象更强烈、更集中,也更典型。

---

[1] [俄]卡冈:《艺术》,《美学和系统方法》,第56页。

二 文学活动的基本内容是非功利的审美观照

文学活动的基本内容是审美观照。"观照"一词在中文里是从佛教用语而来,指静观世界;以智慧而照见事理。以此来翻译西方美学文艺学概念 contemplation 的所谓审美观照(亦译静观),说的是主体以审美态度对客观对象静观默察,达到物我两忘,相互交融,从而获得深刻的体验,在这样的活动中消除了现实的各种束缚和界限,进入一种恬静的、怡然自得的玄妙境界。

许多西方学者强调审美观照是一种无利害感的活动。康德把愉快的、善的和美的三类事物所产生的情感加以区分,说明审美不涉及概念和利害计较,美与感官的愉快和善都有不同。他指出:

> 在这三种愉快里只有对于美的欣赏的愉快是唯一无利害关系的和自由的愉快;因为既没有官能方面的利害感,也没有理性方面的利害感来强迫我们去赞许。[1]

叔本华提出意志的概念,是一种盲目的、永远得不到满足的冲动,使人生充满了痛苦。而艺术的目的和作用,就是通过对美的观照,消除物我界限,达到忘我境界。这和哲学上的沉思、道德上的同情一样,都是暂时解脱意志束缚痛苦的方法。他举例说,在现实生活中,囚徒是囚徒,国王是国王,但在审美观照中,他们却可以没有区别地欣赏落日的美丽。[2]

尽管康德、叔本华等西方学者所强调的无利害感很难在所有的艺术活动中实现,但是,同现实保持一段距离的审美观照却的确是艺术活动保持其独立性的根本特点。

文学活动是以审美为中心的,它在本质上是非实用、非功利的。当然,由于多种原因,文学又很难根本排除实用性、功利性的一面,而经常要承担政治宣传、道德教化、新闻传播等实用的、功利的任务。这样,文学的非实用性和实用性、非功利性和功利性一般总是混杂的,特别是那些实用性较强的

---

[1] [德]康德:《判断力批判》上卷,宗白华译,商务印书馆1987年版,第46页。
[2] 参见[德]叔本华:《作为意志和表象的世界》,石冲白译,商务印书馆1982年版,第273～280页。

体裁样式就更是这样。从这个意义上说,真正"纯"的文学是很少的。这种情况,比起绘画、雕塑、音乐来要突出一些;但比起电影、戏剧等综合艺术来,又略逊一等。

美国学者乔治·迪基关于艺术本质的"惯例"(或译"习俗")论观点对于我们认识这种现象很有启发意义。他指出:

> 类别意义上的艺术品是:1. 人工制品;2. 代表某种社会制度(即艺术世界)的一个人或一些人授予它具有欣赏对象资格的地位。[1]

迪基认为,艺术品之所以成为艺术品,是人的意向活动的结果。艺术品地位是人授予的,这种授予艺术品地位的活动取决于一个特定的环境,即他所说的艺术世界中的制度和惯例。艺术世界的中坚力量是一批组织松散却又互相联系的人,主要包括艺术家、报刊记者、理论家、批评家、艺术史学家、美学家等等。艺术世界的活动都是在习俗惯例的水平上进行的。也就是说,当人们(特别是艺术世界的中坚分子们)突出强调或者说授予作品的某一方面的性质时,引起的便往往是相关的反应。另一位美国学者卡勒在强调"文学就是一个特定的社会认为是文学的任何作品"时,解释说:"也就是由文化来裁决,认为可以算作文学作品的任何文本"。[2] 他所说的"特定的社会"和"文化"的"裁决"与迪基所说的"艺术世界"和"惯例"的"授予"非常接近。

但是,不容忽视的是,这些外部社会因素的"裁决"或"授予"与作品自身的特点和内涵是分不开的。例如一篇文学性很强的新闻报道,当它被当作通讯特写时,人们重视的就是它的新闻传播价值;而当它被当作报告文学时,人们便可能带着一种超脱感去进行审美观照,既关心其中报道的事件和人物,又在文学世界的遨游中得到美的享受和启迪。当然,这种新闻报道必须具有很强的文学性,而非纯粹的新闻传播。它本身在发表或出版的当时就具有可作审美观照对象的性质,以后较长时间内还可以继续作为审美观照对象而存在。

---

〔1〕 [美]迪基:《何为艺术?》,[美]李普曼编:《当代美学》,邓鹏译,光明日报出版社1986年版,第110页。

〔2〕 [美]卡勒:《文学理论入门》,第23页,参见本书第29~30页。

这样，当人们进入文学活动时，由于意识到它的非实用性、非功利性，在心态上便易于摆脱现实环境的种种局限和束缚，进入比较轻松自由而又全神贯注的审美境界。无疑，这种心态对于感受美、享受美、理解美是有益的。

从本质上来讲，文学活动是人类的一种创造活动。马克思曾经指出："动物只是按照它所属的那个种的尺度和需要来建造，而人却懂得按照任何一个种的尺度来进行生产，并且懂得怎样处处都把内在的尺度运用到对象上去；因此，人也按照美的规律来建造。"[1]人和动物的重要区别在于人具有创造能力。人不仅通过创造物质产品，而且还通过创造精神产品来证明自己是有意识的类的存在物。人类全部的文化积累，就包括物质文明和精神文明两方面的创造成果。同时，人们也不满足于用科学的方式来解释世界，而且还要用艺术来创造虚构世界以实现人的本质力量的对象化。从某种意义上说，文学比其他艺术形式，比其他许多社会意识形态，更能体现人的本质力量。人的七情六欲，人的多种能力，都在文学活动中得到体现和确证。即使是常被人们加以贬低的白描写实，其实也是人的基本能力之一——模仿能力的对象化。从咿呀学语到垂暮之年，人们的模仿兴趣可以说长盛不衰。对于成年人来说，模仿活动表面上虽然有所减弱，但实际上却朝着更隐蔽更高级的方面（例如艺术的模仿）发展。在众多的艺术样式中，有的基本就是模仿，如口技；有的模仿在其中占有重要的地位，如相声讲究说学逗唱，学即模仿。而文学的白描写实，在各类体裁样式中都是基本的表现手法。人们正是在这种模仿活动中考验自己的能力，即写得像不像、画得像不像，总之，模仿得像不像，肯定的答复即确证了自己作为人的本质力量，从而获得满足的愉悦。人的本质力量对象化在文学艺术活动中有时达到极端的程度，如微雕艺术，在米粒、头发等微小物体上雕刻图画、文字，非借助高倍放大镜便无法欣赏，其审美价值已不是一般状态下所能体现，这类艺术主要是作为人的创造能力的一种确证而存在的。

在这种非实用、非功利的文学活动中，人们在现实生活中受压抑的情感和欲望可以得到宣泄和满足。弗洛伊德将受压抑的内容限制于无意识的本能欲望，固然过于狭隘，但"诗穷而后工"、"愤怒出诗人"却是相当普遍的现象。也就是说，人在饱受磨难备历艰辛、思想感情非常压抑郁结的情况下，

---

[1] [德]马克思：《1844年经济学哲学手稿》，《马克思恩格斯全集》第42卷，人民出版社1979年版，第97页。

往往容易产生优秀的作品。这种郁结的情感欲望,就像满池春水,一有风吹草动便鼓荡翻涌,一有缺口便宣泄四溢。巴金回忆他的创作经历说:

> 最初拿起笔写小说,我只是一个刚到巴黎的中国学生,我想念祖国,想念亲友,为了让心上的火喷出来,我求助于纸笔。我住在一家小旅馆五层楼上充满煤气味的房间里,听着巴黎圣母院的钟声,急急地动着笔。过去的爱和恨、悲哀和欢乐、受苦和同情、希望和绝望一齐来到我的笔端。写完了小说,心里的火渐渐熄灭,我得到了短时期的安宁。小说发表后得到了读者的承认,从此我走上了文学的道路。〔1〕

每个作家的创作道路可能有所不同,一部作品的具体风格可能有所不同,但总是有感情要倾吐,需要用文字表达喜怒哀乐。这是共同的。尽管有的作家笔调可能十分冷静,描写非常客观,但内在的情感却仍然是炽热的、沸腾的。

在文学活动中,人们在现实生活中曾经经历过的体验可以得到再现和反思。写自己亲身经历过的生活,写自己亲身体验到的生活的真谛,这对于多数作家来说,都是必然的。我国有一批20世纪中期去农村插队落户、去边疆屯垦戍边,后来走上写作道路的知青作家。他们描写知青生活的许多作品,如张承志的《黑骏马》、叶辛的《蹉跎岁月》、梁晓声的《今夜有暴风雪》等,就生动地表现了那个时代的风貌和知识青年的生活,凝聚着他们对那个时代、那段生活以至整个人生的体验和反思。而千千万万和他们有着类似经历的读者,由于阅读这类作品而唤起对往昔生活的回顾与思考,则不但在感情上激起种种波澜,思想境界也往往随之得到升华。

在文学活动中,人们在现实生活中所未曾经历或无法经历的生活体验可以得到补偿。作家经常借助间接经验和艺术想象,描写自己未曾经历过的生活,特别是幻想型的作品就更是这样。读者通过文学欣赏来了解自己未曾经历或无法经历的世界,就更是普遍了。那些描写异国风情、宫廷生活、神话传奇、幻想世界的作品往往特别受到读者的青睐,其原因就在于人

---

〔1〕 巴金:《核时代的文学——我们为什么写作?》(在第47届国际笔会大会上的发言),《文汇报》1984年5月16日。

们一般不可能亲身经历,而通过作品却可以了解、体验其中的种种趣味和奥秘,满足探索未知世界的愿望,获得人生的极大乐趣。

可以说,在文学活动中,人们从不同层次、不同角度上感受、重温和实现自己本质力量的对象化,其程度和范围都远远超过了在现实生活中所可能达到的水平。正因为这样,文学在调节、改造和升华人的精神世界,在调节、改造和美化人类社会生活方面,具有自己独特的价值和功能。

第四节　文学的社会作用

一　文学的审美观照作用

文学的本质必然体现在它的功能上。文学是一种社会性的实践活动。从它的媒介——语言到各种艺术手段都是社会性的。文学的功能除了表现作家个人的思想感情等等以外,更多地体现在它以各种方式被传播和接受以后所产生的广泛的社会作用上。即使是新批评派理论家也承认:"文学具有一定的社会功能或'效用',它不单纯是个人的事情。"[1]作为一种社会意识形态,文学对社会生活的作用不是直接产生的,而是通过感染、影响和推动读者去改造自己的主观世界和周围的客观世界,从而影响社会生活的发展。这种影响往往不受时间和空间的限制,可以跨越国家和时代的界限,产生长远和广泛的作用。尤其是那些被称为世界名著的优秀作品,就更是这样。

文学用语言创造了非现实的审美观照对象,其最基本的社会作用就是供人进行审美观照。

这种审美观照是对现实的间离。英国美学家布洛提出"心理距离"的概念,认为人们可以超越个人的目的、功利需要和感觉,与对象建立起心理距离。这种心理距离和时空距离一样,能使人们更好地排除现实的功利的考虑,欣赏对象的美。他提出,"距离乃是一切艺术的共同因素",是一种"审美原则"。[2]他的这一观点揭示了艺术活动的重要心理特征,因此受到人们的重视。由于文学创造出来的审美世界是非现实的,因此,人们在欣赏过程中可以同现实保持必要的心理距离,全神贯注、身心放松地进入审美状态。再

---

[1] [美]韦勒克、沃伦:《文学理论》,第95页。
[2] 参见[英]布洛:《作为艺术因素与审美原则的"心理距离说"》,《二十世纪西方美学名著选》上册,第241~243页。

加上文学所提供的是比现实存在的更集中更典型的美,这样,人们就可以获得比现实生活中更强烈更深刻的审美感受和体验,从而提高自己的审美意识和趣味。

恩格斯在《德国民间故事书》一文中写道:

> 民间故事书的使命是使农民在繁重的劳动之余,傍晚疲惫地回到家里时消遣解闷,振奋精神,得到慰藉,使他忘却劳累,把他那块贫瘠的田地变成芬香馥郁的花园;它的使命是把工匠的作坊和可怜的徒工的简陋阁楼变幻成诗的世界和金碧辉煌的宫殿,把他那身体粗壮的情人变成体态优美的公主。[1]

这正生动地说明了民间文学可以而且应该帮助劳动人民暂时忘却劳累和艰辛,获得精神上美的享受。

德国戏剧家布莱希特提出的"间离"(或译"间情"、"陌生化"),也是要求艺术活动主体与审美对象之间保持心理距离的一种理论主张。他要求演员、角色、观众的相互关系要保持一定的距离。他主张并在创作实践中运用种种"间离"手法,有意识地打破存在于观众与演员之间的所谓"第四堵墙",造成观众对角色和整个作品的"间离"和"旁观"态度,"不允许观众再由于单纯的同情而毫无批判地沉陷在舞台角色的体验之中"。这样,观众便可以有更多的时间和空间在欣赏过程中对作品的内容进行冷静的思考和判断。布莱希特把这种戏剧称为叙事体戏剧,他这样描述观众对叙事体戏剧的感受:

> 我没有想到那个。——人们不会像那样做事。——那太奇特了,简直不可相信。——这必须停止。——这个人的遭遇使我震惊,因为对他来讲可能有条出路。——这是伟大的艺术:其中没有任何的东西是不言而喻的。——我笑正在哭的人,我哭正在笑的人。[2]

如果说布洛强调"心理距离"是偏重在把主体从现实推入非现实的境

---

[1] [德]恩格斯:《德国民间故事书》,《马克思恩格斯全集》第41卷,第14页。
[2] 以上参见[德]布莱希特:《戏剧为了学习》,《西方二十世纪文论选》第4卷,第277页。

界,而布莱希特所做的则是把主体从非现实的境界拉回现实生活。这实际也是文学活动中带普遍性的心理体验,只不过布莱希特加以自觉的揭示和倡导而已。这正说明,这种审美观照是对现实的透视。审美是人对现实的一种掌握方式,审美意识也是社会历史的产物。因此,文学的内容总是包含着深刻的社会性的。无论是作者还是读者,在对艺术世界的静观中,总会有所照见,有所领悟。观形象而照见事理,领悟其中蕴含的或自认为蕴含的内容;观此世界而照见彼世界,产生举一反三跨越时空的联想和幻想;观文学世界而照见现实世界,引发对现实生活的回顾和反思。这些在文学创作或文学接受过程中都是必然产生的现象。文学正是这样以小见大,以虚见实,以有限见无限,给人们提供了广阔无边的生活教科书。所以,恩格斯在指出民间故事给劳动人民带来精神愉悦的同时又指出:

> 民间故事书还有一个使命,这就是同圣经一样使农民有明确的道德感,使他意识到自己的力量、自己的权利和自己的自由,激发他的勇气并唤起他对祖国的热爱。[1]

在文学活动中,人们由于在一定程度上摆脱了现实的羁绊和束缚,在精神生产活动中实现人的本质力量的对象化,达到了在现实生活中所难以达到的自由程度,因而升华了自己的精神境界和能力。这样,人们就可能在一个新的高度上重新感受、认识和改造世界。这种审美观照活动也就成为对现实的一种超越。

二 文学多层次多方面的社会作用

中外理论家很早就注意到文学社会作用的多样性。孔子论述诗的作用时就涉及了多方面的内容。他说:"诗可以兴,可以观,可以群,可以怨。迩之事父,远之事君;多识于鸟兽草木之名。"[2]根据人们的一般理解:兴,即"感发志意",使人们在情感上和思想上受到感染和教育。观,即"观风俗之盛衰","考见得失",了解社会情况。群,即"群居相切磋",互相启发,互相砥砺。怨,即"怨刺上政",以促进政治的改善,同时也包括各种不满情绪的发

---

[1] [德]恩格斯:《德国民间故事书》,《马克思恩格斯全集》第41卷,第14页。
[2] 孔子:《论语·阳货》,《中国历代文论选》一卷本,第12页。

散。这四者是互相联系的。其中,兴和怨偏重于个体心理的感触抒发,观和群偏重于感染陶冶所要达到的群体效果。孔子要求通过情感陶冶使强制或半强制的社会伦理规范成为个体自觉的心理欲求,从而达到个体与社会的和谐统一。亚里士多德也曾谈到学习音乐的目的并不是单一的,而是同时为着几个目的,包括:教育、净化、精神享受等。[1] 后人的论述则更多更深入地从不同方面和层次上论述了文学的功能。有的外国理论家甚至归纳出文艺的十几种社会功能。

总的说来,文学的社会作用是一个以审美观照为基本内容的多层次多方面的系统。这个系统可以分为三个层次来认识。第一个层次,是最基本最核心的作用,即审美观照作用,失却了这一特点,便不是文学的社会作用了。第二个层次,是由于文学的审美观照作用而必然产生的其他一些社会功能。这主要包括文学的认识作用、教育作用、娱乐作用和交际作用。它们也是普遍地存在于文学之中的。一般说来,各种文学作品都不同程度地能够产生这些作用。第三个层次,是由第一、二两个层次派生出来的受到一定时空限制的文学功能。例如,文学作为阶级斗争的武器,文学作为宗教宣传的工具等等。一般说来,第二、三两个层次带有不同程度的社会功利性,和其他社会意识形态有着更多的相通之处。

文学的认识作用是指文学可以帮助人们获得多方面的知识,丰富人生经验,加深对客观世界的认识。鲁迅曾经谈到美术(即艺术)"可以表见文化"的作用。他指出:

> 凡有美术,皆足以征表一时及一族之思惟,故亦即国魂之现象;若精神递变,美术辄从之以转移。此诸品物,长留人世,故虽武功文教,与时间同其灰灭,而赖有美术为之保存,俾在方来,有所考见。他若盛典俵事,胜地名人,亦往往以美术之力,得以永住。[2]

这段话有力地揭示了文学艺术作为一种表现"国魂"的文化现象的巨大认识价值。通过阅读文学作品,人们不但可以加深对周围世界和已经历过

---

[1] 参见[古希腊]亚里士多德:《政治学》,伍蠡甫主编:《西方文论选》上卷,上海译文出版社1979年版,第95~96页。

[2] 鲁迅:《拟播布美术意见书》,《鲁迅全集》第8卷,第47页。

的事物的认识，而且可以增广见闻，扩大自己的间接生活经验；不但可以更多地了解社会人生，而且可以增加对自然界的了解；不但可以更多地了解现实生活的外部面貌，而且可以更深入地探究他人以及反思自己的灵魂；不但可以促进自身以清醒的态度面对现实，而且可以更多更好地了解历史、展望未来。特别是那些优秀的文学作品，往往给人们提供了更深刻更丰富的社会、历史和文化知识。马克思指出，英国现实主义作家狄更斯等人"在自己的卓越的、描写生动的书籍中向世界揭示的政治和社会真理，比一切职业政客、政论家和道德家加在一起所揭示的还要多"。[1] 恩格斯则说，他从巴尔扎克的《人间喜剧》中所学到的，甚至"比从当时所有职业的历史学家、经济学家和统计学家那里学到的全部东西还要多"。[2] 而毛泽东也曾经多次强调过《红楼梦》等古典文学作品对于认识中国社会和历史的重大意义。

由于文学的认识作用是通过审美实现的，因而它带有形象、生动的特点。但是文学并不等于科学，并不等于现实。文学中描写的种种现象及其相互联系，只是从本质上反映了生活，人们只有将其与科学联系起来，互相补充，所获得的对世界的认识才是完整的。例如，历史题材的文学作品并不等于历史教科书。尽管有的作家和评论家认为历史文学作品应该绝对忠实于历史，但一般说来，实际上却总是有所改造，有所虚构。戏曲舞台上的曹操并不等于历史上的曹操，罗贯中的《三国演义》也并不能代替陈寿的《三国志》。文学的认识作用和科学的认识作用是既不能互相等同也不能互相代替的。

文学的教育作用体现在文学可以影响人们的思想感情，净化人们的灵魂，增强人们改造和创造生活的信心、勇气和能力，从而使人获得更全面的发展。

中国传统文学理论中有"风教"、"诗教"等说法，强调文学的道德教化作用。"故正得失，动天地，感鬼神，莫近于诗。先王以是经夫妇，成孝敬，厚人伦，美教化，移风俗。"[3]《毛诗序》中的这段话，既说明了诗感染人教育人的作用，也揭示了统治者用诗作为社会治理手段的事实。而白居易则从社会群体和个体两方面的结合上说明文学的这种作用，认为诗歌"上可裨教化，舒之济万民；下可理情性，卷之善一身"。[4]

---

[1] [德]马克思：《英国资产阶级》，《马克思恩格斯全集》第10卷，第686页。
[2] [德]恩格斯：《致玛·哈克奈斯》，《马克思恩格斯选集》第4卷，第463页。
[3] 《毛诗序》，《中国历代文论选》一卷本，第30页。
[4] 白居易：《读张籍古乐府》，《中国历代文论选》四卷本，第2册，第108页。

但是,仅仅从政治思想教育或道德教育的角度来理解文学的教育作用是狭隘的。文学的教育作用还体现在作家以自己对人生、对世界的情感态度去感染和影响读者,唤起人们对生活的热爱和对美好事物的珍惜,培养人们健康高尚的情操。反之,当然也可以煽动起人性内部最阴暗、最丑恶的情绪,产生负面的社会作用。我国清代戏曲理论家李渔就曾经指出:"武人之刀,文士之笔,皆杀人之具也。"甚至"笔之杀人,较刀之杀人,其快、其凶,更加百倍"。他认为戏曲应是"药人寿世之方,救苦弥灾之具","以之劝善、惩恶则可,以之欺善、作恶则不可"。[1]文学还可以启迪人的智慧,增强人的创造欲望,提高人的想象、观察和语言表达等多方面的能力。文学给人以美的熏陶,使更多的人能够欣赏美,能够逐步成为人格更完善、更健全的个体存在。英国浪漫主义诗人雪莱写道:

> 倘若诗没有高飞到那工于盘算的鸱枭所从来不敢飞翔的一些永恒领域,从那里带来光与火,那么美德、爱情、爱国、友谊又算得什么呢,我们生息其间的宇宙的美景又算得什么呢,我们对此岸的安慰和对彼岸的期求又算得什么呢?

他称赞道:"诗增强人类德性的机能,犹如锻炼增强人的肢体。"[2]诗人用他富于诗情的描绘告诉人们,在教育人培养人的社会过程中,"诗确是神圣之物","文学确是神圣之物。[3]

当然,充分肯定文学的教育功能,并不意味着文学等于宣传手册或教学讲义,可以抹杀其自身特征,取消其独立地位。鲁迅一方面肯定"文艺是国民精神所发的火光,同时也是引导国民精神的前途的灯火";[4]另一方面就又指出:"文艺之所以为文艺,并不贵在教训,若把小说变成修身教科书,还说什么文艺"。[5]只要注意到这一点,便会很自然地将文学的教育作用和娱乐作用联系在一起。古罗马文学理论家贺拉斯所说的"寓教于乐,既劝谕读

---

〔1〕 李渔:《闲情偶寄》,《中国古典戏曲论著集成》(七),中国戏剧出版社1959年版,第11~12页。
〔2〕 以上引文均见[英]雪莱:《诗辩》,《西方文论选》下卷,第56、54页。
〔3〕 [英]雪莱:《诗辩》,《西方文论选》下卷,第56页。
〔4〕 鲁迅:《论睁了眼看》,《鲁迅全集》第1卷,第240页。
〔5〕 鲁迅:《中国小说的历史的变迁》,《鲁迅全集》第9卷,第319页。

者,又使他喜爱",[1]就由于道出了这种联系而成为关于文学社会作用的经典性表述之一。

文学的娱乐作用主要体现在文学活动中人们通过审美在精神上得到自由享受和愉悦。

娱乐是人类在基本的生存和生产活动之外获取快乐的非功利性活动,它包括生理上获得快感,更主要是指心理上得到愉悦。各种娱乐形式的共同作用在于引起快乐,而且这种活动和人的具有明确功利性目的的活动有所区别。在参与或观赏这些似乎摆脱现实、忘记一切的纯娱乐活动的过程中,人们获得一定的自由享受的乐趣,并且也有可能获得对现实的某种超越性的体验。从这个意义上讲,即使是在这些纯娱乐性的活动中,也完全可能包含审美的因素,娱乐和审美显然不是决然对立的。由于文学活动的非现实性和非功利性,人们参与其中时可以摆脱现实的物质条件和其他社会条件的束缚,在精神上得到一种自由的享受,因而几乎所有作品都具有不同程度的可供消遣性。鲁迅曾经指出:"由纯文学上言之,则以一切美术之本质,皆在使观听之人,为之兴感怡悦。"[2]他所揭示的也正是文学等"美术"即艺术所包含的娱乐性。

在文学欣赏过程中,人们经常以"好玩"与否作为对文学作品最简单的评价标准。这正说明因为把玩体味对象而产生一种乐趣是文学审美作用应该产生的效应。

文学引起的读者的审美快感和由此产生的娱乐作用是多方面的。它不仅体现在山水诗、讽刺诗、幽默剧等所引起的和人们的自然欲望相一致的欢乐喜悦,而且还体现在其他文学作品所引起的与人们自然欲望不尽一致的审美感受。例如悲剧所唤起的"怜悯与恐惧"[3],侦探小说、武侠小说所激发的紧张和冲动。它们同样能使人们得到审美的愉悦,满足人们各种不同的娱乐需要。

正如韦勒克所说:"文学给人的快感,并非从一系列可能使人快意的事物中随意选择出来的一种,而是一种'高级的快感',是从一种高级活动、即无所希求的冥思默想中取得的快感。"[4]从这一点来讲,文学的娱乐功能和

---

[1] [古罗马]贺拉斯:《诗艺》,《西方文艺理论名著选编》上卷,第108页。
[2] 鲁迅:《摩罗诗力说》,《鲁迅全集》第1卷,第71页。
[3] [古希腊]亚里士多德:《诗学》,《西方文艺理论名著选编》上卷,第53页。
[4] [美]韦勒克、沃伦:《文学理论》,第21页。

其他娱乐活动的娱乐功能并不能等同。文学的娱乐功能并不能也不应该取代其他娱乐方式的作用，不能要求文学和其他娱乐形式，例如搓麻将、打扑克发挥一样的娱乐功能。对此应保持清醒的意识，否则就容易产生盲目性，助长文学生产中的媚俗倾向。

同时，文学的娱乐功能与审美功能也不是完全等同的，不能因为可以由审美而产生快乐，便认为审美即等于娱乐，文艺的本质特点就是娱乐性。应该看到，文学的目的不仅仅是供人消遣解闷，文学的娱乐性也有层次高低的不同。

文学的交际作用是指在文学活动中，人们可以实现思想、情感、知识、文化传统、社会习俗等方面的交流，加强相互了解和联系。

这种交际作用，主要体现在作者通过作品传达自己的审美意识，并激发起读者强烈的审美反应，读者又通过文学批评向作者反馈自己的感受和认识，二者实现了交流。在此过程中，读者之间、读者和作者之间都可能出现感情上的共鸣。文学活动中，这种审美意识的传达、激发、交流、共鸣，以及作品中大量社会生活信息（包括科学、文化等方面的知识信息）的相互交流等等，都包含有人际交往的成分。

历来对文学社会作用的论述中，从孔子说诗可以群，到毛泽东认为文学是团结人民的有力武器，都可以看出对文学交际功能的肯定。列·托尔斯泰曾经明确指出："艺术是人与人相互之间交际的手段之一"，是"人类生活的条件之一"。[1]

在中外文学史上，诗人唱和、情侣赠答等以交际为主要目的的作品历来都是不可忽视的品种，其中也不乏名篇佳作。而民间存在的赛诗赛歌等群众性文艺活动也带有明显的交际成分。许多民族的青年男女就是通过这种形式相识相爱从而结成终身伴侣的。至于以文会友，以诗会友，更是文学工作者、文学爱好者之间最基本的交际方式。

文学的这种交际作用，不但在人际交往中广泛地、自发地实现，而且也由一定的社会力量通过有目的有组织的活动形式来实现。这些形式包括发表出版、新闻媒介报道介绍、评奖，各种形式的报告会、交流会、朗诵会、演唱会，以及改编为其他艺术形式（如电影、戏剧、电视剧）等等。这样，使得文学的社会交际作用在更大的范围内和更强烈的程度上得到实现。文学的这种

---

〔1〕［俄］列·托尔斯泰：《艺术论》，《西方文艺理论名著选编》中卷，第410页。

交际作用，还体现在社团之间、阶层之间、区域之间、国家之间的文化交流中，形成沟通不同文化的渠道和桥梁。而在一般的社会交际活动以至国际外交活动中，借助文学典故和文学形式来传情达意，沟通思想，也是很常见的现象。例如，我国春秋战国时期各国的使臣就经常在外交场合"引诗明事"或"赋诗言志"；现代的政治领导人也常常通过引用著名的诗文片段来增强自己演讲的感染力。

20世纪中期以来，重视人与人的联系、交流和对话问题成为西方哲学、美学关注的重要问题，也为许多文论家所注意。俄国巴赫金强调人类言语活动的双向交流特性，从其超语言学入手，阐发了复调小说和狂欢化等理论，贯穿其中的是对话精神，强调实现作者和人物、作者和读者之间的对话。德国伽达默尔的解释学对话理论也把文学文本的解读看作一种对话。德国哈贝马斯认为，社会交往以语言为中介，他研究语言交际的交往行动理论涉及文学领域，他把文学艺术看作人们进行交往活动的重要中介。这些理论探讨都有力地深化了对文学交际作用的认识。

从文学的本质来讲，其基础就是语言，是特殊的语言活动，是传达审美感受、具有审美价值的语言活动。而语言本身就是交际交流的工具，文学的交际作用也就自然是题中应有之义了。

无论是就一部作品而言，还是就一定时间、一定空间范围内的文学而言，上述认识、教育、娱乐、交际等方面的功能都是综合地存在的，不应孤立地、片面强调某一方面，而排斥其他方面。20世纪中期，我国文学界曾经以强调政治性的认识作用和教育作用为文学的绝对主旨，不但排斥娱乐作用，甚至连作为文学根本作用的审美作用也加以回避，造成了文学事业的重大损失。现今在注意文学的娱乐功能的同时，也特别要防止贬抑文学的教育作用甚至审美作用、以娱乐作用取代审美作用等偏向。

由以上功能派生出来的文学第三层次的功能，一般不属于文学整体。它们往往只是一部分文学作品的功能，只是一定时间、一定空间范围内文学的功能。

例如，文学作为阶级斗争的武器的功能，主要体现在那些直接表现阶级斗争、宣传不同政治主张的作品身上。同时，在阶级斗争比较激烈和比较缓和的时代或国家、地区，这种功能也有强弱之分。因此，不能以此作为文学的普遍功能，从而要求一切文学作品不分题材、主题和样式，都为政治服务，都表现阶级斗争。中国的传统文学以儒家思想为主要精神支柱，入世思想和教化观念给一代代作家以熏陶,一方面给他们带来政治热情、进取精神和社会使命感,另一方面也给文学染上了更多的功利主义色彩。到了近代,梁启超等人从资产阶级政治斗争的需要出发,把小说的作用夸张到无以复加的地位,提出:"欲改良群治,必自小说界革命始;欲新民,必自新小说始。"[1] 而1920～1930年代国际国内激烈的阶级斗争,给这一时期的中国文学打上了深深的功利性烙印。当时国际上以苏联为中心形成了无产阶级文学运动,有"红色的30年代"之称。中国也出现了以左翼作家联盟为核心的左翼文学运动。左翼理论家们强调文学是人民革命事业的有机组成部分,重视文学的现实功利价值,要求文学在阶级斗争中发挥积极的战斗作用。这种理论观念对于推动文学与社会革命的接近与结合,从而发挥更为直接的社会作用,具有积极的历史意义。但是将此作为对文学本质和功用的普遍性规定,有的人甚至主张文学成为"政治的留声机"、"煽动的工具"等,那就存在着明显的局限性,不但严重阻碍了左翼文学自身的发展,也对以后的新文学产生了长期的消极影响。这种简单化、片面化的理解之所以错误,就在于没有认识到文学的社会作用作为一个完整系统所具有的层次性,以偏概全,其结果必然影响文学发挥自己应有的作用。

三 文学产生社会作用的特点

文学怎样对社会产生社会作用,和它产生什么样的作用一样,其特点是由文学本身和社会这两方面的因素所共同决定的。

文学的社会作用是整体地、综合地产生的。文学作品是一个交织着多层意义与关系的复杂的有机整体,因而它产生的社会作用也是整体的、综合的。作品的某一场面、某一细节可能会产生某种社会作用,但这只是文学作用的有机组成部分,不能以此取代作品整体的社会作用。从文学的整体而言,包括了各种体裁样式,还有题材、主题、语言、风格等多方面的差别,不同作品所具有的功能不可能是一样的。例如一首爱情诗和一部历史剧,一部长篇小说和一篇游记,它们所包含的思想内涵和审美价值都不可能是一样的。文学的正面作用和负面作用,主要作用和次要作用,有形的现实意义和潜在的历史影响,也都是互相联系的,应该加以综合的分析。例如我国著名

---

[1] 梁启超:《论小说与群治之关系》,《中国历代文论选》一卷本,第412页。

古典小说《金瓶梅》,就是一部内容和社会作用都很复杂的作品。一方面,它相当成功地塑造了西门庆、潘金莲等人物,广泛而生动地描绘了形形色色的社会生活图景,大胆地揭露了当时的黑暗现实。这些对于读者了解当时的历史和文化无疑有着重要的价值。同时,它的艺术表现包括语言表达,也有很突出的欣赏和借鉴意义,从而具有积极的社会作用。但另一方面,作者对种种腐朽糜烂的生活和丑恶肮脏的人物,又流露出浓厚的同情和赞赏,有一些可能引导读者走向邪恶的内容。特别是其中大量对性行为的铺写渲染,更造成了这部名作始终不能在社会上普遍传播的局面。此外,像薄伽丘的《十日谈》、劳伦斯的《查特莱夫人的情人》等优秀作品也有类似的情况。有的作品轰动一时,但很快昙花一现;而有的作品发表时无声无息,过若干年以后却被人们承认为不朽的佳作。这在文学史上都司空见惯。

文学的社会作用是非强制性地产生的。"随风潜入夜,润物细无声。"文学主要是以情感熏陶潜移默化的形式对读者产生影响,它不像政治、法律或伦理道德那样带强制性或半强制性,要求人们必须服从和接受。它和其他艺术一样,并不直接教导人们做什么和怎样去做;而是通过艺术形象来影响和改造人们的灵魂——意识的和潜意识的、理智的和情感的、心理的和生理的,等等。梁启超在片面强调小说的政治功利作用时,对小说的特征曾经发表过一些独到见解。他认为"小说有不可思议之力支配人道",并且具体总结出熏、浸、刺、提四种艺术感染力。熏和浸分别从空间和时间范畴体现小说潜移默化的力量,刺是指作品对读者产生的突然的强烈震动,因此,"熏浸之力利用渐,刺之力利用顿"。提则是指小说产生"移人"的力量,使读者的感情完全融入作品之中,与主人公合而为一。"前三者之力,自外而灌之使入;提之力,自内而脱之使出。"[1]

当然,社会政治、法律、宗教、道德等可以强制或半强制地限制或支持某些作品的创作和传播,限制或支持某种风格、流派的存在和发展,从而影响文学的社会作用。但这仍然不能保证文学一定依照这种强制或半强制性的方向产生社会作用。许多优秀的作品往往因为反动统治者的限制和禁止,反而得到更广泛的传播,赢得了更多的读者。某些适应反动统治者政治需要制作出来的作品,却往往遭人唾弃,得到相反的社会效果。

文学的社会作用是文学在社会中的作用,对社会的作用。因此,文学的

───────────────

〔1〕 以上见梁启超:《论小说与群治之关系》,《中国历代文论选》一卷本,第408~410页。

社会作用并不是文学单方面的属性和功能，而是文学和社会共同作用的结果。脱离了接受对象而孤立地研究文学的功能，这是片面的。文学的社会作用通过社会的接受而产生，因此必然随着接受主体及其背景而有所差异。文学作品一经作者创作出来，便成为一种客观的存在，这是作品产生社会作用的客观依据。但是，能否产生作用，产生何种作用，产生作用的大小，还要依赖于多方面的社会条件。因为接受主体即读者有着一定的个体差别和群体差别，例如时代、民族、阶级、性别、年龄、宗教、文化水平、审美趣味等等的差别，他们对整个文学的兴趣侧重不会一样，对同一部作品的褒贬毁誉也不会一样。因此，文学总体也好，具体样式也好，个别作品也好，在不同读者中产生的作用不会完全一样。同时，一定的社会政治、经济和文化等方面的状况构成了文学接受的背景，制约着文学社会作用的产生。例如在阶级斗争、民族斗争空前尖锐的时代，山水诗、爱情诗一类作品一般便不会像那些直接联系现实社会斗争的作品一样受到重视；而在和平建设环境下，它们的社会作用就可以得到更广泛的实现。正因为如此，不能仅以作品在一时一地或一部分读者中产生的影响和反应来判断它的价值和功能，而应联系整个社会生活的历史进程来评价一部作品和文学整体的社会作用。

我们肯定文学在社会生活中具有不可忽视的作用，不能设想没有文学的社会生活，但是又应该承认它的作用毕竟是有限的。它既不能超越一定的经济基础，改变物质生产方式；也不能以舆论宣传作用代替政治的或军事的手段，从根本上改变政治生活的方向。美国19世纪作家斯托夫人曾经以同情黑奴命运、反对蓄奴制度为内容，写出小说《汤姆叔叔的小屋》。这部作品先后对美国林肯总统领导的废除奴隶制的南北战争和约翰·布朗领导的解放黑人的武装起义产生了极大的推动作用。林肯称赞作者道："原来你就是写了引起这场伟大战争的那本书的小妇人呀！"这话当然带有夸张和幽默的成分。南北战争之所以爆发，有其深刻的社会历史原因，这部小说只是在其中起到了推波助澜的作用而已。批判的武器不能代替武器的批判。对于国家来说，兴衰治乱，文学只能是其中原因之一。梁启超等人把文学的作用夸大到足以兴邦灭国的地步，这种观点是站不住脚的。

同样，对于个人而言，善恶贪廉，也不可能仅仅是文学影响就能造成的。人不是在真空里阅读文学作品。文学对人的思想意识产生影响，一般需要和其他社会意识形态配合才能收到更大的效果，并不能以此代替其他社会意识形态。除此以外，经济、自然、科学等因素也是不可忽视的影响人、制约人的力量。文学正是和这些因素一起,形成一种"合力",影响或造就一个人、一群人、一代人。在充分认识文学社会作用的性质和特点的基础上,我们一方面要承认文学的多种社会作用,坚持以崇高的思想感情和高尚的艺术趣味积极地影响读者,改造社会;同时,也要避免给文学难以承受的负荷。这样,文学才能在社会生活中健康地发挥其独特的作用,推动社会的前进。

第二章

文学特征论

事物的本质总是通过事物的特征表现出来的。本章从内容和形式两方面对文学的特征进行研究,从而进一步说明文学的本质。第一节所论述的主要是作者通过文学表达的审美感受的多方面构成,第二节所论述的是文学表达作者审美感受的具体形式即形象,第三节论述的是文学用以塑造形象来表达作者审美感受的媒介即语言,三者的关系即意、象、言的关系。这里所说的内容与形式是从文学整体而言的,第一节谈的是内容,第二、三节谈的则是形式;至于在具体作品中,形象甚至语言都已经与具体的审美内容融合在一起,它们本身也可以成为审美的对象,成为文学的内容。

第一节 文学的内容

有一种观点认为,文学以及其他艺术,和哲学、科学作为认识世界、把握世界的不同形式,所表达的内容是一样的。别林斯基关于哲学家和诗人运用的形式不同,但所说的都是同一件事的论述,就是这一观点的突出反映。他说:

> 哲学家用三段论法,诗人则用形象和图画说话,然而他们说的都是同一件事。政治经济学家被统计材料武装着,诉诸读者或听众的理智,证明社会中某一阶级的状况,由于某一种原因,业已大为改善,或大为恶化。诗人被生动而鲜明的现实描绘武装着,诉诸读者的想象,在真实的图画里面显示社会中某一阶级的状况,由于某一种原因,业已大为改善,或大为恶化。一个是证明,另一个是显示,可是他们都是说服,所不同的只是一个用逻辑结论,另一个

用图画而已。[1]

这种基于文学是生活再现的观念,不但忽略了文学的内容不仅仅是认识,而且也忽略了文学的认识同其他社会意识形态、其他文化形态的认识之间的区别。人们常以孙中山或毛泽东的有关论述和鲁迅的《阿Q正传》作比,认为他们都旨在说明辛亥革命最终是失败了,中国人民反帝反封建的任务并没有完成,所不同的只是在于形式的不同。然而,实际上,《阿Q正传》所能说明的绝不仅仅是这一部分政治性内容,它的内涵远不是几句政治历史经验的概念性总结所能概括的。文学艺术和哲学、科学的形式之所以不同,一方面取决于它们所反映的具体对象存在差异,另一方面取决于它们的不同目的和功能。这两方面的因素决定了文学内容和其他社会意识形态在总的方面存在某些相通之处,同时又具有自身不可忽视的独特性。

这里所说的文学内容指整个文学包含和表达的内容,至于个别的文学作品或文学样式所包含和表达的内容,则可能在这个大范围中有自己的侧重点和特殊性。

下面从四个方面来分析文学的独特内容。应该说这些内容是错综复杂地交织在一起存在于作品中的,实际上很难完全分割。下面的分析只是为了从不同的方面说明问题而加以相对的区分。

一　文学的生活内容

各门科学对自然现象和社会现象进行了分门别类的研究。在此基础上,哲学研究人类认识的共同规律以及社会发展的规律。无论是哲学还是各门具体科学,都是用抽象的形式对人类社会及自然进行把握。在哲学及各门科学的著作中尽管也会出现某些对生活现象或自然现象的叙述以至描绘,但一般只是作为概念的注释或论述的佐证,同时也只需要从学科或论题所关心的方面对事物作感性的描述。各门科学的对象尽管几乎穷尽了人类社会和自然,但并不等于将它们集中起来就可以构成对人类社会和自然的整体再现。而艺术则可以用整体的形式保存人类文化。其中,又首推文学

---

〔1〕[俄]别林斯基:《1847年俄国文学一瞥》,《西方文艺理论名著选编》中卷,第340页。着重号为原文所有。

的作用最大。

　　文学以直接、具体、整体的形式展现人类社会生活及其环境。现实生活中人的外在形态和内在精神，人们活动所处的社会环境与自然环境，人与人之间、人与自然之间的复杂联系，等等，都可以在文学作品中展现。"就人类语言可以表达所有从最低级到最高级的事物而言，艺术可以包含并渗入人类经验的全部领域。在物理世界或道德世界中没有任何东西，没有任何自然事物或人的行动，就其本性和本质而言会被排除在艺术领域之外，因为没有任何东西能抵抗艺术的构成性和创造性过程。"[1]

　　文学的这种展现，既可以采取描摹实有生活形态的方法，也可以采取异变实有生活形态的方法。但是无论怎样，生活中千丝万缕错综复杂的种种现象及其本质都可以得到具体的反映，尽管常常是很曲折的反映。这种展现是通过艺术形象来进行的，因而总是形象具体、可见可闻的。在文学创作中，尽管由于作者的生活基础和创作意图的不同，作品所表现的社会生活往往会各有侧重，但是一般都不会像社会科学或自然科学那样，将某一种生活现象、生活侧面或因素同其他现象、侧面或因素截然分割开来。例如表现男女爱情的作品，往往就不可避免地会涉及主人公所处的社会政治、经济、文化背景以及自然环境等等。因此，文学是把人类社会生活及其环境作为一个完整的有机体来加以表现的。自然现象和社会现象，物质生活和精神生活，个人生活和群体生活等等，都是作为这一整体的相互联系的部分而存在。例如，文艺复兴时期英国剧作家莎士比亚在他的一系列名作（如《哈姆雷特》、《奥赛罗》等）中，就展现了16至17世纪之交英国及欧洲其他国家的广阔社会生活的一幅幅完整画面。他塑造了属于不同阶层的众多人物，描绘了五光十色的生活场景，从宫廷到村野，从情场到战场，从本国到异邦，社会的政治、经济、道德、宗教、文化和风尚习俗等诸多方面，都在他笔下得到形象生动的反映。对于具体的文学作品而言，无论它是鸿篇巨制，还是寥寥数语，总是在一定范围内构成这样一个富有生机的、完整的、综合的个体世界。而以文学总体而言，它就成为反映广大世界，特别是人类社会生活的形象的百科全书。

　　人是社会生活的中心，是世界的主人。文学对社会和世界的展现也以人为中心。各门社会科学以及一部分自然科学虽然都把人作为自己的研究

――――――――
〔1〕[德]卡西尔：《人论》，第201页。

对象，但它们一般只研究人某一方面的本质、特征和作用，具有抽象性和单一性。例如，在经济学中人是生产力的一个因素，在历史学中人是社会发展的动力或阻力，心理学研究人的各种心理现象，生理学研究人的物质构成及其功能，等等。与此相反，文学作品所着力塑造的人物特别是其优秀者，则是具有多方面内在联系的多种性质和能力的统一体。马克思曾经指出：

> 人的本质并不是单个人所固有的抽象物。在其现实性上，它是一切社会关系的总和。[1]

> 人是一个特殊的个体，并且正是他的特殊性使他成为一个个体，成为一个现实的、单个的社会存在物。同样地他也是总体、观念的总体、被思考和被感知的社会主体的自为存在，正如他在现实中既作为社会存在的直观和现实享受而存在，又作为人的生命表现的总体而存在一样。[2]

文学正是通过对这种既是个体也是总体的人的描写，透视"一切社会关系"和整个世界。文学作品中的人物，既非某一抽象本质、特征和功用的标本，也非某一思想或孤立性格特征的象征。它既有持续的自然生命，又有持续的社会活动，是有血有肉有情有智的"活人"。这种"活人"有着一定的意志和性格的发展，其命运演进的方向与最终的结局为作家始料所不及或与最初构想完全相反的例子并不少见。巴金曾经说过："开始写《秋》的时候，我并没有想到淑贞会投井自杀，我倒想让她在十五岁就嫁出去，这倒是很可能办到的事。但是我越往下写，淑贞的路越窄，写到第三十九章，淑贞朝花园跑去，我才想到了那口井，才想到淑贞要投井自杀，好像这是很自然的事情。"[3]所谓"很自然"，就是作家所体会和认识到的人物发展的逻辑。同样，托尔斯泰笔下安娜·卡列尼娜的卧轨自杀，鲁迅笔下阿Q的被枪毙，这些结局都是作者根据人物总体发展的必然趋势修改最初构思而做出的安排。

文学对人的多方面描写又以表现人的精神生活，揭示人的灵魂为中心。

---

[1] [德]马克思：《关于费尔巴哈的提纲》，《马克思恩格斯选集》第1卷，第18页。
[2] [德]马克思：《1844年经济学哲学手稿》，《马克思恩格斯全集》第42卷，第123页。
[3] 巴金：《谈〈秋〉》，《巴金论创作》，上海文艺出版社1983年版，第242页。

"言者,心之声也,欲代此一人立言,先宜代此一人立心。"[1]文学总是用感性形象的方式,展现和剖视一个人心灵深处最本质、最独特而又最根深蒂固的精神内容,挖掘支配一个人言论和行动、情感和思想的最深层的内在原因。人们甚至淡化以至取消对外在形态和行为的描写而突出表现人的精神世界。文学史上经得起考验的优秀作品,可以说都深入到了人物(特别是其中主要人物)的心灵深处,创造出一个个活的灵魂。鲁迅曾经谈到他写阿Q的用意是要"写出一个现代的我们国人的魂灵来","要画出这样沉默的国民的魂灵来","作为在我的眼里所经过的中国的人生"。[2]而他笔下的阿Q也正因为成功地达到了这一点而成为不朽的艺术典型。

文学以揭示人的灵魂为中心,可以说是一个根本性的创作规律。它也决定了文学在内容上同其他社会科学的区别。文学所要剖视的是一个人的内心世界中,由长期的经济生活、政治风云、文化教养、伦理规范、风俗人情以及其他种种必然的或偶然的生活经历而熔铸形成的精神积淀。文学甚至提供了比现实的人更具体、更深刻、更细致的例证,成为各门社会科学分析和引证的对象。

文学所要表现的是活的生活、活的人物、活的灵魂,而其中活的灵魂是中心,是关键,它构成了文学在反映人和人的生活方面区别于其他社会科学的主要标志。

二 文学的情感内容

尽管将文学的内容归结为情感显得失之于简单,但情感性确实是文学艺术的一个基本特征。"诗者:根情,苗言,华声,实义。"[3]白居易的比喻相当形象地道出了情感在文学中的地位和作用。情感作为原动力,刺激了作家的创作欲望,催生了文学作品。中国古代民歌中最优秀的长篇叙事诗《孔雀东南飞》描写了焦仲卿与刘兰芝在封建礼教的迫害下双双殉情的悲剧。诗前小序中写道:"时人伤之,而为此辞也。"毛泽东在《七律·送瘟神》的序中写道:"读六月三十日人民日报,余江县消灭了血吸虫,浮想联翩,夜不能寐。微风拂煦,旭日临窗。遥望南天,欣然命笔。"这些都很具体地说明了因

---

[1] 李渔:《闲情偶寄》,《中国历代文论选》一卷本,第304页。
[2] 鲁迅:《俄文译本〈阿Q正传〉序及著者自叙传略》,《鲁迅全集》第7卷,第81~82页。
[3] 白居易:《与元九书》,《中国历代文论选》一卷本,第139页。

情感波动而后投入创作的过程。另一方面,情感渗透在创作过程中,赋予作品以生命,演化成作品内容的有机组成部分。与此相比,科学家作为现实的人固然也有着情感活动,但这却不能干扰和代替理智的科学研究,也不能作为一种成分进入科学论著。这是文学艺术同哲学以及其他各门科学在内容上的一个重要区别。

文学内容的情感性特点首先体现在将人类情感活动作为文学表现的重要对象。文学在表现社会生活、揭示人的灵魂时,总是把描绘人物错综复杂、波澜起伏的情感活动包括喜怒哀乐等心理表现作为重要内容。改革开放初期高晓声的小说《陈奂生上城》,便生动地表现了主人公上城前后的心理变化。陈奂生在经济生活有所好转以后,精神面貌和过去大有不同,这具体表现为总想说话,而他"实在是无可说","为了这点,他总觉得比别人矮一头","他总想,要是能碰到一件大家都不曾经过的事情,讲给大家听听就好了,就神气了"。这种要求终于在卖油绳的过程中得到实现,他在坐了县委书记的汽车,住了县招待所的单间以后,从此有了说话的资本,"一直很神气"了。小说细腻地描写了陈奂生从"总想"要神气,到"一直很神气"的心理变化过程,成功地塑造了一个"生在做主人的时代,却不是当主人的材料"的农民形象。尽管在不同体裁和风格的作品中,情感的表达方式有所不同,或含蓄,或外露,或直接,或间接,但都离不开情感的抒写。这也是文学真正把人写活,把生活写活的关键。

除此以外,文学内容的情感性特点更多更重要地表现在作家把握对象时渗透着强烈的情感色彩,并在作品中流露出来。

第一,文学形象不同于现实的生活现象,它已经熔铸进作家的情感因素,是一种情感形象。在诗歌中尤其是这样。例如在李白《早发白帝城》、陈子昂《登幽州台歌》、孟浩然《春晓》等作品中,轻舟归乡,春眠觉晓乃至悠悠天地都无不渗透着作者强烈的感情色彩。

第二,文学作品叙事表意所遵循的常常是情感逻辑。许多按照生活逻辑即客观规律无法出现的奇妙现象,在文学作品中可以存在;许多按照形式逻辑无法成立的事理及语言表达,在文学作品中屡见不鲜。诸如《孔雀东南飞》中焦刘死后化为鸳鸯相对而鸣;《梁山伯与祝英台》中梁祝死后化为蝴蝶比翼双飞;《聊斋志异》中许多人鬼狐妖结合的故事,在生活中都不可能出现,但却因符合人们的情感要求而为读者所接受。

第三,文学作品对事物的是非、善恶、美丑、功过等等也会做出自己的评价,但是这种评价总是和爱恨、好恶、悲喜、亲疏等等情感因素联系在一起的,是一种情感评价。《红楼梦》第 97 回"林黛玉焚稿断痴情,薛宝钗出闺成大礼"和第 98 回"苦绛珠魂归离恨天,病神瑛泪洒相思地",描写了贾宝玉、林黛玉和薛宝钗三位主人公之间几乎在同一时间内发生的两件事情,通过蕴含着现实因果关系的大悲大喜的鲜明对照,构成了具有强烈效果的情感联系,从而深刻地表现了作者的思想倾向:对真挚爱情的赞美和对封建礼教的鞭挞。

文学表现的情感,包括了无意识的因素。这种无意识因素,既有客体的,也有主体的。前者即作为描写对象的无意识活动,这常常是作者自觉的意识活动的结果;而后者则是作者在创作过程中不知不觉流露出来的。

人类的情感具有不同的层次。贯穿在文学之中的,主要是经过提炼和升华以后的特殊情感即审美情感,而非一般的喜怒哀乐。当审美情感这种高度发展了的对美的情感追求在文学中得到展现时,便充分显示出个体性与人类性相统一的特点。在文学活动中,一方面,审美情感总是和特定的作者或鉴赏者联系在一起,总是保持着最为具体的形态,具有鲜明的个体性;另一方面,审美情感又代表了个体超越自我、促进人类自由本质健康发展的心理趋向,具有广泛的人类性。这正像德国哲学家卡西尔曾经描述的那样:

> 艺术使我们看到的是人的灵魂最深沉和最多样化的运动。但是这些运动的形式、韵律、节奏是不能与任何单一情感状态同日而语的。我们在艺术中所感受到的不是哪种单纯的或单一的情感性质,而是生命本身的动态过程,是在相反的两极——欢乐与悲伤、希望与恐惧、狂喜与绝望——之间的持续摆动过程。使我们的情感赋有审美形式,也就是把它们变为自由而积极的状态。在艺术家的作品中,情感本身的力量已经成为一种构成力量。[1]

三 文学的认识内容

文学所展现的人类社会生活及其环境尽管来源于客观现实,但已经不是后者的简单摹写或复制,而是经过作家再创造的产物,渗透着作家对描写

---

[1] [德]卡西尔:《人论》,第 189 页。

对象以至整个人类社会和宇宙的认识和评价。这种认识和评价与科学著作所表达的内容一样具有真理性意义。"文学在各种艺术门类中似乎尤其明显地通过每一部艺术上完整连贯的作品所包含的对人生的看法(即世界观)来宣示自己的'真理'。"[1]读者在阅读和欣赏的过程中,随之拓展和加深了自己对人生、对世界的认识。因此,文学所包含的思想内容和认识功能是不可否认的。

值得注意的是,文学所表达的思想认识往往比一般科学著作的理论阐释更易于为人们所接受和传播,产生更为广泛的影响。许多已被科学著作反复阐明的思想,一旦被文学作品所包蕴或表现,就会放出异样的光彩。这种现象的产生和文学所表达的认识内容的独特性有关。

首先,文学的认识是以个体认识的形态出现的。科学所表达的是人类群体以至总体对社会对世界的认识。它们都以人类普遍地甚至全部地接受为特点。自然科学和社会科学中的概念、定理、公理等等都是这样。而文学的认识虽然也渗透着群体以至全人类认识的成分,但它总是以作家个体认识的形态存在,所表达的主要也是个体在一定条件下对事物的独特认识。虽然这种认识往往也反映了一定的群体乃至人类总体的认识。

因此,"横看成岭侧成峰,远近高低各不同",对于同一客观对象,不同作家可以赋予其不同的形体外貌和情感色彩,做出不同的认识评价。古希腊哲学家赫拉克利特说太阳每天都是新的,这句格言如果对于科学家的太阳不适用的话,对于文学家的太阳则是确切的。我国汉代王昭君远嫁匈奴"和番"的故事最早见于《汉书》,后来成为历代不少作家的创作题材。元代以前的这类作品大致有两种主题,或同情她"红颜薄命",或慨叹她去国出塞。元代剧作家马致远的《汉宫秋》突破前人窠臼,对题材进行了新的提炼,注入了新的认识内容。它突出了王昭君对祖国的强烈热爱,并让她在边界处纵身投江,誓死不入"番国"之境。在蒙古族统治的当时,这种描写无疑包含了反抗外族压迫的思想情感。到了现代,五四时期郭沫若的《王昭君》,则将历来的命运悲剧改为性格悲剧,突出了主人公反抗强暴的倔强性格,贯穿着维护人格尊严的思想。而1970年代后期曹禺的《王昭君》,则将主人公塑造成为了崇高政治目标自愿出塞的形象,试图"用这个题材歌颂我国各民族和民族之间的文化交流"。对于同一个王昭君所做出的这样种种带主观性的改造,

---

[1] [美]韦勒克、沃伦:《文学理论》,第25页。

正凝结着作家个体对表现对象的不同认识,当然同时也渗透着某种群体的审美倾向。

其次,文学的认识是一种综合认识,和文学表现客观世界的整体性相联系,文学所表达的对客观对象的认识评价也是综合性的。一部文学作品描写的对象是有限的,但围绕对象所表达的作家的主体认识却是内涵丰富的综合体。人物众多、场景丰富、情节复杂的大型叙事性作品固然是这样,而一些篇幅短小的抒情性作品甚至也是这样。

文学认识的这种综合性,一方面体现在作家的认识评价往往包括政治的、道德的、宗教的、文化的、审美的等多方面内容的意义;另一方面还体现在作家的认识评价往往已超出具体对象,包含了对人生、社会、自然、科学等多层次内容的统一。就前面提到的《陈奂生上城》来说,不过是一篇不足一万字的短篇小说,所表达的主要是对主人公"精神生活"一段经历的认识。但既然写陈奂生的精神生活就不可避免地要写到对他 40 多岁没戴过帽子的物质生活的认识;既然写到对陈奂生的认识,就不可避免地要写到对他周围社会的认识;同时,也不可避免地涉及对陈奂生及其周围社会的历史的认识,不可避免地涉及对社会风俗、自然景物等等的认识。这种认识评价以审美为中心,又包含了多方面的社会内容。因此,成功的文学作品常常是一座巨大的思想仓库,其内容之丰富有时连作家也说不清楚。难怪当有人请托尔斯泰介绍《安娜·卡列尼娜》要告诉人们什么时,他回信说:"如果我想用词句来说出我原想用一部长篇小说去表现的那一切思想,那么,我就应当从头去写我已经写完的那部小说。"[1]至于中外古今名著所汇集成的文学总库当然就更是如此。

再次,文学的认识是和文学作为艺术的各种特点结合在一起的,是一种具有特殊色彩和魅力的审美认识。文学的认识内容既和文学内容的其他方面(如具体的生活内容、强烈的情感内容等)结合在一起(其中最根本的是作者对美的认识评价);同时这种认识也和文学形象、文学语言等形式因素相联系。因此,文学的认识被人们称作诗的思想,具有特殊的影响力。

在科学著作中,思想是由概念与概念的逻辑联系来直接陈述的。而在文学作品中,思想则是通过文学形象展开的人与人、人与物、物与物的相互

---

[1] [俄]列·托尔斯泰:《致尼·尼·斯特拉霍夫》,北京师范大学文艺理论教研室编:《文学理论学习参考资料》上册,春风文艺出版社 1981 年版,第 706 页。

联系而得到具体表现的,是通过一定的情感态度来传达的,它的丰富内容往往难以用严密而精确的概念加以界定。鲁迅的《狂人日记》"意在暴露家族制度和礼教的弊害"。作者的这种思想倾向和创作意图贯穿在小说的全部细节中,是通过对社会生活的具体描写和对狂人特有的内心感受所做的巧妙揭示来表现的。狂人所说的话都是疯话,如"吃人的是我哥哥,我是吃人的人的兄弟,我们被人吃了,可仍然是吃人的人的兄弟"。这些话如果脱离了作品所描写的人与人的关系,就无法产生现有思想的力量,甚至令人无法理解;反之,就可以体会到它所包含的深刻的真理。这种真理正是用一种"疯话"来表现的。文学作品中的思想,不应该是从理论著作中简单照抄过来的,而应是作家用心灵去感受而得来的。别林斯基说:"艺术并不容纳抽象的哲学思想,更不要容纳理性的思想;它只容纳诗的思想,而这诗的思想——不是三段论法,不是教条,不是格言,而是活的激情,是热情……""是活生生的创造"。[1] 鲁迅在《狂人日记》结尾所发出的振聋发聩的呼唤:"没有吃过人的孩子,或者还有? 救救孩子……";在《故乡》结尾所表达的意味深长的感叹:"地上本没有路,走的人多了,也便成了路";等等,都带有深刻的哲理性。这些都是从作品形象中所引发出来的,都凝聚着作者强烈的情感和深沉的思索,都是用文学的语言、诗的语言来表达的,因而它们也就比直接用概念来表达更富有独创性和感染力。

四 文学的审美内容

文学的目标就在于构建人工的审美观照对象。因此,文学所描写的生活现象和表达的思想感情,无不经过一定的审美理想和观念的过滤与渗透。美是文学最深层的基本内容。

文学内容的美首先在于作者对现实美的选择和开掘。这里所指的现实美,既包括一般所说的自然美和社会美,也包括已经客观存在的艺术美。对于文学来说,其他艺术所创造的美,都可以成为自己的描写对象。白居易的著名诗篇《琵琶行》就以生动的语言描绘了琵琶女弹奏的完整过程和神奇效果。雨果的《巴黎圣母院》就以满腔的热忱歌颂巴黎圣母院,赞美这所建筑"是一个巨大的石头交响乐","整个人类和人民的巨大工程","整个时代巨

---

〔1〕 [俄]别林斯基:《亚历山大·普希金的作品(第五篇)》,《文学理论学习参考资料》上册,第957页。着重号为原文所有。

大的力量的联合产物"。其他如罗曼·罗兰的《约翰·克利斯朵夫》中对音乐的描写,陆游一些诗作中对书法艺术的描写,也都是这样。对于具体的文学作品来说,其他文学作品所创造的美,也可以成为自己表现的对象。而像《红楼梦》这样的作品,则不但包含了大量对自然美和社会美的表现,而且也包含了对多种艺术美(诸如文学、戏曲、绘画、音乐、建筑、园林、书法等等)的表现。由此可见,客观存在的现实美给作家提供了选择和开掘的广阔天地。

当然,客观条件是千差万别的,一个对象本身也包括了多种因素。面对着复杂的客观世界,文学的对象是什么?显然,它不是单纯的政治因素或宗教因素,如果那样,文学就变成了政治传单或教义手册;它也不是单纯的自然因素或实用因素,如果那样,文学就变成了科普教材或商业广告。文学选择和表现的中心是客观事物的审美因素,严格地说,是溶解了各种社会因素的审美因素。因此,那些能够引起强烈审美感受的事物,就容易成为文学的对象,而那些本身极少审美价值或经过艺术描写以后也很难产生审美价值的事物,就较难成为文学描写的对象。例如,书法作品和数学公式,战争场面和课堂教学,太阳月亮和分子原子……一般总是前者比后者更容易成为文学表现的对象。

现实美的存在为作者的选择和开掘提供了客观基础,作者的审美理想和情趣等则成为选择和开掘的标准和依据。作者可以选择不同形态的美的对象进行开掘,也可以在同一对象身上选择和开掘不同的美的因素。例如现代诗人郭沫若的《女神》和《星空》这两本诗集中的作品,分别写于五四高潮和落潮的不同时期,虽然都富有民主思想和浪漫主义精神,但却又表现出不同的思想倾向和艺术风格。前者热情澎湃,笔致粗犷;后者颇多彷徨,情调恬淡。它们之中虽然都有许多取材于自然的表现对象,但在选择和开掘的具体内容上却表现出二者的差别。《女神》中屡屡出现的是"把全宇宙来吞了"的"天狗"(《天狗》),"提起它全身的力量来要把地球推倒"的"无限的太平洋"(《立在地球边上放号》)等意象,而在《星空》中却想象"那隔河的牛郎织女","突然在天街闲游"(《天上的街市》)。同是《女神》中的诗篇,同样表现大海,则有时描写"汪洋的海水在我脚下舞蹈"(《新阳关三叠》),有时却感觉"听不出丝毫的波声涛语","海已安眠"(《夜步十里松原》)。显然,文学对现实美的选择和开掘凝聚着作家强烈的主观力量,是主观和客观相统一的过程。

其次,文学内容的美体现为作者表现和创造的艺术美。文学作品的美,不是现实美的简单复制。它一方面是因为作者对现实美的选择和开掘而显示出来的对象本身所具有的属性,另一方面又是作者表现和创造的结果,从而使对象具有更充分的审美价值。

这种创造首先体现在按照典型化的规律,运用各种艺术手法,集中展现和升华现实美,使艺术形象比生活形象具有更鲜明更突出的美的特征。

这种创造还体现在对现实生活中丑的对象进行艺术的揭示和鞭挞,表现对美的肯定和赞颂,同时以主体敏锐的观察体验和精湛的表现技巧,将生活丑转化为艺术美,创造出富有感染力的文学形象。俄国作家果戈理的《死魂灵》、《钦差大臣》等作品中的主要人物全是卑琐丑恶之徒,作者对他们所持的态度也是否定的。但是由于作者审美感情的注入和艺术创造的成功,乞乞可夫、赫列斯达可夫等人物都成为体现艺术美的文学典型。其他如莎士比亚《威尼斯商人》中的夏洛克、曹雪芹笔下的王熙凤也都是这样。当人们欣赏这类形象时,一方面对艺术家创造的艺术美产生喜悦和赞叹,同时又对形象本身所揭露的生活中的丑的对象产生厌恶和愤恨。这正说明作品产生了强烈的审美感染力量。

这种创造还体现在文学作品的形式美上,这种形式美构成了文学欣赏的对象。所谓形式美,是指社会生活、自然及艺术中各种形式因素的有规律组合。人们在长期审美活动中认识和总结了形式美的若干法则。这些法则具有相对独立性,同时又和人类的深层心理结构之间存在着种种微妙的对应关系。一般把多样统一视为形式美的基本法则。这一法则包含了变化、对称、均衡、对比、和谐、节奏、比例等多种具体法则的对立统一。这些具体法则在运用过程中必须服从多样统一的规律。假如片面追求整齐和对称,就可能显得单调和呆板,为此往往要局部舍弃一些整齐和对称,以求得整体在变化中的统一。例如五四时期郭沫若和徐志摩的代表性诗作之所以使人产生不同的审美感受,除了内容方面的原因以外,也正因为他们具有不同的形式美因素。以《天狗》和《再别康桥》两首诗相比,不难看出:前者文字粗犷,语调高亢,节奏激越,诗形奇崛;而后者文字轻灵,语调柔婉,节奏平缓,诗形严整。真是一个如长风出谷,一个如幽林曲涧,给人以完全不同的形式美的感受。

文学美的内容是溶解在其他各种社会内容之中的。现实生活的美是和其他各种因素(诸如自然的、实用的、道德的、宗教的等等)共同存在于对象之中的。当文学对客观现实进行整体的审美观照时,不可能将其他因素完全过滤和排除,文学美的内容必然要通过生活内容来表现,必然渗透在情感、认识等内容之中。我们说美是文学的最深层的基本内容,绝不是贬低其他方面的内容。我们在前面就强调,将文学的内容从几个方面来分析,丝毫也不带有割裂文学内容的意味。文学的内容是一个有机的整体,同样,文学的内容和下面将要讨论的文学的形式因素也是一个有机的整体。

第二节　文学形象

一　文学形象是文学把握世界的特殊形式

正像概念是科学的基本单位和特殊形式一样,艺术形象是艺术的基本单位,是艺术把握世界的特殊形式。一件艺术品,作为审美观照对象,其基本特点就在于它提供了艺术形象或由若干艺术形象所组成的形象体系。文学丰富的内容正凝聚在文学的艺术形象及其体系之中。

艺术形象是艺术家在实际生活形象的基础上创造出来的具有一定思想内容和审美价值的具体情景。它是艺术家主观情感和客观事物结合的产物,凝结着艺术家对人生、社会和自然的体验和认识,显示出艺术家的审美感受能力和艺术创造能力。

文学形象即文学中的艺术形象。它以人物为主,也包括其他社会现象、自然景物和现象等等。一部作品中的文学形象是按照统一的整体构思来塑造的,它们共同组成了一定的形象体系。例如,在鲁迅的《祝福》中,以祥林嫂这一人物为中心,鲁四老爷、贺老六、卫老婆子、柳妈等人物形象,祝福、抢亲、拜堂、谈天等社会生活场景,以至阴暗的天色、飞舞的雪花等自然现象共同构成了作品的形象体系。体系中的个别形象具有作品整体所带来的有机性,渗透着作家的主观感受。例如,《祝福》的开头和结尾都写到鲁四老爷家中和整个鲁镇毕毕剥剥、连绵不断的爆竹声,着力渲染"豫备给鲁镇的人们以无限的幸福"的"祝福的空气"。这一形象的画面就和作品所表现的祥林嫂的悲惨命运形成强烈的对照,表现出以乐景写哀情的光彩。

在一般语言表达中,人们也常常运用形象性的修辞表达方式,但这种形象性语词并不同于文学形象。它们一般和作品的其他形象性语词或文学形象并无必然的联系。例如鲁迅《故乡》中写杨二嫂"正像一个画图仪器里细脚伶仃的圆规",就是一个生动的比喻。圆规只是用来表现杨二嫂这个文学形象的一个特点——瘦长,它和作品中杨二嫂这一形象整体以及其他形象之间,并不能建立起类似圆规——墨水——白纸这样的有机联系。

形象并非艺术所独有。客观事物的形体外貌,其他社会意识中对客观事物的描形摹状,都是非艺术的形象。有些非艺术形象,其具体详尽精确,比起艺术形象来,常常是有过之而无不及。例如电视新闻、科技影片、新闻报道、施工图纸、科学挂图等等,都是这样。但是,在其他社会意识特别是科学(包括社会科学)活动中,这种形象一般只是对现实进行把握的过渡性或辅助性手段。在科学研究过程中,它们往往只是进一步获得理论概念的跳板和桥梁,在科学研究成果中,它们一般只是作为概念、公式以至一定理论体系的图解。而艺术形象和非艺术形象在特征上的区别则更加明显。因此,认识艺术形象的特征,除了应将它与科学概念加以区别以外,还应将它与非艺术形象相区别。

文学形象具有艺术形象的一般特征:

第一,具体可感性。

人类在认识过程中将客观事物的共同特点加以抽象形成概念,概念反映了客观事物一般的、普遍的、本质的特点。艺术形象虽然也或多或少地接触到事物的本质方面,但它表现的却是个别的、特殊的、具体的事物。这种具体可感性,不同于自然科学或社会科学中对非艺术形象描摹叙述的具体可感性,而是渗透着艺术家的主观感受和创造,能使欣赏者在头脑中展现其风采神韵的具体可感性。中国现代作家朱自清的著名散文《背影》中有一段对父亲"背影"形象的描写,说的是父亲在繁忙中渡江来送自己北上读书,在车站把一切都安排妥帖、叮咛完毕以后,又穿过铁道去买橘子给自己在路上吃。朱自清用朴素的笔调描绘了一幅动人的图画:

> 我看见他戴着黑布小帽,穿着黑布大马褂,深青布棉袍,蹒跚地走到铁道边,慢慢探身下去,尚不大难。可是他穿过铁道,要爬上那边月台,就不容易了。他用两手攀着上面,两脚再向上缩;他把肥胖的身子向左微倾,显出努力的样子。这时我看见他的背影,我的泪很快地流下来了。

作者勾画出的这个蹒跚、肥胖、吃力的父亲的背影,凝聚着父亲对儿子、儿子对父亲的无限深情,构成了父亲形象最动人的一部分,使读者得以通过这一画面领略和体验这种在家族世代之间的情感联结和传递。

许多作家在创造艺术形象时运用比喻、拟人、夸张等艺术手法,传达直觉感受和体验,从而唤起读者强烈的审美感受。即使是比较抽象的思想、情感、情绪等等,也常常通过这种途径,化为具体可感的形象。如李煜写愁:"剪不断,理还乱,是离愁";"问君能有几多愁,恰似一江春水向东流";这些就都是通过比喻将无形转换为有形。

有的艺术形象的具体可感性则是通过形象体系来体现的,脱离整个形象体系孤立地看个别形象就很难获得。如元代马致远的小令《天净沙·秋思》中写道:

> 枯藤老树昏鸦,小桥流水人家,古道西风瘦马。夕阳西下,断肠人在天涯。

作品中出现了多个形象性语词,如果脱离了作品的形象体系,"小桥"、"流水"之类的个别形象性语词就很可能引发出其他的审美感受来,或者根本不成其为艺术形象。

第二,艺术概括性。

艺术形象所具有的艺术概括性不同于科学概念的概括性。科学概念的概括性,是从多个事物中抽取一种或几种共同点,概念的全部内涵同样存在于被概括的对象之中。例如按照科学的定义,"白"这一概念指的是物体被日光或与日光相似的光线照射,各种波长的光都被反射时呈现出的颜色。这一特点存在于所有白颜色的物体当中,诸如白马、白雪、白花、白衣服、白房子等等。而艺术形象的概括性则是分别从各种事物中抽取共同点或独特点,形象的全部内容不必也不可能存在于所有的对象之中。例如同样是描绘出白色的雪景,各个作家却各有不同。法国作家莫泊桑笔下曾经出现这样的雪景:

> ……那整个一片白漫漫的地方,全体是白的、冻结了的,并且像漆一样地发光。我们竟可以说是上帝包好了地球,预备送它回到洪荒世界里去。我告诉你:那情景真很凄惨。
>
> ——《珍珠小姐》

这里出现的不是抽象的白,而是具体的白雪。它是白的颜色、冻结了的状态、漆样的光亮程度和漫漫的空间范围等等的综合体。对于其他白雪以及具有上述某种特征的物体而言,它都具有一定的概括性,但却不能说其他对象可以包括这一雪景的全部内涵。同内容单一的概念相比,艺术形象是综合的人生图画,包括多方面多层次的内涵。一般说来,越是成功的艺术形象,其内涵越丰富。

艺术形象的概括性主要体现在两个方面,一是生活形象的选择、改造、综合和虚构,二是主观情感的融入。例如在莫泊桑的那一雪景描写中就注入了"真很凄惨"的主观感受。因此艺术形象是主观与客观、情感与认识、感性与理性等的统一体。

第三,审美感染性。

艺术形象由于内容和形式两方面美的因素的融合而形成感人的魅力。它渗透着艺术家丰富的审美感受、体验和理想,能够引起欣赏者的美感反应,满足欣赏者的审美需要。而生活中和其他社会意识中的非艺术形象,虽然也能引起直接或间接的具体感受,有时也能因形式美的存在而引起主体的审美活动,但却不可能像艺术形象这样产生丰富和普遍的审美效应。动物或人体的科学挂图、风景名胜的导游手册,虽然也很具体形象,并且具有相当的概括性,但却无法像徐悲鸿笔下的马、齐白石笔下的虾以及人体画、山水诗中的艺术形象那样引起人们强烈的审美感受。屈原写《橘颂》,塑造了一个"精色内白"、"纷缊宜修"、"受命不迁"、"深固难徙"的橘树形象,以其象征一种高洁的品格。这一艺术形象凝结了作家的审美理想,具有高度的审美价值。它绝不同于一般的介绍橘树形状特点、生命历史、生长规律、实用价值的科学文献、科普读物以及商业广告中的非艺术形象。

文学以语言来塑造艺术形象。因此,文学形象除了具有上述艺术形象的一般特征以外,与其他艺术门类的形象相比,也还有一些独特或突出的地方。这主要表现在形象的间接性上。

所谓间接性,是指文学形象不能直接诉诸人的感官。绘画、建筑、音乐、舞蹈、戏剧、电影等等艺术样式,都可以通过各自的物质媒介如线条、色彩、音响等等,将艺术形象直接诉诸观众的感官,这些艺术形象具有直接性。而文学语言却不能构成自然状态的形体外貌,它只能作为一个中介,唤起读者的想象,在读者脑海里形成新的审美意象。对于读者来说,只有掌握了某种语言,并且具有相当的理解和想象能力,才能借助语言感受作家创造的艺术形象。这样的感受中,一方面包含了语言所实指的作家的创造,另一方面也融进了读者的再创造。因此,从这一意义上讲,一切文学形象都是一种意会之象。

文学形象是用语言来创造的,而语言是一切思想的媒介,它可以灵活地表现客观世界的一切事物和人们的各种思维活动及其结果。因此,文学更少受到时间和空间的限制,可以从多方面用多种多样的方式来展示广阔而复杂的社会生活及其演变和发展,展示人与人之间错综复杂的社会关系和人物变化无穷的内心世界。因此,文学形象比起造型、表演等其他艺术中的形象,具有更大的丰富性和更明晰的思想性。

二 文学形象的特殊形态——意象

意象,在古代最初是一个哲学范畴的概念,后来逐步用于对诗歌和其他文学艺术样式的评论及美学研究中。《周易》中的"易象",是利用八卦图像演绎人生祸福的一种暗示与象征,被认为是意象的雏形。而《文心雕龙》中已经明确使用意象的概念,有"独照之匠,窥意象而运斤"的说法。[1] 西方则是由康德在他的美学论著《判断力批判》中全面阐释了"审美意象"的概念,把意象正式从哲学领域引入美学领域。我国与西方的意象理论,虽然有着文化传统和艺术传统背景的不同,但是在基本内涵上仍然有着相通或相近的一面。19世纪末以来,文化交流的发展更促使二者逐渐靠拢,形成了意象概念大致确定的基本内涵。20世纪初期英美诗坛出现的意象派就不但明显受到康德理论的影响,而且也从中国古典诗歌中得到了深刻的启示。

总的来说,意象是一个既属于心理学,又属于文学理论的问题。"在心理学中,'意象'一词表示有关过去的感受或知觉上的经验在心中的重现或回忆,而这种重现和回忆未必一定是视觉上的。"[2]或者说,是"人脑对事物的空间形象和大小的信息所做的加工和描绘"。[3] 美学和文学研究中的意象就包含有这一层次的意义,不过是一种沿着审美创造这一特定方向的"加工和描绘"。无论是作者对客观现实的生活形象所作的"加工和描绘",还是读者对作者创造的文学形象所作的"加工和描绘",都是这样。这种意义的意象,一般叫做审美意象。而美学和文学研究中意象的另一层涵义,指的是

---

[1] 刘勰:《文心雕龙·神思》,《中国历代文论选》一卷本,第84页。
[2] [美]韦勒克、沃伦《文学理论》,第204页。
[3] 《简明不列颠百科全书》中文版第9卷,中国大百科全书出版社1986年版,第102页。

作者将自己的审美意象通过语言媒介外化和固定下来的艺术形象的一部分,这也就是本节所要讨论的文学意象。

文学意象和文学形象不是对立的并列的概念。文学意象是一种特殊形态的形象。它指的是文学作品特别是诗歌中那些蕴含着特定意念而让读者得之言外的艺术形象。一般的意象,诸如英国诗人艾略特的"荒原"、戴望舒的"雨巷"等,虽然也对物象进行具体描绘,但他们所包蕴的丰富内涵却非生活物象所能具有。另外有的意象,如马致远《天净沙·秋思》中的诸个意象,主要靠互相联系构成的意象群体来表达一定的意念,从而也获得自身的意蕴。特别是作品的最后一句——"断肠人在天涯"这一意象可以说起到了画龙点睛的作用。由于和这一"断肠"的旅途征人或他乡游子相联系,由于"断肠"这一特定情境的规定,其他种种景象都被涂抹上了一种苍凉悲凄的色调,充溢着一股耐人寻味的意蕴。如果没有这一句,作者所罗列的种种形象性语词就不可能获得这种意蕴,成为具有感染力的艺术形象。还有一些意象,并不在作品中加以直接表现,主要靠其他形象的烘托陪衬而存在,成为一种象外之象。例如在英国作家达夫妮·杜穆里埃的小说《吕蓓卡》以及据此改编的电影《蝴蝶梦》中,吕蓓卡这个人物在作品开始时就已死去,但却时时处处音容宛在,并通过她忠实的管家丹弗斯太太、情夫费弗尔等人继续控制曼陀丽庄园。作品以实写虚,通过女主人公——庄园的新女主人的心理历程和情感反应,从多个侧面加以烘托,在无数个实象中凸现出那个难以言表的吕蓓卡的虚象来。我国汉代乐府民歌《陌上桑》中的罗敷也是这种意象。

文学意象是作家的主观意念与外界的客观物象猝然撞击的产物。按照美国意象派诗人庞德的说法,"一个意象是在一刹那时间里呈现理智和情感的复合物的东西"。[1] 艾略特提出诗人表达思想感情不能像哲学家或技巧不高明的诗人那样直接表达和抒发,而要找到一种"客观对应物",包括物体、情景、事件、掌故、引语等构成的意象体系来表达。这就是通常所说的由意生象。唐代诗人李商隐的《乐游原》正体现了这一过程。"向晚意不适,驱车登古原。"写出了抒情主人公的心情不快。"夕阳无限好,只是近黄昏。"不愉快的心情找到了"客观对应物",而夕阳、古原都成为一种意象。当然,由

---

〔1〕 [美]庞德:《意象主义者的几"不"》,[英]琼斯编:《意象派诗选》,裘小龙译,漓江出版社1987年版,第152页。

意生象并不是唯一的模式,由象生意或意象共生也是常见的。例如杜甫的《春望》,就是由"国破山河在,城春草木深"的景象触发了"感时"、"恨别"的情思,而由这种情思生成了"花溅泪"、"鸟惊心"的意象,最终出现了诗人"白头搔更短,浑欲不胜簪"这一意与象并生的意象。

意象的创造和运用并不纯粹是诗人主观的事情,它必然受到整个人类特别是各个民族的心理结构、文化背景等等以及与之相联系的意象体系的制约。例如天阴天晴,历来在文学作品中都是和人物的情绪消沉抑郁或开朗高昂相联系的意象。根据心理学家和生理学家的研究,空气的潮湿程度和人的情绪之间确实有着一定关系。至于自然界的其他种种物象,诸如日升日落,月圆月缺,夏去秋来,冬尽春回,山岳摩天,江河入海等等,自古至今,人类的情绪无不与之相呼应,构成某种默契,从而形成对它们的普遍性美感。这些都具有荣格所说的原始意象的性质。它们在我国历代诗文中不断反复出现,具有不阐自明的象征意义。同样,它们在其他国家的文学作品中也具有类似的象征意义。在共同的自然环境、历史背景、文化传统基础上产生的意象体系,是一个民族的重要精神财富。一些艺术感染力很强的意象,往往被不同时代的不同作者一再袭用。因此,从纵的方面讲,意象有传承性;从横的方面讲,意象有普遍性。诗人正是在此基础上,或袭用旧的意象,或创造新的意象,从而表达自己独特的审美感受和理想。当然,旧的意象会由于种种原因而变得陈旧、趋于僵化和丧失生命力,新的意象也会不断诞生。五四以后的我国新诗中,郭沫若的"凤凰涅槃"、闻一多的"死水"、艾青的"旷野"等,都是具有生命力的新的意象。钱钟书的"围城"一词脱胎于法国和英国两句意思接近的成语,通过同名小说的生动描写,就构成对"城外的人想冲进去,城里的人想逃出来"这样一种带普遍性的人生境遇进行生动概括的意象而影响广泛。

文学意象具有文学形象的一般特点。另外还有一些普通形象或多或少都具有的特点,由于在意象上表现得更为突出和强烈,而成为意象的特点。这主要是创造的主观性、内涵的不确定性和感受的意会性。

文学形象不同程度地都渗透着作家的主观创造,而意象尤其突出。作家主观的意对客观的象的点染、改造乃至重塑,在意象身上比在其他形象身上更占主导地位。奥地利现代诗人里尔克的名诗《豹》,借动物园的豹子抒发特定的人生感慨。诗中写道:

它的目光被那走不完的铁栏
缠得这般疲倦,什么也不能收留。
它好像只有千条的铁栏杆,
千条的铁栏杆后便没有宇宙。

强韧的脚步迈着柔软的步容,
步容在这极小的圈中旋转,
仿佛力之舞围绕着一个中心,
在中心一个伟大的意志昏眩。

只有时眼帘无声地撩起。——
于是有一幅图像浸入,
通过四肢紧张的静寂——
在心中化为乌有。

很明显,作品中所表达的复杂的情意内容就并非豹这一自然对象所具有的特质,而是诗人为完成自己的审美表现而赋予的。由于意象常常会突破客观物象的自然规定性,建立起了一种新的物象形态和联系。因此它不但不同于抽象概念特指的精确性,而且也不同于一般形象内涵的确定性。意象往往给读者以一种微妙难言的艺术感受:似已领悟,又似未领悟;似言此,又似言彼;等等。庞德著名的《地铁车站》中的意象所表达的人生感受就有这种特点:

人群里这些面孔的幽灵
湿淋淋黑枝上片片残英

出现在浓黑背景上的美好事物显得格外光彩,同时也像幽灵闪现花残将逝一样短暂,读者由此感受到一种莫名的惆怅感。所谓"如空中之音,相中之色,水中之月,镜中之象,言有尽而意无穷",[1]正道出了意象复义多解的特点。

---

[1] 严羽:《沧浪诗话》,《中国历代文论选》四卷本,第2册,第424页。

文学意象由于具有强烈的主观创造性和内涵的不确定性,因而也就给读者感受提供了更大的意会性天地。意象本身潜在的可能性可以通过不同的欣赏者实现为多种现实性。

三　文学形象的优化形态——典型

文学艺术中的典型概念与生活中的典型概念既有联系又有区别。生活中的典型,如典型人物、典型经验、典型单位等,是类的标本、样板,是作为某种现象、某类人物的代表而存在的。它可以而且应该吸引同类事物的注意和接近,从而造成同类事物在典型水平上的平衡。生活中的典型一般只是就某一方面而言,如刻苦学习的典型、廉洁奉公的典型等等。文学艺术中的典型,是典型的艺术形象的简称。由于艺术形象以及整个作品是以整体的方式表现和把握生活,其包含的内容必然是多方面的,而典型形象的内涵也就比生活典型要复杂得多。

典型是西方文艺理论的一个重要范畴,其内涵在不同时代有一定的变化。从古希腊亚里士多德开始一直到17世纪,人们强调典型的普遍性和类型性,属于类型化的典型观。18世纪以后,文学理论界逐步重视典型的个性,重视人物典型性格的塑造,歌德、黑格尔、别林斯基等都有精辟的论述。进入20世纪以后,西方美学和文学观念发生变化,对典型问题的关注较少。而在前苏联和中国等国家,则对典型问题比较重视,其中既有对马克思、恩格斯关于典型问题的论述的阐扬,也有庸俗社会学和机械唯物论的泛滥。"文革"结束以后,典型问题也是理论界最早进行探索的问题,在1980年代还有过较热烈的讨论。关于典型内涵与特征的讨论和界定,既是作为对优秀文学作品,特别是优秀的再现型叙事作品的经验总结,又是作为对文学创作的普遍要求而存在,其意义并不限于现实主义文学。如果一个文学形象既具有鲜明的独特性,又显示出深刻的普遍性,就可以被称作文学典型。典型,主要指人物形象,也包括环境、事物等形象。在我国理论界的探讨中,有的论者还提出了典型情绪、典型观念、典型心理等概念,典型观念有了一定的拓展和变化。对于这些问题,理论界还在讨论中。文学史上公认的典型形象,如哈姆雷特、堂·吉诃德、高老头、安娜·卡列尼娜、诸葛亮、孙悟空、阿Q、骆驼祥子等等,都具有相当丰富的思想内涵和突出的艺术价值,在文学发展和社会生活中具有深远的影响。西方现代主义文学虽然在文学观念和创作方法上同传统文学大相径庭,但其中的许多文学形象,例如奥地利表现主义作家卡夫卡《变形记》和法国存在主义作家加缪《局外人》中的主人公，美国荒诞派作家阿尔比的"动物园"，美国黑色幽默作家海勒的"第二十二条军规"，等等，都可以因其鲜明的独特性和深刻的普遍性而被视为典型形象。前面提到的钱钟书所创造的"围城"的意象也应该属于这类典型形象。在一些大型作品中，典型形象往往不止一个，例如《红楼梦》中的贾宝玉、林黛玉、薛宝钗、王熙凤等人都被认为是艺术典型，而其他一些形象如贾母、晴雯等也具有不同程度的典型性。总之，文学典型是文学形象的优化形态。能否创造出成功的典型，使得作品的文学形象具有强烈的感染力和长久的艺术生命，是作品有无成就的一个标志。

自古至今作家创造了许多典型，但他们的典型性并不一样。鲁迅笔下的阿Q和祥林嫂都被认为是典型，但后者的性格特征明显不如前者那样具有广泛的普遍性。在同一部作品中，典型人物的典型性也有差别。诸葛亮和张飞、奥赛罗和埃古、祥子和虎妞就都有差别。至于作家由于主观条件不同，创造出的典型形象的内涵和外延都不会一样。同时，由于政治文化背景、社会心理、审美观念以及文学传统等等差别，一个文学形象在不同的接受环境中所具有的典型性也会有所不同。在一定社会范围内被公认为典型的形象，在其他范围内却可能并不一定得到承认。

一般认为，典型应该包含以下两个特点的完满统一：

第一，鲜明的独特性。

每一个典型总是互不雷同和重复的。对于典型人物来说，他们从外貌到心灵，从言语方式到行动举止，从生活道路到情感经历，都具有自己的独特性。我国明末清初的文学批评家金圣叹称赞《水浒传》，"叙一百八人，人有其性情，人有其气质，人有其形状，人有其声口"。[1] 这正说明了典型人物的独特性。黑格尔对艺术典型问题做过出色的理论探讨。他提出，文学作品中成功的人物形象应该是有血有肉、活生生的人物，而不是理念的象征或符号。他提出这种人物性格应该具有自身的丰富性、明确性和坚定性等主要特征。[2] 许多艺术典型之间或艺术典型和一般艺术形象之间，虽然存在着这样或那样的相同或相似，但艺术典型却以其鲜明的独特性而与其他艺术形象相区别。正因为这样，张飞与李逵各有其魅力，俄国19世纪文学中一

---

〔1〕 金圣叹：《水浒传序三》，《中国历代文论选》四卷本，第3册，第252页。
〔2〕 参见[德]黑格尔：《美学》，《西方文艺理论名著选编》上卷，第523页。

系列的"多余人"典型各有其审美价值。鲁迅笔下的阿Q,他的许多具体的行为方式,都只能在一个受尽压迫的乡村雇农身上发生,只能在以小农经济为主的落后闭塞的乡村里发生,阿Q式的"革命"和"大团圆"也都是辛亥革命背景下的产物。阿Q这一典型就是奴性心理典型形式与特定阶级、时代和民族内涵的辩证统一体。典型的这种独特性也显示出作家对生活的独特发现和艺术创造的匠心独运。和生活中的典型不同,这种独创的典型没有规范其他形象的意义,具有不可重复性。作家在创造典型的过程中见他人之所未见,言他人之所未言,显示出自己的艺术独创性。

第二,深刻的普遍性。

这种普遍性一方面表现为典型形象具有不同层次不同侧面的代表性。那些认为典型是类型的代表,一个时代只能有一种典型环境,一个阶级只能有一种典型人物的观点是褊狭的。但典型的形态和内涵的某一层次某一侧面则确实可能在相应的生活范畴里具有代表性。另一方面这种普遍性又表现在通过个别的特殊的形象,去揭示社会生活的某些本质特征以至历史发展的必然规律。这种普遍性渗透着作家对客观世界的深刻认识和艺术概括的巨大功力。越是成功的典型往往越具有强烈、丰富的普遍性。阿Q性格作为奴性心理的典型形式便具有巨大的概括力,包蕴着超越阶级、时代和民族的普遍意义。阿Q性格不但是半封建半殖民地旧中国失败主义思潮的象征,而且也是中华民族的国民劣根性的象征。阿Q性格还蕴含了深刻的哲理内容,反映了精神与物质、感性与理性、生存与环境、人性与社会以及现象与本质的分裂这一世界荒谬性的特征,从而成为具有更广泛普遍性的象征。文学史上一些杰出的典型,如堂·吉诃德、奥勃洛摩夫等,也在不同程度上具有这种世界范围的普遍性。

鲜明的独特性和深刻的普遍性在文学典型身上得到高度的统一。别林斯基所说的"熟悉的陌生人",被认为是对这一特点的生动说明。他指出:

> 创作独创性的,或者更确切点说,创作本身的显著标志之一,就是这典型性——如果可以这样说的话,——这就是作者的纹章印记。在一位具有真正才能的人写来,每一个人物都是典型,每一

个典型对于读者都是**熟悉的陌生人**。[1]

所谓"陌生",在于典型的外表和内涵是新鲜独特的,是一个与众不同的"这一个";但同时又是读者可能或可以"熟悉"的,因为一方面典型尽管独特,却不悖情理,合乎艺术真实,另一方面典型内涵的普遍性又可以唤起读者类似的人生体验和广泛的思考联想。

四　文学形象的意蕴体系——意境

意境(以及和它内涵相同或相近的境界、境等术语)是我国传统美学和艺术理论的概念,主要用于诗论和画论中。意境理论起始于唐代,后逐步发展到明代,境界、意境作为内涵基本相同的术语,其意义已和现代大体一致。近代学者王国维借鉴西方文艺理论,对传统观念加以阐发,提出了许多独到的见解,被认为是意境理论的集大成者。他在《人间词话》开篇就提出:"词以境界为最上。有境界则自成高格,自有名句。"[2]他把"境界"即意境看作创作和审美的最高标准。他说:"何以谓之有意境? 曰:写情则沁人心脾,写景则在人耳目,述事则如其口出是也。"[3]指出了意境所应具备的鲜明生动性和艺术感染力。他还从创作原则、情感色彩等方面论及意境的分类等问题,形成了比较完整的体系。

意境和典型尽管产生于不同的文学背景,有着不同的理论渊源,但却不是根本矛盾或对立的范畴。纳入现代文艺理论体系来考察,意境实际上是一种特殊的形象体系。在这种体系中,既有十分鲜明、富于启示性的生活景象的图画,又包含着十分丰富、可供思索体味的意蕴,二者有机融合而成和谐的艺术境界。意境就是文学形象的意蕴体系。

王国维提出:"文学中有二原质焉:曰景,曰情。前者以描写自然及人生之事实为主,后者则吾人对此种事实之精神的态度也。故前者客观的,后者主观的也;前者知识的,后者感情的也。""文学者,不外知识与感情交代之结

---

[1] [俄]别林斯基:《论俄国中篇小说和果戈理君的中篇小说》,《西方文艺理论名著选编》中卷,第281页。着重号为原文所有。"熟悉的陌生人"原译为"似曾相识的不相识者",这里根据我国文艺界习惯的译法做了改动。

[2] 王国维:《人间词话》,《中国历代文论选》一卷本,第444页。

[3] 王国维:《元剧之文章》,《中国历代文论选》四卷本,第4册,第390页。

果而已。"[1]也就是说,主观与客观、知识与感情、景与情的相互作用,即"交代",是文学活动的基本特点,而"交代之结果"就是文学作品。

诗歌等抒情性作品和小说等叙事性作品都要通过对有形的生活现象的描绘来传达作者对生活的感受、体验和评价,即绘形表意。但由于二者一偏重主观表现,一偏重客观再现,因而具有不同的形意特点,形成了意境和典型这两种不同的优化形态。意境虽然一般不像典型那样具有个体的典型性,但它作为若干形象的集合体,也具有整体的典型性。苏轼的著名词作《水调歌头》(明月几时有),熔自然景物、社会生活场景和神话传说于一炉,勾勒出一幅皓月当空、美人千里、把酒问天的生动画面,不但抒发了殷切绵延的怀人情思,表现了开朗豁达的人生态度,更表达出对宇宙和人生客观规律富于哲理性的感叹。

词中写道:

> 明月几时有,把酒问青天。不知天上宫阙,今夕是何年。我欲乘风归去,又恐琼楼玉宇,高处不胜寒。起舞弄清影,何似在人间!
> 转朱阁,低绮户,照无眠。不应有恨,何事长向别时圆?人有悲欢离合,月有阴晴圆缺,此事古难全。但愿人长久,千里共婵娟。

词中作家独创的这一意境,无论其情其景,都是人们所未曾经历而又不难体验的,也就是说,既有鲜明的独特性,又有深刻的普遍性,是一种"熟悉"的"陌生"情境。

意境在绘形即对景、物等的表现方面常常具有以下特点:

一是虚化。作家对具体物象及相互关系不做工笔的描绘实写,而是跳跃式的大笔虚写乃至不写,因而使作品在总体上呈现不同程度的空白,给读者留下想象和体味的天地,造成"象外之象,景外之景"。前面提到的《天净沙·秋思》中各个意象本身、各组意象内部、各组意象之间,就都存在着这种虚化现象。有些直抒胸臆的作品,其中很少甚至完全没有直接绘形,主要凭借本身所具有的强烈的感情力量构成意境。

二是意化。作品中出现的物象一般都染上了主体浓郁的意蕴色彩,甚至完全成为意蕴的象征而失去其自然形态质的规定性。这时的形象个体也

---

[1] 王国维:《文学小言》,《中国历代文论选》四卷本,第4册,第379页。

就是意象。清代学者刘熙载说:"山之精神写不出,以烟霞写之;春之精神写不出,以草树写之。故诗无气象,则精神亦无所寓矣。"[1]他所说的"山之精神"、"春之精神",当然是人对山、春等事物的主观感受即意,而"烟霞"、"草树"正是为了传递和表现这种意的物象。

三是聚合。构成意境的各种物象不是支离破碎的罗列和堆砌,而是紧密和谐地联系成一个有机的整体,构建成生动的环境、场景、氛围等等,从而获得立体感和空间感。唐代诗人刘禹锡的《乌衣巷》中出现了六个具体的物象:乌衣巷口、朱雀桥边、夕阳斜、野草花、飞燕、百姓家。孤立地看,它们之间虽然有一定的联系,却可能引出各种不同的感受和联想;但一经作者精心构建,就形成了一个有特定指向的相对明确的时空形态。东晋到中唐数百年间历史演变的无数悲欢,世事苍茫、沧海桑田的无穷感慨,都凝聚其间。而个体的形象也因得到意蕴的点染而生气勃勃。

意境在表意包括对情、理等的表现方面常常具有以下特点:

一是主导性。前面所说的形的虚化、意化、聚合等都体现出这种主导性。其主要表现就是根据主观意念对客观事物的面貌和性质做种种渲染和改造,对客观物象之间的联系做种种调整和虚构。和典型相比,在意境中,意更占主导地位。

二是超越性。不但意境所包含的意蕴超越了具体物象,而且多有言外之意,弦外之音,言有尽而意无穷,给读者留下了再三玩味体验的空间。和意象一样,意境具有创造的主观性、内涵的不确定性和感受的意会性。而且由于意境往往是由众多具有这样特点的意象所组成的,因而就在更大的范围和整体的层次上更强烈地显示出这种特点,具有唐代诗人司空图所说的"韵外之致"、"味外之旨"。[2]正因为这样,李商隐的那些《无题》诗历来解说纷纭,莫衷一是,穿凿附会者不在少数。现代的朦胧诗也有类似的效应。在这种对意象的感受意会中,在对这类作品的诵读把玩中,人们的审美创造欲望和能力往往得到了更高层次的满足。

三是哲理性。意境所包含的意蕴往往已不是或不仅仅是对具体事物的认识评价,而是对整个社会、人生、宇宙、历史的一种哲理性的感受和领悟。历史上为人们所称道的一些富有意境的作品,如王之涣的《登鹳雀楼》、苏轼

---

[1] 刘熙载:《艺概》,上海古籍出版社1978年版,第82页。

[2] 参见司空图:《与李生论诗书》,《中国历代文论选》一卷本,第164~165页。

的《题西林壁》、叶绍翁的《游园不值》等,都因其浓烈的哲理意味而耐人咀嚼。其中名句,如"欲穷千里目,更上一层楼";"不识庐山真面目,只缘身在此山中";"满园春色关不住,一枝红杏出墙来";等等,千百年来传诵于世,显示出经久不衰的艺术魅力。另一方面,读者对作品意境的感悟也常常从哲理的层次进行,从而超越作者的原意。王国维在《人间词话》中曾以晏殊《蝶恋花》、柳永《凤栖梧》和辛弃疾《青玉案·元夕》中的词句来说明"古今之成大事业、大学问者,必经过三种之境界"。他说:"'昨夜西风凋碧树。独上高楼,望尽天涯路。'此第一境也。'衣带渐宽终不悔,为伊消得人憔悴。'此第二境也。'众里寻他千百度,回头蓦见,那人正在,灯火阑珊处。'此第三境也。"他一方面指出,"此等语皆非大词人不能道",只有大词人才能写出这种饱含哲理意味的词句。另一方面又承认自己的感悟并不等于作者的原意,"然遽以此意解释诸词,恐为晏、欧诸公所不许也"。[1] 王国维的这种解释可以说也为意境的意会性、超越性做了一个很好的说明。

尽管在存在形式和绘形表意的特征方面存在着许多差别,但意境和典型在本质上还是相通的,加上二者并不是一个层面上的概念,因此它们的互相补充不仅是可能的,也是有益的。正因为如此,就像某些成功的诗歌意象可以被称为典型一样,意境也可以存在于小说之中。例如冰心的小说《空巢》就借用白居易诗作的意境,熔铸出新的意境。作品描写一个中国血统的美国学者归国后在朋友家做客,主人家里三代同堂的乐趣,触动了他的身世寂寞之感。他在异国的宽敞住宅,却只是一个"空巢"。这时他听到主人家的小孩念起白居易《空巢》中的诗句:"一旦羽翼成,引上庭树枝,举翅不回顾,随风四散飞。雌雄空中鸣,声尽呼不归,却入空巢里,啁啾终夜悲。"他不禁伤感不已。最后当他离去时,人们仿佛看见他"像一只衰老的燕,扇着无力的翅膀,慢慢地向着遥远的空巢飞去"。在这一片哀伤的诗情中,不但不同社会制度、文化背景下的家庭生活得到鲜明的对照,更表达出对人生哲理的深切体会,造成了强烈隽永的艺术效果。在中外文学中,像《空巢》这样具有深远意境的叙事作品并不在少数。而中西方美学和文艺学的理论交流也促进了意境和典型创造的相互渗透。

我们在研究了文学形象的一般特征以后,又对它的特殊形态——意象

---

〔1〕 以上见王国维:《人间词话》,《中国历代文论选》一卷本,第445页。其中所引辛弃疾词句,原词为"众里寻他千百度,蓦然回首,那人却在,灯火阑珊处"。

和两种优化形态即个体的典型和群体的意境分别进行了研究,这样就可以更清楚地认识文学形象——文学把握世界的这一特殊形式的特点和力量。

第三节　文学语言

一　文学语言是文学的艺术语言

各门艺术都有自己的艺术语言。文学语言就是文学的艺术语言。离开了语言,也就没有了语言艺术——文学。正是在这一意义上,人们称语言为文学的第一要素。而许多现代西方学者则认为文学的本质就在于语言本身,他们在探讨文学的本质时强调解决这个问题的最简单方法是弄清文学中语言的特殊用法。

文学语言有广狭两种含义。广义的文学语言,指在民族共同语基础上经过加工的书面语言,包括科学著作、文学作品和报纸杂志上所用的一切书面语言,也包括经过加工的口头语言。语言学上所用的文学语言一般都是广义的。狭义的文学语言,则专指各类文学作品的语言,以及人民口头创作中经过加工的语言。文学理论中所用的文学语言一般都是狭义的。

狭义文学语言与广义文学语言的其他部分尤其是科学语言,与人类生活中的日常语言,都既有联系又有区别(这里说的科学语言,指的是科学著作中的文字语言,而非计算机语言那样的科学语言)。这种文学语言除了一般的指义作用以外,还具有审美作用。这种审美作用既体现在文学语言对作者审美感受的传达上,也体现在文学语言自身的艺术魅力上,它们都可以使作者或读者因此而产生审美的愉悦。在许多时候后者甚至占据了主要或主导的地位,例如钱钟书的《围城》在优美的现代汉语之中,交叉使用古代汉语、外语甚至旧中国十里洋场的洋泾浜英语;文中出现了大量新奇、尖刻、富有知识性的书面讽刺语言,特别是其中的比喻和警句尤为丰富多彩,这固然有表现人物、传达感情等方面的需要,但无疑也体现出作者表现语言知识和才能的强烈欲望,因此甚至招致了"炫耀"之嫌。中国古代的赋体,刘勰称之为"赋者,铺也,铺采摛文,体物写志也。"[1]"铺采摛文"固然有为"体物写志"服务的因素,但本身也成为一种追求。赋体追求辞藻的绚丽华美,句式

---

[1]　刘勰:《文心雕龙·诠赋》,《文心雕龙注》上册,第134页。

的错落有致,韵脚的灵活多变,修辞的丰富多彩,与散文相比,其语言表现的独立审美价值更为明显。类似的情况在西方文学特别是现代文学中也屡屡可见。正因为如此,一些学者认为文学之所以为文学就体现在文学的语言上,形成了本体论的文学语言观。虽然,文学作品中语言的工具性作用不可抹杀,但在文学创作中,这种审美化或艺术化无疑是对日常语言的提炼和加工的主要方向。在这一点上,文学语言与科学语言形成了明显的差别。因此,研究文学作品中语言的特殊性质和用法,是进一步认识文学的本质,将其与其他社会意识(包括其他艺术门类)区别开来的一个重要途径。

然而,弄清楚文学语言、科学语言与日常语言在性质和用法上的区别,在实践上并非易事。因为文学与其他艺术门类不同,它的媒介并不专属自己,在语言用法上无疑存在着许多混合的形式和微妙的转折变化。

文学语言和科学语言都是植根于人类生活的日常语言之中,以日常语言为源泉的。离开了日常语言,文学语言也就失去了活的源泉,减弱乃至丧失了生命力。原封不动地照搬日常语言,不进行必要的提炼加工,也不利于发展文学语言的艺术性,反而会导致其减弱乃至丧失表现力。科学语言与日常语言之间虽然也存在这种关系,但相比之下,要比文学语言具有更多的相对独立性。这与文学和科学的性质、对象、目的等存在差异有着直接的联系。由于文学以形象的方式整体地观照人类社会生活,因此不可避免地要在作品中保持着与日常语言相当密切的联系。即使是科学语言,在文学作品中也会以这样那样的形式出现,因为它本身构成了人类社会的一种语言现象。

一般来说,日常语言在表述上不很严密,比较散漫,常常夹杂着一些不必要的词汇,语法上的错误也是经常出现的,许多粗俗的谩骂也影响到日常语言的纯洁。而文学语言除了要适当地注意保持日常语言的这些特点(主要是在人物对话中),以增强人物塑造的生动性以外,一般情况下需要对日常语言进行提炼加工,以求规范、凝练、简洁。鲁迅说:"语文和口语不能完全相同;讲话的时候,可以夹许多'这个这个''那个那个'之类,其实并无意义,到写作时,为了时间,纸张的经济,意思的分明,就要分别删去的,所以文章一定应该比口语简洁,然而明瞭,有些不同,并非文章的坏处。"又说:"譬如'妈的'一句话罢,乡下是有许多意义的,有时骂骂,有时佩服,有时赞叹,因为他说不出别样的话来。先驱者的任务,是在给他们许多话,可以发表更明确的意思,同时也可以明白更精确的意义。如果也照样的写着'这妈的天气真是妈的,妈的再这样,什么都要妈的了',那么于大众有什么益处呢?"[1]这些话,都说明了广义的文学语言与日常语言的区别和文学语言不能够照搬日常语言的道理。至于文学作品的语言当然也是如此。

特别值得注意的是,日常语言并不是一个统一的概念,它包括了由于行业、地区、阶层、民族甚至年龄等多种因素造成的十分广泛的变体。例如我国地域广大,方言众多,不但语音不同,而且用词造句也颇有差别。充分注意这种变体的存在,并根据作品的内容适当地吸收这种变体的因素,无疑可以丰富文学语言,增强作品的感染力。但是变体往往有相当的局限性,例如方言里就有许多偏僻的词语、难懂的语音和特别的表达方式,如果滥用到作品里,虽然可以造成一种特殊的色彩,给一部分读者以亲切感;但同时也可能使更多的读者产生语言障碍甚至根本无法读懂,从而影响阅读的效果甚至造成语言的混乱。

尽管和日常语言相比,文学语言是一种规范化的语言,但如果用语言学教科书的规范来对文学语言加以考察,那么即使是最优秀的文学作品也难免会有语法上的错误。这既和作家创作的独创性特点有关,也和各类文学样式的不同特点有关,更是由文学语言的一系列基本特点所决定的。因此,文学语言的规范只是相对的,它本身也允许不同的变体存在。文学语言既不同于日常语言的散漫、随意,也不同于科学语言的规范、单一,它在整体上总是具有俄国形式主义文论家什克洛夫斯基所说的"反常化"(或译"陌生化")特点,从而超越人们所习见的和熟悉的日常语言或科学语言的形态。什克洛夫斯基写道:

> 那种被称为艺术的东西的存在,正是为了唤回人对生活的感受,使人感受到事物,使石头更成其为石头。艺术的目的是使你对事物的感觉如同你所见的视象那样,而不是如同你所认知的那样;艺术的手法是事物的"反常化"手法,是复杂化形式的手法,它增加了感受的难度和时延,既然艺术中的领悟过程是以自身为目的的,它就理应延长;艺术是一种体验事物之创造的方式,而被创造物在艺术中已无足轻重。[2]

---

〔1〕 鲁迅:《答曹聚仁先生信》,《鲁迅全集》第6卷,第77页。
〔2〕 [俄]什克洛夫斯基:《作为手法的艺术》,《俄国形式主义文论选》,方珊等译,三联书店1992年版,第6~7页。着重号为原文所有。

文学语言的"反常化"或"陌生化",是艺术"反常化"或"陌生化"的主要途径之一。它主要是通过对日常语言习惯和一般书面语言规范的突破、扭曲和变形,形成某种新鲜的形式,造成读者感受的难度,使得读者不得不延长感觉的时间,从而体验艺术创造的奥妙。什克洛夫斯基举例说:"列夫·托尔斯泰的反常化手法在于,他不用事物的名称来指称事物,而是像描述第一次看到的事物那样去加以描述,就像是初次发生的事情,同时,他在描述事物时所使用的名称,不是该事物已通用的那部分的名称,而是像称呼其他事物相应部分那样来称呼。"[1]这里所说的是文学作品中常见的一种"反常化"手法。此外,打破语言常规或语法规范,采用新鲜独特的修辞话语,兼用多种语体表达方式等等,都可以造成"反常化"的语言效果。作者在这种语言的审美创造中获得自身本质力量的确证,读者也在阅读中获得审美的愉悦。文学语言的这种审美价值往往并不依附于作品思想意义而具有相对独立性。当然,"反常化"或"陌生化"不应夸大为唯一或绝对最好的艺术创造方向。如果对"反常化"过分倚重和滥用,片面追求新奇怪异,完全无视语言常规,也会造成语言的过于艰涩难懂,使得读者难以体会作者的审美意图或作品的审美意义。艺术与非艺术、文学与非文学的语言用法之间的流动是相互的。"反常"的、具有较高审美价值的文学语言也会影响到"正常"的日常语言,从而大大丰富日常语言,增强日常语言的表现力。美学作用可以扩展到各种应用文字和日常语言中。在不同的历史时期,美感作用的领域并不一样,对文学范畴的认识也会有所变化。当然,文学的中心在于那些美感作用占主导地位的作品中,我们所研究的文学语言正是这些作品中运用的语言。

二 文学语言的基本特点

与文学用艺术形象表现多方面内容的要求相适应,文学语言具有和科学语言等其他广义的文学语言所不同的特点。这种特点经过人类文学实践的长期积淀,形成根基深厚的传统力量,影响和制约后世的创作;而后世创作在语言方面的探索和创新,又会不断丰富和发展这些特点。

文学语言的第一个特点是形象性。

所谓形象性,也就是通过鲜明、生动、具体的语言表现,将千姿百态的事

---

[1] [俄]什克洛夫斯基:《作为手法的艺术》,《俄国形式主义文论选》,第7页。

物的性质、情状展示给读者,使人们如见其形,如闻其声,如触其体,如历其境。这种形象性的要求是由文学用语言创造具体可感的审美观照对象的基本性质所决定的,也是由文学语言"反常化"创新的基本要求所决定的。文学作品或写实,或虚构,但都需要对所表现的对象进行具体的、形象的描写,而许多抽象性的内容往往也需要借用各种修辞手段达到形象性的表达,实现从本义到转义的转换。可以说,形象性的描写正是文学语言突破一般性表达的重要的有效途径。清代诗人袁枚说:"一切诗文,总须字立纸上,不可字卧纸上。人活则立,人死则卧;用笔亦然。"[1]所谓字立纸上,也就是要求文学语言达到绘声绘色、栩栩如生的形象化效果。古诗名句如"春风又绿江南岸"、"红杏枝头春意闹"、"云破月来花弄影"等,[2]特别是其中"绿"、"闹"、"弄"等字,历来为人称道。其奥妙也就在于形象生动,"字立纸上",达到"境界全出"的水平。

　　文学语言的形象化,贵在精确。但文学语言主要是通过形象性的表述达到叙事、状物、传情、达意等方面质的精确;而不是像直指式的科学语言那样,要求语言符号和指称对象一一吻合,通过平实的表述,达到质和量的同样精确。例如科学语言对"暴雨"这个概念就有着相当严格的量的规定。我国气象工作中对"暴风雨"在量的方面有明确的规定,需符合下列条件之一:(1) 1小时内的雨量为16毫米或以上的雨;(2) 12小时内的雨量为30毫米或以上的雨;(3) 24小时内的雨量为50毫米或以上的雨。而在文学作品中,一般却是用形象生动的语言,对暴雨的形状特征作具体的描绘。例如老舍的《骆驼祥子》中是这样描写暴风雨的:

> 云还没铺满了天,地上已经很黑,极亮极热的晴午忽然变成黑夜了似的。风带着雨星,像在地上寻找什么似的,东一头西一头的乱撞。北边远处一个红闪,像把黑云掀开一块,露出一大片血似的。风小了,可是利飕有劲,使人颤抖。一阵这样的风过去,一切都不知怎好似的,连柳树都惊疑不定地等着点什么。又一个闪,正在头上,白亮亮的雨点紧跟着落下来,极硬的砸起许多尘土,土里微带着雨气。大雨点砸在祥子的背上几个,他哆嗦了两下。雨点

---

[1] 袁枚:《随园诗话》下册,人民文学出版社1960年版,第683页。
[2] 以上为北宋王安石《泊船瓜洲》、宋祁《玉楼春》和张先《天仙子》等作品中的句子。

停下,黑云铺匀了满天。又一阵风,比以前的更厉害,柳枝横着飞,尘土往四下里走,雨道往下落;风,土,雨,混在一处,联成一片,横着竖着都灰茫茫冷飕飕,一切的东西都被裹在里面,辨不清哪是树,哪是地,哪是云,四面八方全乱,全响,全迷糊。风过去了,只剩下直的雨道,扯天扯地的垂落,看不清一条条的,只是那么一片,一阵,地上射起了无数的箭头,房屋上落下万千条瀑布。几分钟,天地已分不开,空中的河往下落,地上的河横流,成了一个灰暗昏黄,有时又白亮亮的,一个水世界。

在这段描写中,老舍生动细致地描绘了这场暴雨从兴起到高潮的过程。一开始是以风为主的暴雨前奏:先是"风带着雨星"在地上乱撞,接着"白亮亮的雨点""极硬的砸起许多尘土";然后是风雨交加的暴雨的来临:"雨道往下落","风,土,雨,混在一处,联成一片";最后是"风过去了,只剩下直的雨道",显示出暴雨的本色:"看不清一条条的,只是那么一片,一阵",接着"天地已分不开,空中的河往下落,地上的河横流",成了"一个水世界"。作家不但运用了"星"、"点"、"道"、"片"、"河"等形象的语汇,而且通过对天、地、风及其与雨之间的联系所做的形象描绘,表现了雨由小到大的变化。很明显,这里没有对雨量做任何数字上的说明,但却使人们深深地感受到这场暴雨的威猛。同样,对高低、胖瘦、快慢、轻重、大小、多少等等在科学语言中需要有一定量的规定的概念,文学作品中却往往总是通过形象化的语言,做突出事物本质和主要特征的精确描写。

文学语言的这种精确性,常常带有较大的模糊性和歧义性。所谓模糊性,指的是语义范围不够固定,伸缩幅度较大,有时还有一些需要或可供填补的空白。所谓歧义性,除了某些字词本身的多义性以外,主要指的是由于上述模糊性所造成的感受和理解上的差异。苏珊·朗格说:

> 读者不应该期望从诗中找到含义清晰的句子,正如观赏绘画的观众不应该期望从用明暗对照法画出的画中找出清晰的轮廓线一样。在很多时候,诗句中那些难懂的部分和不易领会的含义还能创造出某种东西。[1]

---

[1] [美]苏珊·朗格:《艺术问题》,第154页。

这正说明了文学语言的上述特点。

语言的模糊性和含混性不是一回事。在社会交往中,往往还要利用这种模糊性。至于在文学语言中,这种模糊性的存在就更有其必然性和必要性。一方面,作家对所描写的客观对象和所表现的主观意识往往难以言明说尽,在语言表达上就带来模糊性。另一方面,作家往往也需要通过语言的模糊性来增添艺术的魅力,有的人甚至追求扑朔迷离的奇特效果。对于文学语言来说,有时"模糊"一点反而更贴切,过于"精确"反倒失去了艺术的真切。我国古典小说中对英雄人物常见的身高八尺、腰阔十围之类的描写,就并不生动,在一般情况下也不是艺术需要的精确。而在文学作品中特别是诗歌中,有时会有些精确的数字运用,但其意义往往并不同于科学语言。例如"飞流直下三千尺",并不是一个经过丈量的数字;至于"白发三千丈,缘愁似个长",就更是一种夸张的说法。

文学语言的模糊是手段,精确才是目的。模糊数学中把一个"模糊集"比作透镜下的光圈,光圈的边缘地区是模糊的,愈是靠向中心,清楚的程度越大,在光圈的焦点之处,模糊达到最小极限,精确上升到最大限度。作家在语言上也正需要这种"聚焦"能力。19世纪法国作家莫泊桑曾经说过:

> 不论一个作家所要描写的东西是什么,只有一个词可供他使用,用一个动词要使对象生动,一个形容词使对象的性质鲜明。因此就得去寻找,直到找到了这个词,这个动词和形容词,而决不要满足于"差不多",决不要利用蒙混的手法,即使是高明的蒙混手法,不要利用语言上的诙谐来避免上述的困难。[1]

中外许多作家和评论家都发表过和莫泊桑类似的意见,中国古代就有炼字炼句的说法。这些当然都不限于语言的形象性或模糊性问题,但这种"寻找"或"炼"的过程也应该包含着在模糊中求形象的精确这一"聚焦"活动在内。

文学语言的第二个特点是情感性。

科学语言一般用简洁、明确、客观、理智的态度对事物进行叙述、分析和评价。而文学语言除了指称事物以外,还具有一定的情感色彩。这种特点

---

〔1〕 [法]莫泊桑:《"小说"》,《文学理论学习参考资料》上册,第1235~1236页。

是由文学内容的情感性所决定的,也是文学产生艺术感染作用的重要因素。老舍说:

> 一篇作品须有个情调。情调是悲哀的,或是激壮的,我们的语言就须恰好足以配备这悲哀或激壮。比如说,我们若要传达悲情,我们就须选择些色彩不太强烈的字,声音不太响亮的字,造成稍长的句子,使大家读了,因语调的缓慢,文字的暗淡而感到悲哀。反之,我们若要传达慷慨激昂的情感,我们就须用明快强烈的语言。[1]

这正说明了语言表达与文学内容在情感性上的一致。文学语言这种情感色彩的流露有着程度和形式上的差异。但即使在号称最追求客观性的自然主义小说中,这种情感因素也是不可抹杀的。

含蓄蕴藉是文学语言情感性的一般特点。这是作家对一般社会情感进行审美的过滤和升华的必然表现,也是出于对读者理解力和创造力的信任与尊重。古人说:"言近而旨远,辞浅而义深,虽发语已殚,而含意未尽。使夫读者,望表而知里,扪毛而辨骨,观一事于句中,反三隅于字外。"[2]这就是要求语言简练含蓄,将丰富的内容蕴藏其中,让读者在阅读欣赏的过程中,可以发挥自己的想象能力,体味作者的思想情感和作品的趣味境界。一览无遗、全无余韵的语言,往往不能很好地给读者提供这种条件。严羽认为写诗"语忌直,意忌浅,脉忌露,味忌短"[3],说的正是这个道理。而许多优秀的文学作品都以含蓄蕴藉的语言传达丰富的思想情感和其他内容。鲁迅的小说具有一种寓热于冷的风格。他把清醒冷静的客观描写与火一般的激情很好地结合起来。这种风格特点鲜明地体现在语言上。在表面的冷峻之下,包藏着、当然也时时流露着作家的强烈爱憎,造成了色彩朴素、意味隽永的艺术境界。

语言的含蓄蕴藉,同遣词、造句和修辞等都有着密切的关系。例如,在

---

[1] 老舍:《我怎样学习语言》,《文学理论学习资料》上册,北京大学出版社1982年版,第557页。

[2] 刘知几:《史通·叙事》,《中国历代文论选》四卷本,第2册,第40页。

[3] 严羽:《沧浪诗话·诗法》,《沧浪诗话校释》,人民文学出版社1983年版,第122页。

社会生活中,委婉语词和委婉手法的运用是常见的语言现象。当人们不得不提及由于某种禁忌或情感需要而不能直接说明的对象时,往往以代用的词汇或其他曲折的方式来说明。例如,"死"这一现象就有大量的委婉语词可以代替,可以用委婉手法作各种富于情感的表达。前者如:"归西"、"辞世"、"去"、"老"、"长眠"等等。后者如:"巨星陨落了!""他被死神夺去了生命。""他停止了呼吸。"等等。而在文学作品中,广泛运用委婉语词和委婉手法则可以避免直露,造成含蓄蕴藉的艺术魅力。文学作品中有些平实朴素的描写,常通过语义的转折、句法的变化表现出作者的情感倾向。例如,《儒林外史》第12回写张铁臂虚设人头会,先写他在屋顶上"行步如飞",接着又写"只听得一片瓦响"。这一个"只"字的转折,便透露出作者对这个冒牌侠客的蔑视和讽刺。

含蓄蕴藉,并不是一种绝对的规范。文学语言的情感性也常常以直露奔放的形式出现。在有的作品中,作者或作品人物往往袒露胸怀直抒情感,一泻无余。中外许多作家,特别是一些热情洋溢、诗思澎湃的诗人,例如我国的李白、郭沫若,英国的拜伦,美国的惠特曼等,他们的作品常具有这种特点。这固然和作家的创作个性有关,但也与作品所表达的内容有着一定的联系。

直露奔放的文学作品,语言常以其坦诚的情意、磅礴的气势激动和感染读者,造成特殊的艺术效果。而这种直露奔放也往往包蕴着深刻丰富的内容。在奔涌的语潮下面,还有发人深思的潜流。因此它和含蓄蕴藉并不是根本对立的。当然,这类文学语言有时因为提炼不够,陷于缺乏诗意的呐喊,那就不足取了。

文学语言的第三个特点是多样性。

科学语言的显著特点是单纯化和标准化。它用词专门化,词义单一明确;句式严密,多用复句;修辞方式呈封闭性。在各个语种之间,科学语言的互译是比较容易的;相反,所谓美文不可译,文学语言的互译难度就大多了,这和文学语言的多样性以及作家运用语言时的主观创造性有关。

文学语言的多样性首先和言语主体的多样性有关。文学作品的语言是作者在一定情境下对语言的具体运用,因此必然打上作者个人的印记。同时,文学作品的语言在实际运用中又包括叙述人语言和人物语言两类。叙述人语言是作家叙述事件、描绘环境、刻画人物和抒发感情的语言,它是戏剧以外各种文学作品的基本语言,最能体现作家独特的语言风格。人物语言包括作品中人物的对话和独白，是戏剧文学的基本语言，在小说、报告文学等叙事类文学作品中也占有相当重要的地位。人物语言虽然也是作家所写，但毕竟不同于叙述人语言，它需要以人物的性格气质为依据，在服从作家的语言风格和创作构思的同时，体现出不同人物的语言特色。即使是同一人物，处在不同的人生阶段乃至某种特定的环境，也会显出语言差异来。例如在爱尔兰作家乔伊斯的《一个青年艺术家的画像》中，与主人公从孩提时代到大学毕业的各阶段生活及环境相适应，就运用了各种风格的语言。因此，创造富有个性特征的人物语言，就成为作家塑造生动的人物形象的重要手段之一。而文学作品表现的人物是那样众多和富于变化，这种主体的多样性，即使对于一部作品来说，也常常增添了五光十色的语言变体。对于整个文学来说，它们和创作主体——作者的多样性相联系，构成了更为绚烂夺目的语言宝库。

其次，文学语言的多样性和语言功能的多样性有关。文学语言除了叙述和议论以外，还包括描写和抒情的基本功能。这是由文学作品所包含的刻画形象、抒发情感等内容特点所决定的。而且，也正因为如此，文学作品的叙述和议论也常常夹以形象的描绘和情感的点染。一般来说，叙述和描写在叙事性作品中运用比较普遍，抒情和议论在抒情性作品中运用比较普遍。从总体上看，文学作品的语言则总是包含了多种功能的实现，组成了既多样复杂而又和谐统一的整体。和以上这两个基本特点相联系，文学语言的多样性还体现在以下一些方面：

语词类型的多样性。由于文学语言和日常语言之间存在千丝万缕的联系，作家既要表现人物语言的自身特点，又保留有自己的语言习惯和特点，因此文学语言的语词非常丰富。诸如口语、成语、谚语、歇后语、外来语、摹声词、感叹词、惯用语、方言等等，均可以用入诗文作品中。例如老舍、周立波的作品中就有较多的口语和方言词汇。至于人物语言在使用词汇上就更与人物性格、气质和身份等有关。例如，我国现代小说《林海雪原》、美国现代小说《教父》等作品，其中黑社会人物就颇多使用"蘑菇溜哪路"之类的黑话即惯用语。

句式句法的多样性。在文学作品特别是那些主观表现色彩较强的作品中，由于作者和读者之间构成了一种特定的对话关系，所以语言表达常常并不需要严整的句式句法。而人物语言就更是这样。另外，作家有时为了特定的语言效果，也会突破句式句法的常规，采用奇兀怪异的表达方式。这就造成了文学语言特别是诗歌语言中省略句、无主谓句、倒装句等的大量出现。

修辞方式的多样性。运用多种积极修辞方式，是作家增强绘形表意传情功能的重要手段。在《骆驼祥子》中描写暴风雨的那段文字里，除了多处比喻以外，老舍还运用了其他修辞手段。诸如：拟人——"连柳树都惊疑不定的等着点什么"；摹绘——"白亮亮"、"灰茫茫"、"冷飕飕"；排比——"柳枝横着飞，尘土往四下里走，雨道往下落"；等等。这对于形象地表现这场雨的态势和人的生理心理感受，无疑有着不可忽视的意义。

文学创造是一种富于独创性的精神生产。因此，每位作家在语言运用上也总是语不惊人死不休，努力通过对生活独到的体验和认识，通过对民族语言和外来语言的提炼和改造，显示出自己的独创性，从而增强了作品语言的丰富性。因此，即使对于同一客观对象，不同作家的表现，甚至同一作家在不同作品中的表现，往往都不会一样。台湾作家余光中在《听听那冷雨》中这样描写暴雨：

> 到七月，听台风台雨在古屋顶上一夜盲奏，千寻海底的热浪沸沸被狂风挟来，掀翻整个太平洋只为向他的矮屋檐重重压下，整个海在他的蜗壳上哗哗泻过。不然便是雷雨夜，白烟一般的纱帐里听羯鼓一通又一通，滔天的暴雨滂滂沛沛扑来，强劲的电琵琶忐忑忑忑忑忑忑，弹动屋瓦的惊悸腾腾欲掀起。不然便是斜斜的西北雨斜斜，刷在窗玻璃上，鞭在墙上，打在阔大的芭蕉叶上，一阵寒濑泻过，秋意便弥漫日式的庭院了。

和老舍《骆驼祥子》中的那段描写相比，同是运用比喻来表现暴雨，这段文字显示了不同的语言特色。在余光中笔下，"雨不但可嗅，可观，更可以听"，他写出了看看、嗅嗅闻闻甚至舔舔冷雨的丰富感觉，但更着力的还是描绘听觉的冷雨："雨是最最原始的敲打乐从记忆的彼端敲起"，"滔天的暴雨"是"羯鼓"或"电琵琶"弹奏出来的强劲音乐。他着重写对雨的听觉感受，和老舍主要写视觉感受不同；同时他的众多比喻也比较直接地表露了自己的情感，对自然的雨注入了更多的主观色彩。在他心中，雨是一种"单调而耐听"的"回忆的音乐"，呼唤起自己对阔别几十年的大陆山河的怀念，江南的江湖桥船、四川的秧田蛙塘都历历在目，思乡之情溢于言表。这段描写和老舍的描写都具有独特的感染力,原因就在于他们各自都有独特的生活体验,都有创造性的巧妙立意和表现。生活是丰富多彩的,文学语言是变化无穷的,对于一个优秀的作家来说,永远有着发挥独创精神的广阔天地。

文学语言的第四个特点是音乐性。

文学语言除了意义层面以外,还有声音层面,主要包括字音、语调、节奏和押韵等方面的特点。文学语言的声音层面不但和意义层面相联系,具有传情达意的作用,而且还包含独特的审美价值,可以给读者以听觉上的美感,这就是通常所说的音乐性或音乐美。而科学语言运用概念进行严密的论证,并且还常常夹有许多符号、公式以至图表,就很难而且也不需要具备文学语言的这种特点。

文学语言的音乐性,并非作家的主观臆造,而是来自语言本身的特性。刘勰说:"夫音律所始,本于人声者也。声含宫商,肇自血气,先王因之,以制乐歌。故知器写人声,声非学器者也。故言语者文章,神明枢机,吐纳律吕,唇吻而已。"[1]也就是说人的声音本来就有高低长短快慢的区别和联系,具有音乐性,而文学语言则是作家们对此自觉加以协律的结果,因此具有比日常语言更强的音乐性。

文学语言的音乐性和作家所表达的思想情感有着密切的联系。郭沫若曾经谈到诗人的情绪和诗的节奏之间的联系。他说:"情绪的进行自有它的一种波状的形式,或者先抑而后扬,或者先扬而后抑,或者抑扬相间,这发现出来便成了诗的节奏。"[2]诗的节奏虽然并不完全是语言因素造成的,但确是通过语言表现出来的,这也从一个方面体现出"言为心声"的道理。

文学语言的音乐性还常常和作品的表现对象有一定的联系。文学作品的语言常常通过声音层面的因素,传达出生活的音响,符合现实的音感和节奏,从而使创造出来的审美对象更加生动。例如茅盾《子夜》里描写吴老太爷到上海乘汽车经过闹市的情景:

  长蛇阵似的一串黑怪物,头上都有一对大眼睛放射出叫人目眩的强光,哦——哦——地吼着,闪电似的冲将过来,准对着吴老太爷坐的小箱子冲将过来!近了!近了!吴老太爷闭了眼睛,全

---

 [1] 刘勰:《文心雕龙·声律》,《中国历代文论选》四卷本,第1册,第224页。
 [2] 郭沫若:《论节奏》,《文学理论学习参考资料》下册,第12页。

身都抖了。他觉得他的头颅仿佛是在颈脖子上旋转;他眼前是红的,黄的,绿的,黑的,发光的,立方体的,圆锥形的,——混杂的一团,在那里跳,在那里转;他耳朵里灌满了轰,轰,轰!轧,轧,轧!啵,啵,啵!猛烈嘈杂的声浪会叫人心跳出腔子似的。

这段话里各种摹声字的出现,强烈急促的节奏,参差不齐的句式以及排比、重复的运用,对于渲染嘈杂、喧闹、令人耳晕目眩的环境,表现吴老太爷在这种环境中的精神状态,有着明显的效果。

语言的音乐性在各种文体中都有不同程度的体现,但对于诗歌来说尤其突出和重要。我国古典诗歌在语言运用上讲究平仄、对仗、押韵等要求,因而具有强烈的音乐性。外国诗歌在传统上也有着与此形式不同但本质一致的规定。现代诗歌虽然没有古典诗歌那样严格的要求,但仍然重视上述传统经验。例如,押韵就始终作为创造诗歌音律美的重要手段而受到作家们的重视。就如有的诗人所说:"押韵却是加强节奏的一种手段,有如鼓点,它可以使诗的音调更加响亮,增加读者听觉上的美感。在比较长的诗里没有韵的话,容易引起一种疲劳感,读者心理上得不到预期的一个落脚处。同一韵脚的诗句,可以比较紧密地结合在一起,从形式到内容可以得到统一与和谐。"[1]一些诗人还在实践中摸索建立适应语言和诗歌发展新形势的新格律。而许多优秀的新诗作品同样也具有悦耳动听的音乐美。

其他韵文体的作品或作品中的韵文部分,例如戏剧、曲艺中的唱词,对于音律美和诗歌有着相近的要求。而优秀的散文体作品,也常常具有声调和谐、节奏鲜明、朗朗上口的语言特点。特别是戏剧、电影、曲艺中供演员说白念诵的台词就尤其是这样。优秀的作家无论从事何种创作总会重视语言的流畅性和节奏感,以增强作品的形式美和感染力。

文学语言的这些特点,和日常语言之间有着许多互相渗透和影响的成分,同时,表现在不同类型的作品中也有程度和形式的差异;至于不同作家运用语言存在不同风格更是普遍的现象。尽管如此,正是上述基本特点使得文学语言以不同于其他语言的面貌,创造和保持着文学在人类精神生活中的独特地位。

---

[1] 臧克家:《精炼·大体整齐·押韵》,《文学理论学习参考资料》下册,第26页。

第三章

文学作品论

文学作品是作者创作活动的结晶,又是读者接受活动的起点。它是文学活动的中心。这里要谈一下与"作品"概念紧密相关的"文本"的概念。"文本"原为语言学的概念,从 20 世纪中期开始,西方文学理论界的一些派别逐步广为使用"文本"或"文学文本",甚至使其成为取代文学作品的概念。最早使用这一概念的"形式主义和新批评派都把文学文本作为自主的(或'目的存在于本身的')客体。在他们看来,只有把文本从其作者和语境中分离出来,批评家才能进行正当的有力和客观的分析"。[1] 后来的结构主义、后结构主义、接受美学等理论派别对文本的解释虽然各有不同,但是在强调文本的独立性、反对传统文学研究主张作品与作者的依赖关系这一点上却是一致的。"文本"和"作品"实际所指的是同一个对象,即作为读者阅读活动对象的作者创作活动的成果。但两个概念反映出不同的文学观念,后者体现了文学研究者们对于这个对象的某些新的思考与解释。人们认为,"作品"体现的是作家至上的文学观念,而"文本"概念则淡化了作家的意义和作用,扣除了"作品"概念原本包含的"作者"因素和"语境"因素(即作品以外的各种社会历史文化因素),强调其本身的相对独立性和开放性即再创造性。"文本"概念的运用突出了文学作为独立封闭的语言产品这一带有符号学性质的文学观念。当然,这种设定只是理论上的,因为实际并不存在任何无关"作者"和"语境"的纯语言性文本。因此,本书一般仍使用文学作品的概念,只是在有特定的上述意义所指时才使用"文本"的概念。

个体文学作品由内容和形式两方面的多种因素有机地结合为一个整

---

[1] [英]塞尔登编:《文学批评理论——从柏拉图到现在》,刘象愚等译,北京大学出版社 2000 年版,第 285 页。

体。作品由于个体在性质和特征上的相同或相近,又有群体上种类和体裁的区分。本章着重研究文学作品的群体形态。

第一节 文学作品的分类

一 文学作品分类的基本原则和方法

文学作品的分类问题,历来为文学理论家们所重视,由此并形成了文学理论的一个分支。

历史上的文学分类一般都是根据一定的美学观念,对已有的作品现象进行归类分析;而不是首先假设一个既定的外在目的,然后根据这个目的去要求建立理想的作品模式。也就是说,文学作品的分类一般都是描述性的,而非规定性的。但是,伴随着这种归类分析,理论家们对各类文学作品的性质和特点做出理论上的说明,又促进作家提高文体意识,从而推动了文学的发展。

历史上的文学分类,因为各自所依据的美学观念不同,有不同的角度和原则,因而也就有不同的方法。

我国历史上运用最广泛的方法是所谓"两分法",即按照有韵和无韵分为文和笔,即韵文和散文两大类。在这两类之下再有许多更为细致以至繁琐的体裁划分,如韵文包括诗、词、歌、赋等等,散文包括论说、序跋、游记、传奇等等。类似的"两分法",在西方历史上也曾经使用过,不过在散文和韵文之下的分类则和中国有所不同。

近现代我国文学界普遍采用的方法之一是"四分法"。所谓"四分法",是将文学作品分为诗歌、小说、戏剧文学和散文四类。其中散文包括了其他三类以外的一切散文体文学样式,例如游记、杂文、报告文学、传记文学等等。"四分法"是在承继过去分类法的优点和借鉴西方分类法经验的基础上形成的。它主要是从作品的外在形态即体裁上来划分的。体裁是文学作品形式的重要因素之一,是作品在形象塑造、篇幅结构、表现手法、语言风格等方面的相同或相近特点所构成的外在形态,通过历史积淀形成相对稳定的体制要求,用于表现一定的文学内容。正因为如此,"四分法"比较明确、具体,有其方便之处。1930年代聚集了蔡元培、鲁迅、胡适等众多文化名人参与编辑的《中国新文学大系》(1917~1927),就是按"四分法"收录文学作品的。

但是这种分类方法由于不是从审美创造的基本性质和特点出发,所以并不能说明文学作品的主要差别。而且,这是根据一定历史时期文学状况所做的划分,对于新起的文学体裁往往缺乏足够的涵盖能力。1980年代续编的《中国新文学大系》

(1927~1937),就在诗歌、小说、戏剧、散文之外,增加了杂文、报告文学、电影等卷,这主要是因为这些文体已经具有独立的地位。另外,"四分法"中散文一类过于宽泛、芜杂,和前三类的涵盖范围相比,也不大一致和相称。

西方"大部分现代文学理论倾向于废弃'诗与散文两大类'这种区分方法,而把想象性文学区分为小说(包括长篇小说、短篇小说和史诗)、戏剧(不管是用散文还是用韵文写的)和诗(主要指那些相当于古代的'抒情诗'的作品)三类"。[1]这就是从亚里士多德开始的"三分法"。

亚里士多德在《诗学》中曾经将模仿所用的媒介、所取的对象和方式等的不同作为区分文艺作品的标准。他指出:文艺作品模仿现实,"既可以像荷马那样,时而用叙述手法,时而叫人物出场,(或化身为人物),也可以始终不变,用自己的口吻来叙述,还可以使摹仿者用动作来摹仿"。[2]这三种不同方式分别指出了叙事(史诗)类、抒情类和戏剧类作品的特征。这是"三分法"的最早说明。此后,欧洲许多文学理论家都沿用这种方法。

"三分法"虽然跨越了体裁的界限,在实际运用中存在一些不方便之处,但却是从审美创造对象的基本性质和特点来区分文学作品,因而具有更强的概括性和生命力。它也是现在我国理论界常用的一种分类方法。

二 文学作品分类的历史性和相对性

文学作品分类不是绝对的,它具有历史性和相对性。

文学分类的历史性,首先取决于文学发展的历史性。由于社会生活的条件变化,包括人们精神风貌的变化和物质技术条件的进步,也由于文学自身的发展,文学体裁处在不断的发展之中。在中外文学史上,诗歌都是最早出现的文学体裁。中国长期以诗为文学的正宗。欧洲古希腊文学则以史诗和诗体戏剧放射出夺目的光彩。这种情况的存在,一方面带有从原始说唱脱胎而来的痕迹,另一方面也显然由于当时的物质条件需要借助歌颂而易于传播。后来,随着印刷术的发展,工商业都市的发达等条件的变化,散文体的小说、口语体的戏剧等才逐步得以发展,并从根本上改变了诗歌的文坛霸主地位。到了 20 世纪,由于现代科学技术的发展,电影、电视等文化形式

---

[1] [美]韦勒克、沃伦:《文学理论》,第 260 页。
[2] [古希腊]亚里士多德:《诗学》,《西方文艺理论名著选编》上卷,第 47 页。

崛起，也推动了新的文学样式的诞生和发展。现代报刊业的繁荣也促进了报告文学、杂文等文体的出现和壮大。而叙事诗（包括在历史上显赫一时的史诗）这类作品在现代文坛上就已经较少出现。至于具体的文学体裁也会经历由简单到复杂、由粗糙到精致的发展过程，也会经历由高峰而衰落乃至消亡的过程。我国传统戏剧在唐代以前基本上处于萌芽状态，到了宋代才逐步发展起来，经过元明清三代的积累，才形成了比较稳定的形态。新旧文学体裁之间也存在着传承演化关系。例如，我国乐府诗演变为词和散曲，固然首先和晚唐与宋、元的社会生活有关，但也不能忽视相互之间的历史联系，即：乐府诗是词的源头，词又是散曲的前身。在这样不断发展变化的历史过程中，文学分类不可能凝滞不变，各种文学体裁在文学大家庭中的地位和作用也不可能凝滞不变。

另一方面，文学分类的历史性，也是和人们认识发展的历史性相联系的。就像对于文学与非文学的区分一样，对于文学种类和体裁的区分，人们也经过了漫长的认识过程。在这方面，我国古代许多理论家、作家做过艰苦细致的工作。如最早曹丕提出奏议、书论、铭诔、诗赋等四科八体。后来，刘勰在《文心雕龙》中则论述了文笔两类共35种体裁。这还不算是最繁琐的分类。曹丕、刘勰所论文体中，有一些并不属于今天我们所说文学的范围。可见在他们所处的时代，文学与非文学的界限还在逐步明确之中。即使是文与笔的区分，也是在刘勰所处的南北朝时代才明确起来的。至于小说和戏剧，我国历来不予重视。到了近代，它们之所以能够提高到与诗歌平起平坐的地位，很大程度上是由于受西方文学观念的影响，人们对文学的性质特点有了新的认识。

文学分类的相对性，首先表现为各类文学在性质和形态上往往存在着互相渗透、互相包容的现象。例如小说作品有的就具有强烈的抒情意味，散文作品有的则带有明显的戏剧色彩。肯定文学分类的必要性，并不是否定文学作品具体形态上的复杂性和多样性；也不是否定在各类体裁之间会出现边缘性的体裁，如在散文与诗之间出现散文诗、小说与报告文学之间出现纪实小说等等。另外，新旧体裁的兴衰交替，也造成分类的相对性。

文学分类的相对性，还表现在人们根据不同的标准从不同的角度来进行分类。"两分法"、"三分法"和"四分法"所划分的文学类别不同就体现了这种相对性。同样，对于一种具体的文学体裁，还可以根据不同的标准，从不同的角度划分为更小的门类。如诗歌，可以按其表现内容分为抒情诗和叙事诗;可以按其格式分为格律诗和自由诗;可以按其篇幅分为短诗、长诗和组诗;可以按其历史形态分为乐府诗、古体诗、近体诗和新诗;可以按其题材主题分为颂歌、情诗和挽诗等等。格律诗又有古今中外的差别等等。这些不同的分类方法,着眼的往往是作品某一方面的特征和功能,一般是并不互相排斥的。

我们指出文学分类的历史性和相对性,也就是从纵横两方面说明文学分类的系统性。文学作品形态是一个系统,而且是一个复杂的系统。意大利美学家克罗奇从他的特定艺术观念出发,否定文学及整个艺术分类的必要性和可行性。他认为,艺术在本质上只是直觉,而直觉是整一不可分的,这是艺术的普遍性;直觉都是每个人在一定情境下的心境或情感的表现,这是艺术的特殊性。他断定:"每一部艺术作品表现心灵的一种状态,而心灵的状态是独特的,而且总是新的,所以直觉就有无数个,不可能把它们放进体裁种类那样的鸽棚里去,除非有无数个鸽棚,可这样一来,就不是体裁种类的鸽棚,而是直觉的鸽棚了。"因此,"在普遍与特殊之间,从哲学观点来说,不能插进什么中间因素,没有什么门类或种属的系列"。[1] 他甚至认为:"讨论艺术分类与系统的书籍若是完全付之一炬,并不是什么损失。"[2]在承认文学作品内容和形式的复杂性上,在否定艺术分类的绝对性和不变性上,克罗奇有正确的一面。但是,他由此便完全否定艺术分类,则不但忽视了文学实践的历史和现实,也否定了对研究对象进行分类和寻求规律的一般科学方法,这当然是不足取的。我们应该尝试运用系统的分类方法对文学作品这个系统构成做更为清晰的认识。

从审美创造的角度看问题,"三分法"正反映了文学作品所提供的三种不同的审美观照对象类型。叙事类文学构建一个自成体系的与现实生活相对应的社会生活世界作为审美观照对象。抒情类文学则构建一个自成体系的精神世界,直接传达作者的审美感受,作为审美观照对象。戏剧类文学包含有前两类的某些特点,同时还具有另一个重要特点,即它和其他艺术因素(包括演员的表演以及美术、音乐等)乃至声、光、电等方面的现代科学技术相结合,共同构建审美观照对象。尽管具体的文学体裁有兴衰交替的发展变化,但这三种基本类型可以说是从古到今一以贯之的。

---

[1] [意]克罗奇:《〈美学原理〉〈美学纲要〉》,朱光潜译,外国文学出版社1983年版,第248页。
[2] [意]克罗奇:《〈美学原理〉〈美学纲要〉》,第125页。

正因为如此,本书采用"三分法"论述文学分类问题,在三种基本种类之下,介绍我国当代各类文学作品的主要体裁及其分支,从而勾勒文学作品群体形态的系统框架。

本书在采用"三分法"时将通行的戏剧类文学改称为表演类文学,以包容影视文学和说唱文学,并将它们和戏剧文学并列,作为表演类文学的主要体裁。影视文学的发展已使上百年前以至数千年前确定和使用的分类方法无法给它安插一个合适的座位。说唱文学历来地位不高,文学大家庭的正式聚会中也常被忽视乃至遗忘。因此,如果一方面坚守"三分法"或"四分法",另一方面又将影视文学、说唱文学和三大类或四大类并列,形成实际上的"五分法"或"六分法",也并不科学。可以说,影视文学、说唱文学和戏剧文学一样,都具备上述戏剧类文学的基本特点。它们的共同作用在于为戏剧、电影或电视剧、曲艺的表演提供文学底本或演出(拍摄)记录。因此,本书将这类文学作品统称为表演类文学。

下面分别介绍叙事类文学、抒情类文学和表演类文学的性质和特点,以及各类文学的主要体裁。

第二节 叙事类文学

一 叙事类文学的性质和特点

西方文学历史上最古老的叙事类文学体裁是史诗,如《伊利亚特》、《奥德赛》等。因此西方文学理论中又称叙事类文学为史诗或史诗类文学。

叙事类文学作品的主要特点在于通过叙述人语言对事物作具体的叙述描写,构建与现实世界存在一定相似性的文学世界,传达自己的审美感受,给读者提供一种客观的、外在的审美观照对象。正如别林斯基所指出的,这类作品"通过外部事物来表现概念的意义,把内心世界组织在完全明确的、柔韧优美的形象中。一切内在事物在这里都深深地渗入外部事物,这两个方面——内在事物和外部事物——互相分开了就都无法看见,只有直接结合在一起时,才能够成为明确的、锁闭在自身内的现实性——事件。在这里,诗人是看不见的;柔韧优美而又明确的世界是自然而然地在发展着,诗人只是那个自然而然地完成着的事物的一个普通的讲述者罢了"。[1] 这种"自然而然地在发展着"的"世界"的创造方法并不是一样的。有的按照现实生活的一般形态来描写,例如报告文学、传记文学和像《战争与和平》、《骆驼祥子》这样的小说;有的按照现实生活一般形态的歪曲变化来描写,例如神话、寓言和像《西游记》、《变形记》这样的小说;有的则以前者为主,再融入后者的某些因素作为补充,例如史诗、传说和像《红楼梦》、《百年孤独》这样的小说。但无论哪种情况,作者总是以人类现实生活的一般形态为基础,创造出一定的社会生活图景,构建一个"自然而然地在发展着"的审美观照对象贡献给读者。

由于叙事类文学要具体地描写人类社会生活,特别是表现人物的活动和命运,因此,人物、情节和环境就成为叙事文学题材通常不可缺少的三个要素。当然,在不同体裁的作品中,在同样体裁的不同作品中,这三者描写的鲜明性和完整性并不都是一样的。例如,在以人物为主的传记文学中,情节并不一定完整;在以事件为主的报告文学中,人物性格并不一定鲜明;而在许多童话和寓言中,则只有拟人化的事物,根本无人物可言。即使是这三种因素一般都完备的小说,由于受篇幅、题材、主题、结构以及作者审美倾向等因素的制约,三种因素在各个具体作品中的地位和作用也是不平衡的。有的以人物扬名,有的则以情节取胜。而西方现代文学中还出现了反对性格刻画、摒弃情节、淡化环境等倾向。但是这些都不足以影响人物、情节和环境作为叙事类文学的基本要素和特征而存在。即使是上面提到的西方现代文学中的某些创作倾向,一方面有其自身的合理性,另一方面在创作实践中也无法完全取消这三种因素。

叙事类文学并非不表现作者的主观情感思想和审美倾向,只是表现的方式一般是不露痕迹地渗透在客观描写之中。正如黑格尔所指出的:"为着显出整部史诗的客观性,诗人作为主体必须从所写的对象退到后台,在对象里见不到他。"[2] 恩格斯在《致敏娜·考茨基》的信中提出:"倾向应当从场面和情节中自然而然地流露出来,而不应当特别把它指点出来"。[3] 他所说的

---

[1] [俄]别林斯基:《诗的分类和分科》,《别林斯基选集》第3卷,满涛译,上海译文出版社1980年版,第2~4页。

[2] [德]黑格尔:《美学》第3卷下册,第113页。着重号为原文所有。

[3] [德]恩格斯:《致敏娜·考茨基》,《马克思恩格斯选集》第4卷,第454页。

也正是小说这种叙事类作品需要正确处理客观描写和主观倾向的辩证关系。当然，在叙事类作品中，作者有时也会直接进行抒情议论。一般来说，只要所发精当，穿插巧妙，则并不妨碍作品的审美效果，常常还能给作品增添光彩。但是如果这类文字过多过长，内容枯燥艰涩，就违背了叙事类文学的审美特性和读者的欣赏习惯。即使是大家名作，出现了这种情况也是不会受到欢迎的。在读者鉴赏水平不断提高的今天，就尤其是如此。

在叙事类文学中，兼用叙述人语言和人物语言来叙述事件、描写环境、刻画人物，其中又以叙述人语言为主。这是由叙事类文学客观描写的性质特点所决定的。叙述人语言又有不同的人称或叙述视角的区分。在第一人称的作品中，叙述人通常就是作品中的人物，如《孔乙己》中的"我"，即小伙计；有时甚至是作品中的主人公，如《伤逝》中的"我"，即涓生。这类作品采用的所谓内视角可以从特定的角度比较直接细腻地表现隐藏在叙述人背后的作者的审美感受，给读者带来更多的亲切感。在第三人称的作品中，叙述人基本不出现，也不受身份和视角的限制，可以非常自由地表现各种人物和事件，像巴尔扎克的《高老头》、托尔斯泰的《安娜·卡列尼娜》等都属于这种情况。这种所谓全知全能型的外视角，尽管有时可能给读者的阅读带来了相对明确的指向，以至造成某种感受和体会上的束缚，并因此受到许多批评，但无疑仍然是使用最多的基本的叙述角度，也有其特定的效用。在第三人称视角的运用中，还有从某一个人物或某几个人物的视点出发进行描写，这时，全知全能的叙述便受到一定的限制。至于第二人称则是作品中很少出现的叙述角度，它的特点在于叙述人和人物直接交流对话，给读者带来特殊的阅读体验，像奥地利作家茨威格的《一个陌生女人的来信》这样的书信体小说，就常运用第二人称的叙述角度。在现代文学创作中还有交叉运用不同人称，出现多种视角的尝试。不管哪种情况，叙述人语言都可以从多方面描写作家所需要表现的生活画面，从人的外貌形态、言谈举止、性格气质、命运历史到灵魂深处的种种隐秘潜流，从自然环境、时代风云以至过去未来所不曾经历无法亲临的境界，都无不可及。

叙事类文学中人物语言是不可缺少的语言表现形式。它除了在展现情节、描写环境等方面可以补充叙述人语言以外，在刻画人物特别是表现人物的内心世界方面具有特别重要的意义。西方现代作家重视运用内心独白、自由联想、意识流等手法来袒露人物内心世界，特别是其中的潜意识内容。从语言角度来说，这些都是人物语言的运用。这些都说明，从一定意义上讲,叙事类文学是语言最丰富的文学种类。

在叙事类文学中,叙述时间与所叙述的事件发展的时间即故事时间并不一致。因此,除了按照故事时间顺序的顺叙以外,还有对将来发生的事件提前描述的预叙、对过去发生的事件回顾描述的倒叙等叙述方式。在叙述速度上,除了在描述人物对话时叙述时间与故事时间可能等速以外,还有不同于故事时间速度的快叙和慢叙、描述同一时间内发生的不同事件的分叙、省略某一时间段内事件描述的零叙等变化。

20世纪中期,在俄国形式主义与法国结构主义双重影响下产生的法国现代叙事学理论,注重作品的文本结构而不是其社会意义,注重作品的共性而不是具体文本的艺术特点。它为文学叙事观念的变化和叙事技巧的发展拓展了空间。随着叙事性文学的发展,这种观念的变化和技巧的发展都是无止境的。多种艺术观念的实验,多种叙事技巧的运用,无疑给叙事性文学创造独特的审美对象提供了新鲜的经验和动力,使得这种艺术世界同现实世界之间更好地保持着若即若离的张力,在给读者增添了阅读的难度的同时也增添了乐趣,从而增强了叙事的魅力。

二 叙事类文学的主要体裁

叙事类文学的体裁很多,叙事诗(包括古老的史诗)、神话、传说、故事、寓言、童话等,都是在不同历史时期、不同群体范围内拥有广泛读者的叙事类体裁。就目前而言,最有影响的叙事类体裁除了小说以外,还有纪实性的报告文学和传记文学。下面就分别介绍这三种体裁。

(一) 小说

小说是叙事类文学以至整个文学的主要体裁之一。它源出于古代的神话传说,历史悠久,然而成熟较晚。"小说作为一种艺术形式,正如德语所说,是一种'创作'的形式(a form of 'Dichtung');就它的高级形式而言,它是史诗和戏剧这两种伟大文学形式的共同的后裔。"[1]从我国小说发展的历史来看,它经历了从神话传说到六朝志怪、唐代传奇、宋元话本、明清章回小说,然后到五四以来现代小说这样的漫长发展过程。

小说的基本特点在于用散文体的形式表现叙事性的内容,通过一定的

---

[1] [美]韦勒克、沃伦:《文学理论》,第239页。

故事情节展示社会生活，刻画人物。"小说是用散文写成的具有某种长度的虚构故事。"[1]英国小说家、理论家福斯特所推崇的这个定义反映了小说的基本特点。

按篇幅的不同，小说可以分为长篇小说、中篇小说、短篇小说和微型小说等类型，各有容量和特点的不同。"小说所采取的不同形式，不应被视为一些没有联系的范畴，而应被看作是一种连续物，更准确地说，一架梯子。在梯子的一端，是轶事一类的短篇；在梯子的另一端，是可以想象得出来的最长的长篇小说。当一篇小说长得能印成一整本书而不只是一本书的一部分的时候，它就可以算是长篇小说。但长篇小说在量的方面有自己的伸缩余地。相对地短的长篇小说可以称之为中篇小说，而非常之长的长篇小说可能会超出一卷书的篇幅而成为长江大川式的小说。"[2]

和报告文学、传记文学等严格以真人真事为参照标准的文学体裁相比，虚构性是小说的明显特点。一部作品叫做小说，也就意味着它是虚构的。即使是那些以真人真事为基础而创作的历史小说、传记小说和纪实小说，如《三国演义》、意大利作家乔万尼奥里的《斯巴达克思》，我国当代的《李自成》、《张居正》等，也都包含着相当浓重的虚构成分。近年来流行的"戏说"类文艺作品，以附会历史题材、虚构故事情节为主要特点；而在网络文学中流行的"穿越小说"，讲的都是主人公脱离原本生活的时代，穿越时空，到另一时代生活的虚构故事。比起一般的小说创作，二者都将虚构的作用突出到无以复加的地步。人们无需也不必以生活的或历史的真实标准来要求这些作品。这种虚构性给小说带来了极大的优势，作家可以充分自由地按照自己对生活的理解和认识，创造出特定的审美对象。

其次，小说一般包含具体、生动、丰富的故事情节，具有较强的故事性或情节性。这也是小说和报告文学、传记文学之间的重要区别。对于后者来说，故事性或情节性不是必备的特征。情节一般是通过描写人物思想性格情感欲望间的相互冲突，以及由此而引起的人物关系、人物命运的冲突来展开的。情节性使小说引人入胜，构成了它的本体特点之一。即使是心理结构的许多西方现代小说，大都仍然包含、贯穿着一定的情节，只是有所淡化而已。相反，丰富的心理描写如果脱离了情节线索的制约，作品往往可能陷

---

[1] [英]福斯特：《小说面面观》，苏炳文译，花城出版社1984年版，第3页。
[2] 《简明不列颠百科全书》第2卷，第237页。

入作者难以自拔的自我宣泄。西方现代小说理论将"故事"与"情节"加以区分,前者指按时间顺序、因果关系排列的事件,后者指经过作者艺术处理而由叙述人展开的事件叙述(包括了其中的技巧性因素)。法国结构主义叙事学理论家托多洛夫用"话语"的概念来指称这种"情节"的范围,成为现代叙事理论中经常与"故事"相对使用的概念。现代叙事学对叙事技巧的探讨,大大丰富了小说作为"说故事"的性质或情节性的理论经验。

小说的产生和发展,适应了表现纷繁复杂的社会生活和展示人们丰富的精神世界的需要。它在转换时空、变化视角、兼用多种语言形式和表现手法、灵活掌握篇幅容量等方面所具有的高度自由性,使得自己和其他文学形式相比,具有更大的优势。这不但造成了表现内容的丰富性,使小说获得了"生活百科全书"的美誉;而且也造成了表现形式的丰富性,使小说成为读者面最广、影响力最大的文学体裁,小说家也往往成为文坛盟主。即使是影视艺术的日益发展,也未能根本改变这种状况。

(二)报告文学

报告文学是介于文学和新闻之间的一种边缘性文体,兼有文学性和新闻性。它的主要特点是运用文学的手法迅速而及时地报道社会生活中具有典型意义的事件、人物、问题和倾向等。

报告文学是随着近代报刊业发展而兴起的。1930年代夏衍的《包身工》等是我国早期优秀的报告文学作品。1970年代末徐迟《哥德巴赫猜想》等作品发表以后,我国报告文学创作取得了丰硕的成果。这一文学体裁本身也从散文的一个分支而蔚为大国,跻身于小说、诗歌等主要文学样式之列。

报告文学具有新闻性,要求及时地对现实生活做出反应,发现和褒扬美好事物,揭露和鞭挞丑恶事物,迅速地传达时代的呼声。美国记者约翰·里德的《震撼世界的十天》、埃德加·斯诺的《西行漫记》,先后及时报道俄国十月革命和中国红军长征惊天动地的事迹,产生了广泛的社会影响,就是突出的例子。报告文学的新闻性要求它具有严格的真实性,人物、事件、环境都不能虚构,引用的文献、数据等原始材料必须准确。这和小说具有明显的不同:"'小说'的故事,大都是虚构,——不过要合情合理,使人置信。'报告'则直须是真实的事件。"[1]

报告文学同时又具有文学性,这种文学性主要表现为:作者在对现实

---

[1] 茅盾:《关于"报告文学"》,《茅盾文艺杂论集》上册,上海文艺出版社1981年版,第641页。

生活特别是其中的矛盾冲突直接贴近、参与的同时，又蕴含了不同程度的超越现实的远距离审视；这种审视和思考是多角度进行的，往往包含了广阔的领域内特别是带有哲学意味的深层思索；作品主题往往表达出较为丰富的审美意蕴；作品中对人物、事件、环境的描写提供了生动的形象画面和生活情景，给人以强烈的感染；作者在对表现对象进行理性透析的同时更多地投入了自身的情感体验。所有这些都成为报告文学作品作为审美观照对象的内涵和价值。至于创作中多种艺术手法的运用，多种叙述角度的变换，议论的富有形象性、情感性，也都是报告文学产生艺术感染力量的原因。

尽管报告文学具有文学性和新闻性两种性质，但它主要是作为文学样式而存在的。报告文学主要以文学类报刊为主要发表阵地，并被列为文学作品出版、转载、收藏，作为文学样式参加评奖，被作为文学教学的对象。专业报告文学作者队伍的主要成分是作家。他们或者是以其他样式写作成名而成为作家，转而从事报告文学创作；或者原是记者，由写报告文学而成名并转入作家队伍，专门从事报告文学创作；或者成名以后仍然同时从事一般新闻工作和报告文学创作，但通常已经具有社会公认的作家身份。鉴于这些事实，我们不能不承认社会即迪基所说的"艺术世界"所"授予"报告文学的主要是作为一种文学样式的地位。"艺术世界"对报告文学地位的"授予"和这一世界的其他惯例或规范一样，是以对艺术和文学的内在认识为依据的。换句话说，也就是报告文学自身包含了符合艺术、文学一般性质和特征的因素，因此才可能和"艺术世界"的惯例或规范相吻合，从而赢得"艺术世界"对其"文学性"或"艺术性"的承认与"授予"。我们对报告文学性质和特征的认识和要求，不能不从把握文学作品的这一基本标准出发。

一般说来，报告文学所创造的审美观照对象与现实生活形态在主要方面一一对应，但在局部范围内仍然存在着所谓合理想象的因素。这种合理想象，指的是根据一定的事实依据和生活经验，对作品中的某些细节进行虚构、移置和改造性的处理。这在刻画人物、描写环境、渲染氛围时往往都是需要的。报告文学想象性的艺术加工，还包括时空的内外延伸、语言的提炼修饰等等。

和小说相比，报告文学的主题单纯、明确，作品中常带有富于政论色彩或哲理色彩的议论。这种议论除了有利于主题的显现以外，还常常用于揭示事件之间的逻辑联系，对人物事件的是非得失做出判断评价，对客观事物中所蕴含的哲理做出阐发。这在短篇作品中,比较多地表现为抒情性的议论;而在容量较大的作品中,则可能以更为严密和完整的政论形式出现。但是,对问题以及例证全面深入的归纳、综合、推理、演绎,对例证的定性定量分析,则属于科学研究的范畴,并非文学的任务,更非其所长。面对纷纭复杂、变化纷呈的生活现实,作家经常处在清醒与迷惘、肯定与否定的两难之中。对任何事物都做出清醒的判断与评价以后才进行报告文学的写作是不现实的;企望作家所做出的每一个判断都是正确的,就更是不现实的。

因此,报告文学不可能演变为新闻、报告或论文的替代品。在报告文学之外,仍需要有严谨的、科学的、翔实的调查报告和学术论文。对于从认识上解决社会问题而言,文学只有作为辅助的形式和这些科学形式结合,才是有效的。

(三)传记文学

传记文学是随着古老的历史学而萌生发展的一种叙事性文学体裁。我国先秦时代的历史著作《左传》、《国语》和《战国策》中,就有许多极富文学色彩的篇章。西汉司马迁《史记》中的许多人物传记则被认为是我国古代传记文学的光辉典范。鲁迅称它是"史家之绝唱,无韵之《离骚》"[1]。在西方,最早的希腊史诗中就有人物传记的因素。到了近代,随着印刷和图书出版事业的发展,传记义学获得了长足的进步,成为重要的纪实文体。在西方,有许多文学大家投入传记文学的创作,如法国作家罗曼·罗兰、奥地利作家茨威格等人,都曾经为许多文学家、艺术家写传。西方的传记文学着重表现人物的性格和命运,更富于文学色彩。这些都使得传记文学作为一种文学体裁,在西方比在中国更具有独立地位。

传记文学主要是为他人立传,也有的是传主的自传。后者如法国卢梭的《忏悔录》、德国歌德的《诗与真》等,都是著名的作品。

传记文学是以文学笔法写人物传记。传记文学与一般人物传记的区别在于:它具有相当的文学色彩和艺术价值,而后者则只要求忠实地记叙和科学地说明历史。传记文学与历史小说的区别在于:它有严格的历史真实性要求,而后者则是以历史人物和事件为基础的虚构。传记文学与报告文学在某些题材上会出现相互交叉和渗透,但前者着眼于题材的历史价值,作历

---

[1] 鲁迅:《汉文学史纲要》,《鲁迅全集》第9卷,第420页。

史的实录;而后者则着眼于题材的现实价值,写的是现实的对象。传记文学一般是描写人物的一生,也可以描写人物的一段经历,但所写人物生平经历必须具有相当的完整性,这与可以或只需要写人物一事数事的小说或报告文学有所不同。

严格的历史真实性是传记文学的科学基础。一部好的传记文学应该真实准确地写出历史人物及事件的本来面目。为一时主观的政治需要或审美需要,掩盖或歪曲历史面貌的做法是不足取的。美国诗人惠特曼曾经对人说:"我恨许多的传记,因为它们是不真实的。我国许多的伟人,都被他们写坏了。上帝造人,但是传记家偏要替上帝修改,这里添一点,那里补一点,再添再补,一直等到大家都不知道他是什么人了。"[1]

传记文学创作中特别应该提倡不为尊者讳、不为贤者讳的史学精神。毛泽东、鲁迅在个人婚姻生活上都有复杂的人事纠葛和曲折的情感经历。这些曾经长期为人们所讳言。近年来发表的一些传记文学作品对此做了忠实的描写。实践证明,只要以严肃的态度去写,就非但不会损害伟人的形象,而且由于清晰完整地勾画出人物的生活轨迹,可以使读者更亲切、更深刻地了解伟人。

传记文学同时又具有文学性。它可以恰当地运用文学手法来表现内容,在环境描写、气氛渲染、人物刻画等方面,都允许在不违背历史真实的前提下做适当的想象性描写。一个生动的细节,一段精彩的对话,都可能使事件或人物在读者心目中活动起来,长留下去。但这些细节和对话又常常并无文献的根据,或虽有根据,却已在内容、情境等方面做了某些调整变动。在这一点上,传记文学和一般传记是有区别的,而和报告文学有相似之处。鲁迅曾经称赞《史记》是"不拘于史法,不囿于字句,发于情,肆于心而为文"[2],这是对传记文学文学性的生动说明。当然,传记文学又不同于历史小说或历史剧,不能通过虚构和艺术描写将历史人物或事件搞得面目全非,违背历史真实性的原则要求。此外,文学语言的运用可以使得作品具有更强的可读性和感染力,也是增强传记文学作品文学性的重要手段。

---

[1] 转引自朱东润:《我对传记文学的看法》,《文汇报》1982年8月26日。
[2] 鲁迅:《汉文学史纲要》,《鲁迅全集》第9卷,第420页。

第三节 抒情类文学

一 抒情类文学的性质和特点

和叙事类文学不同,抒情类文学的主要特点在于直接抒发主体的审美感受,表现主观的、内在的世界。作家的主观情感、情绪和思想等等,不是像叙事类文学那样渗透在人物命运的描写和故事情节的展开当中,隐含在一个创造出来的社会生活世界之内,而是直接作为作品的主要内容表现出来。所以我们说抒情类文学构建了一个自成体系的精神世界,供读者作为审美观照的对象。正如别林斯基所分析的:

> 这是主观性的领域,这是内在的世界,停留在自身内而不表露于外的肇端的内在世界。在这里,诗歌始终是一种内在的因素,一种能感觉、能思维的沉思;在这里,精神从外部的现实性渗入自身里面,赋予诗歌其内在生活的千差万别的细微变化和浓淡色度,这种内在生活把一切外部事物都化成了自己。在这里,诗人的个性占着首要地位,我们只能通过诗人的个性来接受一切,理解一切。[1]

在抒情类文学中,对于人类社会生活的外在形态、人们之间的相互联系、事件发展的因果关系和具体过程等等,往往并不做广泛的、具体的描绘。黑格尔曾经这样分析抒情诗的内容:

> 它所特有的内容就是心灵本身,单纯的主体性格,重点不在当前的对象而在发生情感的灵魂。一纵即逝的情调,内心的欢呼,闪电似的无忧无虑的谑浪笑傲,怅惘,愁怨和哀叹,总之,情感生活的全部浓淡色调,瞬息万变的动态或是由极不同的对象所引起的零星的飘忽的感想,都可以被抒情诗凝定下来,通过表现而变成耐久的艺术作品。[2]

---

[1] [俄]别林斯基:《诗的分类和分科》,《别林斯基选集》第3卷,第4页。
[2] [德]黑格尔:《美学》第3卷下册,第191~192页。

除了诗歌以外,其他抒情类作品也不同程度地具有这种特点。但这并不是说抒情类文学里没有或不应有形象的描写。对于人情世态、山水风光、花鸟虫鱼等等,在抒情类文学里都不乏出色的描绘。在一些散文作品中,往往还有对人物事件比较详细的描述。但是,所有这些都是以主体内心情感的流动和变化为线索而展开的。而且,在经过主体情感的渗透和改造以后,被描写的客体往往失去、突出或改变了某些原有的客观性质,成为作家情感寄托的对象。我国古代文学中所谓借景言情、融情入景、托物咏志等等,都反映了抒情文学的这种特点。正是从这个意义上说,抒情文学特别是诗歌中的形象大多是意象。抒情文学的上述特点使它可以更充分、更自由地传达主体的审美感受,并唤起读者相应的审美体验。

抒情文学所表现的思想感情,凝聚着作者独特的人生体验和审美感受。只有这样,才能有鲜明的独特性和强烈的艺术感染力。从这个意义上说,它是作者的"自我表现"。但是,这并不意味着抒情文学可以成为作者情感毫无节制的宣泄。相反,有成就的作家总是要在创作过程中不断提炼、升华自己的情感,使之更具备普遍的审美意义。在诗歌创作中尤其是这样。

抒情类文学在体制上和叙事类文学也有一些差别。抒情类文学在结构方面的明显特点是以抒情主体内心情感的流动起伏作为线索,是一种心理结构或情绪结构。这和叙事类文学特别是小说的传统情节结构形成了鲜明的对比。在抒情类文学中,主体心理成为一条主线,联系、贯穿和规范着各种形象的画面。在一些写景、状物、叙事占相当比重的作品,如范仲淹的《岳阳楼记》、欧阳修的《醉翁亭记》、鲁迅的《藤野先生》、魏巍的《谁是最可爱的人》等之中,都可以明显看出这种特点。抒情类文学,特别是诗的这种结构特点,由于在表现人的内心世界方面具有突出的优势,因而也渗透到其他文学样式中去。小说中的心理结构方式就是现代文学发展中一个引人注目的趋向。

此外,抒情类文学作品的篇幅一般比较短小。我国古代散文作品一般只有数百字,现代作品长的也不过数千字。这是因为抒情类作品一般都是诗人感兴之作,而又用凝练含蓄的形象体系来表达。至于近年来一些篇幅超过万字的作品,一般只是作家出于表现特殊题材需要的尝试之作。而诗歌,常常是寥寥几句便成传世之作,只有那些包含较多叙事成分的作品(如屈原的《离骚》、贺敬之的《雷锋之歌》等),篇幅才比较长。

抒情类文学的基本性质决定了其语言的表情特点。抒情类文学主要是第一人称的表述方式，大多数抒情主人公就是作者自己。有时也可能是假设的人物或事物，如杜甫《新婚别》中的新婚女子、郭沫若《炉中煤》中的煤等。这种表述方式允许并要求作者放手挥写精神世界的风云变幻，在语言上也就更充分地表现出情感性特点。抒情类文学的各种文体在语言特点上有所差异，例如，散文更要求平易，诗歌更多格律的要求，等等。但是也有一些共同的特点，例如，由于都有内容上创造意境、体制上短小集中的特点，也就都特别要求语言的凝练含蓄；为了适应表现情感丰富多彩的需要，也就都要求运用多种积极修辞方式等等。

二　抒情类文学的主要体裁

抒情类文学最主要的体裁是诗歌。此外，散文（小品）、处于文学和政论边缘地带的杂文也是抒情类文学的主要品种。

（一）诗歌

诗歌是最重要的文学形式之一，也是历史最悠久的文学形式。早在原始社会，最初的诗歌就和音乐、舞蹈三位一体结合在一起而产生，后来才逐步独立。在相当长的历史时期内，诗歌的叙事功能和抒情功能并存，叙事诗和抒情诗并存，古希腊史诗就是西方最早的叙事类文学。到了近代，随着小说等散文体叙事文学以及戏剧、电影等艺术样式的发展，诗歌的叙事功能逐步减弱，叙事诗逐渐衰落，诗歌的抒情功能凸显成为共同的趋势。今天谈到诗歌，无疑更多讲的是抒情诗。无论是过去抒情诗和叙事诗并存的年代，还是诗歌以抒情为基本功能的今天，抒情性都是诗歌基本的和主要的特点。

西文中"诗"这个词源于古希腊文，原意为"精致的讲话"。精致，不但道出了诗和散文在语言形式上的区别，而且也反映出二者在性质和内容方面的差异。和散文相比，诗歌更集中更强烈地表现出抒情类文学的特征。

诗歌的精致首先表现在其内容上。诗人在创作中要撷取和提炼自己最强烈的审美感受，以最理想的形象体系来表现，从而产生饱含审美意蕴的意象和意境。黑格尔在《美学》中曾经谈到古希腊历史学家希罗多德的《历史》中所记载的一首两行体短诗。"诗的内容很简单，只是一句枯燥的叙述：300个斯巴达人在这里和4 000敌军进行过战斗，但是有意思的是要刻个墓碑铭"，"碑铭采取了诗的表达方式"。古希腊诗人西蒙尼德斯所写的碑铭如下：

过路人，请传句话给斯巴达人，
　　为了听他们的嘱咐，我们躺在这里。

黑格尔用这个例子说明诗歌作为观照生活的一种特殊形式的特点。在这里，诗意表现与语言形式之间达成了一种和谐。黑格尔指出："这样表达观念的语文着意要使自己有别于寻常的话语，造成了一首两行体短诗，因此就具有较高的价值。"[1]

　　同样是抒情类文体，散文往往是从自然形态出发，渐进地、清晰地表达出作者的审美感受，包括显现审美意象和意境的升华；而诗歌则是将作者的审美感受凝聚于意象或意境，作为已经完成的审美对象提供给读者，即使显现它的形成过程也是相当跳跃和模糊的。清代吴乔在谈到"诗与文之辨"时曾经生动地说道："意喻之米，文喻之炊而为饭，诗喻之酿而为酒；饭不变米形，酒形质尽变。"[2]这一连串比喻说明，诗歌比散文经历了更复杂的加工过程，更具以小见大、以有限见无限的魅力。诗歌的形象更为凝练，意蕴也更为深沉。

　　不少诗人和理论家都强调情感和想象在诗歌中的突出地位。如："一般来说，诗可以解作'想象的表现'。"[3] "诗歌是幻想和感情的白热化。"[4]情感和想象在一切文学创作中几乎都是不可缺少的。但是在叙事类作品特别是现实主义叙事作品中，它们往往并不直接地表露出来。在抒情散文中，情感和想象的因素已经流露较多，但一般还是自然形态的；诗歌则达到情感和想象"白热化"的地步，它们不但表现为作品的内容因素，而且影响到作品的结构，其中又以想象的作用尤为突出。具体地说，除了形象、情思、时空等等的跳跃以外，还常常表现为留下许多人为的空白，让读者通过想象去填补，造成言有尽而意无穷的效果。

　　诗歌内容的精致是和语言的精致紧密联系在一起的。黑格尔认为，当一个民族已经掌握了一种发展成熟的表达日常生活的散文语言时，为了要引起兴趣，诗的表现就需要背离这种散文语言，对它进行更新和提高，变成

---

[1] [德]黑格尔：《美学》第3卷下册，第21～22页。
[2] 吴乔：《答万季埜诗问》，丁福保编：《清诗话》上册，上海古籍出版社1978年版，第25页。
[3] [英]雪莱：《为诗辩护》，《西方文艺理论名著选编》中卷，第67页。
[4] [英]赫兹列特：《泛论诗歌》，中国社会科学院外国文学研究所编：《欧美古典作家论现实主义和浪漫主义》（一），中国社会科学出版社1980年版，第303页。

富于精神性的。"单从语言方面来看,诗也是一个独特的领域,为着要和日常语言有别,诗的表达方式就须比日常语言有较高的价值。"为了跨进自由的艺术领域,诗在思想和语言方面都"有意地或自觉地要和散文对立起来"。[1]

诗歌这种对日常语言或散文语言的"背离"和"对立"是多方面的。它首先表现为对日常语言的提炼和变形,要使所用的词甚至每个字都具有极强的表现力。我国古代诗人特别重视选择"诗眼",即关键性的字眼,使之在诗中起到画龙点睛的作用。其次还常常表现为由句法的出新打破日常语言的秩序而造成了对日常语言的背离。中国古代诗词中,主谓宾及补语的位置相当灵活,经常为了突出某个意象或造成某种语言效果而改变词序、句序、字词组合、句子结构,乃至改变字词的一般含义等等,这样往往造成语义上的变异,造成一种语不接而意接的特殊效果,产生陌生感和新鲜感。

与诗歌语言表现的这种特点密切相关,诗歌在结构上也有自己的特色。从表层结构上看,诗歌和其他文体明显不同的是一般都分行、分节排列;从深层结构上看,诗歌是一种跳跃式的结构形式。诗歌的结构可以既不遵循自然的时空顺序,也不遵循事理的逻辑顺序,而是依照主体情感抒发和想象的线索展开。这种展开通常又不是按部就班的自然顺序,而是伴随着许多省略、伸缩、交叉和颠倒的跳跃式地展开。诗歌的这种结构特点和细部的语言表现结合起来,就形成了与其他文体迥然不同的文体面貌。

随着诗人情感的起伏和流动,诗歌往往自然具有鲜明的节奏与和谐的韵律。节奏是在诗人情感支配之下,由声音的强弱、高低、长短以及音节的停顿所构成的一种有规律的运动。不同的心情,往往表现为不同的诗歌节奏。如轻松愉快表现为明快悠扬,昂扬奔放表现为急促有力,悲哀忧伤表现为缓慢低沉,等等。"所以节奏之于诗是它的外形,也是它的生命,我们可以说没有诗是没有节奏的,没有节奏的便不是诗。"[2]这种节奏既体现在诗歌的句子内部,也体现在句与句之间、节与节之间的联系和结构。押韵,是加强诗歌节奏、增加情感色彩的重要手段。"韵是去而复返、奇偶相错、前后相呼应的。""轻重不分明,音节易散漫,必须借韵的回声来点明、呼应和贯

---

[1] [德]黑格尔:《美学》第3卷下册,第22页。
[2] 郭沫若:《论节奏》,《文学理论学习参考资料》下册,第12页。

串。"[1]因此,即使是在现代自由诗的创作中,押韵也是一项普遍的要求。

人们经过长期的创作实践和历史承传,形成了对诗歌在字数、句数、节奏、押韵、音调等方面的某些固定要求,古代诗歌创作逐步走上了程式化的道路,形成了严格的格律。唐代以前的古体诗(或称古风、古诗),除了押韵,并没有其他严格的格律要求。产生于齐梁,形成于唐代的近体诗,则在诗的字句、用韵、平仄、对仗等方面,都形成了严格精细的格律限制。后来兴起的词、曲等诗歌形式也有和近体诗相接近的格律要求,而且由于词牌、曲牌的多种多样,格律的要求更为复杂。而西方诗歌中的轻重音、长短音、音步、顿数等,也往往都有一定的格律要求。十四行诗就属于这类格律要求严格的诗歌样式。

在各种文学样式中,诗歌中对修辞手段的运用无疑是最大量和最积极的,这也是诗歌开掘语言潜力形成与日常语言背离的一条重要途径。诗歌修辞的主要作用在于化抽象为具体,更好地表现一定的观念性内容,如比喻、象征、拟人的运用;同时也在于增强语言表达的张力,形成不用于一般语言表现的音乐感,如排比、反复、对偶的运用。

正因为诗歌具有与日常语言及其他文学样式不同的特殊语言形态,所以把诗译成散文是很难的。尽管字面意义不难译出,但是诗的情感色彩、节奏韵律乃至分行排列的种种效果,即现代作家闻一多所说的绘画美、音乐美、建筑美,却难以再现。这样,诗的意蕴、情趣也就难以充分地传达出来。

英国诗人艾略特曾经指出:"诗歌中的每次革命都倾向于是,也往往倾向于自称是,一种向普通说话的回归。"他重视诗歌语言和普通语言的联系,支持这种"回归",他说:"诗的音乐,可以说,是一种潜藏在同时期的普通语言中的音乐。也就是说,它潜藏在诗人所在的地方的普通语言中。"[2]

追求诗歌语言对日常语言的"背离"、"对立"和对日常语言的"回归"这一对矛盾,突出地反映为讲求格律和突破格律的矛盾。格律日趋精细无疑提高了诗歌艺术表现的水平,使之更为精巧,但同时又难免对于诗思的自由表达造成一定的束缚。中国在律诗绝句盛行的时代,也还是有人写作在形

---

〔1〕 朱光潜:《诗论》,《朱光潜美学文集》第2卷,上海文艺出版社1982年版,第174～175页。
〔2〕 [英]艾略特:《诗歌的音乐》,黄晋凯等主编:《象征主义·意象派》,中国人民大学出版社1989年版,第119页。

式上要求较为宽松的古体诗。"在近代文艺上,随着韵文向散文化亢进,抒情诗也逐步地从韵律的规格中摆脱出来。自19世纪末叶开始发展起来的自由诗不仅无视韵脚,而且连韵律等也达到了自由化。"[1]中国到了五四时期,终于出现了自由诗取代格律诗盛行的局面。中国新诗的发展破除了传统诗的格律,但其中又充满了探索和困惑,包括形式上特别是语言上的探索和困惑。可以说,新诗在形式上还是积淀了某些格律因素的经验,同时传统诗词也拥有大量读者,这一现象值得研究。

（二）散文

散文这一汉语词汇被认为最早出现于南宋[2],是一个在不同时期不同范围内使用广泛而内涵不尽相同的概念。

首先,散文是和韵文相对的概念,这和西文中的prose的内涵基本相同。在我国古代,散文还是和以双句为主、讲究对仗声律的骈文相对的概念。这种区分最初并不是专指文学作品,也适用于经传史籍等各种按现代观念来说不属于文学范围的非文学性作品。以后,随着文学含义的日趋明确,散文就泛指一切非韵文的散文体作品。

其次,散文专指与诗歌、小说、戏剧文学并列的一种文学体裁。和前一种广义的散文相比,这种狭义的散文就完全是文学范围内文体的概念了。这种散文在五四文学革命以后经过鲁迅、周作人、林语堂等人的创作实践和理论倡导而逐步成熟。"那是与诗、小说、戏剧并举,而为新文学的一个独立部门的东西,或称白话散文,或称抒情文,或称小品文。"[3]朱自清在1930年代曾经这样指出它的基本特点。

后来,报告文学、传记文学、杂文等体裁逐步发展并引起注意,人们将其归入散文一类,这就是前面介绍的"四分法"的散文。这种散文的概念不仅外延过于宽泛、芜杂,而且内涵也比较模糊。这种分类方法及其对散文的范围界定虽然在一定时期内有其适用性,但缺点是明显的,也不符合文学发展

---

[1] [日]竹内敏雄:《艺术理论》,卞崇道译,中国人民大学出版社1990年版,第101页。

[2] 例如南宋罗大经《鹤林玉露》中记有杨东山语:"山谷诗骚妙天下,而散文颇觉琐碎局促。"又记有周必大语:"四六(即骈文)特拘对耳,其立意措词,贵于浑融有味,与散文同。"分别将散文和韵文、骈文加以区别。见《鹤林玉露》,中华书局1983年版,第265、27页。另参见杨庆存:《散文发生与散文概念新论》,《中国社会科学》,1997年第1期。

[3] 朱自清:《什么是"散文"》,《文学百题》,生活书店1935年版,第238页。

现阶段的实际情况。我国文坛现在一般将报告文学、传记文学、杂文[1]列为独立的文体。

本书所说的散文是上述第二种概念,即抒情文或小品文,是一种狭义的散文。

散文比起诗歌来,是一种更为自由和朴素的抒情类文体。

首先,散文在取材表意方面更为广泛和丰富。对象没有限制(可以广泛地表现人、事、景、物、理、情、意、感),手法也没有限制(可以兼用叙述、描写、议论、抒情),关键是必须融进作者自己对某一对象或某些对象的真实感受和体悟。将散文归结为"抒情文"并不意味着将散文仅仅限制为狭义的抒发感情,这种"抒情"是广义的,实际上也包括了作者对自身真实感受、体悟、观点等等的表达,当然不同程度的"情"的抒发是不可缺少的。散文在抒情过程中常带叙述性的描写和哲理性的议论。散文可以兼用叙述、描写、抒情、议论等笔法,在抒情过程中常带叙事性的描写和哲理性的议论。这种叙事性的描写,诸如许地山《落花生》中的知识介绍,茅盾《白杨礼赞》中的风景描写,朱自清《背影》中的人物刻画,魏巍《谁是最可爱的人》中的事件叙述,都增添了读者对作者所抒发的情感的理解和体验。而散文中哲理性的议论,则无论褒美贬丑、扬善抑恶、启智解惑、议政论理,都可以比较明确地揭示作品审美情感的内涵和形成的原因,增加读者对人生真谛的感悟。这样,散文就比诗的把握方式更加贴近现实生活形态,因而易于唤起读者的亲切感。不但形成了比诗更为广泛和丰富的题材领域,而且在传达审美感受方面也有自己的独特和轻便之处。而诸如游记、书信、日记、序跋中富于文学色彩的篇章,都可以纳入它的范围,使其样式丰富,各具魅力。

散文通常有抒情性散文、记叙性散文、议论性散文的区分。但是实际上它们都属于广义的抒情,即表达对生活的感受,只是在表达感受的对象和方式方面又有不同而已。而且,在各类散文里,抒情、记叙、议论等因素也不同程度地并存,只是以其中某一方面为主或更突出而已。

抒情性散文一般有较多成分和较大力度的狭义情感的抒发,和诗歌有更多相近的成分。其中一部分就被称为散文诗,处于散文和诗的边缘地带。

---

[1] 相比较而言,杂文和散文的界限或许更模糊一些。在1980年代的全国文学评奖中设有和散文奖并列的单独的杂文奖,1990年代的鲁迅文学奖评奖中又与散文合项为"散文杂文奖",获奖作品的文体也未做明确的区分。

记叙性散文以记叙为主要表达方式,但以抒情(兼及说理)为主线贯串。记叙性散文按其记叙对象大致可以分为叙事、记人、写景、状物等类型。记人和叙事散文区别于小说、报告文学、传记文学对人物、事件的把握和表现,一般不追求人物和情节的完整性,而重在抒发对人物和事件的主观感受和认识,或者借此表达其他某种主观感受和认识。写人常常只是通过若干事件以至片段写人物的某些侧面。叙事则不讲究故事性、情节性,往往在勾勒事件基本框架的前提下,有选择地叙述描写某些情节和细节。写景和状物在小说、报告文学、传记文学中处于辅助性的地位,只是作为人物、事件的背景,作为环境的一个部分,为展示人物性格、推动情节发展发挥烘托铺垫作用;而在散文中,它们往往类似于在诗歌中那样具有作为独立的审美对象的意义。而且写景、状物类的散文较之记人、叙事类的散文,其主观抒情的色彩更浓,有的往往写出来的就是情意化、人格化的景与物。

议论性散文并不是没有对人、事、景、物的描写,也不是没有狭义的抒情成分,而是文章以议论为主。法国蒙田的随笔,巴金的《随想录》,余秋雨等相当一批学者的文化散文,大都是这一类议论性散文。这种议论性散文通常被称为随感、小品(宽泛一些有时甚至还包括杂文)。作者随见随想,随听随想,随读随想,随想随写,抒发自己对人生、对社会、对历史等等的感受和体悟。在这种散文中,作者往往较多地引经据典,说古道今,运用、阐释和发挥各种文化知识,带有较强的知识性和趣味性。这些知识有的引起议论的话题,有的作为立论的依据,有的扩展文本的视野,有的增强论证的力度,有的营造文章的情趣,作用不一而足。作者总是通过自己对这些知识的阐释和发挥,使之与现实人生产生一定程度的碰撞、接通和融洽,发生特殊的审美联系,从而实现间接的抽象知识与直接的具象知识的平衡。这几乎成为散文特别是抒情性散文不可或缺的构成因素和文体特色,对于提升散文整体的审美特质,具有重要的意义。

议论性散文中也有一些论题集中、表述系统、结构严谨、篇幅较长的作品,当然这种集中、系统和严谨并不能与政论和学术论文等正规的论文相比。它们不像正规的论文那样,注重运用已知的概念和原理来进行理论的概括和推导,进行严密的科学论证甚至量化分析,而是重在根据现实、历史甚至文艺作品这样非现实存在的事例进行分析和说理。和短篇的小品一样,它们也是夹叙夹议,含情于理,具有形象性和情感性,产生艺术性的说理效果,和作为科学的学术论文有着明显的区别。

也正因为如此,散文才会给人以"散"的感觉,才会具有更大的包容性。这也决定了散文在表现形式上的特点。

散文在篇幅、结构上不像诗歌、小说、戏剧等那样有一定的严格要求,人们可以比较轻快舒畅自由随意地进行抒写,似乎是信手拈来,随意点染。但是,这并不是说它是散漫无拘的,实际上各种笔法的运用和各种形象的出现,都是贯串在抒情主题这条红线上的。因此有所谓"形散神不散"的说法。

散文语言的基本特点是质朴自然,有谈话风味,侃侃而谈,娓娓动听。如果说非文学的政论和学术论文的主体是宣教者或报告者,小说的主体是说故事者,诗歌的主体是自语者,那么散文的主体则是以读者的对话者姿态出现的。林语堂等人有所谓"小品文笔调"、"闲谈体"、"娓语体"等说法,要求散文写作如良朋话旧,私房娓语,放松笔墨,吐露真情,达到"衣不纽扣之心境"[1]。当然,这并不意味散文的语言不要加工。散文由于抒情的需要和篇幅的限制,对语言的精炼和形象性有着相当高的要求。有些散文甚至写得很华美,语词绚丽,章句复杂,修辞多样,只是显示出一种不同的谈话风格而已。林语堂等人的幽默小品是一种谈话风格,鲁迅的尖锐辛辣,周作人的冲淡闲适,冰心的婉约典雅,丰子恺的清幽玄妙,同样也是一种谈话风格。

散文和诗歌在语言特点上有许多共同之处,例如,由于都有体制上短小集中的特点,也就都特别要求语言的凝练含蓄;为了适应表现情感的丰富多彩的需要,也就都要求运用多种积极修辞方式等等。但是,二者还是有所差异。一般来说,散文更要求平易,诗歌更讲究格律。诗歌讲究自我的表现,要突出自我,散文讲究和读者的交流与对话,言语姿态有所区别。

(三) 杂文

杂文是社会评论和文学相结合的一种边缘性文体。它在短小的篇幅里,以议论为主,并兼融抒情、叙述、描写为一体,及时而尖锐地反映和评价各种社会事变和生活现象。这类作品在我国和西方都是"古已有之"。在我国现代文学史上,鲁迅等一批作家为了适应思想文化斗争的需要,大力倡导和实践这种文体。鲁迅不但是这种文体的命名人,而且也是杂文艺术别具匠心的开拓者。针对当时有人指责杂文"不入文艺之林",鲁迅预见"杂文这东西,我却恐怕要侵入高尚的文学楼台去的"[2]。经过几十年的实践,杂文

---

[1] 参见林语堂:《论小品文笔调》,《人间世》第6期,1934年6月20日。
[2] 鲁迅:《徐懋庸作〈打杂集〉序》,《鲁迅全集》第6卷,第290~291页。

作为运用便捷、对现实反应灵敏的一种体裁,已经独立于文学之林。

杂文作为抒情类文学的一种,同样也是主体精神世界的直接表露。而且,由于杂文运用的主要是议论说理的文字,对生活敏锐地做出反应,直接向社会吐露自己的愤怒、憎恶或赞美,因而思想见解比其他抒情文学样式更为显豁明朗。鲁迅的杂文就是他"横眉冷对千夫指,俯首甘为孺子牛"崇高精神的生动显现。杂文寓抒情于说理论辩之中,造成不同的情感色彩,或慷慨激昂,或清新隽永,或幽默轻松。为了适应表现内容的需要,杂文笔法灵活,形式不拘,语言形象,经常运用比喻、反语、幽默、讽刺等手法。这些都增加了其自身的表现力和战斗力。

和一般论说文相比,杂文不但有绵密的逻辑,而且还有生动的文学形象。这种形象不是一般形象性的言语表达,如个别修辞手法的运用,而是在文章中出现相对独立完整的对人、事、景、物等等的具体描写。这首先表现在杂文对现实生活现象发表评论时,不免要对评论对象做出一定的具体描绘刻画。其次,杂文在谈天说地、论古道今的过程中,经常要对某些历史典故或现实事件乃至自然景物做出形象的表现,借以作为论说的帮助,或比喻,或象征,或对比,或暗示,以增强文章的说服力和感染力。当然,和小说等文体相比,杂文的形象一般还比较粗疏,而且往往还是寓言式、比喻式的,其内涵一般在文中会有不同程度的说明,不像诗歌、小说中的形象内涵那样丰富。但是,如果没有这种形象,杂文就在很大程度上丧失了自己的文学特性,从而变成为一般的社会评论了。

杂文和小品、随笔确实颇难区分。1930年代鲁迅等左翼作家和周作人、林语堂等人在共同的小品文名称之下,进行了不同文体的争论和创作实践。后来左翼作家倡导的小品文有了另一名称,即杂文。当时有人总结说:"小品文是一种和静的抒情,杂感文是一种战斗的抒情。"[1]也就是说,对于这两种文体来说,抒情是共同的,抒情的内容和格调则是不同的。杂文即杂感文另立门户以后,"和静的抒情"和"战斗的抒情"的区分在散文内部就不那么明显了。随笔也因其偏于议论而往往被另列于小品之外,其实随笔还是小品,只是和偏于叙述或抒情的小品相比,它是以议论为主的小品而已,二者的区分也是很难严格说清楚的。

---

[1] 林慧文:《现代散文的道路》,《中华文艺》第3卷,第4期,1940年12月。

第四节 表演类文学

一 表演类文学的性质和特点

表演类文学的基本特点在于它需要和其他艺术手段以及技术手段结合起来,才能最终完成创造审美观照对象的任务。首先,要和演员的表演结合;其次,要和美术(例如布景、服饰、化妆)与音乐(例如伴奏、演唱)等因素结合起来;最后,要和某些特殊的技术手段和传播媒介结合起来,例如电影、电视剧的蒙太奇剪辑技术和播放形式。一般来说,表演类文学作品只是为戏剧、电影、电视剧和曲艺等艺术形式提供文学底本及舞台演出(或拍摄)记录,所以被称为剧本、台本。虽然它们可以作为独立的对象进行欣赏,但是这只有以了解该种艺术的基本知识和具备实际欣赏经验为基础,才能在接受者头脑中展开关于实际演出的丰富想象。而且,这种阅读欣赏通常不可能达到观看实际表演和放映的效果。表演艺术或综合艺术给人的审美感受是多方面的,只从文学因素一个方面甚至更多几个方面去把握,都不如全面把握来得丰富和深切。例如评书、相声等曲艺节目,可以通过书本阅读,也可以通过广播收听,但还是不如看实际演出的效果。因此,就基本性质而言,表演类文学可以说是一种过渡性、中介性的文学。别林斯基曾经这样描述戏剧文学的特点:

> 展现在我们眼前的,不是已经完成的,而是正在完成的事件;不是诗人向你报道事件,而是每一个登场人物向你现身说法,为自己说话。[1]

各种表演类文学之间虽然存在差别,但别林斯基所说的可以算是它们的共同特点了。

与此相联系,表演类文学兼有叙事和抒情两种因素,就像黑格尔等人论述戏剧体诗时所说的那样,"是史诗的客观原则和抒情诗的主体性原则这二者的统一"。[2] 剧中的人物"他被一般的戏剧漩涡所席卷,自愿和不自愿地,

---

[1] [俄]别林斯基:《智慧的痛苦》,《别林斯基选集》第2卷,第100页。
[2] [德]黑格尔:《美学》第3卷下册,第241页。

适应其对于其他人物以及整个创作概念的关系而行动——这是他的客观方面；他在你面前打开自己的内心世界，暴露出心灵的一切隐秘曲折；你偷听到他跟自己进行的无声的谈话——这是他的主观方面"。[1]

在戏剧、电影、电视剧和曲艺中，叙事主要通过表演者的行动、言语来展示；相应地，在表演类文学中，则除了人物语言以外，也还有叙述人语言。表演类文学中叙述人语言的情况比较复杂。第一种，是关于演出、拍摄的技术性交代。例如戏剧文学中关于舞台布置、幕场交接的提示，影视文学中关于镜头拍摄、组接方面的要求，说唱文学中关于表演动作、演唱曲调等方面的规定，等等。第二种，是影视文学、说唱文学中关于时空范围、人物、事件、环境等方面的描述乃至评论。两者的不同处在于，影视文学中的这类成分，在拍摄过程中将转化为直接的视觉形象，而说唱文学则由表演者进行绘声绘色的口头陈述。两者的相同处在于，它们都必须带有较强的形象性，便于拍摄或表演。戏剧文学中的这方面内容主要靠人物行动展开，因而一般没有这类叙述人语言。只有少数剧作中出现超然于剧中情境之外的叙述或评论。此外，在表演类文学特别是戏剧文学的人物语言中，往往包含有较多的对事件过程、因果关系和人物联系等内容的叙述。

表演类文学的抒情，除了某些作品中出现的作者直接或间接（即通过以叙述人身份出现的表演者）的抒情以外，主要是通过人物语言（包括对话、独白、旁白等形式）来实现的。这就要求表演类文学的人物语言能够深刻地揭示各个人物独特的内心世界，既要有鲜明的个性色彩，又要有统一的作品风格，还要适合于舞台演出或影视拍摄的具体要求。正因为如此，黑格尔认为：

> 戏剧无论在内容上还是在形式上都要形成最完美的整体，所以应该看作诗乃至一般艺术的最高层。[2]

表演类文学在内容和形式上都要充分考虑表演以及拍摄制作等方面的特殊要求，同时也要考虑观众的接受条件和习惯。首先，表演类作品在篇幅上有一定限制。从实际演出或放映时间来讲，戏剧一般三小时，电影一般一

---

[1] [俄]别林斯基：《智慧的痛苦》，《别林斯基选集》第2卷，第100页。
[2] [德]黑格尔：《美学》第3卷下册，第240页。

个半小时,单本电视剧一般不超过一小时。曲艺比较多样,但最长也不能超过戏剧的演出时间。表演类文学就要根据这些特点来决定自己的长度和容量。较长的作品可以采取分集(电影、电视剧)、分折(传统戏曲)、分回(长篇评书、评话)的办法。但是无论是哪一种文学体裁,作为系列或连续性作品的一部分,都有其相对独立性。过去传统戏曲有连台本戏,一部戏可以连续演出若干场,剧本也相应可以比较长,这种情况现在已经少见。在近代社会文化生活特点的制约下,形成一部多幕剧的演出时间控制在一台晚会的时间容量内的规范,剧本的长度和结构就受到相应的限制。其次,和长篇小说、报告文学等相比,表演类文学要求人物、事件乃至场景相对集中。像《战争与和平》、《红楼梦》这样头绪繁杂、人物众多的长篇小说,在改编成戏剧、电影时往往就要突出其中的一条线索,删除或削弱其他线索,大大减少出场人物,并将场景适当集中。电影虽然时空跨度较大,但是一般也不能对过多事件展开详细的描写和叙述。即使是拍摄多集电影或电视连续剧、演出连台本戏,也仍然需要注意集中性的要求。这样做的效果在于使得观众可以在有限的时间和空间里对作品内容留下比较清晰和深刻的印象。老舍说:"我们执笔写戏,眼睛要老看着舞台。剧本是要放在舞台上去受考验的。"[1]这可以说是道出了表演类文学共同的特点和要求。再次,不同表演类文学的剧本创作既有共同性,又有差异性。例如唱念做打这些中国传统戏曲的基本表现手段,在不同的剧种、不同的剧目中都可能有不同的侧重。剧本的创作还应该注意观看演出的观众的接受方式和接受心理。

二 表演类文学的主要体裁

在历史上,表演类文学的主要体裁是戏剧文学。近百年来,电影、电视剧先后发展,后来居上,已经危及了戏剧文学的地位。至于说唱文学,作为口头文学形式,是一种古老的文学样式。它曾经萌生了包括小说、诗歌、戏剧等在内的多种文学体裁。但它自身也仍在发展,在文学园地中有自己的独立地位。

(一)戏剧文学

戏剧是一种源远流长的艺术样式,是以演员扮演作品中的人物,运用动

---

[1] 老舍:《一点小经验》,《老舍论创作》,上海文艺出版社1980年版,188页。

作和对话等手段来塑造舞台形象作为审美观照对象的直观艺术,是文学、音乐、美术、舞蹈等多种艺术形式的综合体。戏剧文学即剧本作为舞台演出的文学依据或记录,是随着戏剧艺术和其他文学样式的发展而逐步成熟起来的。欧洲早在古希腊就出现了悲剧家埃斯库罗斯、索福克勒斯、欧里庇得斯和喜剧家阿里斯托芬。我国古典剧本创作成熟较晚,到元代才得到充分的发展,出现了关汉卿的《窦娥冤》、王实甫的《西厢记》等名作。在我国新文学发展过程中,伴随着话剧从西方引进和文学观念的更新,剧本作为一种主要文学样式的地位逐步确立,1930年代出版的《中国新文学大系》就已经将剧本与小说、诗歌、散文等分别结集了。

  由于要适合舞台演出在时间上和空间上的限制,剧本比其他表演类文学在取材和结构上更讲求集中性。亚里士多德曾经谈到"悲剧是对于一个严肃、完整、有一定长度的行动的摹仿",他还指出演出时间对戏剧创作的限制[1]。文艺复兴时期的意大利学者卡斯特尔维屈罗和法国古典主义剧作家布瓦洛等人据此提出和推行"三一律",规定剧中情节、地点、时间必须完整一致,即每剧限于单一的故事情节,事件发生在一个地点并于一天内完成。这个规定曾经长期影响欧洲戏剧文学的创作,虽然有其局限性,但情节的完整统一,地点和时间的相对集中,却从来都是西方优秀传统剧作的必备条件。中国古典戏剧时空的变化较为自由,现代戏剧则接受了西方的这一理念。曹禺的《雷雨》通过两处场景,八个人物,不到一昼夜的戏剧时间,展现了周、鲁两个家庭之间几十年内的恩恩怨怨,反映了旧中国深刻的社会矛盾。老舍的《茶馆》虽然出场人物多,时间跨度大,但场景相当集中,由此体现了中国社会数十年的变迁。

  戏剧文学有幕、场的划分。幕与幕之间的转换用闭幕来区分,场与场之间的转换通常用暗转来区分。剧作家还必须把许多应该交代的事件、人物推到幕后,通过出场人物的叙述来表现。剧本的这种结构方式是和戏剧内容的集中性特点紧密结合的,它把戏剧情节和动作组织安排到有限的舞台空间中,显得非常严密紧凑,适应了观众在有限的时间里观赏的需要。

  戏剧文学的集中性重点在戏剧冲突上。戏剧作为一种以演员表演和观众直接观赏为基本特点的艺术,无疑更加要求在有限而短促的时间里浓缩生活,特别是生活中的矛盾冲突,更加要求表现这种冲突的激烈紧张。剧作

---

〔1〕[古希腊]亚里士多德:《诗学》,《西方文艺理论名著选编》上卷,第52页。

家总是选择那些激烈尖锐的、本身富有戏剧性的、适合于舞台表现的生活冲突作为素材和基础进行艺术加工，从而构织戏剧冲突。当然，戏剧冲突并不等于生活冲突，它往往是通过人物的意志冲突或性格冲突来实现的[1]。戏剧冲突的根本动因在于人物的行动和内心活动。这种戏剧冲突主要是人与人之间的冲突，当然有的也表现人物的内心冲突，甚至表现人与自然的冲突。但是后者显然一般不具有独立的价值，如果仅仅只是一些自然景物的图画或生活片断的再现，一般说来，是不能构成戏剧作品的。

戏剧冲突是戏剧表现人与人之间矛盾关系和人的内心矛盾的特殊艺术形式，是戏剧文学最基本的审美特征。没有冲突就没有戏剧，在中国戏剧理论研究和批评中长期流行的这种说法，成为对戏剧文学一般规律和传统的一种说明。

当然，也有剧作家认为，戏剧冲突未必是戏剧不可或缺的要素。一些戏剧作品，或因展现生活画面的生动，或因人物表现的鲜活，或因个性差异的揭示，或因情境对比的存在，也可以吸引观众。在经典作家的创作中就可以找到一些这样的例子，20世纪中后期西方和我国的一些探索剧目在这方面都做出了努力，但并没有改变戏剧冲突在一般戏剧中的重要地位。

戏剧文学因标准不同而有不同的分类方法。根据作品容量的大小，可以分为独幕剧和多幕剧。根据表现形式的不同，可以分为话剧、歌剧、舞剧和诗剧等。在我国，还有形式多样的戏曲，包含有诗、话、歌、舞等多种成分。而根据作品所反映的矛盾冲突的性质和对读者的感染作用，则可以分为悲剧、喜剧和正剧。

悲剧"这个术语泛指用文学的形式，尤其是用戏剧的形式来表现严肃和重大的行动，这些行动造成其'主人公'的灾难性结局"。[2] 狭义的悲剧表现在社会矛盾冲突中，邪恶势力压倒善的、美好的势力，后者在斗争中付出重大的代价，遭受失败或毁灭，但是其合理的理想和激情预示着胜利和成功的到来。所以鲁迅说："悲剧将人生的有价值的东西毁灭给人看。"[3] 悲剧源于古希腊的"酒神颂"，在发展过程中出现了大量名作，如古希腊著名的三大悲

---

〔1〕 对于戏剧冲突的内涵，存在主张是意志冲突和主张是性格冲突的两种不同观念，虽经长期论争，但未有统一的意见。

〔2〕 [美] 艾布拉姆斯：《欧美文学术语词典》，朱金鹏等译，北京大学出版社1990年版，第376页。

〔3〕 鲁迅：《再论雷峰塔的倒掉》，《鲁迅全集》第1卷，第192～193页。

剧家埃斯库罗斯、索福克勒斯、欧里庇得斯的作品，莎士比亚的《哈姆雷特》、美国现代作家米勒的《推销员之死》等作品，我国古代的《窦娥冤》、现代的《雷雨》等作品。在悲剧的发展过程中，人物性格由单纯趋向复杂，描写则由外在矛盾伸向内在矛盾，主人公也由神祇、王公贵族延伸到下层平民。随着19世纪批判现实主义文学的兴起，普通民众的日常生活成为悲剧的表现对象。无论哪一种悲剧，其打动人心的力量都是来自于悲剧主人公不甘心于命运的安排，不屈从于环境的压迫而进行的抗争和奋斗。

喜剧以可笑性为外在表现特征。它以各种引人发笑的表现方式和手法，把戏剧的各个环节，包括戏剧冲突和戏剧情境的许多因素，乃至人物的语言、动作和形态等加以漫画化，从而产生滑稽戏谑的效果。喜剧比较多的是以讽刺或嘲笑丑恶落后的性格、品质和社会现象，从而肯定美好、进步的现实或理想为其主要内容。所以鲁迅说："喜剧将那无价值的撕破给人看。"[1]同时，喜剧也可以歌颂美好的事物，表现人生的苦难。喜剧包括了不同的种类，例如以社会生活中的否定性事物为对象的讽刺喜剧和幽默喜剧，表现社会生活的肯定性事物的抒情喜剧，西方现代戏剧中把人生最深层的苦难扭曲为笑的荒诞喜剧，主要通过逗乐的举动和夸张的戏谑来引人发笑的闹剧等。除了古希腊阿里斯托芬的作品以外，西方比较著名的喜剧还有法国莫里哀的《吝啬鬼》、英国莎士比亚的《仲夏夜之梦》、俄国果戈理的《钦差大臣》、爱尔兰贝克特的《等待戈多》等。我国传统戏曲中就有不少喜剧作品，现代比较著名的则有陈白尘的《升官图》等。我国近年盛行的戏剧小品一般都是喜剧。

正剧是兼有悲剧和喜剧成分的戏剧样式。在欧洲，悲剧和喜剧产生既早，界限也很严格。到了文艺复兴时期，适应表现世俗生活需要的悲喜剧即正剧的形式产生了，并在18世纪启蒙运动时期经过戏剧理论家狄德罗和莱辛等人的倡导得到发展。古典主义认为只有上层阶级人物才适合悲剧主题，下层阶级人物只适合喜剧主题，正剧突破了这种成规，成为一种能够反映悲、喜等思想感情的复杂变化和广阔社会生活画卷的戏剧形式。法国启蒙主义戏剧家博马舍首先把这种戏剧称之为正剧，对其合理性进行了有力的论证。19世纪以后正剧成为主要戏剧类型之一。以挪威剧作家易卜生的《玩偶之家》为代表的社会问题剧是正剧的一种特殊类型，它和狄德罗、博马

---

[1] 鲁迅：《再论雷峰塔的倒掉》，《鲁迅全集》第1卷，第193页。

舍等人倡导的市民正剧是一脉相承的。正剧的另一种类型是英雄正剧,它和英雄悲剧的题材相近,但过程和结局不同,以正面英雄为代表的进步力量通常经过艰苦的历程最终总是取得对腐朽势力斗争的胜利。20世纪中期以后,正剧特别是英雄正剧在我国戏剧创作中曾一度占压倒多数,现在也仍有很大的影响。

剧本中除了少量关于舞台演出的提示性文字以外,主要是人物语言。剧本创造人物,是依靠人物语言即台词而不是叙述人的叙述。剧本实际是一种代言的文体。因此,台词应当是高度个性化的,符合人物的身份、年龄、气质、性格和所处的特定情境等等。优秀的剧作往往通过寥寥数语的对话,就把人物的特征表现出来。而一个人物在一定情境下所说的话又不是别的人物或同一人物在其他情境下所能说出来的。剧本中有些叙述性或评价性的内容通过人物语言来表达,但这必须符合人物的个性。例如莎士比亚笔下的哈姆雷特有一段著名的台词:"人是多么了不起的一件作品!理智是多么高贵!力量是多么无穷!行动多么像天使!洞察多么像天神!宇宙的精华!万物的灵长!"这段话被认为是莎士比亚人文主义理想的表现,但也正因为符合哈姆雷特的思想,才能通过他表达出来。

剧中人物语言又应当是富于动作性的。戏剧语言的动作性虽然涉及人物语言与一定形体动作相结合,但主要指的是人物的语言具有影响他人和人物关系、影响矛盾冲突的发生变化、推进剧情的性质和作用。这种动作性不是指那些没有内在冲突的激烈争吵或外部动作,而是指人物语言必须是在特定情境中,基于对环境的积极感受才说出来的;是为了达到自己的目的,向特定对象采取某种行动所必须说出的话。不论对话还是独白都是如此。例如哈姆雷特关于"生存还是毁灭"的独白就有很强的动作性。

剧中人物的语言不可能封闭于剧情之中仅限于剧中人物之间的交流,还应该包括和观众交流、对话的成分。戏剧中的旁白常常就是剧中人物撇开其他人物而面向观众的表白,独白在某些时候也具有这种意义。与此相联系,剧本中的人物语言还特别要求含蓄蕴藉,富于"潜台词"意味,在台词的表层意义之下蕴涵着更深层的意义,以少寓多,以此寓彼,以实寓虚,给观众留下意会、回味和想象的余地。这实际上也是剧中人物和观众交流的一种有效的方式。好的具有"潜台词"意味的人物语言,常常使得观众在剧中其他人物还没有领悟的情况下发出会意的笑声,获得精神上的愉悦。

另外,由于戏剧演出既不能重复,又不能解释,所以戏剧文学的语言要求尽可能通俗易懂,明朗动听。这样,一方面便于演员"上口",另一方面便于观众"入耳"。至于中国戏曲,为了达到这种效果,更对语言(特别是唱词)有合辙押韵等特殊的要求。

(二) 影视文学

影视文学包括电影文学即电影剧本和电视文学即电视剧本。它们是拍摄电影或电视剧的文学底本或记录。

电影和电视剧是近百年来先后发展起来的具有大众化特点的综合艺术样式。它们是以自然科学技术高度发展为物质基础的。由于它们将摄影技术与录音技术的特殊性能运用于艺术创作,因而突破了戏剧艺术的某些极其严格的舞台限制,将表演因素和造型因素等有机地结合起来,形成了表现形式极为灵活自由的崭新艺术样式。电影和电视剧的综合性使它既有戏剧、绘画、雕塑等艺术的逼真感,又有文学的穿透力和自由度。它们以镜头为基本手段,从而可以从不同距离和角度多方面、多层次地刻画艺术形象。它们以蒙太奇即镜头的分割与组合为独特的结构方式,展开表现的内容。电影剧本和电视剧本就适应了这种特点,成为介于戏剧剧本和小说之间的文学样式。

影视文学要求具有视象性。在影视文学剧本中,必须尽量使文学语言可以转化为生动、具体的视觉形象,具有画面感强的特点。情节、环境、人物内心活动和情感交流等,都要尽可能避免用冗长累赘的人物对话而用形象的直观的画面来表现,从而使影视作品能够通过一些无言或少言的镜头,取得意味深长的效果。必要的人物对话或独白,则要深刻精炼,起到画龙点睛的作用。

影视文学要求具有动作性。电影、电视剧本身是动态的艺术,它从记录运动而产生,拥有其他艺术形式所不能具备的表现运动的能力。它对题材动作性的要求,可以说比戏剧更为迫切。它不仅要求丰富的画面,而且要求具有动作性的画面构成一连串动作的有机组合。影视文学就要为演员的表演和影片的制作提供这种动作性的充分基础。

影视文学要求具有转换性。由于电影、电视的镜头拍摄和组接存在丰富的变化,所以影视文学相应地就要为这种变化提供充分的依据。例如:影视拍摄角度上有平摄、俯摄、仰摄、顶摄等区别,拍摄方式上有推、拉、摇、跟等区别,在取景范围上有远景、全景、中景、近景、特写等区别,在镜头组接上有淡、化、划、切等不同方法。影视文学必须注意到这些表现手段,从而在文学描写中为时空的不断推移转换做出生动形象的说明。

电影和电视剧除了共同特点以外,也还有一些区别。

首先,从制作形式看,电视剧由于可以采用"连续剧"、"系列剧"的形式,所以能够比电影更充裕地延伸时间长度,扩大表现社会生活的容量。一些长篇小说改编为电视剧,往往就比改编为电影可以较多地保留原作的情节和人物。

其次,从接受媒介看,电影放映屏幕面积一般相当于电视机屏幕的成百倍。因此,电视剧一般不适宜像电影那样表现远大的场景,而以中、近景和特写镜头拍摄室内场景效果更好。这就造成了对电视剧题材的一定限制。

再次,从接受方式看,电视剧主要在家庭内自由观看,人们不像在剧院内观看电影那样注意力集中。因此,场景、人物、事件应该更加集中,从而增强吸引力。

这些区别也就决定了电视剧本和电影剧本具有不同的特点。

(三)说唱文学

说唱文学是说唱艺术即曲艺的文学底本或演出记录。它原本属于民间口头文学,但是随着表演者和欣赏者文化水平以及曲艺地位的提高,已经有许多文学工作者专门或兼带从事说唱文学作品的创作。

曲艺以带表演动作的说唱来叙述故事和塑造人物,创造审美对象,传达审美感受。说唱艺术在各国都有许多不同的样式。我国幅员广大,民族众多,方言复杂,因而说唱艺术的样式非常丰富,据不完全统计,全国各种形式的曲种约有四五百种之多。根据这些曲种表演形式的不同,大致可以分为如下四类:

第一,以说为主的评书、评话类;

第二,以朗诵为主的快书、快板类;

第三,以歌唱为主的鼓词、曲词类;

第四,以对话为主的相声类。[1]

和说唱艺术的不同特点相联系,各种说唱文学也有不同的要求。它们的共同点表现为:内容、表现手法、结构、语言等方面都要适合艺术表演特别是口头说唱的需要。

说唱文学的内容一般要求较强的情节性。这不但是由说唱文学的通俗

---

[1] 参见十四院校编:《文学理论基础》,上海文艺出版社1981年版,第196页。

文学性质所决定，也是由它以一人说唱为主、动作为辅的表演方式所要求的。只有曲折动人的故事情节，才能使观众被表演方式比较单调的说唱所吸引。当然，情节又不能过于复杂，人物、事件不宜太多，否则在短时间内观众仅靠听觉来接受就会有一定困难。

说唱文学在艺术结构上的主要要求是短小精悍、简练紧凑。曲艺表演人数较少，大部分是一人，多也不过两三人，而且舞台布置、道具都非常简单。因此，要求说唱文学篇幅短小，结构张弛有序。这样，既能吸引观众，又不至于使人过于紧张或疲倦。

说唱文学以叙述为主，代言为辅，而且在表演时常常是一人多角。因此，在表现手法上应尽量多样化，叙述和描写、说和唱、说唱和动作等，应根据具体内容交叉综合运用。只有这样，才能在形式简单的演出中造成良好的效果。无论是叙述人语言还是人物语言，都要尽可能形象生动，给演员提供动作、表情的依据。

说唱文学多数与民间音乐、方言关系密切，又要适应表演和符合观众的欣赏习惯，因此特别要求通俗易懂，朗朗上口。许多说唱艺术形式还在合辙押韵等方面有比较明确具体的要求，以增强语言的音乐性。说唱文学因为兼有多种语言形式，如说白和唱词、散文和韵文、叙述人语言和人物语言等，所以语言的多样性特点也相当突出。

第四章

文学创作论

文学创作,是一种极其复杂的个体精神劳动。揭开这口"黑箱"的秘密,还有待于科学的进一步发展。但是,根据古往今来作家创作的实践,借助现有科学发展的成果,大体认识一下文学创作的一般过程和基本规律,则不但是可能的,而且是必要的。

第一节 文学创作的过程

文学创作经历了作者从生活中产生审美感受到完成人工的审美观照对象的复杂过程。这种精神生产很难用一定的模式来解释或规范。一般说来,它包括了艺术积累、艺术构思和艺术传达三个阶段。

一 文学创作中的艺术积累

艺术积累指的是一部作品的素材以及作者在有关知识、经验和能力等方面的准备。这是一部作品的奠基阶段。

创作素材的积累(通常也叫做生活积累)是艺术积累的主要内容。它包括两个方面:一是生活中的人物、事件、场面、细节、思想、情绪等等;二是作家对上述事物的感受和认识。

除此以外,作者在思想、知识、情感和艺术经验方面的积累,也是艺术积累不可忽视的内容。这些积累和素材的积累一样,往往并不是为某一部作品的写作而单独进行的。但一部作品的创作又确实需要在一定的具体艺术积累的基础上进行。例如写一部小说,就需要对小说的特点有一定的了解,至少也要有一定的小说鉴赏经验。写一部历史小说,除了对有关的历史事件和时代的知识积累以外,还需要相应的思想积累,包括一定的历史观念和方法,以及对历史现象的分析判断等。这些积累虽然不一定像素材那样在作品中直接表现出来,但却渗透在创作过程中,支持和制约着创作活动的进行,并且或多或少、或明或暗地会在作品中有所体现。这好比工人生产,原材料固然重要,但一定的设备、工艺、技术也是必需的条件。只不过在产品中,原材料明显可见,其他因素则较为隐蔽一些而已。

老舍一生的创作以城市贫民为主要表现对象,这是因为他对这一阶层的人民生活非常熟悉,具有深厚的生活积累。但是,他每写作一部作品,又有一定的特殊积累。例如《骆驼祥子》的创作起因就在于一位朋友和他谈起的两个车夫的经历。一个车夫"自己买了车,又卖掉,如此三起三落,到末了还是受穷"。一个车夫被军队抓了去,"他却乘军队移动之际,偷偷地牵回三匹骆驼来"。老舍听完关于第一个车夫的简介,就断定"这颇可以写一篇小说",这是他从小说家的文体意识而产生的艺术发现。而这两个车夫的故事则作为重要的生活积累形成了后来小说的故事核心。但仅有这些不够,支撑起一部十几万字的小说,还必须有更多的材料,作家还必须为这部作品扩大自己的艺术积累。经过深入了解和考虑,老舍发现若以骆驼为主,自己就必须到"口外"即张家口以北去实地考察草原与骆驼的情景,因此决定以车夫为主,因为后者"随时随处可以观察",也就是积累材料比较方便。于是从春到夏,他"入了迷似的去搜集材料,把祥子的生活与相貌变换过不知多少次——材料变了,人也就随着变",终于创作出现代文学史上不朽的艺术典型——骆驼祥子。[1]

观察、体验和研究是艺术积累的基本特征和程序。这不但体现在素材的积累中,同时也适用于思想、知识、情感、艺术经验等其他方面的积累。

观察,是作家进行艺术积累的首要环节。这种观察应该是非常广泛的:无论是自然界的冷热寒暑,还是社会生活的风云变幻;无论是重大的历史事件,还是微小的生活波澜;无论是人物明显的外貌形态,还是复杂的内心活动……经过作家的细心观察,都可以成为创作未来作品的素材。通过观察,才能有所发现。捕捉住生活的火花,才能有作品的光芒。作者在观察对象时,除了注意事物类的共同特征外,更应注意把握个别事物的个性特征。法国作家福楼拜曾经这样说过:

---

〔1〕 以上参见老舍:《我怎样写〈骆驼祥子〉》,《老舍论创作》,第43~47页。以下涉及《骆驼祥子》创作的材料,均见此文。

> 对你所要表现的东西,要长时间很注意去观察它,以便能发现别人没有发现和没有写过的特点。……为了要描写一堆篝火和平原上的一株树木,我们要面对这堆火和这株树,一直到我们发现了它们和其他的树其他的火不同的特点的时候。[1]

而一位真正优秀的作家,总是能在众人司空见惯的对象身上发现别人所未能观察到的东西。广义的观察也包括通过报刊、书籍、电视等媒介间接地了解对象,加强积累。

体验,是艺术积累进一步深化的过程。作者除了感知对象以外,还需要调动自己的全部感官知觉和精神能力,或亲历其境、或设身处地感受和体味事物。这就是所谓体验。它是主体将自己假定为客体的一种精神活动,具有心理的和生理的实践意义。巴尔扎克曾经多次和贫苦的工人交谈接触。他说:"听着这些人的谈话,我就能深深体会他们的生活,仿佛自己身上就穿着他们那身破烂不堪的衣服,脚上就穿着他们那双满是窟窿的鞋子;他们的欲望,他们的需求,这一切都深入我的心灵,我的心灵和他们的心灵已经融而为一了。"而俄国作家屠格涅夫创作小说《父与子》时,甚至连续数年设身处地为作品主人公巴扎洛夫写日记。这种体验过程正如巴尔扎克所说,"像是一个醒着的人在那里做梦"。[2] 而在艺术积累以及整个艺术创作中,这种体验都常常进入不自觉的状态。许多著名作家都曾谈到自己的这种体会,福楼拜写包法利夫人服毒,因为深入人物内心,达到忘我程度,就感到自己一嘴的砒霜气味,好像中了毒一样。在这种深入体验的过程中,不仅对象变得更为生动鲜明,而且作者的感受也变得更为丰富准确,这就从生活素材和情感、思想等方面都加强了积累,为完成作品提供了坚实的基础。

研究,是艺术积累过程中更带理性色彩的环节。作家对素材的选择、判断和取舍,对自己艺术发现的捕捉、辨别和深化,对已有艺术积累的估量、调整和充实,都需要一定的理性分析,很难完全凭借感性作用。前面谈到的老舍写作《骆驼祥子》时舍骆驼而取祥子,就是以素材积累的难易为标准的研究结果。"人既以祥子为主,事情当然也以拉车为主。"这样,进一步丰富积累的方向就很明确。作者分别从祥子的社会环境、祥子的自然环境、祥子的拉车、祥子的其他生活等方面去搜集材料,展开想象。这个实际上已经和艺

---

[1] 转引自[法]莫泊桑:《"小说"》,《文学理论学习参考资料》上册,第 226 页。
[2] [法]巴尔扎克:《法齐诺·加奈》,《译文》1958 年 1 月号,第 117~118 页。

术构思相联系的艺术积累过程,就包含了相当清醒的理性分析在内。只有这样,才能使观察和体验向着更集中、更明确的方向发展。

艺术积累的过程渗透着作家的主观能动作用。在客观世界和文艺作品之间横亘着的,正是作为活生生的生命存在的作者。对不同的作者来说,艺术积累过程中所表现出来的侧重方面和敏感程度并不相同,带有强烈的主体色彩。生活就像一个巨大的原料仓库,不同的作者会对不同的原料产生兴趣,不同的作者会对同一原料的不同方面产生兴趣,并对它的用途做出不同的选择,即使是相同的选择,也还会有不同的取舍,以致最后加工出风格迥异的作品来。可以说,作家不同的创作个性从艺术积累阶段就已经开始表现出来了。

二　文学创作中的艺术构思

艺术构思包括了从作者产生具体的审美创造意向到完成审美观照对象设计的过程。在这一过程中,作者在头脑中对零星分散的生活材料进行筛选、加工,创造出一个新的完整的审美意象体系。这一体系即是未来作品的雏形。艺术构思是创作活动的中心环节。

艺术构思的自身运动又可分为三个相互关联的步骤。

第一,兴起阶段。也就是关于具体作品创作欲望产生的阶段。作者在一定艺术积累的基础上,形成比较具体的审美创造意向,产生强烈的创作冲动,达到不能不写的精神状态,从而开始了艺术构思的过程。

这种构思的兴起往往与一定的外界因素的刺激或压力有关,这种刺激或压力从正面或负面推动了作者创作动机的成熟。例如有的作家从某种形象得到启发,从而使原有的各种积累获得了一种整体的生命力。托尔斯泰在散步时无意中看到的被折断而顽强存活的牛蒡花,使他联想起一个高加索山民的悲壮经历,引起了中篇小说《哈吉穆特拉》的创作欲望。罗曼·罗兰在罗马郊外观看夕阳下的城乡风景,突然间像看到"一道闪光"一样,"第一次意识到"自己"自由的、赤裸裸的生命",从而开始了《约翰·克利斯朵夫》的孕育。《百年孤独》的作者、哥伦比亚作家加西亚·马尔克斯强调:"对我来说,一本书的出发点总是一个形象,从来不是一个概念或一个情节。"[1]而老舍创作《骆驼祥子》却是受到一个生动的故事框架的吸引。曹禺则说:"我初次有《雷雨》一个

---

[1]《加西亚·马尔克斯访问记》,何帆等编选:《现代小说题材与技巧——当代外国著名小说家访问记》,中国文联出版公司1989年版,第232页。

模糊的影像的时候,逗起我的兴趣的,只是一两段情节,几个人物,一种复杂而难言喻的情绪。"[1]有的作家有时也会因某种抽象的理性因素的刺激而引发创作欲望。例如茅盾写《子夜》的意向,据他自己介绍,就是由当时关于中国社会性质问题的论战而触发的。至于政治的、经济的、交际的等等社会因素而形成的压力也常常逼迫作家中止积累,集中精力进入创作阶段。传说中的曹植七步成诗,就是在曹丕以生死相威胁的严重压力下产生的创作活动。而在现代社会,作家由于编辑的一再催稿而进入创作构思过程的情况也不在少数。

但无论如何,构思的兴起是以一定的积累为基础的。当一个作家的各种积累达到一定的程度,即使没有外界的刺激或压力,同样会进入构思阶段。巴金介绍自己的创作动机时说,"是过去的生活逼着我拿起笔来"。也就是说,生活中的种种积累,必须经过纸笔得到喷吐,以获得心理的安宁。他对此有过多次形象具体的描绘。[2] 其他许多作家也有类似的经历。

第二,酝酿阶段。在强烈的创作欲望和一定的审美创造意向的支配下,作家对生活素材重新进行提炼和开掘,酝酿着未来作品中将要出现的众多艺术形象及其相互联系,酝酿着未来作品的结构、语言等方面的风貌,思考着表达自己审美感受的最佳方案。

俄国作家冈察洛夫把小说创作比喻为建筑"小说大厦",他说:

> 单是一个结构,即大厦的结构,就足以耗尽作者的全部智力活动:思量和周密考虑参与主要任务的人物,他们彼此之间的关系,事件的安排和进程,人物的作用,还要留神地检查和批评有关真实或不真实、欠缺或过分等等问题。总而言之——像喝干海水一样困难![3]

对于篇幅长容量大的一些叙事类和表演类作品的创作来说,尤其是这样。老舍的《骆驼祥子》就"酝酿得相当长久"。他甚至设想到刮风或下雨天,主

---

〔1〕曹禺:《〈雷雨〉序》,《中国现代作家谈创作经验》上册,山东人民出版社1982年版,第341页。
〔2〕参见本书第48页,以及巴金《谈〈家〉》、《〈家〉重印后记》等文,见《中国现代作家谈创作经验》上册。
〔3〕[俄]冈察洛夫:《迟做总比不做好》,《古典文艺理论译丛》第1册,人民文学出版社1961年版,第188页。

人公应是什么遭遇,他确信把这些都详细地表现出来,"我的主角便必定能成为一个最真确的人,不但吃的苦,喝的苦,连一阵风,一场雨,也给他的神经以无情的苦刑"。这样,经过不断的充实扩展,一个"听来的简单的故事",在老舍的头脑中和笔下,就"变成了一个社会那么大"。

不论是否自觉和清醒地进行,也不论时间的长短,这种酝酿作为艺术构思的主要环节,在每部作品的创作中都是必然存在的。经过了这一环节,最初的作品胚胎便逐步形成了。

第三,完成阶段。作家在反复酝酿的基础上,完成了对未来作品全面设计的蓝图,在心中形成了审美意象即未来形象体系的雏形。

别林斯基曾经详细地描绘艺术构思中形象"挨次地怀胎、成熟、显现"的过程。他写道:

> 最后,诗人已经看见了他们,和他们谈话,熟知他们的言语、行动、姿态、步调、容貌,从多方面整个儿看见他们,亲眼目睹,清楚得如同白昼迎面相逢;在笔尖赋予他们形式之前就看见了他们,正像拉斐尔在用画笔把玛董娜的形象移置于画布之前,先已看见了这个天上的神造的形象一样,也正像莫扎特、贝多芬、海登在用笔把音符移写到纸上之前,先已听到了这些从灵魂里激发出来的神妙的音响一样。[1]

这样,作家诉诸笔端的时候便到来了。

艺术构思的具体过程和做法,是因人而异、因作品而异的。例如前面曾经提到,对于叙事性作品来说,有的是先有人物,有的是先有故事或主题,然后再展开其他方面的构思工作。又例如,有的作家习惯用打腹稿的形式进行艺术构思,有的作家则习惯于编写创作提纲,用这个方法来加强艺术构思的严密性。一般来说,长篇叙事类作品和表演类作品的创作提纲包括人物表、情节线索、章节安排等等。而巴尔扎克的写作习惯比较奇特。他连草稿也不打,并且不需要任何书籍、文件和其他资料。他把要写的一切都融汇在脑海里。这样看来他是不需要提纲的。但是,当他写出一稿以后,又从头到尾详细地修改增补。如此多次循环,有时多达十几次,才最后完成。这样,

---

[1] [俄]别林斯基:《论俄国中篇小说和果戈理君的中篇小说》,《别林斯基选集》第1卷,第178页。

他的初稿以至定稿前的其他稿本,都是一种提纲。这也许正说明了作家的构思既需要充分酝酿,又需要反复调整,总之,要周密细致地进行。

三　文学创作中的艺术传达

作者在艺术构思的基础上,通过语言文字的物质手段,把头脑中的作品雏形明确起来,固定下来,把审美意象转化成可供众人观赏的文学形象,这就是艺术传达,即通常所说的写作阶段。

过去,人们往往轻视这一环节的意义,认为艺术传达只要将艺术构思的内容用文字表达出来就可以了。意大利美学家克罗奇则完全否定传达作为艺术活动一个环节的地位。他认为直觉即表现即艺术,只要作家头脑中的审美意象完成,也就是构思完成,作品便也完成了。至于将这种作品用文字表达出来,就像是把乐调灌音到留声机唱片上,这种活动只是实践活动而不是艺术活动。这当然是他从自己的特定艺术观念所得出的片面性结论。

从文学活动的完整过程来看,艺术传达是艺术构思的物质体现。通过这一环节,艺术构思的结果才由模糊到清晰,由不定型到定型,转换为一种读者可以感知的物质存在。读者正是在艺术传达的结果——文学作品的基础上开始自己的文学活动。显然,艺术传达是从作者的创作过程到读者的接受过程过渡的关键,也是实现文学功能的必要环节。

艺术传达的重要意义还表现在它自身的创造意义上。当作者将头脑中审美意象转换为语言表现时,凭借的是自己的语言组织能力和表现能力。在审美意象和文学形象之间,常常存在着不同程度的差异,或者是原有的具体性和生动性受到一定的耗损,或者是文学形象以更完满和更生动的面貌出现。其原因就在于作者的艺术传达能力和这种能力实现的程度不同。陆机在《文赋》中谈到自己的写作时说:"恒患意不称物,文不逮意,盖非知之难,能之难也。"[1]这就指出了在客观事物(物)、构思结果(意)和传达结果(文)之间的差距。刘勰在《神思》中这样描述创作中常有的状态:"方其搦翰,气倍辞前,暨乎篇成,半折心始。"这是说的艺术传达前后主体的心态变化。为什么会出现这种差距和变化呢?刘勰归结为"意翻空而易奇,言征实而难巧也"。[2]传达从某种意义上说比构思更难。苏轼说得很明确:

---

[1]　陆机:《文赋》,《中国历代文论选》一卷本,第66页。
[2]　刘勰:《文心雕龙·神思》,《中国历代文论选》一卷本,第84页。

"求物之妙,如系风捕景,能使是物了然于心者,盖千万人而不一遇也,而况能使了然于口与手乎?"[1]艺术传达要达到"了然于心"而又"了然于口与手"的水平,并不是易事。而作者的语言组织和表现不仅在传达美的内容方面具有创造性意义,并且其本身也具有审美价值,体现出更深一层的创造性意义。

艺术传达对艺术创作的其他两个阶段,特别是艺术构思,有着明显的制约作用。当不同的作品以不同的形象体系出现在读者或观众面前时,这种不同既包括传达内容的不同,也包括传达方式(例如结构、语言、艺术手法等)的不同。而作者为创造出某种特定的审美对象,必然在艺术积累和艺术构思阶段就进行与作品形态相适应相联系的工作。例如,写诗一般就不需要像写小说那样注意积累构成人物、情节等因素的素材,构思剧本就需要充分注意舞台演出在时空上的限制。无论是出于长期的习惯,还是出于一时的需要,当一个作家选择某种体裁、某种题材或某种风格的创作时,都不能不相应地进行必要的艺术积累和艺术构思。

艺术传达的过程包含了对艺术构思的调整、补充和深化。在艺术传达中,作者的构思活动不是停止了,而是更加集中和深入了。不仅原有的构思得到物化和检验,而且也必然做出某种调整和补充,从而使之更加合理和完善。郭沫若写历史剧《屈原》,原打算包括上下两部共十多幕,不但每幕的内容先都有了周密的构思,甚至连出场人物都列出了详细的名单。然而这样的构思"在认真开始执笔而且费了几天工夫把目前的《屈原》写出了时,却完全被打破了"[2]。当代作家余华谈到自己长篇小说《活着》时说:"事实上作家都是跟着叙述走的,叙述时常会控制一个作家,而且作家都乐意被它控制。《活着》就是这样,刚开始我仍然使用过去的叙述方式,那种保持距离的冷漠的叙述,结果我怎么写都不舒服,怎么写都觉得隔了一层。后来,我改用第一人称,让人物自己出来发言,于是我突然发现自己的叙述里充满了亲切之感,这是第一人称叙述的关键,我知道可以这样写下去了。"[3]这里说的是在艺术传达过程中作家对叙述方式的调整带来艺术构思的变化。

---

[1] 苏轼:《答谢民师书》,《中国美学史资料选编》下册,第35页。

[2] 参见郭沫若:《我怎样写五幕史剧〈屈原〉》,《中国现代作家谈创作经验》上册,第56~63页。

[3] 参见叶立文:《叙述的力量——余华访谈》,陈骏涛主编:《精神之旅——当代作家访谈录》,广西师范大学出版社2004年版,第125~126页。

艺术传达过程中对构思的调整,有时甚至导致完全改变了原先的审美创造意向。托尔斯泰写《复活》,最初打算以一件诉讼案为基础,写一本道德教诲小说。小说写了十年,前后数易其稿。其间,作家不断否定原来的构思,经历了艰苦的思想探索和艺术探索。在最后完成的文本中,主题转向对社会黑暗政治的批判,人物、情节、结构等也随之有了一系列重要的变化。

艺术传达既包括了对艺术构思的调整、补充和深化,同时自身也经历着不断的调整、补充和深化。这也表现在作者对作品的反复修改过程中。许多著名作家都以一丝不苟的态度对初稿进行修改,包括对不尽完善的描写加以改动,将可有可无的文字加以删节,等等。对于《永别了,武器!》(即《战地春梦》)的结尾,海明威改了39遍才感到满意。经过这样反复的加工以后,作品才算完成,得以交付发表和出版。而在作品进入接受过程以后,作者还常常根据别人的意见和自己新的发现,又做某些修改。郭沫若曾写过题为《一字之师》的文章,记叙他在《屈原》上演以后,根据演员的意见修改一句台词的经过。原来的"你是没有骨气的文人!"改为"你这没有骨气的文人!"就显得更加富有感情,强而有力。[1]

"人之禀才,迟速异分,文之制体,大小殊功"。[2]刘勰曾列举许多作家的实例说明这一客观规律。一方面是作家的才能禀赋和思维特点不同,另一方面是作品的篇幅规模和体裁特点不同,这就使得一部作品的具体创作过程会有自己的特殊性。但是,在文学创作中,积累、构思和传达这三个阶段互相渗透,互相制约。每位作家大体都遵循这样的步骤进行创作,他可以缩短某个阶段的过程,交错或者在一定程度上颠倒三个阶段的次序,但却不可能从根本上跳跃其中的任何一个阶段。

第二节　文学创作的艺术思维规律

一　艺术思维和形象思维

思维,从狭义上说,是指运用概念、判断和推理去把握对象。这是对思维的一种传统认识,也就是通常所说的抽象思维或逻辑思维。广义的思维概念,虽然没有一致的表述,但是大体上指的是"运用智能寻求问题的答案

---

[1] 参见郭沫若:《瓦石劄记》,《沫若文集》第3卷,人民文学出版社1957年版,第323页。

[2] 刘勰:《文心雕龙·神思》,《中国历代论文选》一卷本,第84页。

或寻求达到实际目的的手段"。[1] 从这种观念出发，便认为形象思维和抽象思维一样，也是人类思维一种最基本的方式。

所谓形象思维，指的是以客观事物的形象信息为基础，经过分解、转化、组合等演化过程，创造出新的形象。这是一种始终不舍弃事物的具体形态即形象，并以其为基本形式的思维方式。

形象思维这一术语首先出现并运用于文艺理论之中，它形成于19～20世纪的俄苏文学界。但是，艺术创作思维活动的特殊性，则在很早就引起了人们的注意。长期以来，西方文艺理论家主要是用想象或创造性想象的概念来指称和界定艺术思维，直到现在也还是这样。中国古代虽然没有想象或形象思维一类的术语，但文艺理论家和作家们还是进行了和西方类似的探索。古代诗论中对诗歌创作赋比兴手法的研究，重视作家的主观情志和客观物象的结合，已经接触到艺术思维不能脱离具体形象的特点。陆机、刘勰等人对创作过程和艺术思维特点也有非常精当的描述和分析。

把"形象"和"思维"这两个词汇明确联系起来表述，首先见于别林斯基的著作。他在1838年发表的《伊凡·瓦尔科讲述的〈俄罗斯童话〉》中说："诗歌不是什么别的东西，而是寓于形象的思维"[2]。1840年，他又在《艺术的概念》一文中强调：

艺术是对于真理的直感的观察，或者说是用形象来思维。
在这一艺术定义的阐述中包含着全部艺术理论：艺术的本质，它的分类，以及每一类的条件和本质。[3]

他在这篇文章的注释中还特别指出："这一定义还是第一次见于俄文，在任何一本俄文的美学、诗学或者所谓文学理论著作中都找不到它"。[4] 尽管别林斯基后来也并没有继续使用这种说法，但其中的合理因素则为许多俄苏作家所吸收继承。到了1930年代，高尔基、卢那察尔斯基和法捷耶夫等人都使用了"形象思维"这一术语。

---

[1]《简明不列颠百科全书》第7卷，第410页。
[2][俄]别林斯基：《伊凡·瓦尔科讲述的〈俄罗斯童话〉》，中国社会科学院外国文学研究所编：《外国理论家、作家论形象思维》，中国社会科学出版社1979年版，第55页。
[3][俄]别林斯基：《艺术的概念》，《别林斯基选集》第3卷，第93页。
[4][俄]别林斯基：《艺术的概念》，《别林斯基选集》第3卷，第94页。

在我国,自从别林斯基、高尔基等人的有关著作被翻译介绍以后,形象思维这一术语便开始在理论文章和文学教材中使用。1950～1960年代之间、1970年代末期,还先后在文学理论界展开过比较热烈的讨论。1980年代以后,这一问题则突破了文学理论的学科界限,成为思维科学包括其他许多学科学者所关注的课题。我国思维科学的倡导者、著名科学家钱学森提出:人的"有意识的思维,除抽象(逻辑)思维之外,还有形象(直感)思维和灵感(顿悟)思维"。[1] 他和其他研究思维科学的学者是将形象思维作为人类的一种基本思维方式来加以研究的。

虽然形象思维和想象这两个术语的内涵在很大程度上是一致的,但形象思维概念本身强调自觉性和指向性,其与抽象思维鲜明相对,比较清楚地揭示了人类两种基本思维方式的区别。因此,本书采用这一术语来说明艺术思维的主要方式。

形象思维并不仅仅存在于艺术思维活动中。不但原始人和初生婴儿存在着无意识的形象思维,而且一般成年人的日常生活中也常有无明确目的、无既定方向的无意想象活动,也就是自发的、无意识的形象思维。当然,在人们的各种社会活动中,更多的形象思维具有明确的方向和目的。工人做工,农民种田,一般总离不开对生产对象的观察、分析和判断,这个过程中许多细微的变化是无法用概念或词语来表述的。可以说,如果单纯用抽象思维方式来进行生产劳动,那将连一个小动作也完成不了。同样,在体育运动、军事战斗以至各种主要依靠抽象思维的科学研究中都包含着形象思维的因素。工程师设计飞机,头脑中会有雄鹰展翅;生物学家研究生物学,头脑里不会没有一个"动物园"。同样,在艺术家的创造性思维活动中,也包含有抽象思维的因素。因此,将形象思维等同于艺术思维,将抽象思维等同于科学思维,忽视这两对概念的相互包容性,是错误的。

科学思维中的创造性想象即形象思维,只是根据一定的科学原理对事物所作的假设和猜想,其目的是为了预测未知的事物,补充在实际观察中无法把握的环节。而这种假设和猜想,只有经过科学的证明或设计,才能转化成科学研究的成果。而在文学家艺术家的艺术思维中,形象思维则成为基本的主要方式。文学创作中形象思维的结果,通过语言的表述,则成为文学

---

[1] 钱学森:《关于思维科学》,钱学森主编:《关于思维科学》,上海人民出版社1986年版,第16页。

形象,即创作的结果。

艺术的形象思维中虽然也包含有无意想象的成分,但主要却是一种自觉的有意想象。作家总是善于将生活中或创作过程中产生的无意想象纳入有意想象的轨道,并按照艺术创造的需要加以发展延伸,从而创造出种种上天入地、登山探海之类的奇妙境界。例如:醉酒时的幻觉、睡眠中的梦境都是生活中常见的无意想象。醉里梦中许多难得的奇思妙想,一旦摄入诗文,就能使作品增色。不少著名的作者都曾经写下这类作品,诸如,李白对"云霓明灭或可睹"、"烟涛微茫信难求"的未知世界所作的梦幻式的描绘[1],李煜对"梦里不知身是客,一晌贪欢"的俘虏生活的感叹[2],苏轼通过"相顾无言,惟有泪千行"的还乡"幽梦"所寄托的悼亡之情[3],都是传世佳作。我们很难肯定作者所写梦境的生活真实性,却不能否定他们笔下的这种梦境是以丰富的生活体验(包括对梦的体验)为坚实基础的。辛弃疾在《西江月·遗兴》中写道:

> 昨夜松边醉倒,问松:我醉何如? 只疑松动要来扶,以手推松曰:去!

作者通过醉后对松树的不同反应,细致入微地写出了醉态,表现出鲜明的主体性格。这一"问"、二"疑"、三"推",由内向外,由言到行,写得十分生动。在朦胧醉眼中,松树成为有感情能行动的对象。可以说,如果没有醉酒的深切体验,特别是醉中幻觉的深切体验,即没有相应的无意想象的基础,艺术的有意想象就很难获得这样的成功。

这种自觉的、艺术的形象思维,凝聚着作家的审美理想和创造力量。它不但是艺术思维中最活跃、最突出的成分,而且还推动最终创造出种种艺术形象作为人们审美观照的对象。它是艺术思维的主要形式。而抽象思维虽然也存在于艺术思维之中,但总的说来,处于辅助的地位。这样,艺术思维就和以抽象思维为主、形象思维为辅的科学思维,恰好形成两种不同的思维活动。

---

[1] 参见李白:《梦游天姥吟留别》。
[2] 参见李煜:《浪淘沙》(帘外雨潺潺)。
[3] 参见苏轼:《江城子》(十年生死两茫茫)。

围绕着形象思维问题,我国理论界对艺术思维的性质和特点进行了多方面的探讨,但认识还很不一致。揭开艺术思维的奥秘,还需要多种学科的共同发展和相互配合,而且这也不单单是文艺理论界的任务。

二 文学创作中形象思维的基本特点

作为文学创作中艺术思维主要形式的形象思维,其性质、过程和作用等不但与抽象思维有着明显的不同,而且与日常生活或科学研究中的形象思维也有所区别。一般说来,文学创作中的形象思维表现出如下基本特点。

第一,它以形象作为思维的基本单位。

正如抽象思维以概念作为基本单位一样,形象思维则以形象作为基本单位,也就是说,它始终不脱离具体的感性材料,即事物的具体形态。科学家的研究活动一般也要从感性材料入手,在研究过程中也不能排除某些形象的东西,但从根本上来说它可以而且应该脱离事物的具体感性形态。而文学家的创作活动则不同,它始终不脱离事物的具体形态,也就是广义上的形象,要通过累积、变形而使之更为充实丰富、具体生动。清代书画家、诗人郑板桥曾经这样描述自己画竹的过程:

> 江馆清秋,晨起看竹,烟光、日影、露气,皆浮动于疏枝密叶之间。胸中勃勃,遂有画意。其实胸中之竹,并不是眼中之竹也。因而磨墨展纸,落笔倏作变相,手中之竹又不是胸中之竹也。[1]

郑板桥这里所说的"眼中之竹"、"胸中之竹"和"手中之竹",指的分别是画家对庭中之竹所形成的心理表象,以此为基础产生的审美意象和通过物质媒介加以表现、固定的艺术形象。它们反映了艺术家从生活到艺术的渐进思维过程,其共同点就在于都没有舍弃竹的具体形态即形象。文学创作同样也是这样。在感受生活的阶段,作家们往往对事物的具体形态特别予以注意。在认识发展和飞跃的阶段中,一般也并不存在一个纯粹抽象的过程。在审美创造包括认识的完成阶段,作家呈现给读者的是凝结着自己主观创造的一系列鲜明生动的艺术形象。

---

[1] 郑板桥:《题画》,《中国美学史资料选编》下册,第340页。

第二，它以想象即形象的演化创造为主要方式。

艺术的形象思维，其基本内容在于以生活形象为基础创造出艺术形象，其间经历了复杂的演化创造过程，这种心理现象也就是通常所说的想象。艺术创作中的想象，固然包括相当程度的再造性想象，但更多更主要的则是创造性想象。作家通过这种创造性想象补充实际经验和感受的不足，按照自己的思想情感和审美理想来塑造艺术形象。刘勰《文心雕龙》中所说的"神思"，虽然泛指一般文章的写作，但确实也是对文学创作中创造性想象的生动描述。他写道：

> 文之思也，其神远矣。故寂然凝虑，思接千载；悄焉动容，视通万里；吟咏之间，吐纳珠玉之声；眉睫之前，卷舒风云之色；其思理之致乎。
>
> 夫神思方运，万涂竞萌，规矩虚位，刻镂无形，登山则情满于山，观海则意溢于海，我才之多少，将与风云而并驱矣。[1]

这样，在作家的思维活动中，众多的生活形象奔涌而来，大量的主观意向喧腾活跃，经过选择、改造、重组和虚构等等，终于"规矩虚位，刻镂无形"，创造出完整的艺术形象体系。

艺术创造中想象的形式是多样的，按照心理表象联系组合方式的不同则可以分为联想和幻想两种。艺术联想指的是具有某种关系的表象之间的联系、转化或推移。例如：杜甫运用对比联想创造出"朱门酒肉臭，路有冻死骨"的深刻画面；李商隐在春蚕吐丝、蜡炬成灰与人的眷恋情思之间产生类似联想；苏轼赤壁怀古，因空间的接近而"遥想公瑾当年"，发出"人间如梦"的慨叹……都是艺术联想作用的结果。至于艺术幻想，则是作家根据一定的主观理想或其他意愿进行的表象联系、转化或推移，因而经常出现超越常态、常情、常理的情况，它是一种指向未来和未知世界的想象活动，在文学创作中也是大量存在的。

艺术创造中想象包括了多方面的内容。它不但表现在形象个体的塑造上，而且还表现在结织形象之间的联系从而构成一定的形象体系上。也就是说，把生活中实有的或想象中的若干互相联系的事物现象联系起来，集中

---

〔1〕 刘勰：《文心雕龙·神思》，《中国历代文论选》一卷本，第84页。

起来,构成一定的人与人、人与物、物与物、人与事、事与事等等之间的关系系统,形成艺术世界的完整画面。这在戏剧文学的创作中显得尤为重要。曹禺的《雷雨》在有限的时间、空间和人物范围里结织起纵横交错的人物关系和情节线索,构成集中尖锐的戏剧冲突,凝聚了丰富深刻的社会内容。作家由此显示出来的多方面才能中,首先值得重视的或许就是这种艺术想象的才能。

艺术想象的作用还表现在艺术空间的拓展和时间的延伸上。作家完全可以凭借想象的翅膀,通达自己未曾经历或根本不可能经历的生活世界,包括人的精神世界和幻想世界。作家完全可以通过想象的串接,把过去、现在和未来联系在一起,从而更深刻地揭示事物发展的轨迹和趋势。陆机所说的"精骛八极,心游万仞","观古今于须臾,抚四海于一瞬"[1];刘勰所说的"视通万里","思接千载"……都正是对艺术想象中时空发展变化的形象表述。

艺术想象的这些内容当然不是互相孤立的。以对个体人物形象的塑造而言,就同展现他的内心世界、展现他多方面的生活和性格内容、展现他的生活历史等有着密切的关系,一般说来,也很难完全脱离对他与其他人、事、物的关系进行揭示。

第三,它始终伴随着主体的情感活动。

法国学者李博提出:"创造性想象的所有一切形式,都包含感情因素。"他认为,在非文艺的创造中,感情运动的作用是简单的;而在文艺性的创造中,感情因素的作用则是双重的。即"有两道感情之流:一道构成激情,这是艺术的材料;另一道则激起创造的热情,随着创造而发展"。[2]李博的这一分析正确地指出艺术的形象思维和其他思维活动的重要区别。以科学家的思维活动来说,其中虽然也包括了创造性想象即形象思维,也会出现强烈的情感活动。但是,这些情感活动只能和工作目的、工作态度相联系,成为一种外在的推动力量。它们不能渗入科学研究过程本身,不能渗入科学研究的对象之中,也不能成为科学研究成果的内容。而在文学家的形象思维及整个艺术思维活动中则都存在着李博所说的两道"感情之流"。

除此以外,在文学创作和科学创造中,即使是"激起创造的热情"的这第

---

[1] 陆机:《文赋》,《中国历代文论选》一卷本,第66～67页。
[2] [法]李博:《论创造性的想象》,《外国理论家、作家论形象思维》,第185～186页。

二道"感情之流",其内涵也是有所不同的。在文学创作和其他艺术活动中,和形象思维发生关系的,主要是主体对客体所产生的审美情感。至于对文学活动的一般情感表现,也可能使主体产生一定的热情,对创作过程产生影响,但和形象思维本身并无必然联系。这种情感活动包括:对文学事业的崇敬和向往,献身于文学事业的理想和追求,为一定宣传目的而致力于文学创作,为文学所能带来的荣誉和利益所吸引,等等。这种带有道德或功利因素的情感活动,即使是对于文学家或科学家的抽象思维活动来说,也同样可以起到推动作用。而主体对客体的审美情感才是文学创作的形象思维中情感之流的根本所在,对于形象思维来说,是一种内在的深层的推动力量和构成材料。

作家在审美创造中的情感活动大致包括以下三个主要方面。

首先,是主体对客体的情感反应。作家所把握的客体随着创作的深入是有所变化的。先是被感知的生活现象,继而是以客观物象为基础的心理表象和审美意象,最后是完成的艺术形象。但无论哪一个阶段,主体对客体都会产生各种审美的情感反应。这种情感反应是推动创作的深层情感内容。它直接影响主体创作意向的形成和创作欲望的产生,支持和激励着主体创造出完美的艺术形象,并在艺术形象基本完成以后怀着深情进行反复修改。可以说,几乎没有任何作家能够在对客体无动于衷的情况下进行真正的创作。即使是在理论上主张以纯客观态度来描写生活的法国自然主义作家左拉,对自己的作品《萌芽》中的人物也曾"眼睛充满泪珠"。[1] 被鲁迅称之为"残酷到了冷静"的俄国19世纪作家陀思妥耶夫斯基,也说曾为自己作品中的主人公"洒下最真诚的眼泪"。[2]

作家的这种情感反应还直接渗入艺术思维活动之中,成为形象思维的有机组成部分。这主要表现为情感反应的趋向与想象的方向或程度之间的相互制约和影响。情感推动着想象的产生和发展,想象又反过来刺激情感的反应。根据托尔斯泰的手稿资料,人们发现他为了准确生动地刻画《复活》中玛丝洛娃的第一次"亮相",曾经反复修改手稿。他先前曾把玛丝洛娃

---

[1] 参见[法]左拉:《致佛朗西·马尼亚尔先生的公开信》,《西方古典作家论文艺创作》,春风文艺出版社1980年版,第595页。

[2] 参见[俄]陀思妥耶夫斯基:《被侮辱和被损害的》,《外国理论家、作家论形象思维》,第111页。

写成"瘦削而丑陋的黑发女人"、"脸上带着堕落过的痕迹"等等,直到第二十次手稿,才写成现在小说中的样子:

> 一个小小的、胸脯丰满的年轻女人,贴身穿一套白色的布衣布裙,外面套一件灰色的囚大衣……她头上扎着头巾,明明故意地让一两绺头发从头巾里面溜出来,披在额头。这女人的面色显出长久受着监禁的人的那种苍白,叫人联想到地窖里储藏着的番薯所发的芽……两只眼睛又黑又亮,虽然浮肿,却仍旧发光(其中有一只眼睛稍稍有点斜睨),跟她那惨白的脸儿恰好成了有力的对照。

这一肖像描写,不仅形象地表现出社会生活对玛丝洛娃的迫害和摧残,而且也生动地透露出她青年时代的善良和智慧。托尔斯泰笔下的这一形象作为形象思维的结晶,和手稿中以前的描写相比,不但更为具体和生动,而且也明显地流露出作者对人物深深的同情。支持、制约着作家进行这种反复修改即不断创造的,显然也包括情感的因素。

其次,是主体对客体的情感体验。无论是在对客观世界的直接体验或想象体验中,情感都是不可忽视的因素。没有情感因素的介入,对生活的体验总是肤浅的。而这种情感体验无疑带有强烈的主体色彩。即使是某些可以身临其境的情感体验活动,如参加劳动体验农民的情感,关进监狱体验囚犯的情感,也都是一种以己之心度人之腹的情感体验,和真正的农民或囚犯的体验总有着性质和程度的差异。至于那些不能或很难亲临其境的情感体验,如谋杀或被杀,就带有作家更多的主观成分。我国当代作家莫言在自己的作品中对酷刑屡有铺陈,极尽描写之能事。如果说《红高粱》中的剥人皮还只是作品中的一个插曲而已,那么,在《檀香刑》中酷刑则成为贯串性的内容,对种种酷刑的大量展示,特别是对刽子手和死刑犯复杂心理的描绘,在作品中比比皆是。这些都不可能源于作家的亲身经验,而只能借助想象来完成。这样,情感体验就在相当程度上弥补了实际生活经验的不足,推动了形象创造的丰富和完成。高尔基曾经生动地指出:

> 科学家研究公羊时,用不着想象自己也是一头公羊,但是文学家则不然,他虽慷慨,却必须想象自己是个吝啬鬼,他虽毫无私心,却必须觉得自己是个贪婪的守财奴,他虽意志薄弱,但却必须令人

心服地描写出一个意志坚强的人。[1]

在这种想象即形象思维中,很自然地包括了作者与对象错位而进行的情感体验。正因为这种情感体验的存在,才可能地处北国抒江南春情,身在和平时代写战争风云,却又具备真切感、真挚感。在叙事性作品的创作中,作家的情感体验对于表现人物的内心活动就更具有重要的意义。

再次,是主体对客体的情感投射。里普斯等德国美学家关注主体对客体的移情作用,他们认为美感的产生是欣赏主体把自己的情感外射、转移到客观对象身上去的结果。移情现象确实存在,但其实质在于主体情感移入的客体是感知和想象的表象,而不是也不可能是物质的客观存在。"我见青山多妩媚,料青山见我应如是。情与貌,略相似。"[2]这是诗人想象中的青山而非实际的物质存在的青山多情。在文学创作中,作家普遍地将情感移入他所描绘的具体对象身上,使无情感的客观事物在作品中成为情感的物化对象。刘勰说:"登山则情满于山,观海则意溢于海",指的是艺术积累和构思时的移情作用;而到了传达阶段,则可以说是写山则情满于山,画海则意溢于海了。

作家的情感投射不但表现在个体形象的演化上,而且还表现在形象之间的沟通、联系和组合上,从而使种种零散的心理表象演化出完整的艺术形象。中国古代诗词中有"悲秋"的传统,这既是客体即秋景对主体刺激的结果,也是主体情感对客体投射的产物。宋代女作家李清照的词作《声声慢》(寻寻觅觅)中"风急"、"雁过"、"满地黄花堆积"、"梧桐更兼细雨"等个别形象,不但都由"一个愁字"点染,而且也由这"一个愁字"加以贯串联系,组合成一幅冷清凄苦的秋景图,表露出主体孤独寡欢的情感色调。黑格尔说过:

> 通过渗透到作品全体而且灌注生气于作品全体的情感,艺术家才能使他的材料及其形状的构成体现他的自我,体现他作为主体的内在的特性。[3]

---

[1] [俄]高尔基:《论文学技巧》,《文学理论学习参考资料》下册,第358页。
[2] 辛弃疾:《贺新郎》(甚矣吾衰矣)。
[3] [德]黑格尔:《美学》第1卷,第359页。着重号为原文所有。

他还指出,只有情感才能使作品所描绘的"这种图形与内在自我处于主体的统一"。这种特点在像李清照《声声慢》这样以情感为主要线索的抒情类作品中表现得尤为突出。

艺术的形象思维活动由于存在以上特点,因此表现出主体鲜明的个性特征。抽象思维侧重于对客观事物本质属性的理解和认识,思维主体尽管也有自己的个性特征,但一般总要纳入一定的模式范畴,总能用明晰的语言加以说明。科学家的形象思维活动一般总要转化为抽象思维,用概念来指称,以数据来测算,靠逻辑来推演,因此,总可以说明、理解和学习。而艺术创作中的形象思维,则不但要反映出思维客体本质方面的某些属性,同时还必然体现出思维主体的独特个性。作家的思想、气质、性格、情感、经历乃至年龄、性别等,都会给形象思维的形式、方向和结果带来这样或那样的影响,就使得几乎任何两位作家的形象思维都不可能完全重复。艺术创作中的形象思维活动中包含了很多隐蔽的潜意识活动,更增添了其中的神秘色彩。即使是作家本人,往往也无法说明自己形象思维的过程和规律。因此,传授创作经验,特别是形象思维以及获取灵感的经验,总是使作家感到棘手的一个问题。另外,由于运用的具体范围不同,例如在艺术的不同部门、文学的不同体裁的创作活动中,形象思维都会带上不同的个性色彩。

形象思维存在于艺术创作的全过程,而不仅仅是构思阶段。在艺术积累中,对生活素材的选择、对其他艺术品乃至自然美的欣赏、对各种客体对象的体验,在很大程度上都包含有形象思维的成分。主体所假设的种种情况,例如,这个对象如果写进作品中将会怎样?我如果这样来写将会怎样?我如果处在这种情况将会怎样?诸如此类,都是带有情感体验因素的想象活动。在艺术传达中,艺术手法的运用和文学语言的表达常常都是积极的形象思维的结果。像生动鲜明的夸张、比喻、拟人、象征等,都是这样。即使是修改过程,也总是包含了丰富的形象思维活动。前面所说的托尔斯泰修改玛丝洛娃的形象,他一次又一次的文学描述,正是对头脑中不同形象画面的记载。中国唐代诗人贾岛在"推"与"敲"之间的徘徊和犹豫,也正是价值天平在两幅不同的形象画面之前摇摆不定的表现。

综上所述,可以清楚地了解到形象思维在艺术创作活动中是贯穿始终、起着主要作用的思维方式。

三 艺术思维中的抽象思维

艺术思维以形象思维为主,但并不排除、也不可能排除抽象思维的作用。茅盾曾经指出:"逻辑思维和形象思维在作家头脑中交错进行,……它们的关系是辩证的,是相辅相成而不是对立的。"[1]逻辑思维即抽象思维和形象思维之间这种相辅相成的辩证关系,贯穿在文学创作的全过程中。

在艺术活动中,当人们用形象思维来把握和表现丰富的社会生活时,总会受到抽象思维的制约和影响。也就是说,抽象思维在一定程度上规范和导引形象思维。

这种规范导引作用在文学创作中的表现是多方面的。首先,对素材的认识、取舍和改造,总是和一定的思想观念与分析判断联系在一起的,而在创作的发生和深入阶段,这都是非常重要的。现代作家姚雪垠的历史小说《李自成》中所写的潼关南原大战,是作者以传说为基础进行虚构的产物。作者自称:"根据我的研究,根本没有发生过这次战争。但在写小说的时候,我从完成小说的使命着眼,采用了这个传说,以便使李自成和他周围的英雄人物在小说中一出场就处于武装斗争的狂风暴雨、惊涛骇浪之中,通过一次全军覆没的严酷考验刻画他们的英雄形象。"显然他对这一传说的真伪、写入作品的意义以及应该如何改造这一素材都作了明确的分析判断。

其次,这种规范导引作用也表现在艺术形象的设计和创造上。姚雪垠曾谈到他在塑造李自成这个人物形象时就遇到了一系列理论问题需要解决。例如"李自成是否有帝王思想"就是一个突出的问题。姚雪垠根据自己的历史知识和理论修养,从一般的历史事实、李自成本人所走的道路和对农民起义性质的理论认识等三方面入手,对这一问题作出了分析,认定李自成有帝王思想不仅是历史事实,也是历史的必然现象。[2]显然,这一结论也就对塑造李自成的形象思维活动起着重要的制约作用。

再次,抽象思维的规范导引作用还体现在对形象思维的调整和升华方面。在创作过程中,情感的冲动和想象的丰富,往往使得作家沉溺于纷至沓来的形象之中,甚至会在一定程度上忽视或偏离作品的总体构思。这时,从思想意义、美学效应等方面进行必要的分析,就有助于作家调节情绪,斟酌

---

〔1〕 茅盾:《漫谈文学创作》,《红旗》1978 年第 5 期。
〔2〕 以上参见姚雪垠:《〈李自成〉第 1 卷修订本前言》,《中国现代作家谈创作经验》下册,第 818～824 页。

效果，在一个新的基点或角度上进一步展开形象思维。美国学者苏珊·朗格指出：

> 一个专门创作悲剧的艺术家，他自己并不一定要陷入绝望或激烈的骚动之中。事实上，不管是什么人，只要他处于上述情绪状态之中，就不可能进行创作；只有当他的脑子冷静地思考着引起这样一些情感的原因时，才算是处于创作状态中。[1]

她所说的这种"冷静的思考"，正是抽象思维活动。郭沫若在写作历史剧《屈原》之前有过缜密的计划，包含有抽象思维的因素；而且即使当他形象思维的潮水喷涌而出，冲破了原来的写作大纲时，抽象思维也并没有完全消退。他每天写下的日记就可以证明这一点。例如1942年1月9日他记道："《屈原》须扩展成五幕或六幕，第四幕，写屈原出游与南后相遇，更展开南后与婵娟之斗争，但生了滞碍。创作以来第一次遇着难关，因情调难为继。"这中间便包含了对创作过程的分析，对创作构思的调整及对剧中情节的认识，这些显然属于抽象思维的范畴。经过这样的思考以后，作者接着又投入积极的形象思维活动。到了第二天，"上午努力写作，竟将第四幕写成矣"[2]。

另外，在对创作成果的反思检验和修改中，抽象思维也具有不可忽视的意义。除了在想象中进行形象的比较、调整和补充外，判断和分析往往也是决定是否进行和怎样进行修改的重要因素。一位美国作家认为，在逐段检查已写完的初稿时，"应该要求每段经得起四条基本标准至少其中一条标准的检验"。这四条标准是：（1）这一段能推动故事基本情节的发展吗？（2）它真正有助于认识所涉及的人物吗？（3）这一段能加强或使故事的背景更加真实吗？（4）它有助于小说的语调并增添读者将体验到的情感色彩吗？[3] 显然，运用这些标准对作品进行的"检验"带有强烈的抽象思维色彩。而这类"检验"，在作家们对作品的反复修改中，确实是大量存在的。

抽象思维对形象思维的规范导引作用在具体作家的创作活动中具有不

---

[1] [美]苏珊·朗格：《艺术问题》，第23页。
[2] 郭沫若：《我怎样写五幕史剧〈屈原〉》，《中国现代作家谈创作经验》上册，第60页。
[3] [美]约翰·布尔：《文章每个段落有四条检验标准》，《美国作家谈写作》，何群立等译，重庆出版社1988年版，第281～284页。

同的范围和特点。对于像茅盾那种偏于理智、善于进行抽象思维的作家来说,这种作用就更大一些。例如,往往是一定的思想观念启发他们创作意向的萌生,确定的主题思想对创作过程乃至作品风貌产生深刻的影响,确定的美学追求制约着他们文学风格的面貌,等等。茅盾关于《子夜》的写作大纲,就对以吴荪甫、赵伯韬为核心的众多人物、作品的情节结构以及情调变化等,作出了具体的分析和设想。他在写作过程中尽管对大纲有所修正,但可以说基本上是按照这一思路展开的。

抽象思维的这种规范导引在很大程度上构成了对形象思维的补充,从而使得艺术思维更加充实丰富。除此以外,在某些作品的创作中,抽象思维还更直接、更明显地构成对形象思维的补充。例如,文学作品中某些带哲理性的分析和议论,尽管往往用形象化的语言来表达,但本身体现了抽象思维的成果。某些推理性较强的叙事性作品,像侦探小说、科学幻想小说、政论色彩较强的报告文学等,其创作需要较强的抽象思维。至于概念、判断、推理的一般运用,在文学这种语言艺术的创作过程中更是大量存在的。

从根本上说来,抽象思维是作家应有的基本思维能力。一个真正的作家应该具备与形象思维相平衡的理性分析能力,善于独立地从生活中提炼思想理论。许多杰出的文学家,诸如歌德、托尔斯泰、鲁迅等人,都同时也是杰出的思想家。他们具备了抽象思维和形象思维两方面的杰出才能。他们的经验充分说明,艺术思维在以形象思维为主的同时,也需要抽象思维。那种认为艺术思维不包括甚至不容许抽象思维渗入的观点是错误的。

四 艺术思维中的灵感现象

灵感,最初是西方文艺理论的概念,后来逐步用于心理学等其他学科。灵感的基本内涵指的是思维活动中突如其来稍纵即逝的顿悟状态。这种特殊的精神现象在人类的实践活动中是普遍存在的。科学家在对某一问题苦苦求索的过程中,常因这种顿悟迎刃而解难题。古希腊学者阿基米德在洗澡时突然悟到浸在流体中的物体所受的浮力等于它所排开的流体的重量,从而发现了著名的阿基米德定律。此外,像英国科学家牛顿从苹果落地悟出万有引力定律,瓦特从开水掀动壶盖得到改进蒸汽机的启示等等,这些人们经常提及的轶事都说明了这一点。在人类的其他精神生产和物质生产以至日常生活中,灵感也是经常出现的。而在艺术思维过程中,灵感得到了最集中、最丰富的表现。

我国古代文艺理论中没有"灵感"这个词汇。但相当一部分文艺理论和文艺批评论著都论及文学创作中这种变化微妙的思维现象。陆机在《文赋》中首先描述道：

> 若夫应感之会，通塞之纪，来不可遏，去不可止。藏若景灭，行犹响起。方天机之骏利，夫何纷而不理。思风发于胸臆，言泉流于唇齿，纷葳蕤以馺遝，唯毫素之所拟。文徽徽以溢目，音泠泠而盈耳。及其六情底滞，志往神留，兀若枯木，豁若涸流，览营魂以探赜，顿精爽而自求。理翳翳而愈伏，思轧轧其若抽。是故或竭情而多悔，或率意而寡尤。虽兹物之在我，非余力之所勠。故时抚空怀而自惋，吾未识夫开塞之所由也。[1]

陆机所描绘的豁然开朗而文思泉涌的"应感之会，通塞之纪"，便是西方学者通常所说灵感的内涵。它明显不同于竭精苦求而文思滞缓的渐进过程。而陆机所说的"应感"，即心物感应，则在一定程度上指出了灵感与客观媒介刺激触发的关系。此外，像刘勰所说的"枢机方通，则物无隐貌；关键将塞，则神有遁心"[2]；王国维所称道的"蓦然回首，那人却在，灯火阑珊处"的"第三境"[3]，都是对灵感现象的著名描述。当然，正如陆机所说的，"吾未识夫开塞之所由"，他和许多学者虽然注意到灵感现象的存在，但他们的描述和说明却又无法清楚地揭示这种现象的奥秘。西方学者同样也是如此。1920年代，中国文学界逐步开始用"灵感"一词翻译英文"inspiration"，同时开始注意吸收西方对这一问题的研究成果。1980年代以来，随着思维科学的发展，灵感问题已为更多领域里的学者所瞩目。

灵感的特点主要表现为突发性。灵感的出现大多极为迅速突然，既无法预知，也无法准备。陆机所说的"来不可遏，去不可止。藏若景灭，行犹响起"，正是对这种特点的生动描述。许多作家都谈到自己创作中灵感突如其来的现象。郭沫若曾经这样回忆自己的创作经历：

---

[1] 陆机：《文赋》，《中国历代文论选》一卷本，第70～71页。
[2] 刘勰：《文心雕龙·神思》，《中国历代文论选》一卷本，第84页。
[3] 王国维：《人间词话》，《中国历代文论选》一卷本，第445页，参见本书89页。

《凤凰涅槃》那首长诗是在一天之中分两个时期写出来的。上半天在学校课堂里听讲的时候,突然有诗意袭来,便在抄本上东鳞西爪地写出了那诗的前半。在晚上行将就寝的时候,诗的后半的意趣又袭来了,伏在枕头上用着铅笔只是火速的写,全身都有点作寒作冷,连牙关都在打战。就那样把那首奇怪的诗也写了出来。……

在民八,民九之交,那种发作时时来袭击我。一来袭击,我便和扶着乩笔的人一样,写起诗来。有时连写也写不赢。[1]

灵感,既会不期而至,也会突如其去,具有不可重复性。郭沫若写《凤凰涅槃》,就是在两次灵感的推动下完成的。而他所说的那种灵感"时时来袭击"的"发作期不久也就消失了"。可见无论是一次灵感火花的闪现,还是一段灵感丰富的时期,都是不可重复的。而当某种意外的干扰打断了灵感时,往往也就根本失去了它。北宋惠洪的《冷斋夜话》中就记载了发生在两位江西派诗人之间的这样一段故事:谢逸问潘大临近日有无诗作,潘回答说:"秋来日日是诗思,昨日提笔得'满城风雨近重阳'之句,忽催租人至,令人意败,辄以此一句奉寄。"这里所说的"意败",除了创作情绪的被破坏以外,也包括了灵感的丧失。

灵感的这种突发性特点往往随之带来主体的精神高度亢奋。郭沫若把自己的那种作寒作冷、牙关打战称之为"神经性的发作"。据他自己介绍,当《地球,我的母亲》一诗的创作灵感袭来时,他跑出图书馆,脱了鞋子,在石子路上"赤着脚踱来踱去,时而又率性倒在路上睡着,想真切地和'地球母亲'亲昵,去感触她的皮肤,受她的拥抱"[2],达到如痴如狂的境地。在这种亢奋状态下,人的精神专注于一定的对象,不但常常形成思维的飞跃,而且造成强大的推动力量,使创作活动得以深入。柏拉图说:"诗人是一种轻飘的长着羽翼的神明的东西,不得到灵感,不失去平常理智而陷入迷狂,就没有能力创造,就不能做诗或代神说话。"[3]他的这种"迷狂"说确实道出了一些诗人获得灵感沉浸于创作快乐之中的特点。

灵感作为一种思维现象,具有对一般思维方式的超常突变。这种突变

---

[1] 郭沫若:《我的作诗的经过》,《中国现代作家谈创作经验》上册,第42~43页。
[2] 郭沫若:《我的作诗的经过》,《中国现代作家谈创作经验》上册,第42~43页。
[3] [古希腊]柏拉图:《伊安篇》,《西方文艺理论名著选编》上卷,第7页。

除了上面所说的特点以外，还集中表现在它的非自觉性上。灵感不像一般思维过程那样，可以受到主体意识的控制和调整，它的方向和过程都无模式和规律可循。歌德曾谈到，他创作《少年维特的烦恼》时，灵感的袭击"把我突然从梦中撼醒"，"我像一个梦游病者那样，差不多无意识地写成这本小东西，所以，当我自己把它校阅，想要加以润色删改时，我自己也觉得十分奇怪"。[1] 也就是说，他既无法控制灵感激发出来的创作欲望和灵感所推动的创作方向，也无法在事后清醒地解释这一过程。当然，作家灵感出现时这种"失去平常理智"只是相对的，无意识因素的作用只是局部的，理智的意识作用还是存在的。郭沫若迅速将诗思记在抄本上；歌德"使自己与外界完全隔离，连朋友的探访也谢绝，在内心上也把一切与这作品无直接关系的思念搁在一旁"，[2] 以便集中精力沿着灵感启示的方向进行创作，这些就都是理智的意识在支配作家去捕捉灵感。

在艺术创作的各个阶段，灵感现象都可能出现，并不限于构思阶段。前苏联诗人马雅可夫斯基曾经谈到，为了表现一个孤独的男人对自己唯一的爱人的柔情，他曾经想了整整两天而一无所获，第三夜在睡梦中得到了一个生动的诗句，他"半睡半醒地跳下床来。在黑暗中用一根烧焦了的火柴棍子在卷烟盒上写下了'唯一的腿'，然后睡着了"。第二天，他反复回忆"唯一的腿"的含义，终于写出了这样的诗句：

> 我将保护和疼爱
> 你的身体
> 就像一个在战争中残废了的
> 对任何人都不需要的兵士爱护着
> 他唯一的一条腿。[3]

从人们所熟知的这个故事中不难发现，马雅可夫斯基获得的只是关于一个比喻的灵感。此外，诸如某种创作意念的获得，某个审美意象的形成，某个情节的设计，乃至某句言语的表达，都会因灵感的出现而有所谓神来之笔。

---

[1] 参见[德]歌德：《歌德自传》下册，人民文学出版社1983年版，第623～624页。
[2] 参见[德]歌德：《歌德自传》下册，第623页。
[3] 以上参见[苏联]马雅可夫斯基：《怎样做诗》，《外国名作家创作经验谈》，第237页。

在上一节关于创作过程的论述中,就有许多例证可以说明这一点。

灵感往往构成了文学创作三个阶段之间的飞跃,它有助于作家冲破创作中经常可能出现的某种凝滞状态,进入一个新的境界,从而使得工作更富于创造性。因此,灵感的出现,正是文学创作过程中宝贵的时刻,必须迅速捕捉。许多作家都非常注意这一点。有的人还有意识地创造某种适宜自己灵感产生的外界因素,如饮酒、服用迷幻药物等,自觉地追求一种非自觉状态,催促灵感的来临。

但是,灵感的出现并不等于创作的完成,一般还需要在此基础上进一步反复推敲,逐步明晰、调整、丰富其内容,并用语言形式表达出来。另外,有时灵感显现的内容经过反复的权衡以后,也可能遭到否定,被认为并不适合于表现在作品之中。因此,瞬息的灵感并不能代替长期的艰苦工作,对于长篇作品的创作来说尤其是这样。

对于灵感产生的原因,历史上许多理论家的解释通常带有较强的唯心主义色彩。以西方而言,最早,柏拉图等人将其归于神赐的迷狂;后来,康德等人将其归于天才的创造;到了现代,从精神分析等理论出发,一些论者则更多地强调其非理性的特点,归之于无意识的宣泄等。当然,也有一些理论家,如狄德罗、黑格尔、车尔尼雪夫斯基等人,还是从不同程度上注意到了灵感同客观社会实践的关系。以黑格尔来说,他就认为,无论是感官的刺激,还是存心要创作的意志和决心,都不能引起真正的灵感。他提出:

> 最伟大的艺术作品也往往是应外在的机缘而创造出来的……所以创作的推动力可以完全是外来的,唯一重要的要求是:艺术家应该从外来材料中抓到真正有艺术意义的东西,并且使对象在他心里变成有生命的东西。在这种情形之下,天才的灵感就会不招自来了。[1]

从"外在的机缘"到"抓到真正有艺术意义的东西",从客观对象到创造主体心灵中"有生命的东西",黑格尔在主客观的一致上揭示了灵感的内涵和过程,显示出一定的合理性。

辩证唯物主义理论和现代科学的发展给揭开灵感之谜创造了有利的条

---

[1] [德]黑格尔:《美学》第1卷,第365页。

件。人们正在利用现代科学知识和技术,对灵感产生的生理和心理机制做进一步的探究。同时,人们也已经更多地认识到灵感作为一种精神现象与社会存在之间的密切关系。这种关系表现为:一方面,社会实践经验培养了主体的各种思维能力,构成了灵感爆发的主观条件。老舍听到一个车夫的故事,立即断定"这颇可以写一篇小说",便是长期的小说鉴赏和创作实践培养起来的文体意识和思维能力的反应。同时,社会实践经验还积淀在主体意识以至潜意识的内部,形成灵感爆发的信息基础。另一方面,社会实践提供的某种信息,会成为诱发灵感的媒介。这种媒介,或是某种思想的点化,或是某种形象的触动,或是某种情境的感染,或是某种手法的启发,等等。我国当代作家冯骥才的小说《高女人和她的矮丈夫》结尾有这样一段描写:

> ……逢到下雨天气,矮男人打伞去上班时,可能由于习惯,仍旧半举着伞。这时,人们有种奇妙的感觉,觉得那伞下好像有长长一大块空间,空空的,世界上任什么东西也填补不上。

这个半举着伞的矮男人的意象,整个作品所表现的高女人和矮丈夫的生活,都在外表的不和谐下隐含着深层的人生和谐,表现出独特的意蕴和韵味。据作者自己介绍,在这个作品酝酿已久却无从下手时,有一次他和妻子出门上街,提到要带把伞,一个"伞"字使他顿悟,于是得到"文眼",迅速写出了这部小说。这里就是 个字所传达的信息,诱发了灵感,催生了作品。

灵感的出现,是每个从事文学创作的人所衷心向往的。灵感,只能在长期积累的基础上偶然得之,在有意追求的过程中无意得之,在循常思索的轨道上反常得之。

第三节 文学创作的变形规律

一 文学创作中变形的内涵和特点

本书第一章中曾经谈到,文学既要构生活之形,又要变生活之形,才能创造出非自然形态的审美观照对象。虽然"变形"这个术语在我国理论界的运用和西方现代主义文学思潮的影响有着直接关系,但是认真考察,便不难发现变形并不是西方现代主义艺术所专有的艺术手法,而是文学创作中一种具有必然性和必要性的规律性现象。

所谓变形,指的是作者在创作过程中对客观对象的形态性质做有意或无意的改变。

变形贯串在文学创作的全过程中。在艺术积累阶段,作者感知生活,形成对客观物象的心理表象;在艺术构思阶段,作者以心理表象为基础创造审美意象;在艺术传达阶段,作者将审美意象物化成文学形象。在客观物象——心理表象——审美意象——文学形象的发展过程中,每一阶段的转换都经历着变形。而读者欣赏作品所产生的审美意象,则又经历了一次新的变形。

所谓无意的变形,指的是作者由于生理的或心理的原因而造成把握对象时的误差和变化。这种误差和变化,有些是由于人类共同的一些特点包括局限所造成的。例如在感知生活时,人们的感觉器官不可能达到绝对精密的地步,必然会出现某些误差。同时,由于以往经验的渗透和干扰,由于遗忘的雕琢和剥蚀,人们在形成对客观事物的心理表象时,也不可能绝对同原型保持一致。在想象过程中,表象之间的迁移转换很自然包含着变化。当人们把自己的艺术构思用语言表达出来时也总会有所变化。这些在作者的创作活动中当然也不可避免,具有必然性。另外,这种误差和变化还由于作者个体或群体的差异而带有不同的特点。这种无意变形的存在,说明文学形象以至整个作品都不可能和生活原型完全等同,从而给作者的有意变形提供了充分的根据和基础。因此,应该注意创作中的无意变形现象,注意引导其向有利于审美创造的方面发展。

所谓有意的变形,指的是作者出于艺术创造的需要而在把握对象时自觉作出的某种改变,这是艺术变形的主要内容。作者创作的目的在于把自己的审美感受物化为可供观照的审美对象。因此,他必然要根据这一目的对客观事物作出选择和改变。

丹纳曾经指出:

> 艺术品的本质在于把一个对象的基本特征,至少是重要的特征,表现得越占主导地位越好,越显明越好;艺术家为此特别删节那些遮盖特征的东西,挑出那些表明特征的东西,对于特征变质的部分都加以修正,对于特征消失的部分都加以改造。[1]

---

[1] [法]丹纳:《艺术哲学》,傅雷译,人民文学出版社1983年版,第27页。

丹纳解释说,他这里所说的主要特征(即基本特征)"便是哲学家说的事物的'本质'"[1]。为了充分明显地表现这种特征或本质,艺术家就必然要创造出相应的艺术的生活形态,而不是简单地模仿现实的生活形态。"在现实界,特征不过居于主要地位;艺术却要使特征支配一切。"[2]而"最大的艺术宗派正是把真实的关系改变得最多的"[3]。这种有目的的、自觉的变形活动贯穿在作家艺术创造的全过程中,例如,在感知生活时,他必然会对某些事物以及事物的某些方面特别注意,而对另外一些事物或事物的其他方面予以忽略,他对客观世界的心理表象就已经出现变形。在艺术构思过程中,他又对各种心理表象做这样那样的改造、调整、补充和重组,将自己的审美意识投射其中,造成主观色彩更浓的变形。这种努力也持续到艺术传达的过程中。这样创造出来的生活形态和自然的生活形态相比,就必然有所变异。

这种有意变形是建立在艺术假定性的前提之下的,也就是说,是根据作品是由主体假想而设定的世界这一性质所决定的。凡是对艺术、对文学有一点基本了解的人都会明白这种假定性的意义,都会明白自己面对的不是真实的生活,而是生活的变形物,是作家虚构的世界。即使是像报告文学、传记文学那样的纪实性文学,具有很强的实用性,但一般也不可避免地含有想象虚构的成分,具有文学性。任何一个作家都难以在这类作品的创作中做到字字句句有事实的或文献的依据。而从文学的性质来看,也不应该对它作出这种要求,即使是强调对生活现象做纯客观记录的欧洲自然主义文学,也要对现实有所选择、有所增删、有所调整,不可能将一切都写入作品。写人,不可能将其一生甚至一天的活动事无巨细地都写下来;写事,也不可能将其过程的一切细节都包举无遗。因此,作家就不但必然而且必须要按照美的规律去变生活之形,创艺术之美;读者也就可以心平气和地接受虚构的艺术世界。这是文学以及其他艺术活动得以进行的前提。

艺术变形的范围是无限广泛的。各种生活原型转化为艺术形象的变形过程有着某些共同的规律,也有各自不同的特点。

人、物、事是文学描写的基本对象,因而也是艺术变形最基本、最大量的原型。它们常见的变化包括:第一,原型的发展。即由原型的某些特征推衍

---

[1] [法]丹纳:《艺术哲学》,第22页。
[2] [法]丹纳:《艺术哲学》,第25页。
[3] [法]丹纳:《艺术哲学》,第20页。

铺陈，加以强化和深化，如鲁迅由他一位患精神病的表兄弟发展出《狂人日记》中的狂人。第二，原型的重组。这是一般形象创造中常见的现象，最离奇的莫过于孙悟空的形象包括了猴与人若干特征的合二为一。第三，原型的转换。即从一定的现实生活形态获得某种审美感受，而用其他生活形态来加以表达，这在以象征作为基本创作手段的作品中表现得尤为突出。

人的思想、情感、情绪、感知等主观意识原本是无形的，但是在作品中一经用语言文字表现出来又是有形的，也存在着变形。它们的变化通常包括：第一，原型的强化。即通过语言表述特别是各种艺术手法的运用，造成强烈的感应效果，如诗歌中常用反复的手法，在一唱三叹的吟咏中使所表达的情感获得强化。第二，原型的物化。即将主观意识投射到客体对象身上加以表现，如上一节曾经加以讨论的移情即情感投射。第三，原型的转换。上面所讲的物化也是一种转换，这里特指的则是各种主观意识之间的相互转换。如通感就是将一种感觉转换为其他感觉来表现；而像郭沫若在《炉中煤》里那样用情诗的形式来表达"眷念祖国的情绪"，也是文学创作中一种常见的意识转换。

文学作品中的时间和空间从来都是假定的，它们构成了艺术世界的基本假定条件。艺术时空不同于现实时空，而是体现作家乃至作品人物的心理时空，它们不具备现实时空那样的客观性，而是后者的变形物。常见的时空变形包括：第一，原型的伸缩。其中艺术时空对现实时空的凝缩最为常见。如电影上常常用奔腾的流水象征时间的流逝，用飞驰的火车象征空间的转移。类似的凝缩方式在文学作品中也是常见的。时空的延伸在文学作品中表现得不太明显，但一旦转化为戏剧或影视形象便很清楚，如对一个动作或一段心理活动细致入微的描写可能超越现实时空的限制。第二，原型的交错。即打破现实时空所具有的连续性和延伸性，将其切割成若干独立的部分，交错出现，从而造成特殊的表现效果。传统文学中常用的倒叙、插叙、补叙、分叙，都包含这种时空交错的因素，但尚以不影响对现实时空的正确理解为前提。西方现代主义的许多文学作品将现实时空全部打乱，按主体及作品人物的意识流动即心理逻辑加以交错，更使人眼花缭乱而往往失去对现实时空的把握。第三，原型的重组。这里所说的重组指的是将本属于不同时空的事物集中在同一时空出现，从而造成一种特殊的时空。现代川剧《潘金莲》打破现实时空限制，让武则天、贾宝玉、安娜·卡列尼娜等古今中外人物和潘金莲共处同一个戏剧情境，形成了特殊的艺术时空，就是一个生动的例子。

此外,由于作家主观因素的注入,作品中主体和客体的关系也常常违背或强化现实生活的形态而变形为物我对立、物我交流、物我融合等假定关系。如日月星辰风雷雨电和人的关系本来都是多方面的,而在文学作品特别是抒情类作品或叙事类作品的抒情片断中,则常从某一方面出发,进行上述变形,从而形成特殊的假定关系,成为作家虚构的艺术世界重要的框架条件。

各种原型的变形基本有两种形式。一是外在形态的变形。这是比较容易理解,也为人们所普遍注意的。二是内在涵义的变形,有人称其为变质。这种变形往往被人忽视。它指的是在事物外在形态不变或少变的情况下,内涵发生了变化。例如,长江东流入海奔腾不息这一现实生活形态,在众多诗人的笔下,其内涵就显得各不相同。诸如:"问君能有几多愁,恰似一江春水向东流。"(李煜:《虞美人》)在这里,江水是愁恨的象征。"大江东去,浪淘尽,千古风流人物。"(苏轼:《念奴娇·赤壁怀古》)在这里,江水是历史的见证。"此水几时休,此恨何时已。只愿君心似我心,定不负相思意!"(李之仪:《卜算子》)在这里,江水则成了无尽爱情的载体。这里所说的内变和外变常常只是事物不同方面的表现。如对江水而言,说它愁,是一种内变;但对愁而言,说它像甚至就是江水,则是一种外变了。对于同一原型而言,内变和外变也常常是结合在一起的。

根据变形中创作主体和生活原型的不同联系,可以将艺术变形分为客观型和主观型两种基本类型。

客观型变形基本按客观事物的本来面貌进行表现,特别注意保持事物固有的本质特点。其变形的范围和幅度较小,往往表现为:设置某种现实中并未出现但却可能存在的假定条件,如马克·吐温的《百万英镑》中假设曾发行过百万英镑面值的钞票,以此构成作品全部内容的基础。对客观事物作某种增删、调整和组合,如常见的将多人所做之事集中于一人,将一人多处所做之事集中于一处。对客观事物的关系做某种调整组合,如常见的在敌对阵营成员之间设置父子、兄弟、恋人等关系,等等。

主观型变形着重表现作家的主观感受,往往以此为基调改变事物主要的或重要的特点和基本面貌,并常常根据幻想来虚构现实生活中根本不可能存在的事物及事物关系。像《西游记》、《聊斋志异》中的那些神魔鬼怪形象以及它们和人类的关系,就是这种主观型变形的产物。

客观型和主观型这两种不同的变形方法,和不同的艺术观念有着密切的联系。西方传统文学中强调对生活的再现,作品中的形象就较多客观型变形的产物。而到了近代,转而强调对内心的表现,作品中的形象就更多主观型变形的成分。从文学创作的实际来看,这两种变形方法适应了不同的艺术创造需要。客观型变形有利于叙事,长于构成细节的真实;主观型变形则有利于抒情,适于用来构建神奇的艺术幻境。因此,它们在实际运用中并不是截然分离的。在一些基本是客观型变形的作品中,就常穿插主观型变形的运用。例如《红楼梦》的创作虽然"俱是按迹循踪,不敢稍加穿凿,至失其真"(《红楼梦》第1回),但其中至关重要的顽石入世、太虚幻境等内容,却纯属子虚乌有的非现实描写。拉丁美洲魔幻现实主义作家马尔克斯的代表作品《百年孤独》中,在基本写实的框架之下也常点缀有飞毯载人上天、暴雨经年不止的"魔幻"笔墨。同样,在较多进行主观型变形的西方浪漫主义文学和现代主义文学作品中,也不乏对客观事物的如实描绘。

二 变形中的艺术真实

艺术变形并不是脱缰野马,可以随心所欲。文学和其他艺术一样,作为对生活的审美反映,存在一个反映是否正确及准确的问题,也就是通常所说的艺术真实性问题。历来的许多美学家、文学理论家都重视这个问题,对其做过不同角度、不同层次的探讨。我国学者历来主要是从创作主体的审美情感这一角度出发,强调情感的真实性。最早,《庄子》就曾经指出:"真者,精诚之至也。不精不诚,不能动人。"[1]后来此类说法历久不衰,李贽的"童心说"和袁枚的"性灵说",都包含了这方面的精辟见解。西方传统文学中再现生活的观念占主导地位,因此历来更重视艺术世界同现实世界的直接对应比较,强调艺术描写的真实性。到了19世纪末期以后,现代主义文学思潮兴起,艺术真实观才同传统相背离,转变到强调心理真实、主观真实的轨道上来。正因为探讨的立足点和出发点都有所差异,产生分歧和论争乃是不可避免的。对于文学的艺术真实性问题,只有置于艺术变形的前提下来认识,才不至于陷入以生活真实衡量艺术真实的死胡同,才能获得比较合理的解释。

---

[1]《庄子·渔父》,《中国美学史资料选编》上册,第40页。

所谓生活真实,指的是客观存在的人物、事件、景物等等的自然形态。它是作家感知的对象和艺术变形的原型。同时,它也是读者感知的对象,是读者鉴赏的重要参照对象。既然从生活到艺术已经发生了变形,那么艺术就已不再是生活。但是,它又毕竟是生活的变形物,并且是作为生活的审美反映而存在的,作家和读者都不可能无视生活真实的存在。

艺术真实的概念不仅是多义的,而且是开放的。在众多对艺术真实的界定和阐释中,基本的共同内容是指文学艺术作品所表现出来的作者对现实生活进行审美把握的正确性和准确性。具体说来,艺术真实主要包括了三个层次的内容。

首先,是假定性真实,即作者在所创造的假定世界中表现的生活合情合理。美国学者韦勒克指出:"有一种事实上的真实,有特定的事件发生时间和地点的细节,即是狭义的历史的真实。又有一种是哲学的真实,那是概念的、命题的和一般的真实。"而"一部小说表现的现实,即它对现实的幻觉,它那使读者产生一种仿佛在阅读生活本身的效果,并不必然是,也不主要是环境上的、细节上的或日常事务上的现实"。但是它却比上面所说的"事实上的真实"或"哲学上的真实""更具有代表性"。这一论述深刻揭示了艺术真实作为假定性真实的性质和特点。一方面它是假定的,另一方面在这种假定的框架背景下,人物的活动、事件的发展等又符合人们的一般生活体验,使"人们可以从中看出这一世界和经验世界的部分重合,但是从它的自我连贯的可理解性来说它又是一个与经验世界不同的独特的世界"。[1] 例如猴猪变人(《西游记》)、狐鬼变人(《聊斋志异》)、人变甲虫(卡夫卡:《变形记》)、人变犀牛(尤奈斯库:《犀牛》)等等,在现实生活中应属荒诞无稽之说,但在文学作品中却可以作为假定的事实存在,构成基本的框架背景。当然,在更多的作品中,作者是以客观型变形的方法,将现实生活中存在或可能存在的事物按照一定的主观意图组织成特殊的假定关系,构成基本的框架背景。在这种假定的框架背景之下,人物、事件的发展却又往往以符合一般现实生活逻辑的面目出现,符合人们的一般生活体验和情感倾向,具有假定的真实性。无论是猪八戒高老庄招亲还是安娜·卡列尼娜卧轨自杀,都是在作品构置的特定的社会关系和矛盾中人物性格合乎情理的发展结果,是各种假定性条件的必然延伸,都具有这种假定性真实。无论

---

[1] [美]韦勒克、沃伦:《文学理论》,第240~241页。

在哪一种框架之下，细节描写都常常是逼肖生活的。这种"细节的逼真是制造幻觉的手段"，"它常被作为圈套用以引诱读者进入一些不可能有或不能置信的情境之中，这样的情境比起那些偶然意义的真实来具有更深一层的'现实的真实'"[1]。

这种"现实的真实"，不但包括了假定性真实，还包括了艺术真实第二个层次的内容——认识性真实，即作家在作品中所表达的对客观事物认识判断的正确性和准确性。

这一层次又包括了两方面的内容。[2]

第一，是展示现实客观世界的真相。列宁曾经称赞托尔斯泰"创作了无与伦比的俄国生活的图画"。[3] 在以客观型变形为主的作品中，作家通常都要这样直接描绘现实生活的真实面貌。至于以主观型变形为主的作品，虽然通常构建的是非现实形态的生活世界，但仍然不同程度地折射出现实世界的真相。前面提到的《西游记》、《聊斋志异》、《变形记》和《犀牛》等作品就都不同程度地透露出中国封建社会或西方现代社会的某些真实方面。

当然，由于变形的作用，艺术形象和生活原型相比，无论是在外形或内涵上都有了很大改变，文学作品这种展示真相的作用还是受到一定限制的。认识性真实更主要的还是表现在第二个方面，即揭示客观现实世界所蕴含的真理。本书第二章曾经分析过文学所具有的认识性内容。这种认识性内容同作家多方面的思想观念和认识水平相联系，一般总是既有正确性的因素，也有错误性的因素。不但对于整个文学来说是这样，即使是对于个别作家（包括像巴尔扎克、托尔斯泰等伟大作家）来说往往也是这样。从真理性层次上来看艺术真实，实际上就是文学对生活认识判断的正确性和准确性问题。文学史上一切成功的作品，无不在它的艺术火焰中闪耀着或多或少真理的光辉。相反，作品如果背离或掩盖了真理，即使在细节或局部上具有某种真实性，也不可能具有真正的艺术真实。"文革"后期出现的像电影《春苗》、《反击》一类作品，就是属于这种情况。它们对"文革"所作的判断是完全错误的，因而也不可能具有真正的艺术真实。

艺术的认识性真实和假定性真实是既相区别又相联系的。前者只有通

---

[1] [美]韦勒克、沃伦:《文学理论》，第240～241页。
[2] 参见朱立元、王文英:《真的感悟》，上海文艺出版社2001年版，第198页。
[3] [俄]列宁:《列甫·托尔斯泰是俄国革命的镜子》，《列宁选集》第2卷，第370页。

过后者的折射和返照才能实现。从一定意义上讲,假定性真实将读者置于韦勒克所说的艺术"幻觉"之下,产生感人的魅力;而认识性真实则从审美认识功能方面体现作品的价值,并使得这种魅力得到深化,因而更接近于韦勒克所说的"哲学上的真实"。

艺术真实第三个层次的内容是情感性的真实,即作家在作品中所表达的审美情感的真挚动人、真切可信。在创作过程中,主体的全部心理功能都受制于情感,情感的真实直接影响着审美感受和艺术形象的真实;相反,如果作者对自己的情感加以掩饰、扭曲、伪装,就很难达到对客观对象的真切感受和表现,这样创造出来的艺术形象就可能是苍白的、令人生厌的虚伪形象。一部作品即使在理性的假定性逻辑方面无懈可击,但缺乏情感雨露的滋润,它的真实性往往也会因此减色。相反,一部作品即便在理性逻辑方面偶有疏漏,或者有意违背,但只要充溢着情感的激流,往往便可使人们听命于神秘的情感逻辑而相信其真实性。我国传统戏曲《牡丹亭》中主人公杜丽娘痴情苦恋,死而复生,作者汤显祖在解释这种现象时说:"第云理之所必无,安知情之所必有耶。""生而不可与死,死而不可复生者,皆非情之至也。"[1]正是作者和读者(观众)共同达到了这种"情之至"的状态,才能出现或接受这类"理之所必无"的艺术描写。托尔斯泰曾经指出,艺术感染力的大小决定于三个条件,即所传达的感情的独特性、清晰程度和真挚程度。他认为这种真挚程度也就是"艺术家自己体验他所传达的那种感情的力量如何",而这种真挚的程度"对艺术感染力的大小的影响比什么都大","是三个条件中最重要的一个"。[2] 这个见解是很深刻的。同时,也应该看到,情感性真实不但增添了艺术的魅力,作为艺术真实的深层内容,它同时也是作品价值天平上一块重要的砝码。

包括了上述三个基本层次的艺术真实,同生活真实既有密切的联系,又有根本的不同。作家正是在生活真实的基础上创造了既是生活差异物,又是生活类似物的作品,形成了艺术真实。显然,生活真实是艺术真实的基础,同时,作品和生活之间从整体到细节又都不同程度地存在着结构的"同形";因此在衡量艺术真实时,也不可能全然脱离生活真实的参照。但是,艺术真实作为生活真实的反映,毕竟是主观意识的存在。它是作家对生活真

---

[1] 汤显祖:《牡丹亭记题词》,《中国历代文论选》四卷本,第 3 册,第 152 页。
[2] [俄]列·托尔斯泰:《艺术论》,《西方文艺理论名著选编》中卷,第 423~424 页。

实进行选择、过滤、改造、加工的结果,凝聚着作家的审美创造,因此它可以而且应该比生活真实更集中更典型。韦勒克在谈到对小说的艺术真实性进行衡量时这样指出:

> 正确的批判方法是拿整个虚构的小说世界同我们自己的经验的、想象的世界加以比较,而我们的经验和想象的世界比起小说家的世界来通常缺少整体性。虽然一个小说家的世界的模式或规模和我们自己的不一样,但当他所创作的世界包括了我们所发现的所有普遍性范围内的必要因素,或虽然所包括的范围是狭窄的,但其所选的内容却是有深度的和主要的,而且当这些因素的规模或层次对我们来说好像是一个成熟了的人具有一定的容纳量的时候,我们就会衷心地称这个小说家为伟大的小说家。[1]

这正说明了艺术真实同我们经验中的生活真实的关系。

艺术真实在不同类型的艺术变形中有不同的表现和要求。在客观型变形中,由于变体和原型之间存在着明显的、直接的对应关系,因此要求描写的客观性和细节的逼真性,艺术真实和生活真实之间就有着较多的联系。而在主观型变形中,则没有这样的要求。即使是一些从生活真实看来是荒诞不经的情节,仍然可以具有艺术真实。"纵使写的是妖怪,孙悟空一个筋斗十万八千里,猪八戒高老庄招亲,在人类中也未必没有谁和他们精神上相像。"[2]这种"精神上相像"便使人们在心理上获得了真实感。当猪和猴子已经被假定为人的条件之下,招亲以至取经这样的事就是很顺理成章而具有真实性的了。这种拟人化的手法,既可以在像《西游记》之类的神魔小说和寓言、童话等作品中创造整体性的假定条件,也可以在以客观型变形为主的作品中作局部性的艺术点缀,但其艺术真实性都是用生活真实所无法衡量的。

艺术真实和艺术创造的其他因素相联系,在不同体裁、题材的作品中表现和要求也有所不同。例如,对于诗歌真实性的衡量着重在作者情感的真挚可信,就很难有严格的细节真实的要求。报告文学、传记文学等纪实性文

---

〔1〕 [美]韦勒克、沃伦:《文学理论》,第242页。
〔2〕 鲁迅:《〈出关〉的"关"》,《鲁迅全集》第6卷,第518页。

体,因为以表现真人真事为题材,基本属于客观型变形,所以在表现环境、人物、事件等方面,从整体到细节都要求严格忠于现实。而戏剧(特别是戏曲)剧本的创作、表演和欣赏则都服从于若干传统的假定性规则,如一定的服装、道具、脸谱、表演程式等等,都各有大致确定的象征意义及变化范围,其艺术真实就是通过这些假定性规则所提供的条件来实现的。否则,就很难感受和理解我国传统戏曲中"一桌二椅"所构成的千变万化,以及几名龙套便代表千军万马的真实性。

历史题材的小说、剧本等文学作品的情况比较复杂。一方面,它们因为涉及实有的历史人物和事件,所以有着比较明确具体的历史真实(即历史的生活真实)作为参照,艺术虚构在相当程度上受到限制。但是另一方面,又由于表现的生活内容和现代社会相隔久远,给作者发挥艺术想象提供了必然的契机和广阔的天地。历史著作对人物和事件的记载一般偏于过程的叙述,而且往往难免有缺漏或不够准确之处,不可能给偏重表现人物性格的历史文学创作提供所有的史实依据。作者在结构一部完整的文学作品时,不可能像历史学家那样,将某些无法确证的环节存疑付阙,而只能也必须依靠虚构来弥补和发展,在表现人物的内心世界方面就更是这样。而且,这类作品作为审美创造的结果,必然渗透着作家感受、体验、认识等主观因素,而绝不可能是历史人物或事件的纯客观再现。至于作家出于艺术创造的需要,在这类作品中虚构人物和事件,对历史真实做出种种艺术改造,也是常见的。对于除历史学家以外的一般读者来说,往往也很难从历史真实的角度对作品内容特别是细节做出过于认真的衡量和批评。至于以历史为依托来宣示某种政治或其他观念的"借古讽今"类的作品,以历史为躯壳来填充子虚乌有的游戏故事的"戏说"类作品,就更是如此。因此,对于历史题材的文学作品,真实性的基本要求只能在于它创造的艺术整体中所显示出来的假定性真实,以及由于揭示历史本质而表现出来的认识性真实或在描述历史时所表现出的情感性真实。

以上这些都说明,艺术创造的天地是无限广阔的,艺术真实的形态也是丰富多样的,我们不能用生活真实或其他某一种固定的标准和模式来对艺术真实做绝对化、简单化的衡量。

第四节 文学创作的典型化规律

一 典型化的基本规律

由于文学典型是文学形象的优化形态,另外一些并未创造出典型形象的优秀作品也以其形象体系表现出不同程度的典型性,因此典型化就成为体现了文学创造优化方向的基本规律。典型化的基本内涵就是按照典型的特征塑造形象和形象体系,使之具有鲜明的独特性和深刻的普遍性,也就是由不典型或不充分典型的生活原型变成典型的艺术形象的过程。这一过程包括了由表及里的开掘、去芜存精的提炼、由此及彼的改造等多种因素。毛泽东曾经指出:

……文艺作品中反映出来的生活却可以而且应该比普通实际生活更高,更强烈,更有集中性,更典型,更理想,因此就更带普遍性。[1]

这段话精辟地分析了艺术创造中典型化的普遍性和必要性。典型化规律不仅仅在现实主义叙事文学的创作中发挥作用,对于现实主义以外的其他文学创作也具有不同程度的普遍意义。作品中所描写的任何一个情节、一个场景、一种情绪或一种感受,要想获得突出的艺术效果和审美价值,都和人物塑造一样,存在着如何典型化的问题。

典型化的基本规律是个性化和概括化的辩证统一。具体地说,就是鲜明独创的个性描写和高度深刻的艺术概括的辩证统一。

所谓个性化,就是赋予形象或形象体系以鲜明独特的个性描写。文学形象的典型化自始至终离不开具体的、个别的人或物,文学形象体系的典型化也离不开生活本身那种个性化的形式。在生活中,个性处处存在。在文学创作过程中,作家不但不能抹杀这种个性,而且要突出这种个性,并突破这种个性,使之更为鲜明独特丰富,使之成为一个新的艺术的人物、景物或事件等等。许多中外优秀作家的经验都表明,他们正是这样在生活个别的

---

[1] 毛泽东:《在延安文艺座谈会上的讲话》,《毛泽东论文学和艺术》,第65页。

基础上,经过鲜明独特的个性描写,创造出艺术个别。鲁迅笔下典型的农民形象,或是阿Q这样的农民,或是闰土这样的农民,而不可能是一个缺少个性特点的、一般的、抽象的农民,否则便不成其为典型。以阿Q为例,鲁迅根据自己对生活的深刻认识和独特发现,抓住了一个富有个性的心理特征——精神胜利法来刻画人物,尽力突出它,发展它,强化它。这在《阿Q正传》的两章"优胜记略"中有集中的描写和生动的表现。诸如被人打了,心里想"这算是被儿子打了";钱被人抢了,自己打自己耳光,还"仿佛是自己打了别人一般"等等心理活动。而在挨王胡的打,挨假洋鬼子的打时,这种心理更表现得淋漓尽致。鲁迅并以此为核心,展开人物性格的其他方面。这样所塑造出来的阿Q,就不但像现实生活中的人一样有血有肉,而且在个性的某些方面比现实生活中的人更为鲜明、独特和丰富。在作品写作和发表十多年以后,鲁迅曾生动地指出阿Q这一形象的某些个性特征,包括外表服饰的特征。他写道:

> 我的意见,以为阿Q该是三十岁左右,样子平平常常,有农民式的质朴,愚蠢,但也很沾了些游手之徒的狡猾。在上海,从洋车夫和小车夫里面,恐怕可以找出他的影子来的,不过没有流氓样,也不像瘪三样。只要在头上戴上一顶瓜皮小帽,就失去了阿Q,我记得我给他戴的是毡帽。这是一种黑色的,半圆形的东西,将那帽边翻起一寸多,戴在头上的;上海的乡下,恐怕也还有人戴。[1]

显然,毡帽便是阿Q在服饰上的重要个性特征,它赋予阿Q鲜明生动的外部印记,绝不同于瓜皮小帽或其他帽子。它构成了作家所创造的艺术个别的有机部分。这种艺术个别,既可以是像阿Q这样的个体形象,也可以是群体的形象体系。例如《阿Q正传》中的未庄社会便是以阿Q为中心所展开的包含了众多个体的群体形象,它同样以其整体的独特性而成为艺术个别。

所谓概括化,就是作家对生活素材进行提炼、集中和概括,从而创造出艺术形象或形象体系,使之达到揭示某种生活本质、规律或普遍性的水平。换句话说,也就是通过自己创造的形象以及形象体系,表达对人生的深刻体验。这种概括的表层是生活材料的概括,深层是生活底蕴的概括。鲁迅在

---

[1] 鲁迅:《寄〈戏〉周刊编者信》,《鲁迅全集》第6卷,第150页。

介绍自己的创作时曾经说道：

> 所写的事迹，大抵有一点见过或听到过的缘由，但决不全用这事实，只是采取一端，加以改造，或生发开去，到足以几乎完全发表我的意思为止。人物的模特儿也一样，没有专用过一个人，往往嘴在浙江，脸在北京，衣服在山西，是一个拼凑起来的脚色。[1]

这种幽默的说法，指的正是一种有目的、有意识的概括和集中。这种目的和意识体现为作家对生活的审美认识，以及由此产生的创作意图。它们随着表象的汇聚和组合而渗透凝结在文学形象中，使之具有更深刻更普遍的内涵。

《三国演义》中曹操、关羽和诸葛亮这三个艺术典型，被评点家毛宗岗称之为"三绝"，就都是在生活真实的基础上经过概括化的艺术加工的。历史上的关羽确是当时的名将之一，这是小说中关羽形象的基础。但如果局限于此，便没有作为艺术典型的关羽。据考证，小说中有关这一人物的大部分情节，都是作者根据他理想中的英雄性格对大量素材进行提炼、集中、概括而成的。例如著名的"诛文丑"、"斩蔡阳"等情节都是将发生在别人身上的事迹移植给关羽；甚至历史上"单刀赴会"的也并不是关羽，相反恰恰是东吴大将鲁肃。

这种对生活材料的改造与概括，是和对艺术形象生活底蕴的开掘与概括紧密联系在一起的。《三国演义》中关羽这一形象的塑造正是以"义"为中心而展开的。作者为了表现关羽的"义贯千古"，就提炼和概括了许多富有典型意义的情节，统一在"义"的主线上。例如"降曹"一节就包含了对生活素材的改造、移植和生发。据史书记载，关羽是战败被擒而降曹，在小说中却成了受围被迫降曹，而且降曹也是为了尽义，所以他约定三事：

> 一者，吾与皇叔设誓，共扶汉室，吾今只降汉帝，不降曹操；二者，二嫂处请给皇叔俸禄养赡，一应上下人等，皆不许到门；三者，但知刘皇叔去向，不管千里万里，便当辞去；三者缺一，断不肯降。

---

〔1〕 鲁迅：《我怎么做起小说来》，《鲁迅全集》第4卷，第513页。

关羽投降以后,曹操封官授爵,赏金赐美,三日一小宴,五日一大宴,见战袍旧便赠新锦袍,见战马瘦即送赤兔马,可谓费尽心机笼络,但都不能动其心,难以移其志。最后,关羽终于挂印封金、斩将夺关而去,完全实践了降曹时的诺言。《三国演义》作者这种概括和创造,大大深化了关羽性格的典型意义,增强了他的感人力量。

概括化和个性化不是互相分离的两个过程。从上面所说关羽形象的塑造来看,概括化绝不是任意拼凑各种生活素材,而必须根据对形象的完整构思及其个性特点来选取、改造和组织各种生活素材。也就是说,概括化要沿着个性化的方向,通过个性化的形式来进行。黑格尔曾经指出:

> 有人可能设想:画家应该在现实中的最好的形式中东挑一点,西挑一点,来把它们拼凑在一起,或是在铜盘或木刻上找些面貌姿势等等作为表现他的内容的适当形式。但是艺术的要务并不止于这种搜集和挑选,艺术家必须是创造者,他必须在他的想象里把感发他的那种意蕴,对适当形式的知识,以及他的深刻的感觉和基本的情感都熔于一炉,从这里塑造他所要塑造的形象。[1]

黑格尔所说的"熔于一炉",正是对创造性的艺术概括化所做的生动说明。

同时,也可以说,个性化的过程贯串着概括化。如果不是从生活本身的客观规律出发,不是从艺术形象或作品的整体构思出发,而只是根据某种主观意念,像贴标签一样将许多"个性特点"强加在艺术形象身上,就从根本上违背了艺术创造,特别是典型化的基本要求。例如塑造人物时,在刻画人物性格的需要之外添加诸如外貌畸形、说话结巴、习惯动作等等所谓"个性特点",就属于这种"恶劣的个性化"倾向。不是说这些现象不能描写,相反,如果运用得好,也可能成为成功的一笔;但如果游离于人物性格的完整构思之外,就成为恩格斯所说的,"是一种纯粹低贱的自作聪明"[2]。

概括化和个性化是同步进行的。那种认为典型化可以分两步走,先进行抽象的概括,然后再把抽象的概念演化为具体的形象;或是先进行充分的个性描写,然后再填进普遍本质的看法是错误的。前者很容易造成对概念

---

[1] 黑格尔:《美学》第1卷,第222页。着重号为原文所有。
[2] 参见[德]恩格斯:《致斐迪南·拉萨尔》,《马克思恩格斯选集》第4卷,第344页。

的图解,后者则可能把个性消融在抽象的原则之中,二者都将造成个性化与概括化的脱离。

肯定文学的典型化有其基本规律,并不等于说每个作家创造典型必须遵循彼此一律的途径。所谓基本规律无非是众多优秀作家先进经验的概括,而各个作家由于自己的艺术修养、创作经验和审美趣味不同,由于作品内容和形式的特点不同,从生活原型到艺术典型的具体途径和方法并不相同。根据作家创作的实践来看,典型化的方法大致可以分为三种类型。

第一种,是以一个生活原型为依据,严格按其真实面貌来描写,创造出艺术典型。这种典型化的方法就是鲁迅所说的:取人为模特儿"专用一个人,言谈举动,不必说了,连微细的癖性,衣服的式样,也不加改变"。[1] 这在报告文学、传记文学等纪实性文体的创作中使用尤其普遍。这种典型化的方法首先要求原型本身是具有突出意义的社会典型,以人物而言,其经历、性格、命运乃至种种生活细节都具有强烈的典型性,作家在此基础上创造出具有审美价值和社会意义的艺术典型。司马迁的《史记》中的许多历史人物形象,欧文·斯通的传记文学《渴望生活》中的艺术家凡·高,徐迟的报告文学《哥德巴赫猜想》中的科学家陈景润等,都是这样塑造的。在这种典型化方法的运用中,作家不是靠虚构或移植其他原型的素材来塑造形象,而是以对原型素材的选择、提炼、剪裁和连缀等等来实现自己的审美创造,使得艺术形象不仅忠实地反映出原型的风貌,而且往往比原型具有更震撼人心的力量。

第二种,是以一个生活原型为基础,适当吸收其他原型的素材,融合而成典型。这种典型化方法虽然以某个生活原型为主,但却不受这个原型的限制,一方面可以改变原型的面貌,另一方面可以移植其他原型的素材。巴金多次说过,《家》、《春》、《秋》中的觉新,是以他自己大哥的生平事迹和性格特点为模特儿的。但是他并没有完全按照大哥的经历和命运来描写觉新。他说:

> 我拿大哥作模特儿来写觉新,只是借用他的性格,他的一些遭遇,一些言行。觉新身上有很多我大哥的东西,然而他跟我大哥不是一个人。即使我想完全根据我大哥的一切来描写觉新,但是我

---

〔1〕 鲁迅:《〈出关〉的"关"》,《鲁迅全集》第6卷,第518页。

既然把他放在高公馆里面,高家又有不少的虚构人物,又有那么一个大花园,他不能不跟那些虚构的人物接触,在那些人中间生活,因此他一定会做出一些我大哥并未做过的事情,做出一些连作者事先也没有想到的事情。[1]

也就是说,整个作品建构一个不同于现实世界的虚构世界,活动于其中的人物既受到这个虚构世界的制约影响,也有着自己的发展逻辑。生活中巴金的大哥患精神病而自杀,小说中的觉新却一直活了下来,便是一个例子。其他如《红楼梦》中贾宝玉的原型是作者曹雪芹,《钢铁是怎样炼成的》中保尔·柯察金的原型是作者奥斯特洛夫斯基,但作为艺术形象都对生活原型做了许多改造和加工,从而加强和深化了原型的典型性。

第三种,在广泛地集中、概括多个原型素材的基础上塑造典型,这也就是鲁迅所说的"杂取种种人,合成一个"的方法[2]。他所说的自己笔下的人物"是一个拼凑起来的脚色",指的也正是这样的情况。阿Q、祥林嫂等典型形象就是这样创造出来的。以阿Q为例,据说就确有一个叫谢阿桂的原型,阿Q的若干素材即取之于他。但另外有许多素材则取之于他人,如恋爱悲剧的主人公原是鲁迅的一位本家,是这位少爷突然向女佣下跪求婚,等等。鲁迅正是根据自己对若干原型的观察体验,以及对广泛的生活现象的了解认识,通过丰富的想象将众多素材熔铸成一个个活生生的艺术形象。鲁迅曾经用中国传统绘画来说明自己创作的习惯:"例如画家的画人物,也是静观默察,烂熟于心,然后凝神结想,一挥而就,向来不用一个单独的模特儿的。"[3]这正说明这种"杂取种种人,合成一个"的典型化方法是以对生活的细致观察和深入体验作为基础的。这种方法由于较少受原型的限制,因而在创造典型形象时显得比较自由,在一定条件下,对于突出形象的个性,增强概括的广度,都是有利的。

典型化的这几种基本方法,特别是后两种方法,在一个作家的创作中往往是结合起来使用的。例如巴金塑造觉新用的是第二种方法,而《家》、《春》、《秋》中的其他许多人物则是用第三种方法塑造出来的。在有的人物

---

[1] 巴金:《谈〈秋〉》,《中国现代作家谈创作经验》上册,第238页。
[2] 鲁迅:《〈出关〉的"关"》,《鲁迅全集》第6卷,第519页。
[3] 鲁迅:《〈出关〉的"关"》,《鲁迅全集》第6卷,第519页。

例如觉民身上则兼而用两种方法,即在《家》中主要以自己的三哥为模特儿,在《春》、《秋》中却具有更多虚构、综合的成分。这就不难说明典型化的途径和方法是多样的。

但是,典型化的途径和方法无论有何不同,在一些基本环节上还是大致相同的。这主要包括:第一,通过深入生活,开拓性地选取典型化的原型;第二,通过对大量生活材料的选择取舍和改造,揭示生活内在的规律;第三,通过主体的审美创造,构建典型形象或形象体系的完整画面;第四,通过主体的审美评价,发掘典型形象或形象体系的内在含义。每种典型化的方法,每个作家创造典型形象的过程,对于以上各个环节可能有不同的侧重,但不外乎从这几个方面完成典型化的过程。

二 性格的丰富性和人物典型化

文学以表现人为中心,塑造人物形象是文学形象创造的中心内容。因此,塑造典型人物也是典型化的主要问题。即使是西方现代文学,其成功的人物形象也具有很强的典型性,对我们研究人物塑造的典型化,同样具有启发意义。

艺术典型的基本特点和典型化的基本规律当然适用于典型人物。这里着重探讨人物性格的丰富性和人物典型化的关系,也就是从人物性格构成的角度来探讨人物典型化。

典型人物作为鲜明的独特性和深刻的普遍性的有机统一,构成了一个异常丰富的整体。正像黑格尔称赞荷马史诗中的人物时所说的:"每个人都是一个整体,本身就是一个世界,每个人都是一个完满的有生气的人,而不是某种孤立的性格特征的寓言式的抽象品。"〔1〕黑格尔是将丰富性作为典型人物首要的特征来加以强调的。

典型人物的丰富性包括了多因素、多侧面和多层次内容的统一。

所谓多因素,指的是人物特别是其性格的构成及表现并不是单一的。在一部作品中所着力表现的当然只是人物性格的某一主要方面,但是,一般又不可避免地需要表现他的其他性格因素。只有这样,才能显示出"一个完满的有生气的人"。黑格尔称赞"在荷马的作品里,每一个英雄都是许多性

---

〔1〕 [德]黑格尔:《美学》第 1 卷,第 303 页。

格特征的充满生气的总和"。例如"阿喀琉斯是个最年轻的英雄,但是他一方面有年轻人的力量,另一方面也有人的一些其他品质,荷马借种种不同的情境把他的这种多方面的性格都揭示出来了"。[1] 文学史上的典型人物性格一般总是程度不同地具有这种多因素构成的特点。《水浒传》中的武松就被金圣叹称为兼有"鲁达之阔、林冲之毒、杨志之正、柴进之良、阮七之快、李逵之真、吴用之捷、花荣之雅、卢俊义之大、石秀之警"。[2] 而鲁迅笔下的阿Q,精神胜利法固然是其主要特点,但"农民式的质朴"、朦胧的革命要求等等又无疑构成了这一人物的多因素的内容。

所谓多侧面,就是指对人物特别是其主要性格特征的表现,需要在人与人、人与物、人与事等多种复杂关系中显示出众多侧面。这样,就可以使人物在与环境的相互作用中充分表现自己的性格,"把一种本身发展完满的内心世界的丰富多彩性显现于丰富多彩的表现"[3]。以阿Q而言,他的精神胜利法就是通过在多种具体情境中不同侧面的表现而获得全面展示的。在与赵太爷、假洋鬼子以及官兵、把总等的关系中,他是个弱者;而在与小尼姑的关系中,他却是个强者;至于在和王胡、小D的关系中,他则是个相互不差上下者。对于城市而言,他是个乡下人;而对于未庄而言,他又是少数进过城的人之一。在革命到来之前,他是"革命党"的反对者;当革命到来之际,他成为"革命党"的拥护者。在杀别人头时,他是观赏者;在杀他的头时,他是被观赏者。正是在这些体现半殖民地半封建旧中国的各种矛盾的不同情境中,阿Q的精神胜利法得到了合乎逻辑的立体的凸现。

所谓多层次,指的是对人物的性格特征需要从外表到心灵的各个层面进行深入的揭示。如果说多侧面的表现是一种多点的环视的话,那么多层次的表现则是一种定点的透视了,二者是相互结合的。《阿Q正传》前几章对于阿Q精神胜利法的外在表现(如"儿子打老子"之类)描写较多,颇具喜剧色彩,这时的阿Q主要引起人们的可笑感。而从第四章"恋爱的悲剧"开始,作者则以悲喜交织的描写,在描述阿Q外部言行的同时,更多地表现他的内心世界,包括种种复杂微妙的潜意识活动。由调戏小尼姑而产生的手

---

[1] [德]黑格尔:《美学》第1卷,第302页。
[2] 金圣叹:《〈水游传〉第25回回首总评》,《水浒传会评本》上册,北京大学出版社1987年版,第486页。
[3] [德]黑格尔:《美学》第1卷,第304页。

指头上的"滑腻"感到追求吴妈的"恋爱的悲剧",阿Q作为正常人的七情六欲,以及因其无法满足而引起的困惑,都得到了充分的表现。由"深恶"革命到"神往"革命,由"不准革命"到"大团圆",阿Q朦胧的革命要求和对革命的无知,以及当时革命与下层群众的疏离,都得到了或明或暗的显露。特别是阿Q见官便自然而然地下跪,不知死期将至反而因画押画得不圆而懊恼,游街示众还企图设法博得观众的喝彩等细节,都是将外部行为同深层内心活动结合进行表现的深刻描写。这样,作品淋漓尽致刻画出来的这样一个麻木愚昧的"国民的魂灵",引起人们的就不单是可笑,而更多是震惊和悲愤的感受了。

除此以外,典型人物的丰富性还体现在人物特别是其性格的发展变化上。也就是说,静态的多重组合结构在动态发展中显示出更加丰富的内容来。正像其他典型形象一样,典型人物的丰富性还体现在它所含的深层意蕴上。中外文学史上一切典型的人物形象,总是体现了个别与普遍、特殊与一般、有限与无限相统一的原则,总是在鲜明独特的个别形象中寄寓了极其丰富的深刻内涵。

黑格尔在强调人物性格的丰富性的同时,还重视"它必须是一个得到定性的形象","必须具有一种一贯忠实于它自己的情致所显现的力量和坚定性",也就是通常所说的人物性格的明确性和坚定性。他指出:"如果一个人不是这样本身整一的,他的复杂性格的种种不同的方面就会是一盘散沙,毫无意义。"[1]这一深刻见解在我们讨论人物性格的丰富性时是不应该忽视的。

在典型人物塑造上,要保证丰富性,就要防止把人物变成某种孤立的性格特征的寓言式的象征品,或者是某种抽象的时代精神与思想原则的图解物。这两种错误倾向特别是后一种倾向,20世纪中期曾经在较长时间内妨害了我国文学创作的发展。进入1980年代以后,文学界逐步纠正过去存在的这类公式化概念化的偏向,重视复杂人物、复杂性格的表现就成为人物塑造方面的重大突破。严格地说,复杂性和丰富性并不是完全相同的概念,但却是紧密相连的。当人物具有相当的丰富性时,也就不可避免地具有一定的复杂性;而人物形象过于简单,缺乏足够的复杂性时,也就很难包含丰富的内容。因此,关于塑造复杂人物性格的努力正反映出人们对于创造内涵

---

[1] [德]黑格尔:《美学》第1卷,第307页。着重号为原文所有。

丰富的艺术典型的努力。

这种努力首先是由作家开始的。在文学创作中,那种把典型人物理解为只是反映社会本质、代表某一阶级共性的观念受到猛烈的冲击,那种把革命领袖或英雄人物"神化",把反面人物(包括某些并非"反面",而只是按照当时的政治观念归入"反面"的人物)"鬼化"的现象得到了有力的改变,出现了人们所说的从"神"到人、从"鬼"到"人"的回归,创造出许许多多富有性格特点、具有不同程度丰富内涵的人物形象。在其他人物形象的行列中,更多的复杂性格脱颖而出。诸如《将军吟》中的陈镜泉、《两代风流》中的李辰等高级干部形象,《河的子孙》中的魏天贵、《拂晓前的葬礼》中的田家祥等基层干部形象,《人生》中的高加林、《赤橙黄绿青蓝紫》中的刘思佳等普通劳动群众形象,《美食家》中的朱自冶、《那五》中的那五等遗老遗少形象,都以其独特的魅力震动和吸引了读者。

创作实践的发展和读者鉴赏心理的变化,召唤着理论家的阐释和分析。与这种需要相适应,国外的一些理论被介绍并引起广泛的注意。其中,特别受到重视的是以精神分析为代表的文艺心理学理论。此外,一些具体的理论观点,如英国小说理论家福斯特关于圆形人物和扁平人物的论述,也使中国文学界大受启发。福斯特在《小说面面观》一书中将小说中的人物形象分为两大类:一类是只有一种性格特征的人物,即扁平人物;另一类是有多种性格特征的人物,即圆形人物。他指出:

> 17世纪时,扁平人物称为"性格"人物,而现在有时被称作类型人物或漫画人物。他们最单纯的形式,就是按照一个简单的意念或特性而被创造出来。如果这些人物再增多一个因素,我们开始画的弧线即趋于圆形。[1]

福斯特在理论上也许并没有提供太多的新见解,但"圆形人物"和"扁平人物"这一对鲜明生动的术语却在中国文坛上激起了一阵涟漪。

在当时国内学者关于复杂性格的理论探讨中,论述最为系统、影响最大的是刘再复的"人物性格二重组合"论。刘再复认为:"任何一个人,不管性格多么复杂,都是相反两极所构成的。"这种正反的两极,诸如灵与肉、善与

---

[1] [英]福斯特:《小说面面观》,第59页。

恶、美与丑、真与假、悲与喜、刚与柔等等,"形成各种不同比重、不同形式的二重组合结构",从而"使性格呈现出复杂而有序的运动状态"。[1]刘再复和其他一些学者是将"复杂性格"作为一种审美标准和典型规范提出的。他认为:"文学上具有较高审美价值的典型形象,都属于这种性格组合模式。我们所讲的性格二重组合原理,就是作家通向这一最高审美层次的一种桥梁。因此,二重组合原理,对于创造较高审美层次的典型,带有普遍的意义。"[2]

关于复杂性格的探讨对于文学的繁荣和理论的发展产生的影响,总的来说是积极的,但是其中也不无偏颇和值得进一步思考之处。

首先是人物性格塑造是否存在模式的问题。从创作实践来考察,一个人物性格写成单纯的还是复杂的,写成何种性质、程度和表现形式的复杂,还要受到艺术真实性的要求和作品总体构思等因素的制约和影响。

文学作品展示人物性格的复杂性,本来就是从生活现象包括现实生活中人物性格的复杂性出发的。文学创作,特别是客观型变形的创作,只有真实地展示人物性格的复杂性,才能达到较高层次的艺术真实。但是,生活中的人物性格本来就既有复杂的,也有相对比较单纯甚至简单的。即使都被认为是复杂,也还有性质、程度和表现形式的种种差异,诸如儿童和老人、中国人和外国人、政治家和普通工人农民,其复杂就不可同日而语。这种现象的存在,本身就表现出生活的复杂性。如果忽视了这一点,一味地强调甚至人为地夸大人物性格的复杂性,制造某些"复杂性格"的模式,就容易违背艺术真实的基本要求,走上新的公式化、概念化的歧途。

同时,文学并不等于生活,并不是生活中的人物有多复杂或可能有多复杂,文学作品就需要表现得同样复杂。作品的视野可能而且需要对某些人物(通常是主要人物)形象有较全面的认识和表现;同时,也可能而且必然对某些人物(通常是次要人物)形象只有某一方面的认识和表现。这就是福斯特所说的:"通常一本构思复杂的小说不仅需要有扁平人物,也要有圆形人物。他们之间的不协调反而使人生显得……更为真实。"[3]作家在创作过程中总要根据自己的创作意图和总体构思对生活现象进行过滤和改造,使整个作品构成一个统一的有机体。人物性格的复杂性问题不能不服从于这种

---

[1] 刘再复:《性格组合论》,上海文艺出版社1986年版,第59~60页。
[2] 刘再复:《性格组合论》,第504页。
[3] [英]福斯特:《小说面面观》,第62页。

创作意图和总体构思。如果对阿Q除了精神胜利法以外的其他性格因素也都展开充分的表现，如果对小D、吴妈、小尼姑等人也都像阿Q那样展开性格的全部复杂性，那么就很难设想《阿Q正传》将成为什么样子了。

总之，人物性格是充满奥秘的神奇领域，作家的创作个性和意图又是千差万别的，因此，文学作品人物性格的复杂性，用某种绝对化的公式是很难规范的。

其实，复杂性并不等于典型性，并不能把复杂与否作为绝对的审美尺度或典型规范。在文学史上，既有像哈姆雷特、安娜·卡列尼娜、宋江、阿Q那样复杂程度较高的典型，也有像堂·吉诃德、老葛朗台、李逵、诸葛亮那样相对比较单纯的典型。前者复杂而不流于庞杂，后者单纯但不失之于单调，都具有较高的审美价值和典型意义。而且，后者在集中表现某种性格特征、显示出单纯的美的同时，也显示出无限的丰富性。如果从外在形态到内在意蕴都流于单一，毫无余味，这样的人物形象是不成其为典型的。在衡量形象的典型性时，还要看复杂的描写是否真实，是否有机地融为一个整体，是否具有深广的社会历史内涵等，只有具备了一定的综合条件时，复杂的人物形象才具有真正的丰富性，才是典型的艺术形象。

三　典型环境和人物典型化

从人物与环境的关系着眼，注意创造典型环境，并在人物与环境的相互作用中更好地表现人物，这也是实现人物典型化的一个重要途径。

文学作品中的人物和现实中的人一样，不是孤立的，总脱离不了一定的外在条件。所谓环境，正是对一定人物而言的概念，是指围绕人物的一切外在条件的总和。环境主要是指社会环境，也包括自然环境。社会环境除了人物所处的一定历史时期社会生活的风貌和发展趋势以外，更主要的是各种人物所构成的社会关系。社会环境与自然环境是互相联系的。一般情况下，对人物性格的形成和发展起主要作用的是社会环境。

人类的一切活动都是在既定环境中进行的，人的性格也是在既定环境中形成和发展起来的。从某种意义上讲，人的一切活动都是为了改变旧的环境和创造新的环境。马克思、恩格斯曾经指出："人创造环境，同样环境也创造人。"[1]现实生活中人与环境的这种辩证关系,理所当然地在文学作品中得到了艺术的反映。

从相互联系上看,文学作品中人物和环境是相互依存的。

首先,人物不能孤立地存在。人物总要生活在一定的环境里,离开了环境,人物也就失去了活动的天地和行为的依据。脱离了作品中具体环境的特殊规定性,鲁迅《狂人日记》中的狂人就只是一个十足的精神病患者,《伤逝》中的涓生就只是一个无情无义的负心汉,《孤独者》中的魏连殳就只是一个革命的逃兵,《在酒楼上》的吕纬甫就只是一个新思想的叛徒……人物的丰富内涵不但不能脱离环境,而且正是在人物与环境构成的统一体中才得到充分表现的。

其次,环境是人物的环境,离开了主体,也就无所谓环境。即使是以社会风俗人情为内容的"社会风俗画"式的作品,或者是以自然景物为对象的"风景画"式的作品,也免不了主体意识的投射。至于长篇作品中出现局部的这类描写,更是和人物的活动紧密相连的。所以,环境和人物都是以对方作为存在的条件的。

从相互作用上看,文学作品中人物和环境是相互制约的。

这种相互制约首先体现为环境构成人物性格形成和发展的外部条件。在文学作品中,环境不但是人物活动的天地,而且成为人物行动的导因和性格形成的根源。巴尔扎克的一系列作品都注意揭示环境对人物的这种制约作用。以《欧也妮·葛朗台》而言,老葛朗台和他的侄儿查理,就是从既有一定联系而又有许多差异的具体环境中成长起来的不同的资产阶级暴发户形象。查理在出场时还是一个有着一张"满面春风的小白脸"、不乏柔情的纨绔子弟;而在经过七年的海外投机冒险生涯以后,他从内心世界到外部形象都发生了深刻的变化,成为一个果断、放肆、贪婪、残忍的剥削者。但是他和自己的伯父那种"一毛不拔的铁公鸡"不同,他挥霍金钱,花天酒地,追名逐利。他毕竟不是在索漠这样的外省城市成长起来的土财主,而是从巴黎那个花花世界和海外冒险中闯荡出来的资产者。巴尔扎克不但鲜明地表现了人物的性格异同,而且还为这种异同提供了充分的环境依据,从而增加了人物形象以至整个作品的内蕴和感人力量。

其次,人物与环境的相互制约还表现在人物对环境的反作用上。也就

---

[1] [德]马克思、恩格斯:《德意志意识形态》,《马克思恩格斯选集》第1卷,第43页。

是说,在环境形成人物性格的同时,人物也在改变着环境,而不是消极地、被动地接受环境的制约作用。《欧也妮·葛朗台》中所描写的索漠城中的种种现象,就和老葛朗台这个人物有着密切的联系。《失街亭》中诸葛亮的大智大勇是在困守空城的险境、绝境中显示出来的,而这种环境的形成又是和他作为统帅用人不当、轻信马谡有着直接的关系。这就说明,人物的行动必然影响环境,而改造过了的环境又促使人物采取新的行动。经过人物和环境之间这种不断的相互作用,人物以及环境的丰富内涵就在动态中得到充分的展示。

关于环境与人物的关系,历来为许多作家和理论家所重视。恩格斯提出的"真实地再现典型环境中的典型人物"这一命题,则将这一问题的理论探讨推进到一个新的阶段。恩格斯在1888年写给英国女作家哈克奈斯的一封信里,要求作家在自己的作品中积极地、正确地表现时代发展的潮流和趋势,将人物放在富有时代、阶级特色的具体环境中,而不是局限于某一个狭隘的范围里来表现。尽管在1880年代,确实还存在着像伦敦东头"那样不积极地反抗,那样消极地屈服于命运,那样迟钝"的工人群众,但是在当时整个工人阶级已经觉醒的情况下,这种落后乃是一种特殊现象。恩格斯因此批评像哈克奈斯的《城市姑娘》那样孤立地去描写"消极群众的形象",他认为:"您的人物,就他们本身而言,是够典型的;但是环绕着这些人物并促使他们行动的环境,也许就不是那样典型了。"在这个过程中,恩格斯指出:

> 据我看来,现实主义的意思是,除细节的真实外,还要真实地再现典型环境中的典型人物。[1]

恩格斯这封信的手稿在1930年代被发表并介绍到我国以后,产生了广泛的影响。虽然理论界对恩格斯的"典型环境"命题本身及其作用的理解还存在着不少分歧,但是恩格斯希望作家在人物和环境描写中表现或透露出一定社会历史本质特征这一点,至少是确定无疑的,也是正确的。而这一点,也正构成了典型环境与一般环境的主要区别。

按照一般的理解,所谓典型环境是指作品中体现了一定社会历史本质特征的特定的环境,它是环境典型化的方向。对典型环境的理解和把握要

---

[1] 以上引文均见[德]恩格斯:《致玛·哈克奈斯》,《马克思恩格斯选集》第4卷,第462页。

注意以下几个方面。

第一，典型环境体现一定时代社会历史本质的某些方面。典型环境之所以典型，正是因为它从人物与环境的统一关系中反映出一定时代社会的真实面貌和某些本质特点。西班牙作家塞万提斯的小说《堂·吉诃德》所反映的16～17世纪初西班牙广阔的社会现实，充分显示了这个曾经威震世界的封建王国破绽百出的现状和必然衰落的趋势，构成了堂·吉诃德主仆活动的典型环境。同样，《红楼梦》、《阿Q正传》等作品中，围绕着主要人物所展开的环境描写，也都反映出中国社会不同时期的真实面貌和本质特点，因而带有充分的典型性。即使是那些主观型变形的作品，虽然其中人物和环境往往都不是或不完全是现实生活中实际存在的，但同样可以而且也应该透露出某种时代和社会的背景。西方现代主义的一些代表作品，如卡夫卡的《变形记》、海勒的《第22条军规》等，就都在不同程度上反映出西方社会的某些本质方面，通过非写实的典型环境表现了人物的典型感受。

但是，并不能简单地认为典型环境就是作品反映的时代社会背景，例如《水浒传》或《红楼梦》的典型环境就是中期的或末期的中国封建社会。以《阿Q正传》来说，其环境描写反映出辛亥革命前后的中国社会的某些特征，但是具有这一特点的作品又绝非《阿Q正传》这一部。鲁迅和其他人以辛亥革命为背景的作品还不在少数，我们并不能认为这些作品都具有相同的典型环境，那样势必要导致一个时代只能有一种典型环境的荒谬结论。

第二，典型环境又是个别化了的独特的具体环境。在一部作品中，时代和社会的本质特征，以及社会发展总的趋势，又总是通过个别化了的独特的具体环境来表现的，也就是说，大环境是融于小环境之中的。《堂·吉诃德》正是通过贫穷的农村、杂乱的城镇、公爵的城堡、外省的客店，以及各种人物围绕堂·吉诃德主仆所构成的具体环境来展现当时的时代潮流和社会本质的。而大观园和未庄也正是《红楼梦》和《阿Q正传》中折射时代风采的具体环境。

在一部作品中，不同人物所处的大环境在许多方面可以是相同的，但各个人物的具体环境又不完全相同，仍然有着自己的独特性。在《水浒传》中，"官逼民反"的大环境对每个梁山英雄都是相同的，但是每个英雄被"逼上梁山"的小环境即具体环境又各有千秋甚至大相径庭，林冲和武松不同，宋江和卢俊义也迥异。而且，作品中相互联系的人物在一定意义上都是构成对方环境的因素，彼此互为环境。李自成和张献忠、林黛玉和薛宝钗、吴荪甫和赵伯韬,就都是这样互为环境的。如果没有这一方,那一方也就必然因失去或改变环境而改变面貌。因此,每个人物的环境又是和其他人物的环境不可分割的,人物的典型化和环境的典型化也是不可分割的。

第三,典型环境是变动的、发展的。

不同时间和空间的环境差异是体现社会生活发展和变化的重要方面,也是人物性格发展和变化的重要条件。作品所创造的典型环境不应是静止的、凝固不变的,而应在时空的变异中体现出具体环境的独特性和时代背景的变动性。在那些表现社会生活广阔、历史跨度较大的作品中就更是这样。以《三国演义》中的诸葛亮而言,这个常常被批评为"神化"而缺少变化的典型人物,其所处的环境也是不断变化的。"三顾茅庐"前的诸葛亮,虽然心系天下兴亡,却身处山野之中;赤壁大战中的诸葛亮,虽然只是一名"客座"军师,却处处要争取战争的胜利和本集团的扩展;刘备在世时的诸葛亮,虽然受到礼遇和重用,却又不能不受制于主人的意旨;后主继位后的诸葛亮,虽然仍是丞相,却在相当程度上成了蜀汉王朝的实际主人……几十年的征战生活中,顺利和挫折、胜利和失败、内忧和外患等因素更是此起彼伏、变化无穷。诸葛亮这一忠臣贤相智星的形象就在这种变化着、发展着的环境中鲜明地显现出来。

典型环境的创造不是靠作家抽象的介绍或游离于情节之外的描述,而主要是通过对人物及人物之间相互关系的描写,在情节的发展特别是典型的矛盾冲突中自然而然地进行的。

揭示环境与塑造人物的辩证关系,在抒情类文学作品的创作中也有类似的反映。不过,在这类作品中,不是对人物性格展开全面的表现,而是集中为主体情感的抒发。这种情感抒发常常与一定的环境描写相联系,或通过一定的环境描写来进行。我国古代文论中重视情与景的关系,景实际上就是一种染上了主体情感色彩的环境,而主体则处于相对隐蔽的地位。

此外,即使在叙事性文学作品中,环境的描写及其典型化也常常具有独立的意义。文学中的人物和环境的关系,并不完全等同于生活中人物和环境的关系。作家完全可以对这种关系进行某种过滤和改变,从而在作品里着重表现其中的某些方面。这样,有的作品就只表现或主要表现环境,人物则处于相当次要、模糊的状态。契诃夫的《苦恼》、鲁迅的《示众》都是属于这种类型的作品。以后者而言,写的就是旧中国"首善之区"的一个极为常见的示众场面:一个警察牵着一个犯人在马路上示众,一群看客好奇而无聊地围观。其中并无曲折动人的情节，也无鲜明生动的人物。鲁迅怀着深广的悲愤描绘了这一典型场景，意在唤醒人们摆脱这种麻木不仁的状态。

　　本书第二章中曾经谈到典型观念的拓展与变化，典型并不限于人物。20世纪西方文学就出现了许多并未创造典型人物甚至典型环境的作品，其中的形象、意象甚至相当抽象的意念，仍然既具有鲜明的独特性，又显示出深刻的普遍性，具有典型的意义。这类作品同样可以取得震撼人心发人深省的艺术效果。这就说明，典型化的途径是多样的。艺术创造虽然存在并可以总结出这样或那样的规律，却永远不是束缚作家或理论家新的创造的桎梏，典型化的规律也是这样，这本身就是艺术创造的一种规律。

第五章

文学创作主体论

社会生活是一切文学创作的源泉。但是文学并不等于社会生活本身，后者必须经过作者头脑这个中介才能折射、演化为文学作品的内容。作者作为文学创造主体的作用不可忽略和轻视。本章将分别研究文学创作的主体及其外延表现：文学风格、流派和思潮，从而揭示创作主体在文学活动中的能动作用。

第一节 文学创作的主体

一 文学创作的主体

作者包括作家以及其他从事文学创作者是文学创作的主体。主体是相对于客体而言的。在文学创作活动中，主体所面临和把握的客体，与人类在其他社会实践活动中所面临和把握的客体，既有相同之处，又有区别和差异。被主体所感受、认识和表现的现实生活，不管是物质形态的还是精神形态的，无疑都构成创作的客体。但是，创作的客体又不只是这些。在创作过程中出现的以客观物象为基础的心理表象、审美意象和艺术形象，都是主体所必须把握的对象，因而也都是创作的客体。例如，郑板桥所说的"眼中之竹"、"胸中之竹"和"手中之竹"，就和庭中之竹一样，都是主体把握的对象。它们一方面是主体对庭中之竹进行艺术把握的产物，另一方面又构成艺术创作不同阶段中新的客体，需要主体加以把握。"眼中之竹"是任何有基本视力的人都能感受到的，但并不是所有的人都会"胸中勃勃，遂有画意"，而产生"胸中之竹"；更不是所有的人都能够"落笔倏作变相"，画出"手中之竹"来。

创作主体需要有对各种客体加以把握的能力，才能实现艺术创造的目标。由此不难看出，文学创作和社会物质生产活动不同，它所处理的主要是一系列精神性对象,即"眼中之竹"、"胸中之竹"和"手中之竹",而不是物质的存在即庭中之竹。同时,文学艺术创作又和其他社会精神生产活动不同,它在处理精神性对象时,着重是从审美方面来进行的,因此并不能用客观现实世界的尺度来作机械的衡量。这样,文学艺术创作就可以比其他社会实践活动更充分地实现主体创造的自由性。

主体的创造活动是以自己所感受和认识的现实生活这一客体为基础的,必然受到这一客体性质和特点的制约,文学最终总是一定社会生活的反映。但是,主体在创造活动中"按照美的规律来塑造物体",按照自己的审美要求和社会理想来进行艺术变形,从而创造出在性质、形态和特点等方面与生活原型既有联系又有区别的精神性客体来。从以前各章特别是上一章的论述中不难看出,在由生活原型到艺术形象这一系列客体演化的过程中,创作主体的作用是决定性的。从一定意义上可以说,没有创作者,便没有作品,便没有文学;有什么样的创作者,便有什么样的作品,有什么样的文学。

主体在文学创造中不但表现出人类在认识和改造世界的实践活动中所具有的一般特点和能力,而且还表现出自己的特殊性质和能力,这集中表现为用语言进行审美创造的能力。

创作主体的多种主观因素制约着文学创作的面貌。其中,最主要的是其审美心理的结构和运动。

主体的审美心理结构包括了以下这样四个基本的层次。

第一,人类审美心理。人类不但由于共同的生理结构而具有相同的感受美的能力,而且在世世代代的审美活动中形成和积淀了一定的共同审美心理。这种人类审美心理,或通过先天遗传,或通过后天习染,深藏在个体身上。从纵的方面讲,它有历时的继承性;从横的方面讲,它有共时的普遍性。人类审美心理是审美个体之间共同性最普遍的一个层次,也就是所谓共同美感产生的基础。作家对于自然之美、男女之爱、亲子之情等,往往表现出相同或相近的创作兴趣。例如对于西湖风光、桂林山水之类的自然之美,不同时代、不同阶级、不同民族的游客就都曾经写出了大量赞美的诗文作品。虽然其中情趣意味会有所差异,但肯定性的倾向还是一致或相近的。这正从一定程度上反映出人类审美心理的共同性特征。

第二,群体审美心理。人类社会生活中由于各种原因造成的群体差别,也会形成和积淀一定的群体审美心理。这种群体的差别,诸如时代、阶级、民族、地区、年龄、性别等等,其形成既有自然原因,也有社会原因。由于不同群体的主观条件和客观条件各有不同,因而反映在审美心理上也就有各种差别。就作家个体来说,各种群体的审美心理是综合地存在于他的身上的。因此,他可以在不同的层次和方面同不同群体的人产生类似或相同的审美反应,并渗透于创作活动之中。

第三,审美趣味个性。所谓审美趣味,是主体在审美活动中的趣味倾向一贯性。它是主体的审美理想和偏好的总和,与之相符的客体就能使主体产生兴趣和满足;对于创作主体来说,相应就进一步产生创作欲望和追求。审美趣味个性受到主体的生活经验、文化水平、艺术修养、道德观念、政治信仰等的制约和影响。由于主体在这些方面的条件各不相同,也就造成了人们审美趣味个性的千差万别。所以西谚有"趣味无争辩"的说法。

这种审美趣味个性是作家创作个性的重要内容,制约着作家选择题材和体裁、构思作品、语言表达等一系列创作活动。有时,甚至使得作家在同样的主题、题材、体裁等限制之下,创作出艺术风格不同的作品来。

第四,审美心境。这是审美主体随机选择性的表现。同一位作家在不同的人生阶段和不同的环境气氛中,由于不同的心情支配,审美要求和创造欲望都会有所不同。唐代著名诗人白居易一方面大力提倡和写作针砭时事、意激言质的"讽喻诗",另一方面也写作了大量其他题材和风格的作品。其中,所谓"闲适诗"属于"或退公独处,或移病闲居,知足保和,吟玩情性者";所谓"感伤诗"则属于"事物牵于外,情理动于内,随感遇而形于咏叹者"。他用儒家的传统观念解释说:"谓之讽喻诗,兼济之志也;谓之闲适诗,独善之义也。"这说明,和政治上的进退相联系,他的审美心境也有不同的状态,从而写出情趣迥异的作品。[1]

创作主体的这种审美心理结构及其变动,作为一种综合的系统的因素,影响着文学创作的方向和水平。同时,对于文学创作这一独立的、特殊的个体精神生产活动来说,还需要主体具备从事这一生产所必需的某些主观条件,即通常所说的作家的创作才能。

作家的创作才能主要包括三个方面:第一,艺术发现的能力;第二,艺术思维的能力;第三,艺术表现的能力。在文学创作的整个过程中,这些能力发挥着不可忽视的作用,保证了艺术形象的完成。

当然,创作者成长和生活在一定的社会之中,不可避免地受到自然和社

---

[1] 以上参见白居易:《与元九书》,《中国历代文论选》一卷本,第143~144页。

会环境、文化传统、语言体系、审美习俗等的制约和影响。如果把这些笼统地称作社会背景的话,那么,这种社会背景对于创作者个体来说,既有时代、民族、文化、阶层、性别等普遍性的因素,又有个体差异而造成的特殊性因素,包括各种历史的传统的乃至遗传的因素,多种因素作用于某一创作者个体,便形成主体的各种主观条件,包括上面所说的审美心理结构、创作思想、创作才能和创作倾向等等。例如人们普遍注意到作家有主情和主智两种类型的存在。前者在创作活动中表现出较为强烈的情感冲动,作品中往往也带有较多的情感流露或宣泄;而后者的创作活动则带有更多理性的成分,作品中往往也更多冷静的描述和分析。这种分野的存在,就和先天的或后天的各种客观因素有着这样那样的联系,一般并非作家的主观愿望所能造就或改变。因此,也可以说,有什么样的社会背景,便有什么样的创作者。

上一章在论述灵感形成的原因时,曾经谈到柏拉图、康德等人从唯心主义立场出发,将其归于神赐的迷狂、天才的创造、无意识的宣泄等等。其实,他们的这些看法并不限于灵感,同时也是对整个文艺创作的解释。在这种观念指导之下,作者主体性的作用被不适当地夸大了。但是,如果完全反其道而行之,忽视社会背景的作用,贬低或否认作者的主体性,也是不适当的。在 20 世纪相当长的一个时期内,我国文学理论单纯强调文学及其创作者的阶级属性,把作家视为阶级意识和政党政策的传声筒,忽视其他社会因素的作用,抹杀作家个人的创造性,造成了极大的危害。西方形式主义理论过分强调文学的自足性,实际上也在一定程度上忽视甚至抹杀了作家的主体性,和上述单纯强调阶级性而抹杀作家主体性的倾向,在思维方法上实有异曲同工之嫌。例如,结构主义理论强调语言传统对作家的制约作用,认为语言是一个自足的系统,每个人出生以后就进入了一个语言系统,成为其中的一个成分,并按照这个系统的规范去感受和认知世界,离开了既有的语言系统,作家的创作便无从谈起。结构主义理论家们热衷于寻找文学作品结构的模式并取得了相当的成果,正是在这种背景之下,法国学者罗兰·巴特提出了惊世骇俗的口号:"作者死亡,写作开始",对传统意义的作者的权威地位进行颠覆,打破了文学研究局限于作者意图阐释文本的局限,也为读者发挥自己的创造性阐释文本开拓了广阔空间。他还认为,写作成为一种语言的互文性的自我运动,"作者"不存在了,具有独创性的创作活动不存在了,只有所谓的"撰稿人"或"抄写者"在编辑、结构各种互文性的文本,他们不再有激情、性格、情感、印象,而只有赖以进行永不休止的写作的一整套词汇,生命是对书本的模仿,书本则是符号的交织。[1] 巴特和其他一些后结构主义学者的类似见解,对于人们认识创作活动的复杂性和文化传统包括语言传统的重要性,有着深刻的意义。但因此而否定作家的主体创造性则不免矫枉而过正。应该看到,主体在各种客观环境和条件面前不是完全被动的。在一定条件下,主体可以程度不同地超越客观环境和条件的制约与影响,并改变环境和条件。

首先,这是由文学作为艺术的基本性质和特点所决定的。作为一种高度自由的精神生产活动,文学可以不受社会现实条件的限制,不受社会物质生产水平的束缚,摆脱传统的社会观念的羁绊,按照主体的社会理想和审美理想,创造出超越现实的艺术世界。这在以主观型变形为主的作品创作中表现尤为突出。

其次,这和主体结构及其形成的复杂性也有关系。以主体的审美心理结构而言,它就是一个多层次多侧面的复杂系统,是由各种环境因素及其变动综合作用而产生的。因此在一定的客观环境面前便不是完全被动的。不但人类审美心理可以使主体超越客观环境的限制,群体审美心理同样也是由多种因素综合于个体身上。因此,个体既可以在一定层次和方面产生与某些群体类似或共同的审美反应,也可以在一定层次和方面超越另外一些群体的限制和束缚。此外,人的审美趣味个性常有兼容性,审美心境与客观环境的关系也不总是正向的。这些都说明主体与客观环境之间存在着既互相制约又互相作用的关系。作家和其他文学创作者的主体性不但表现在对客体的超越上,而且也表现在对客观环境的超越上。

此外,这种主体性还表现在对主体自我的超越上,这就是下面要谈的创作主体的自我修养问题。

二 文学创作主体的基本修养

创作的多方面条件(包括创作才能)既有先天的禀赋,更有后天的养成。所有这些,都需要不断地学习、积累和提高,这就是创作主体自我修养的过程。刘勰在《文心雕龙》中曾经提出,写作的准备在于"积学以储宝,酌理以

---

[1] 参见[法]罗兰·巴特:《作者之死》,赵毅衡编选:《符号学文学论文集》,百花文艺出版社2004年版,第507~509页。

富才,研阅以穷照,驯致以怿辞"[1],这就涉及学习知识、研究事理、观察生活等多方面的修养内容。概括起来讲,创作主体的基本修养包括了三个方面的内容:第一,生活积累,即增加生活知识和经验,增进对生活的了解和认识。第二,精神修养,即提高主体精神境界,从而提高作品的精神境界。第三,艺术修养,即提高主体的艺术创造水平,从而提高作品的艺术水准。下面就对这三个方面分别加以论述。

(一) 生活积累

社会生活是文学艺术取之不尽用之不竭的宝库。但是,社会生活只有经过作家自己的观察、体验和研究,也就是通过作家自己的过滤、咀嚼和消化,才能成为创作的材料。作家需要不断地对生活进行这种审美的处理,才能不断丰富和充实自己创作素材的库存,并在此过程中提高自己对生活的认识,获得艺术的发现。

作家生活积累的内容既包括直接生活经验,也包括间接生活经验。前者指的是作家通过本人的亲身经历所获得的知识和经验;后者指的则是作家通过各种传播媒介所获得的知识和经验。中国古话说:读万卷书,行万里路。前者指的是通过读书获得学识,即间接生活经验;后者指的则是通过亲历而增广阅历,即直接生活经验。

直接生活经验对于文学创作特别重要,因为以此为基础,一般便可以对生活有真切的感受,继而可能有深刻的表现。但是作家不可能事事有直接经验,还必须用间接经验来补充,总要在两种经验结合的基础上进行创作。

无论哪种生活经验的积累,都有一个"点"与"面"结合的问题。作家建立一定的"生活基地",深入一"点",这是应该的;但是,"面"上的广博也是必需的。社会生活的各个方面是互相联系的。一个"点"上的生活,只是生活总链条上的一环。它虽然可能在一定程度上反映了时代和社会的各种矛盾和斗争,成为社会生活的标本。但是,在获得对社会生活的全局即"面"上的较为丰富和完整的认识以后,往往就可以更深刻地了解某一局部的地位、性质和作用。也就是说,对全"面"的了解,必然有助于对一"点"的深入。另外,作家所表现的生活领域不可能始终不变,从这个意义上说,不断开拓自己的生活视野也是十分必要的。总之,一个作家应该把"点"上的"专"与"面"上的"博"很好地结合起来,既站得高,鸟瞰生活的全局;又钻得深,对某

---

[1] 刘勰:《文心雕龙·神思》,《中国历代文论选》一卷本,第84页。

个生活领域有透彻的认识。只有这样,才能真正具备宽广深厚的生活基础。

在生活积累方面,有"深入生活"、"投身生活"等说法。这种"深入"、"投身",不但要"身"入,而且要"心"入。也就是说不能只是一般地、浮光掠影地接触生活的表层,而应该深入生活的漩涡,把握生活的内部联系和脉搏;不能像一个客人一样站在生活的圈外冷眼观看,而应该以主人的姿态自觉参加变革现实的实践。中外古今的许多著名作家都首先是生活的"富者"和"斗士",然后才是咏叹生活的"歌手"。

王国维曾经指出:

> 诗人对宇宙人生,须入乎其内,又须出乎其外。入乎其内,故能写之;出乎其外,故能观之。入乎其内,故有生气;出乎其外,故有高致。[1]

他在这里所说的对宇宙人生即客观世界既要有"入"又要有"出",确实道出了生活积累的辩证法则。一方面,要"入乎其内",这是创作的基础;只有这样,才"故能写之","故有生气"。但另一方面,又不能沉溺于琐屑的生活现象之中,必须要"出乎其外";只有这样,才"故能观之",也就是王国维所说的以"诗人之眼"[2],即审美的眼光、艺术的眼光,来观察和看待生活,从而才"故有高致",创造出高远的艺术境界来。而这种"诗人之眼"的形成和"高致"的培养,又是和精神、艺术两方面的修养分不开的。

(二)精神修养

作家的精神境界直接影响文学作品的精神境界。清代学者章学诚曾经把"文辞"比做三军、舟车、品物、金石、财货、药毒,而把"志识"比做将帅、乘者、工师、炉锤、良贾、医工。[3]他所说的"志识",大体相当于我们所讲的文章中所表达的思想认识,他认为这是决定"文辞"方向和水平的关键。他说的虽然是一般文章的写作,但其中道理对文学创作也是适用的。

长期以来,人们强调世界观对于创作的制约和影响,这是正确的。

---

[1] 王国维:《人间词话》,《中国历代文论选》一卷本,第446页。
[2] 王国维:《人间词话删稿》,《〈蕙风词话〉、〈人间词话〉》,人民文学出版社1982年版,第238页。
[3] 章学诚:《文史通义校注》上册,中华书局1985年版,第350页。

但是，人的精神世界包含了多层次多方面的内容，仅限于世界观一个方面是不够的。下面试从和创作直接有关的三个主要方面谈谈主体的精神修养。

首先是思想修养。作家要能真正在生活中有所发现，在作品中表达出对生活的深刻见解，必须具备正确的立场、观点和方法，即通常所说的世界观，必须以自己的思想修养为坚实基础。普列汉诺夫曾经指出：

> 一个艺术家如果看不见当代最重要的社会思潮，那么他的作品中所表达的思想实质的内在价值就会大大地降低。这些作品也就必然因此而受到损害。[1]

显然，一个作家只有站在前代和当代思想财富的基础之上，才有可能攀登上新的文学高峰。许多杰出的作家都不但是一个艺术家，而且同时也是思想家。他们一般都不是简单地向哲学家或其他思想家借用现成的结论加以图解，而是从生活出发，通过自己的深入探索，真正做到有所发现，并在作品中加以艺术的表现。

其次是情感修养。情感，是创作过程中作用重大的一种精神因素。一定情感的形成和发展，与人的思想、活动和多方面的需求等等有着密切的关系，它也是主观和客观因素共同作用的结果。对于主体自身来说，需要在社会实践特别是艺术实践中加强情感修养，提高情感的纯度和浓度，从而增强情感体验的水平，增强作品的感染力量。情感修养的中心是审美情感的培养和发展，同时也包括了一般社会情感的蕴蓄和升华。除此以外，增强对情感的控制和调节能力，防止情感的泛滥影响创作的进展和作品的质量，也是情感修养的重要内容。

再次是审美趣味修养。审美趣味是影响作家创作的又一重要精神因素。它的形成和人的先天性因素虽然不无关系，但主要是社会实践的产物。除了审美活动以外，主体的其他精神活动、其他社会实践乃至日常生活活动等诸多因素，都会影响审美趣味的状态和发展。审美趣味既是个人文化活动的产物，又是个人所处的一定社会历史环境作用的结果。它完全可以而且应该通过学习和实践的过程来培养和提高。

---

〔1〕［俄］普列汉诺夫：《艺术与社会生活》，《〈没有地址的信〉〈艺术与社会生活〉》，第240～241页。

审美趣味的修养大致包括三个方面的内容：一是强化，即不断充实和丰富自己原有趣味的内涵，加强和巩固趣味倾向。这往往造成了作家风格的进一步成熟。二是变异，即随着时代风尚的变化等客观原因或主观选择的变化，改变原有的趣味倾向，培养新的审美趣味。这往往预示着作家的创作视野甚至风格也随之发生变化。三是兼容，即通过不断的强化和变异，个体的审美趣味所包含的稳定成分愈加丰富，从而显示出广泛性而更少保守性。这样，就可能不但在审美鉴赏而且在审美创造中都显示出兼容并擅的大家风度。

在文学创作活动中，作家的全部精神因素（包括潜意识的因素），都会产生直接的或间接的作用，并在作品中或明或暗地体现出来。因此，精神修养也应当是全面的和自觉的。

（三）艺术修养

文学是艺术地把握世界的一种方式。对于创作主体来说，必须通过不断的学习和实践，逐步认识和掌握这一方式的规律、特点，努力达到得心应手的地步。这就是艺术修养的内容。具体地说，艺术修养包括了三个主要的方面。

首先，是学习艺术理论。科学的艺术理论（包括文学理论），是对文艺创作经验的概括和升华，是对文学艺术的性质、特点和规律的揭示和阐发。历史上许多杰出的作家，如歌德、席勒、托尔斯泰、艾略特等，都关注文学理论的发展，而且本身也是杰出的文学理论家。他们的实践活动证明了创作和理论之间的密切关系。茅盾曾经指出：

> 一个作家并不一定要先获得文学理论和一般文化艺术的知识，然后能创作，这是不消说的；可是，一个作家的不断的精进，事实上却有赖于这方面的修养。……不研究文学理论，不求取广博的知识，单单像照相师们的拿着镜箱到社会中去摄取，对于一个作家是危险的。这危险的程度，不下于对于社会科学知识的全然盲目。[1]

这一分析恰如其分地指出了理论修养在主体修养中的重要意义。

---

[1] 茅盾：《创作的准备》，《茅盾论创作》，上海文艺出版社1980年版，第451页。

其次，是积累艺术实践经验。作家的创作总是在一定的鉴赏经验基础上开始的，因此不可避免地会对前人或同时代其他人的艺术经验进行学习、借鉴乃至模仿。这主要是通过文学鉴赏来实现的，同时也包括通过学习他人创作经验的渠道。此外，对于文学以外的其他艺术门类的鉴赏和学习，由于触类旁通，也可以丰富自己的艺术经验。创作主体还应该重视自己的创作经验，将理论学习以及借鉴他人经验和对自己的创作实践进行总结相互结合起来，不断提高自己的创作水平。一个作家在艺术上只有采取开放的态度，既不故步自封，也不自我封闭，才能在与他人、与其他艺术的交流渗透中提高自己。

再次，是培养艺术技巧。所谓艺术技巧，指的是创作主体的能力发挥和方法运用达到得心应手熟练自如的状态。对于艺术技巧，一般主要指艺术传达的技巧。实际上在艺术创作的各个阶段都存在着技巧问题。在艺术积累阶段，主体能否以"诗人之眼"迅速感受到并捕捉住稍纵即逝但却富有艺术价值的生活现象，感受到并捕捉住人们心灵深处微妙的情感节拍，其中就有对主体的艺术发现技巧的最初考验。在艺术构思阶段，技巧则表现为作家是否善于运用自己的生活积累构建出一个生动、完整而又富于独创性的艺术世界。至于在艺术传达阶段，则包括了布局谋篇、遣词造句乃至增删修改的技巧。所有这些技巧，都不是空洞的原则，它们是主体的多方面素质才能的体现。艺术技巧的形成，脱离不了反复的艺术实践，也脱离不了理论的指导和他人经验的点拨。为了追求高妙的艺术技巧，作家及其他文学创作者必须进行刻苦的修养。

上述三个方面的基本修养并不是孤立的。它们之间存在着相互制约、相互渗透的关系，它们和主体的其他方面的社会实践及修养也是相互制约、相互渗透的。对于创作者来说，只有充分注意到这些修养的重要性和必要性，并在实践中自觉进行这些修养，才能够不断提高自身的素质、才能和创作水平。

第二节　文学风格

一　文学风格的内涵和表现

创作主体的艺术实践和修养达到一定的程度，就会形成自己的创作个性。所谓创作个性，指的是作家在文学创作过程中所显示出来的相对稳定的精神活动的个体特征,包括独特的艺术视角、艺术思维方式以及艺术表现手法等等。这种创作个性,决定了作家的创作风貌,成为一定文学风格的内在基础。

在社会生活中,风格通常指的是人的思想行为所显示的特点。文学风格指的则是文学作品作为一个有机整体所显示出来的独特风貌。并不是每个作家都有自己的风格。有些作家固然在创作上也表现出某些个性特点,但由于艺术上还不够成熟,因而还不能说是已经形成了自己的风格。而优秀作家的优秀作品总是以自己鲜明独特的风格,给人以不同的审美感受,引起广大读者的注意。比较一下文学史上许多优秀作家的作品,我们就会发现,他们虽然在时代、民族、阶级等客观因素方面和题材、体裁、创作原则等主观选择方面都有这样或那样的相同或相近,却又有这样或那样的不同,存在着不同的创作个性的印记。诸如19世纪欧洲批判现实主义的小说大师狄更斯、巴尔扎克和托尔斯泰,我国唐代大诗人李白、杜甫和白居易,我国现代剧作家田汉、曹禺和夏衍……便都有这样的同中之异,这种异便是创作个性和风格的区别。不同的风格特点甚至在作家采用相同的体裁,表现相同的题材时也仍然清楚地显露出来。1920年代,朱自清和俞平伯两人同游秦淮河,事后各写一篇《桨声灯影里的秦淮河》,却显露出不同的风格特色。朱文依自然时空的推移,展开细腻的景色描绘和叙事抒情,带有强烈的感情投射,表现出特定环境下的内心冲突和苦闷。俞文则以意识的流动贯串全文,更多思辨的色彩,表现出对"空灵"的禅境的幽思和对人生哲理的感悟。朱自清在文中谈到两人情感活动的差别:"这时他的心意的活动比较简单,又比较松弱,故事后还怡然自若;我却不能了。"这样他们便一重情,一重理,显示出风格的差异。而且,一个作家在自己的基本风格之下,也会因各种主客观因素的作用而在不同作品中表现出不同的风格来。

文学风格既包括个体作家作品的风格,也包括通过作品表现出来的作家群体的风格,如流派风格、阶级风格、民族风格、时代风格等。但是,作为风格的核心和基础的是作家作品的风格,它是作家创作达到成熟的独特标志。法国启蒙主义时期的学者布封有句名言:"风格就是人",我国历来也有"文如其人"之类的说法。这些就都触及到文学风格和人的主体因素特别是人格的联系。所谓人格是人的性格、气质、能力等特征的总和,是一个相对稳定的结构组织,并在不同时间、地域社会乃至生理健康等因素影响下可能有各种变化,任何人都可能具有多重人格。由于某种社会的或个人的原因,文学风格与作者的基本人格存在一定程度的差异而与其人格的某一次要方面相联系也是正常的,因此,对于"风格就是人"或"文如其人"不能做简单的表面的理解。这也更说明,文学上不同风格的存在就是一种不难理解的客观现象了。

文学风格渗透在作品内容与形式诸因素的统一之中。它具体表现在许多方面,包括题材选择、主题开掘、形象塑造、情节安排、结构布局和语言表达等等。当然,就具体的作家作品而言,不一定在每个方面都有自己的风格,很可能是在某一个或某几个方面显示出风格的特色来。

宋代的两位著名词人柳永和苏轼历来被认为是婉约和豪放两派的代表人物,对于词这一文学样式的发展都做出了重要的贡献。他们的主要词作从众多的方面表现出不同的风格特色。柳词《雨霖铃》(寒蝉凄切)和苏词《念奴娇》(大江东去)就是典型的例子。

从题材和主题方面看:柳词表现的是习见的男女离别的情景,抒发的是细腻曲折的感情纠葛和人生感叹,所谓"便纵有千种风情,更与何人说"。而苏词却突破了传统的题材局限,表现怀古咏史的崭新内容,在吐露理想与现实矛盾的苦恼中,更表现了旷达的人生态度,所谓"人间如梦,一尊还酹江月"。

从形象塑造来看:柳词的中心是"执手相看泪眼,竟无语凝噎"的情人,作为背景出现的则是"寒蝉凄切"、"骤雨初歇",以及设想中的"杨柳岸晓风残月",连"千里烟波,暮霭沉沉楚天阔"也在开阔之中显得无比压抑。而苏词所着力表现的则是"雄姿英发"的"千古风流人物",作为背景的则是"乱石穿空,惊涛拍岸"的雄奇景观和"樯橹灰飞烟灭"的战争场面。这在文人词中可以说是首创。

从结构方式和表现手法来看:柳词委婉铺叙,曲折细密。以抒情而言,先是"念去去千里",天高路远;再是愁"今宵酒醒",一片凄凉;三是想"此去经年",形单影只。与此相适应,作品的结构推展舒缓,起伏协调。相比之下,苏词则高视阔步,放笔直书,由江山而人物,由"一时多少豪杰"而"遥想公瑾当年",由"故国神游"而发出"人间如梦"的感慨。作品的结构也就显得跳荡激越,雄健畅达。

两首词的语言也有明显不同:前者低沉凄楚,后者高亢激昂。其中有选词用字造句的原因,也涉及两个词牌本身的句式、平仄、押韵等格律要求的特点。所有这些,都构成了两首词的不同风格。

关于这两首词,南宋俞文豹《吹剑录》中记载了一段趣事:

> 东坡在玉堂(翰林院),有幕士善讴。因问:"我词比柳词何如?"对曰:"柳郎中词,只好十七八女孩儿,执红牙拍板,唱'杨柳岸晓风残月';学士词,须关西大汉,执铁板,唱'大江东去'。"公为之绝倒。[1]

幕士这种形象的说法生动地指出了柳永和苏轼的这两首词及整个词作的风格差异。这也就是后来人们总结的婉约、豪放两派风格的差异所在。在我国词史上,柳、苏二人都是有重大贡献的人物。柳永对词的变革,主要是运用俚语,较多地反映了市民阶层的生活和情趣,使词从贵族官绅的华屋绮筵走向了城市的歌馆旅邸,他的作品从总体上来说,仍以婉约为主。而苏轼则"一洗绮罗香泽之态,摆脱绸缪宛转之度",开创了豪放词派,"使人登高望远,举首高歌,而逸怀浩气超然乎尘垢之外"。[2]

对于文学风格特点的表述,人们常常使用抽象概括或形象描绘的方法,或将二者结合起来。如唐代司空图的《诗品》把诗歌风格分为雄浑、典雅、洗练、绮丽等二十四种,除两个字的抽象概括以外,又各用一首四言诗来加以形象的描绘和比喻,勾勒不同的风格特点。其中,像用"柳阴路曲,流莺比邻"来形容"纤秾",用"太华夜碧,人闻清钟"来形容"高古",用"天风浪浪,海山苍苍"来形容"豪放",都是典型的例子。[3] 这种兼用鲜明突出的概括和化虚为实的描绘的方法,往往比单用一种方法更能明确清晰地揭示出风格的内涵特点。

二 文学风格的形成和发展

一定的文学风格,总是在多方面条件的制约下形成和发展的。创作主体的主观因素是造成特定风格的基本条件,但又不是唯一的条件。因为主体作为现实的社会的人,总是处在一定时代、民族、阶级、阶层和地域等客观条件的制约之中。任何作家的创作个性以及作为创作个性表现的文学风

---

[1] 转引自胡云翼选注:《宋词选》,中华书局1962年版,第77页。
[2] 胡寅:《题酒边词》,《中国历代文论选》四卷本,第2册,第360页。
[3] 参见司空图:《诗品》,《中国历代文论选》四卷本,第2册,第203~207页。

格,都是一系列客观条件制约作用的结果。历来的学者和作家曾经对风格形成的原因作过多方面的探索,其中刘勰在《文心雕龙·体性》里的下列说法很有见地:

> 夫情动而言形,理发而文见,盖沿隐以至显,因内而符外者也。然才有庸俊,气有刚柔,学有浅深,习有雅郑,并情性所铄,陶染所凝,是以笔区云谲,文苑波诡者矣。故辞理庸俊,莫能翻其才;风趣刚柔,宁或改其气;事义浅深,未闻乖其学;体式雅郑,鲜有反其习;各师成心,其异如面。[1]

这里,刘勰把"才"、"气"、"学"、"习"看做是构成作家个性、形成不同风格的原因。一方面,"才"(才能)和"气"(气质)属于先天禀赋,即所谓"情性所铄";另一方面,"学"(修养)和"习"(习染)属于后天教养,即所谓"陶染所凝"。这四种因素共同作用的结果,便使得作家创作"各师成心,其异如面"。

概括地说,文学风格的形成和发展,受到社会的和个人的、客观的和主观的等两方面因素的制约和决定。

社会的、客观的原因,首先表现在作家所把握的客观对象的具体特点上。不同的审美对象可以使审美主体产生不同的审美心态和感受,进而创作出不同风格的审美观照对象。盛唐两大诗歌流派——田园诗派和边塞诗派,其不同风格的形成,就与所面临和选择的客观对象不同并进而形成不同的题材有关。田园诗人所面临的是和平安详的田园生活,隐逸山林的幽居情景,生气勃勃的湖光山色;而边塞诗人所面临的则是寥廓萧瑟的边塞景象,沙场对垒的刀光剑影,久战不归的两地情思。这不同的对象很自然地就使主体产生不同的审美心态和感受,造成了不同的风格特点。即使就同一个作家而言,往往也会因为审美对象的不同而表现出不同的美学追求,写出不同风格的作品。王维以田园诗和山水诗著称,同时便也不乏优秀的边塞诗作。

其次,作家所处的社会历史的客观环境也是文学风格形成和发展的重要原因。时代、阶级、民族、政治、经济等客观因素通过对作家创作个性的影响,直接或间接地制约着文学风格的面貌。以苏轼的豪放词而言,其产生就

---

〔1〕 刘勰:《文心雕龙·体性》,《中国历代文论选》四卷本,第1册,第243页。

同北宋中期社会历史的客观因素有着密切的关系。宋初曾经历过一个政治统一、经济发展的阶段，出现了一时歌舞升平的繁华景象。与此相适应，诗文领域里是讲求形式而内容空虚的西昆体盛行，在词坛上则弥漫着柔媚香艳之风。进入中期以后，各种社会矛盾激化，积弱积贫的状况日益清楚地暴露出来。时代推动着文学的前进，诗文革新运动兴起，余波推及词坛。范仲淹、王安石等人都在开拓词的题材、改变词的文体风格方面做出了努力，而能文擅诗的苏轼可以说是应运而生，开创了一代词风。

更直接影响作家风格形成和发展的客观环境因素是作家创作活动的文化背景。法国学者丹纳在谈到影响艺术品产生的多种原因时曾经指出：

> 有一种"精神的"气候，就是风俗习惯与时代精神，和自然界的气候起着同样的作用。
>
> 必须有某种精神气候，某种才干才能发展；否则就流产。因此，气候改变，才干的种类也随之而变；倘若气候变成相反，才干的种类也变成相反。[1]

这种"精神气候"同样制约着不同风格的形成和发展。作家个体或群体所处的文化背景，如不同的哲学思潮、科学水平、宗教观念、美学主张、艺术风尚等等，都是构成这种"精神气候"的因素。它们和上面提到的社会历史的客观环境有着密切的联系，又有一定的独立性，成为影响文学风格的重要客观原因。

影响文学风格产生和发展的个人的、主观的原因，首先表现在作家个人独特的生活经验上。作家个人的出身、教养、命运、遭遇等等，会给他带来独特的生活体验，形成一定的生活观念，从而影响他对生活的审美取向和对作品的艺术追求。而作家生活经历和经验的变化往往也会进一步影响到风格的变化发展。建安诗人曹植在这方面就是一个突出的例子。他的一生以其父曹操去世为界限，可以分为两个不同的阶段，生活环境的改变明显地影响到他的诗歌风格。前期的作品中，拯世济物的人生理想和恃才傲物的性格，通过热情明快的笔调得到了充分的反映。开朗、乐观、华美成为这一时期的风格特征。后期他在曹丕父子的压迫下度过了11年，六变爵位，三迁封地，

---

[1]〔法〕丹纳：《艺术哲学》，第34~35页。

名曰王侯,实为囚徒,心情苦闷激愤,生活经验也更为丰富,作品表现的深度和广度都较前大有进步,艺术上也更为成熟。悲慨、深沉、浑厚就成为这一时期作品的风格特点。

作家的思想倾向也是制约风格形成和发展的重要原因。没有内蕴的风格是难以想象的。作家的哲学、政治、伦理、宗教、美学、艺术等观念总是直接或间接地影响着文学风格的面貌。华裔加拿大学者叶嘉莹在论苏轼词时,曾将苏轼和柳永从思想倾向上加以比较。她指出柳永"是在用世之志意与浪漫之性格的冲突矛盾中,一生落拓,而最后终陷入于志意与感情两俱落空之下场的悲剧人物";而"苏轼则是一个把儒家用世之志意与道家旷观之精神,做了极圆满之融合,虽在困穷斥逐之中,也未尝迷失彷徨,而终于完成了一己的人生之目标与持守的成功的人物"。而"杂"正是苏轼思想的一个特点,他以儒家为主,但又出入佛老,善于把儒道佛三家思想结合起来旷达圆通地处世应物。特别是当他屡受挫折打击而处于逆境之中时能够这样做,就更增添了自我排解的精神力量。而他的词作和诗文作品,从总体上来讲,就"非常有代表性地表现了他的用世之志意与旷观之精神相结合而形成的一种极可注意的特有的品质和风貌"。[1]

作家的心理素质作为一种个人的、主观的因素,和风格的形成与发展也有着密切的关系。主体的气质、情感、性格特征等心理素质,无疑制约他的艺术思维的方向和过程,影响他的创作活动,从而影响文学作品的风貌。我们曾经谈到,有的作家(如茅盾)主智,偏于理性的思考;有的作家(如曹禺)则主情,偏于情感的抒发。有的作家(如李白)善于在大胆想象的基础上虚构,有的作家(如杜甫)则善于在细密观察的前提下写实。这些不同的艺术思维特点对作品风格都有影响,而究其产生的原因,又正是不同心理素质作用的结果。苏轼为人耿介,表里澄澈,讲究风节操守。有人评价他说:"东坡襟怀浩落,中无他肠。凡一言之合,一技之长,辄握手言欢,倾盖如故;而不察其人之心术。"[2]他一生遭受很大的磨难挫折,和这种性格特点也不无关系。但不是所有和苏轼有类似生活遭遇的人都有和他相似的风格。那种即使是失意时也不作伪雕饰,仍然嬉笑怒骂皆成文章的气度风采更是不多见的,这和他的性格特点就有着直接的关系。

───────

〔1〕 以上见缪钺、叶嘉莹合著:《灵谿词说》,上海古籍出版社 1987 年版,第 192 页。
〔2〕 赵翼:《瓯北诗话》,人民文学出版社 1963 年版,第 69 页。

制约文学风格形成和发展的这些因素不是互相割裂的。社会的、客观的原因和个人的、主观的原因，以及它们的各种因素，都是互相联系、互相结合的。社会的、客观的条件必须通过对作家个人的影响，转化为主观的因素，才能形成一定的文学风格。而个人的、主观的条件也正是一定的先天禀赋在后天的客观条件作用下的产物。

三 文学风格的一致性和多样性

文学风格的一致性和多样性是互相联系的，它们都体现在作家个体和群体两个范畴内。文学风格的一致性，既包括某一作家个体风格的一致性，也包括不同作家形成的群体风格的一致性。同样，文学风格的多样性，也既包括某一作家风格的多样性，又包括不同作家形成的群体风格的多样性。

茅盾曾经这样评论鲁迅小说的风格："金刚怒目的《狂人日记》不同于淡言微中的《端午节》，含泪微笑的《在酒楼上》亦有别于沉痛控诉的《祝福》。《风波》借大时代中农村日常生活的片段，指出了教育农民问题之极端重要，在幽默的笔墨后面跳跃着作者的深思忧虑和热烈期待。《涓生的手记》则如万丈深渊，表面澄静、寂寞，百无聊赖，但透过此表面，则龙蛇变幻，跃然可见……"但无论具体作品的风貌格调有何不同，"一眼看去，便有他的个人风格迎面扑来"，这便是"洗练、峭拔而又幽默"的统一特征。[1] 这就说明，在一个成熟的作家的作品中，一方面可以表现出不同的作品风格，另一方面又必然包含着一种统一的基调，有一种主导的占优势的风格。这是作家创作个性中相对稳定因素的具体表现，也就是作家风格的一致性。

同时，由于作家群体创作共性的存在，作家创作个性中往往也渗透了群体的这种共性即一致性。个人风格中也体现出时代、民族、阶级、流派等等的群体风格。

时代风格是时代精神在文学作品风貌上的反映。一定时代的物质生活和精神生活，必然产生与之相适应的时代精神，造成丹纳所说的"精神气候"。当体现这种时代精神的审美要求反映到文学创作中来，就会使同一时代作家的风格带有某些共同的时代特征，形成一定的时代风格。古人论唐诗分为初、盛、中、晚四个时期、四种风格，从中就可以看出一定时代政治、经

---

[1] 茅盾：《联系实际，学习鲁迅》，《鼓吹续集》，作家出版社1962年版，第210～211页。

济、文化对文学风格的影响。初、盛唐正值全国一统的封建王朝处在开创和鼎盛的兴旺时期,国势强盛,经济繁荣,文化发达;中唐处于各种社会矛盾的逐渐激化之中,战乱频起,藩镇割据;晚唐则属封建王朝的末期,政治更加黑暗,国力益发衰弱,社会处在持续的动乱之中。这种社会的治乱兴衰,必然在作家的创作中得到具体而敏锐的反映,影响到文学的面貌,形成不同的时代风格。明代胡应麟说:

> 盛唐句如"海日生残夜,江春入旧年";中唐句如"风兼残雪起,河带断冰流";晚唐句如"鸡声茅店月,人迹板桥霜",皆形容景物,妙绝千古,而盛、中、晚界限斩然。故知文章关气运,非人力。[1]

这里所说的"气运",就是对时代变异所做的带唯心主义意味的解释。他所举的不同时代诗人的写景名句,如王湾《次北固山》所表现的开阔博大、进取向上,于良史《冬日野望》所表现的动荡不安、萧瑟意气,温庭筠《商山早行》所表现的对日常生活狭小天地的兴致,正表明了"盛、中、晚界限斩然"的不同时代风格。

民族风格是民族特点在文学作品风貌上的反映。每个民族都有各自不同的地域环境和物质生活条件,不同的语言,不同的文化传统和心理状态,在此基础上产生一定的审美要求。当这些特点反映到文学创作中来,就形成了这一民族文学的独特风格。民族风格形成以后,便使本民族文学和外民族的文学产生明显的区别。法国启蒙主义作家伏尔泰曾经指出:

> 从写作的风格来认出一个意大利人、一个法国人、一个英国人或一个西班牙人,就像从他面孔的轮廓、他的发音和他的行动举止来认出他的国籍一样容易。

他举例说:"意大利语的柔和和甜蜜在不知不觉中渗入到意大利作家的资质中去";而"对于英国人来说,他们更加讲究作品的力量,活力和雄浑,他们爱讽喻和明喻甚于一切";等等。[2] 这主要是从语言方面来分析民族风格的差

---

[1] 胡应麟:《诗薮》,上海古籍出版社1979年版,第59页。
[2] [法]伏尔泰:《论史诗》,《西方文论选》上卷,第323页。

异。除此以外,民族风格一般还表现在作家运用本民族传统的塑造形象、结构布局的艺术手法,从本民族的审美眼光来创作文学作品。作品多数又以反映本民族生活题材,描写具有民族特点的人物性格和其他艺术形象为主。如在中国汉族诗歌里,对松、柏、梅、兰、竹、菊等植物,就有着特别的偏好和价值取向,这反映出汉族审美心理的某些特殊方面,和其他民族就有不同。构成文学的民族风格的关键在于作者具有特定的民族精神和审美心理。这就像俄国作家果戈理所说的:

> 真正的民族性不在于描绘农妇穿的无袖长衫,而在于表现民族精神本身。即使诗人描写完全生疏的世界,只要他用含有自己的民族要素的眼睛来看它,用整个民族的眼睛来看它,只要诗人这样感受和说话时,能使他的同胞们感觉到,似乎就是他们自己在感受和说话,那么,他在这时候也可能是民族的。[1]

阶级风格是阶级意识在文学作品风貌上的反映。在阶级社会里,每个阶级都具有自己特殊的物质生活条件和阶级意识,在此基础上产生带有阶级意识烙印的审美要求。属于这个阶级的作家便在自己的创作中反映出这种审美要求,反映出本阶级的愿望、思想、感情等,从而具有了或明或暗、或强或弱的阶级风格。17世纪流行于欧洲、特别是法国的古典主义文学,强调"理性"至上的基本精神和关于"美"的绝对概念,在艺术形式上形成了诸如"三一律"那样的规范化、格律化的要求,追求高雅均衡和谐统一,语言则采用贵族和宫廷使用的正规法语。法国古典主义文学和当时君主专制、中央集权的政治有着密切关系,并受到这种政权的保护、鼓励与培植。它的读者和观众限于宫廷贵族和资产阶级上层,其风格也就不能不受到他们的思想意识、生活情调乃至风俗习气的制约和影响。在其他国家的文学发展过程中,一般也都出现过这类宫廷贵族文学,它们和广大劳动群众的口头创作以及接近劳动群众的文人创作,在文学风格上一般都存在着明显的差异,缺乏后者通常所具有的朴素、刚健而又清新活泼的特点。除此以外,阶层、地域、年龄、性别等因素都可能因某种一致性而造成一定的作家群体风格,形成群体风格的一致性。1960~1970年代西方兴起的女性主义批评关注性别给文

---

[1] [俄]果戈理:《关于普希金的几句话》,转引自《别林斯基选集》第3卷,第280页。

学带来的影响,对历史上长期以男性为主体的文学观念和传统进行批判。这种女性主义批评的一个重要方面就是探讨文学中的女性意识,研究女性特有的表达方式,对文学的语言、形象、题材、情节等构成因素做女性主义的解释,比较深入地研究性别因素对不同文学风格的影响。此外,一种文体自身的特点发展到相当的水平,产生迥异于其他文体的特殊美感效果,就成为文体风格。通常所说的悲剧风格、喜剧风格、杂文风格、抒情风格等等,就属于这种文体风格。文体风格在具体作家的作品得到或明或暗、或强或弱的表现,也造成群体风格的某种一致性。

群体风格并不是同一群体的所有作家都具有的。例如,只有顺应时代潮流、体现时代精神的作家作品才具有时代风格。同时,群体风格在每个作家作品身上的体现也不是一样的,有内容和程度等方面的差别。

文学风格的多样性不但体现在上述多种群体风格的存在上,而且还体现在作家个体风格和作品风格的差异上,这是不言而喻的。

文学风格的多样性,是由文学活动的客观规律所决定的。

首先,客观世界的丰富性决定了文学风格的多样性。作为艺术反映对象的客观世界是包罗万象、纷纭复杂的。不同的客观对象本身就包含了不同的美学意蕴,即使是同一个客观对象,往往也包含了不同层次、不同侧面的美学意蕴,这就给文学风格的多样性提供了客观基础。

其次,创作主体的多样性决定了文学风格的多样性。因为作家各自处在不同的社会地位,具有独特的精神生活、创作个性和艺术才能,而这些正是形成独特风格的内在基因。因此,主体的差异正是造成风格多样性的重要原因。而主体的变化又是造成风格变化的重要原因,这对于主体来说,也是一种多样化的表现。

再次,读者欣赏要求的多样性决定了文学风格的多样性。由于群体和个体在审美心理和审美情境等方面的差异,读者总是要求有多种风格的作品来满足不同的审美需要。即使就一个读者而言,也会因主客观因素的不同而具有不同的欣赏要求。这就促使作家追求自己的独特风格,从而形成多样化的局面;同时,也推动作家在自己的创作中尝试建立不同的风格。

要实现风格的多样化,关键在于使作家的创作个性得到充分的发展。而作家创作个性的发展,有赖于客观的社会条件和作家个人的主观努力。从客观方面来看,政治民主、经济稳定、思想开放、文化繁荣等等,都有利于作家创作个性的发展。从主观方面来看,作家对自己创作个性的执著探索和追求,也是不可缺少的条件。

第三节 文学流派

一 文学流派的内涵和类型

创作主体在艺术实践中有各种不同的群体结合,文学流派就是这种群体结合的重要现象之一。

所谓文学流派,指的是一批作家由于思想倾向、艺术见解和文学风格等方面的相同或相近而形成的群体结合。当一个或几个文坛领袖人物以其理论主张或创作实绩召唤吸引着一批作家,彼此思想倾向、艺术见解和文学主张大体一致,创作出一批作品,显示出风格的一致或接近,在文学界以至文学史上产生一定的影响,便被认为是形成了文学流派。以我国宋代著名的江西诗派而言,就是一个以黄庭坚为宗主的诗歌流派。黄庭坚是"苏门四学士"之一,他的诗歌成就虽然比不上自己的老师苏轼,但却比苏轼更典型地体现出"宋诗多以筋骨思理见胜"[1]的艺术特征,在诗坛享有盛名,以致后来和苏轼被并称为"苏黄"。他在诗歌创作特别是形式技巧方面总结出比较完整系统的理论,从诗人的艺术修养途径到字、句、章法都有所探讨。他关于借鉴前人语言方面的"夺胎换骨"、"点铁成金"之说,关于诗人要"自成一家"的风格追求,关于在掌握技巧的基础上摆脱技巧的束缚而达到"无斧凿痕"的境界的号召,都既有理论价值,又有平易可学之处。同时,他又乐于和善于进行诗歌艺术的实际传授,评点新作,奖掖后进。这样,他就很自然地受到许多青年诗人的拥戴、仿效和追随,一时便蔚然而成流派。从此师友传授,相互切磋,绵延不绝至南宋末年,前后达两百多年之久。江西诗派是我国古典诗歌发展到宋诗这个阶段的重要环节,它标志着宋诗已彻底突破了"唐诗多以丰神情韵擅长"[2]的传统而形成自己的独特风格。它以其理论和创作两方面的成就影响了两宋诗歌的发展,以后也余波不息。作为我国历史上非常重要的文学现象之一,江西诗派显示出文学流派的性质、特点及其在文学发展中的特殊意义。

文学史上出现的流派按其形成的情况不同可以分为两种不同的类型。

---

[1] 钱钟书:《谈艺录》,中华书局1988年版,第2页。
[2] 钱钟书:《谈艺录》,第2页。

一种是自发形成的文学流派。这些流派并没有固定的组织形式和明确的纲领宣言,而是由于作家在思想上、艺术上追求相同或相近,从而逐渐形成了共同的风格特色以至理论主张。像江西诗派就是因一批作家响应追随黄庭坚的艺术主张,仿效学习黄庭坚的诗歌风格而自发形成的这种群体结合。他们不但没有固定的组织和明确的纲领,连江西诗派这一名称也是北宋末年吕本中作《江西诗社宗派图》时才提出的。吕本中尊黄庭坚为这一诗派的创始人和领袖,并开列了一份25人的成员名单。这份名单以后又不断得到补充,同时也因所列成员是否恰当等问题而不断引起争论。这也从一个方面说明文学流派的成员往往没有严格的界限。江西诗派虽然是自发形成的,但其间师友传授,相互联系还是很紧密的。文学史上也还有一些自发形成的流派,其成员之间缺乏或很少有直接的联系,主要是风格主张相同或相近,由旁人或后人总结提出的。如唐诗中的田园派和边塞派,就属于在题材主题方面相互呼应而形成的流派;而宋词中的婉约派和豪放派,则除了共时的相互呼应以外也还有历时的前后承袭,因此形成共同的风格类型。

另一种是自觉形成的文学流派。这些流派一般都有固定的社团组织和明确的纲领宣言,努力倡导一定的文学主张,并按此进行创作,与见解不同的流派展开论争。在近现代,这种流派都拥有一定的活动阵地,发行刊物,出版书籍等。我国五四新文学运动中的两个主要社团——文学研究会和创造社就是这样的文学流派。以文学研究会而言,它有正式的发起人,包括沈雁冰、叶绍钧和郑振铎等;有固定的文学阵地,如《小说月报》、《文学周报》和《文学旬刊》等。他们在发起的宣言中说:"将文艺当作高兴时的游戏或失意时的消遣的时候,现在已经过去了。我们相信文学是一种工作,而且又是于人生很切要的一种工作;治文学的人也当以这事为他的终生的事业,正同劳农一样。"[1]所以他们都是"鼓吹着为人生的艺术,标示着写实主义的文学的;他们反抗无病呻吟的旧文学;反对以文学为游戏的鸳鸯蝴蝶的'海派'文人们"[2]。文学研究会聚集了一批优秀作家,在五四运动以后至大革命前后的十多年时间里造成了很大的影响。他们的创作大多取材于中下层社会的生活,注重表现小资产阶级知识分子、小市民和底层群众的平凡生活和苦闷心理,揭露半殖民地半封建社会的黑暗现实,向往朦胧的"美"和"爱"的理

---

[1] 《文学研究会宣言》,原载1920年12月19日上海《民国日报·觉悟》等处。
[2] 郑振铎:《导言》,《中国新文学大系·文学论争集》,上海良友图书公司1935年版,第8页。

想,探索人生的意义和出路,在艺术上倾向于对生活做客观而细致的现实主义的描写。正因为这样,"为人生"和"写实主义"(即"现实主义")便成为这一流派最主要的风格特色,显示出思想倾向和艺术追求的一致性。当然,并不是社团一类的文学组织,都能形成文学流派。只有当这种文学组织具有一定的理论主张和创作实绩,形成一定的风格特色,并在文学发展过程中产生了相应的影响时,它才能称得上是文学流派。

文学流派的命名依据是多种多样的,它总是从某个侧面揭示出流派的特点。其中,有的以风格特色命名,如西方现代主义文学中戏剧方面的荒诞派、小说方面的黑色幽默派;有的以题材范围命名,如唐诗中的田园派、边塞派;有的以社团、刊物命名,如中国现代的新月诗派、法国文艺复兴时期的七星诗社;有的以代表人物的籍贯或活动区域命名,如中国清代散文方面的桐城派、英国浪漫主义诗歌的湖畔派;有的还以领袖人物、代表作品等等命名。各个流派的名称,往往也不是由自己确定,而是由旁人或后人提出的,像前面所说的吕本中提出江西诗派,就是这种情况。而他命名的依据也就在于黄庭坚及诗派中的多数人均为江西人。

同一流派作家的作品有着相同或相近的艺术风格,即一定的流派风格。但是,他们在共同的流派风格之下,又都具有各自的个人风格。也就是说,异中有同,同中有异。特别是那些持续时间较长、包括成员众多的流派,其内部更可以包容众多的个人风格乃至若干小的分支流派。如我国古代论词分为豪放派和婉约派,就是从风格的基本类型和传统的继承延续而言的大流派。以婉约派而言,又可细分为花间词、南唐词、柳永体、清真词、易安体等不同的风格流派。其中又往往还可包括不同的个人风格,如花间词派中的温庭筠和韦庄就具有各自的个人风格。而辛弃疾和苏轼虽然并称"苏辛",同被尊为豪放派的代表人物,但两人在豪放的基本风格之下,仍有个人风格的差异。辛弃疾时处民族危亡的动乱年代,置身于和战相争的政治漩涡,深受故土沦陷壮志未酬的精神痛苦,他的一腔热血从未平静,报国豪情从未减退,即使到了晚年,也还发出"凭谁问、廉颇老矣,尚能饭否"(《永遇乐·京口北固亭怀古》)的感慨。他那种坚凝执著、往而不返的精神,与屈原"虽九死其犹未悔"的"离骚"精神尤为相似。这和深受老庄影响、入而能出的苏轼便有很明显的区别。王国维称:"东坡之词旷,稼轩之词豪",[1]这可

---

〔1〕 王国维:《人间词话》,《〈蕙风词话〉〈人间词话〉》,第213页。

以说是相当精妙地指出了苏辛二人词风的差异。虽然苏词中也颇有豪壮之作,辛词也不乏旷达之语,但总的说来:苏词超旷,在豪放中流露出超尘出世的达观;辛词豪雄,在豪放中更洋溢着挑灯看剑的激情。也正因为此,前人才有"东坡胸襟"和"稼轩气概"的区分。[1]

二 文学流派的形成和发展

文学流派的形成、发展乃至消亡,都不是偶然的,它是一定的社会、客观方面的原因和群体、主观方面的原因相契合的产物。以创造社而言,它虽然和文学研究会被称为五四新文学运动的双生子,却又是与之风格不同的文学社团和流派。它以"本着我们内心的要求,从事于文艺"的态度,区别于文学研究会"相信文学是一种工作"、主张"为人生而艺术"的立场;它以浪漫主义为主要理论倾向和创作特点,区别于文学研究会的写实主义。创造社这一"异军突起"的文学流派就是在多种原因作用下形成的。

首先,社会历史原因是形成文学流派的外部条件。这主要表现为一批作家置身于相同的社会环境,面临着共同的社会问题,对时代和现实生活采取大致相同的态度,产生共同的审美追求和文学主张,进而付诸理论批评和创作实践。创造社的形成,一方面是针对当时黑暗的社会现实进行冲击的群体活动的结果,另一方面也是五四新文化运动所形成的科学民主潮流的产物。它和文学研究会虽然面对的是同样的社会现实,但却有自己的特定选择和答案。创造社更多地反映了当时社会特别是青年中对冲决网罗、改变现实的迫切愿望,以及由于这种愿望难以实现而产生的愤激心情,更多地表达了五四精神中追求民主的一面。这和文学研究会有所不同,但同样是当时社会历史条件作用的结果。它一出现便受到青年的欢迎而风靡一时,正说明这一流派本身的社会基础。

其次,文学自身发展的要求是形成文学流派的直接动因。文学流派的形成有赖于文学的繁荣发展,只有当文学发展到一定的成熟阶段时,它才会应运而生。新文学运动兴起伊始,处于同旧文学尖锐对立和斗争的环境之下,不可能过多顾及不同作家之间的个性或群体差异,没有条件发展内部的不同流派,只能在基本相同的思想基础上集合起来,以求对旧文学斗争的胜

---

[1] 陈廷焯:《白雨斋词话》,人民文学出版社1983年版,第166页。

利。而当这一阶段过去以后,像创造社和文学研究会这样具有不同艺术追求和风格的流派便自然出现了。文学流派的形成受到文学本身继承与革新辩证统一的发展规律的制约。创造社和文学研究会都吸收和借鉴了西方近代文学的经验,和文学研究会主要受现实主义以及自然主义的影响不同,创造社主要受浪漫主义以及某些现代主义流派的影响,具有不同的理论渊源和借鉴资源。文学流派的出现更体现出革新的要求,当一批作家要求突破传统、改变现状,揭起某种文学主张的旗帜,大胆进行创新时,便往往预示着一个新的流派即将诞生。创造社后于文学研究会成立,它的揭竿而起除了包含有对文学研究会等团体及作家的文学主张和创作倾向的批评以外,也包含有对当时新文学运动中某些不良现象的不满。所以,创造社成员才高呼道:

> 自文化运动发生后,我国新文艺为一二偶像所垄断,以致艺术之新兴气运,渐灭将尽。创造社同人奋然兴起打破社会因袭,主张艺术独立,愿与天下之无名作家共兴起而造成中国未来之国民文学。[1]

再次,作家群体的主观原因是形成文学流派的内在根源。一定的社会历史条件和文学发展要求,只是通过文学主体的活动,才能转化为文学流派的现实存在。这种主体活动,表现为一批作家由于生活经历、个性气质、文学见解等方面的互相接近而自然结合,共同进行艺术探索,从而形成文学流派。郑伯奇曾经这样分析创造社的作家:

> 第一,他们都是在外国住得很久,对于外国的(资本主义的)缺点,和中国(次殖民地)的病痛都看得比较清楚;他们感受到两重失望,两重痛苦。对于现社会发生厌倦憎恶。而国内国外所加给他们的重重压迫只坚强了他们反抗的心情。第二,因为他们在外国住得很久,对于祖国便常生起一种怀乡病;而回国以后的种种失望,更使他们感到空虚。未回国以前,他们是悲哀怀念;既回国以后,他们又变得悲愤激越;便是这个道理。第三,因为他们在外国

---

[1] 《纯文学季刊〈创造〉出版预告》,《时事新报》1921年9月29～30日。

住得长久,当时外国流行的思想自然会影响到他们。哲学上,理知主义的破产;文学上,自然主义的失败,这也使他们走上了反理知主义的浪漫主义的道路上去。[1]

除了这些,郭沫若、郁达夫等人的性格、气质和创造社这一流派的形成也有着一定关系。这些正和长期居住在国内、偏重于理智分析和实际工作的文学研究会的多数作家很自然地形成了群体的分野。

一般说来,文学流派在思想比较开放活跃的时期更容易产生。在这样的时期,往往各种社会思潮和文艺思潮大量涌现,人们勇于争论,勤于探索,作家的创作个性得到比较充分的发展,易于形成不同的文学流派,以面目各异的理论和作品互相竞赛,互相斗争,互相促进。可以说,这也是文学流派形成的一个重要条件。诸如欧洲文艺复兴时期和启蒙运动时期,我国五四运动以后,都出现过比较多的文学艺术流派。

文学流派是一种历史地形成而又历史地发展直至消亡的文学现象。在上述各种原因作用下产生的文学流派,一旦这些条件变化或消失,包括社会环境、社会审美心理、群体成员等方面发生变动,流派本身也会发展变化或衰落、消亡。以创造社而言,它的前期活动在1920年代中期曾一度低落,其中重要原因就在于郭沫若等主要成员的思想发生变化,对社会革命及其与文学革命的关系和重要性,有了新的认识,他们正酝酿从文艺活动转向政治实践。至于后期创造社经过一段轰轰烈烈的活动以后,于1929年遭到国民党当局查封,从而结束了自己的历史。但当局查封并不是这一流派消亡的最终决定因素。真正的原因在于:随着当时社会革命形势的发展,新文学运动包括创造社在内都在无产阶级革命文学的口号下实行方向转换;创造社多数成员对原先"为艺术而艺术"的主张和浪漫主义倾向都持怀疑和否定态度;许多人已成为共产党员,原先的社团意识自然减弱,有的由于组织决定,则已离开文学战线;而且,在这之后不久,便开始了"左联"这一左翼作家的统一组织的筹建工作。在这种情况下,恢复创造社,延续一个流派的活动,就很自然地被认为是既不可能也无必要的事了。而当革命文学逐渐廓清道路打开局面以后,风格流派等问题才又被人们加以重视,从而酝酿着新的文学流派的诞生。

---

[1] 郑伯奇:《导言》,《中国新文学大系·小说三集》,上海良友图书公司1935年版,第12页。

三 文学流派的作用

一定的文学流派是在文学发展的过程中产生的,它的出现又必然给文学发展以深刻的影响,并在不同程度上影响社会文化生活的其他方面。

由于文学流派的存在,作家形成比个体力量更大的群体活动,从而推动文学的发展。一个文学流派成员之间存在的相互联系,必然助长相互倾慕、影响和提携并进的倾向,促进更为自觉的相互观摩、切磋和借鉴,推动前后承袭、变革和对流派传统的弘扬,因此很自然地有利于创作水平的提高和创作经验的积累。同时,流派活动也比作家个人活动更易于造成声势扩大影响,从而有利于一种文学主张的宣传和实践,有利于一种艺术风格的形成和发展,并可能在更大范围内影响鉴赏的水平和风气,乃至影响一个时代文学的面貌。像江西诗派对于宋诗的发展,文学研究会和创造社对于现代文学的发展,就都产生了这样的作用。而后者这类自觉形成的流派,因有固定的组织和刊物阵地,有明确的纲领和目标,就更容易造成这样的影响。

同时代的各个流派之间存在的斗争和竞赛,也会有力地推动文学的发展。

文学流派之间的斗争,主要表现为不同艺术主张的斗争,包括了对本派主张的宣传、阐释和辩解,也包括对别派主张的批驳、分析和攻讦。这种斗争可以促进不同文学主张的交锋,增进人们对文学规律的认识,常给一个时代的文学发展以强大的推动力量。我国明代中期和后期,曾经发生过一系列文学流派之间的斗争,其焦点就在于文学主张的不同。针对盛行一时的内容贫乏形式浮靡的"台阁体"诗文,先是偏重从形式方面宗法唐诗的"茶陵诗派"冲锋在前,接着便有前、后七子以"文必秦汉诗必盛唐"为旗帜攻击在后。这种复古主义的主张又遭到推崇唐宋散文的"唐宋派"的抨击。而后出现的"公安派"则公开亮出反对复古主义的旗帜,提出"独抒性灵"的理论。这些文学流派在斗争中虽然都未能给当时文学的发展提供正确的道路,但这种斗争却促进了文艺思想的活跃和发展,推动了文学的前进。

在阶级社会里,各个流派不同的艺术主张和倾向,总会反映出一定阶级、阶层的利益、倾向和趣味。因此,文学流派之间不同艺术主张的斗争常常同社会的阶级斗争有着这样那样的联系,以至成为阶级斗争的一个侧面。在阶级斗争激烈的年代里,尤其是这样。我国现代文学史上以鲁迅、郭沫若、茅盾等为代表的革命文学运动,同"现代评论派"、"新月派"、"论语派"等的斗争,便包含有无产阶级同资产阶级、小资产阶级思想斗争的因素,同当时整个社会革命的形势发展有着一定的联系。

文学流派之间的关系，不但有相互对立、矛盾和斗争的一面，而且还有相互竞赛、影响和促进的一面。这对于推动文学的繁荣和发展也有不可忽视的积极作用。我国唐代诗歌的空前成就，一方面有其政治上、经济上和文化上的多种原因，同时也与当时存在各种流派有密切关系。例如盛唐的田园诗派和边塞诗派，就以其不同的题材、主题和风格，互相影响和补充，成为诗坛不可多见的奇观。同样，西方现代主义的各种文学派别，也在互相斗争和竞赛中共同推进了现代文学的发展。即使是在属于不同乃至敌对阶级的文学流派之间，也存在着这种相互竞赛、影响和促进的关系，只不过因为相互斗争的突出而受到抑制而已。前面提到的"现代评论派"、"新月派"等流派，不但革命文学对它们有影响，反之，它们对革命文学和整个新文学的发展也并非没有积极的影响和贡献。这也从一个方面显示出文学流派存在和发展的意义。

正因为文学流派对于文学发展有这样明显的作用，所以作家总是以建立一定的文学流派作为一种目标。大作家乐于开宗立派，一般作家也愿以群体力量在文坛开拓局面，初涉文坛者往往更易以归附一定流派而自助。当然，这些都只能以不抹杀自己的创作个性为前提。

第四节　文学思潮

一　文学思潮的内涵和作用

文学思潮指的是一定历史时期和一定地域范围内作家群体活动所形成的文学思想和创作的潮流。在欧洲近现代文学史上就曾经出现过多种文学思潮，如：文艺复兴时期的人文主义，17世纪的古典主义，18世纪的启蒙主义，19世纪的浪漫主义、现实主义和自然主义，20世纪的现代主义和后现代主义，等等。

文学思潮一般都有比较明确的理论主张，在艺术表现的对象、形式和方法等方面有自己特定的选择和追求，通常由相当数量的作家的共同运动而汇成一股趋向，并取得可观的创作实绩，产生广泛的社会影响。

推动文学思潮产生和发展的仍是作家和其他文学创作者。可以说，文学思潮是创作主体群体运动的潮流化。

一定的文学流派活动的结果，往往可以形成一种总体性的审美风尚和创作倾向,引导和规范一个时期的文学。这时,文学流派便具有了思潮的意义。例如我国古代的许多文学流派,如建安七子、唐宋八大家、江西诗派等,就都具有这样的特点。它们一方面是具有共同艺术主张和风格的流派,另一方面又构成左右、代表一个时代文学的思潮。欧洲近现代的各种文学思潮在一定阶段上往往也具有流派的意义。

当然,思潮又不同于流派。它只是在思想和艺术倾向等方面形成一定的共同趋向,不像流派那样在作家风格的一致性等方面有较为严格的要求。因此,它对于作家群体的涵盖面更宽,规范性却更小。这样,在一个思潮中并不存在流派或包含多种流派,就都是不难理解的了。而后一种情况尤为常见。例如,我国五四文学思潮中就有众多的流派活动,西方现代主义思潮就更是如此。那种将思潮等同于流派或创作倾向的看法是不正确的。

文学思潮的形成与一定历史时期和地域范围内社会政治、经济、文化的发展相联系,是多种社会力量作用的结果。社会经济、政治的发展,文化思想潮流的兴衰,社会审美心理的变化,外来文化的影响,以及文学发展的自身要求等,通过作家个人和群体的作用,都是催生文学思潮的原因。同样,随着社会的变迁和人们的思想观念(包括审美观念)的转换,文学思潮也会发生更迭交替。而那些占主导地位的文学思潮即文学主潮尤其是这样。这种现象在欧洲近现代文学史上特别明显。

文学思潮是文学发展过程中的重要现象,往往鲜明而具体地体现出文学发展的不同阶段。但是,文学发展又不限于文学思潮的兴衰起伏。有时,并不存在明显的思潮运动,文学发展却未中断;有些并未处在思潮中心的作家,其影响却不可忽视。不过到了近代,文学思潮与文学发展的关系,已经愈加密切。若干以欧洲为主要阵地而带世界性的文学思潮的矛盾、斗争和交替更迭,可以说构成了这一时期欧洲文学乃至世界文学的基本脉络,一个真正有成就的作家已经很难置身其外了。

随着近代资本主义的发展,各个国家、民族之间的文化交流和相互影响不断扩大。因此,文学的发展就再不可能也不应该局限于闭关锁国的状态。一种文学思潮兴起以后,往往要波及和影响其他国家,从而带有地区性以至世界性的特点。当然,一种文学思潮能在某一国家或地区产生影响,归根结底是因为那里的客观社会条件可以提供合适的土壤。我国五四新文学运动的发生,一方面是本国社会、文学内在矛盾和变革的产物,同时也是外国社会和文学思潮影响的结果。在"短短十年间,中国文学的进展,我们可以看出西欧二百年中的历史在这里很快地反复了一番";"西欧两世纪所经历过了的文学上的种种动向,都在中国很匆促地而又很杂乱地出现过来"[1]。当然,由于各个国家和地区的社会条件包括文学基础并不完全一样,同一种文学思潮的表现形式和具体内容也会有所不同。

我国现代文学理论中曾经普遍使用的创作方法的概念,和文学思潮的概念有着密切的联系。创作方法这一概念源于1920年代前苏联"拉普"(俄罗斯无产阶级作家联合会)提出的"唯物辩证法的创作方法"。后来,前苏联文学界在批判这个口号的基础上,仍然使用"创作方法"的概念,提出了"社会主义现实主义"的创作方法。当我国革命文学运动兴起之初,这两种主张先后都被作为马克思主义理论介绍过来,创作方法的概念更被广泛地加以运用。在很长一段时间里,我国高等学校使用的文学理论教材大多列专章或专节阐述创作方法的问题。

按照一般的解释,"在作品中流露出来的,按照一定的观点反映和表现生活的基本原则,就叫做创作方法"[2]。但是,在具体使用时,常常从两种不同的内涵出发,在一定程度上造成了混乱。一种是指作家怎样对待客观现实的态度,从这种内涵出发,常认为现实主义和浪漫主义是两种最基本的创作方法。另一种则是指一定文学思潮或流派的创作原则或特征,从这种内涵出发,又常常列举古典主义、自然主义等为创作方法。本书没有使用创作方法的概念,但在上一章特别是变形规律一节已经论及作家对待客观现实世界的不同态度,并将在本节介绍文学思潮的若干形态,其中主要是各种思潮的创作原则和特征。这些原则和特征存在于不同时期的各种思潮的创作和思想中,同时也具有超越特定时空的普遍意义,在其他时空范围内仍有一定的生命力,例如浪漫主义和现实主义的许多原则与特征在文学发展的历史长河中就早已存在了。

二 文学思潮的若干形态

在中外文学史特别是近现代欧洲文学史上,曾经出现过许多文学思潮。下面仅就距今较近、影响较大的几种发源于欧洲而波及世界的文学思潮进行简略的介绍。

---

[1] 郑伯奇:《导言》,《中国新文学大系·小说三集》,第2页。
[2] 以群:《文学的基本原理》,上海文艺出版社1983年版,第241页。

（一）浪漫主义文学思潮

浪漫主义文学思潮于18世纪后期至19世纪前期盛行于欧洲。浪漫主义的兴起是法国资产阶级革命和整个欧洲民主、民族解放运动走向胜利时代的产物，是德国古典主义哲学在文学领域里的一次实践，同时也是对17世纪古典主义文学思潮一次带革命性的反拨。

"浪漫主义"(romanticism)一词来源于中世纪用各国由拉丁文演变的方言(roman)所写的"浪漫传奇"(romance)，即中古欧洲盛行的英雄史诗和骑士传奇、抒情诗。这些作品大都是一些情节离奇、富于幻想的英雄美人的故事。浪漫主义思潮一开始奉它们的题材和风格为典范，也因此而得名。

由于各国政治、经济发展不平衡和文化历史传统不同，浪漫主义在各国发展的情况也不尽相同。英国和德国的浪漫主义运动兴起较早，特别是英国，出现了华兹华斯、柯勒律治等"湖畔派"诗人和后期的拜伦、雪莱等这样两代浪漫主义诗人，造成很大的影响。后起的法国浪漫主义运动，则因直接受法国资产阶级革命的影响，表现出更鲜明的革新精神和政治色彩。早期的夏多勃里昂和史达尔夫人，后期的雨果和乔治·桑，都是既有理论批评又有创作实绩的代表人物。在西欧各国文学的推动和影响下，十二月党人和普希金把俄国浪漫主义文学推到了文坛的主导地位，并引上了和人民解放运动相结合的道路。

作为一个拥有广泛社会基础的文学思潮，浪漫主义在艺术上具有以下主要特征。

第一，从文学世界与现实世界的关系来看，浪漫主义文学侧重表现作家的理想，着力创造理想化的人物和其他形象。

浪漫主义所创造的文学世界，是按照作家的社会理想和审美理想创造出来的理想世界。尽管浪漫主义作家各自的理想以至艺术手法都有所不同，但是总都要表现他认为最好、最美即他所追求的人物形象和生活形态。雨果在塑造理想人物和生活的问题上，要求把"丑恶滑稽"和"典雅高尚"结合起来，造成强烈的互相对比和互相衬托的效果。这在小说《巴黎圣母院》中有突出的表现。以人物个体形象而言，圣母院敲钟人扎西莫多外表的丑陋卑琐与心灵的善良美好，副主教孚罗诺外表的博学儒雅与心灵的卑鄙阴险，就构成了强烈的对照。以人物群体而言，爱斯梅拉达、扎西莫多与孚罗诺、菲比斯等就构成强烈的对照。而小说中所描写的两个王朝、两种社会、两类法庭都体现出明显的美丑、善恶、悲喜等因素的对比和映衬，体现了雨果的审美理想。

浪漫主义所塑造的人物常常是集真善美于一身的完人,或是在外貌、形体、性格、才能等方面不同于常人的奇人,或是形体高大、具有无穷力量的巨人,或是具有常人以至人类根本不可能具有的智慧、才能和精神力量的超人。当然,这些特点也会不同程度地结合在一个人物形象身上。对于其他事物,即使是无生命的景物,浪漫主义也常赋予理想的色彩。有的作品,则以生活形态整体的理想化来表达作家的理想。总之,表现理想化的生活,这是浪漫主义文学的基本特征。

第二,从作家创造的文学世界与作家的情感世界的关系来看,浪漫主义文学直接表现作家强烈的主观情感。

浪漫主义作家由于对现实强烈不满,把精神生活看作是同现实物质生活相对抗的崇高境界,因而在塑造理想世界的同时,着重抒写自己的主观情感,澎湃的激情溢于言表。在理论上他们大都特别强调文学是情感的表现。例如华兹华斯说:"诗都是强烈情感的自然流露。"[1]另外一位英国作家赫兹利特则说:"诗歌是想象和激情的语言。""诗歌是幻想和感情的白热化。"[2]这种特点在不同国家的浪漫主义作品中都有表现。例如在《巴黎圣母院》这样的小说中,作者对生活、对自然、对人类的热爱和赞美,就是随处可见的。

第三,从文学世界的具体创作手段上来分析,浪漫主义在艺术表现上常常具有幻想大胆、情节离奇、夸张奇特、语言绚丽等特色,富于神话和传奇色彩。

由于浪漫主义表现的是现实生活中尚未普遍存在甚至完全不可能存在的理想生活,古往今来,天上人间,无所不可;由于浪漫主义强调从生活的瞬息万变、精神的动荡不安以及富于特征性和神秘意蕴的各种奇特现象中揭示美、表现美,因此,浪漫主义作家往往更多地采用非写实的艺术手法。以《巴黎圣母院》而言,雨果自己曾经指出:"这本书如果有什么优点,就是在想象、多变、幻想的方面。"作品情节的发展、场景的变化、人物的活动等等都体现出这种特点。特别是扎西莫多外貌和内心所构成的鲜明对照以及许多带有传奇色彩的行动,明显地带有强烈的夸张成分。

---

[1] [英]华兹华斯:《〈抒情歌谣集〉序言》,《欧美古典作家论现实主义和浪漫主义》(一),第261页。

[2] [英]赫兹利特:《泛论诗歌》,《欧美古典作家论现实主义和浪漫主义》(一),第301~303页。

（二）现实主义文学思潮

1830～1840年代，随着资本主义制度的确立和巩固，资本主义社会的阶级矛盾和各种社会弊病日益明显和激化，同时，自然科学迅速发展，唯物主义理论广泛传播，这些都促使人们打破传统的观念和幻想，转而用比较客观的眼光来观察世界，研究社会现实问题。这样，如实描写现实生活，着力揭露批判社会黑暗的现实主义文学，就逐步取代了浪漫主义，成为在欧洲占主导地位的文学思潮。

"现实主义"（realism）一词首先是由德国诗人席勒1795年在《论素朴的诗与感伤的诗》一文中提出来的。但它普遍盛行于欧洲文艺界，并被用来命名一个正在形成的文艺流派和思潮，则是1850年代以后的事了。当时，法国画家库尔贝和小说家尚弗勒里等人初次用"现实主义"来标明当时出现的和浪漫主义相区别的新型文艺，后来就被广泛采用而成为这一思潮的定名。

和浪漫主义一样，现实主义在欧洲各国发展的情况并不相同。它首先形成于法国，奠基人是斯丹达尔和巴尔扎克，继起的著名作家还包括福楼拜、莫泊桑、罗曼·罗兰等。随后而起的英国现实主义很快与法国并驾齐驱，先后出现了狄更斯、哈代等著名作家。俄国现实主义则以拥有别林斯基等理论批评大师为显著特点，此外还包括了果戈理、屠格涅夫、托尔斯泰等一代名流。此外，在西欧其他国家如德国以及北欧，现实主义也取得了重大的成就。这一波澜壮阔的浪潮一直余波不息，延续到20世纪。

不同国家不同阶段的现实主义文学，作为一种共同思潮的产物，在艺术上具有以下主要特征。

第一，从作家主观世界与现实世界的关系来看，现实主义偏重描绘客观现实生活的精确图画，具有艺术描写的历史具体性、客观性和主观倾向的隐蔽性。

现实主义作家认为："文学所以叫做艺术，就是因为它按生活的本来面目描写生活。它的任务是无条件的、直率的真实。"[1]许多著名的现实主义作品都在一定程度上成为社会历史的真实再现。以巴尔扎克而言，他的《人间喜剧》通过91部小说，8 000多个人物，展示了19世纪前半叶整个法国社会生活的广阔画卷，规模宏伟，内容丰富，被恩格斯称为"提供了一部法国

---

[1] [俄]契诃夫：《写给玛·符·基塞列娃》，《契诃夫论文学》，汝龙译，人民文学出版社1958年版，第35页。

'社会'特别是巴黎'上流社会'的卓越的现实主义历史"。[1]而巴尔扎克则说:"法国社会将写它的历史,我只能当它的书记。"[2]正是这种忠于现实忠于历史的追求,使得众多现实主义作家努力对生活作客观的冷静的观察和剖解,并特别注意细节描写的真实性。

但是,现实主义并不是没有或不表露作家的主观倾向,而只是往往不通过作家本人或作品人物之口作直接的表达;相反,是通过客观的具体的叙述描写流露出来。恩格斯曾经指出:"倾向应当从场面和情节中自然而然地流露出来,而不应当特别把它指点出来",[3]正是对现实主义这一特征的有力揭示。在这一点上,现实主义同浪漫主义以及古典主义都有着根本不同。

第二,从文学世界同现实世界的关系来看,现实主义注意对生活进行广泛的概括,塑造典型形象,对于叙事作品来说,就是要塑造典型环境中的典型人物。

艺术形象是否具有典型性,是现实主义与自然主义相互区别的重要标志。19世纪中期在法国出现的自然主义文学思潮,以实证主义为哲学基础,用纯生物学的观点来观察和认识社会,主张实录生活,满足于对现实生活表面的、琐屑的现象作忠实的记录。所以,它虽然也重视描写的客观性和真实性,却和现实主义有着根本的不同。现实主义作家总是选择生活中那些具有典型意义的生活现象加以描写,并用一切艺术手段加以突出和强化,以揭示生活的本质和特征。斯丹达尔的《红与黑》就是以现实生活中的一件恋爱悲剧作为基础创作的。作者通过典型化的处理,成功地展现了那一时代的真实面貌,塑造出一个具有深刻典型意义的青年形象——于连,大大超越了生活原型所具有的意义。

第三,从创造文学世界的具体手段来分析,现实主义较多采用白描手法,具有叙述冷静、描写细腻、结构谨严、语言朴素等特点。

这些特点与现实主义艺术描写的真实性和主观倾向的隐蔽性等特点是联系在一起的。对于浪漫主义侧重表现理想和主观情感而经常使用的艺术手段,现实主义作家普遍加以否定。例如契诃夫在一次谈话中,就对高尔基的早期浪漫主义作品《玛尔华》中"海笑了"的写法不以为然。他认为:"海不

---

[1] [德]恩格斯:《致玛·哈克奈斯》,《马克思恩格斯选集》第4卷,第462页。
[2] [法]巴尔扎克:《〈人间喜剧〉前言》,《西方文论选》中册,第111页。
[3] [德]恩格斯:《致敏娜·考茨基》,《马克思恩格斯选集》第4卷,第454页。

笑,不哭;它哗哗的响,浪花四溅,闪闪发光……"他推崇托尔斯泰的写法:"太阳升上来,太阳落下去……鸟儿叫。……谁也没哭,谁也没笑。要知道,这才是顶要紧的——朴素。"[1]实际上,高尔基所使用的不过是一个常见的拟人化手法而已。这件事反映出契诃夫所要求的现实主义是何等严格。不过,相当一部分现实主义作家注意运用讽刺来加强揭露批判现实的力量。这时,兼而采用夸张、对比等手法也是不可避免的了。

(三) 现代主义文学思潮

现代主义(modernism)是产生于19世纪末、20世纪初,盛行于两次世界大战前后欧美各国的社会文化思潮。作为其中组成部分的文学思潮从19世纪中叶的唯美主义文学开始萌芽,在近一个世纪的发展过程中,出现了众多思想、艺术面目各异的文学流派。这些流派包括诗歌方面的未来主义、超现实主义、意象派,小说方面的意识流派,戏剧方面的表现主义等。

现代主义文学思潮的形成和发展,同现代反理性主义的种种哲学思潮和社会思潮的影响有密切的关系。其中,影响较大的包括尼采的超人哲学、弗洛伊德的精神分析学、柏格森的直觉主义、萨特的存在主义以及历史悠久的康德唯心主义美学。20世纪迅猛发展的科学技术也从思维感觉和表达方式等方面影响到现代主义文学进行一系列变革。而从西方文学本身的发展而言,现代主义也是继浪漫主义、现实主义之后试图扭转危机、突破现状的一种尝试,绝非偶然现象。现代主义是席卷各个艺术领域的广泛潮流,现代主义文学思潮只是其中的重要分支。

尽管人们常把现代主义文学思潮称之为现代派文学,但它的各个流派却呈现出对立纷争、起伏更迭的复杂局面。构成一个共同的文学思潮的基础主要在于以下一些总的思想特征和艺术特征。

现代主义总的思想特征,是对西方现代文明的危机意识和变革意识。它从人与社会、人与人、人与自然(包括大自然、人性和物质世界)、人与自我等方面,揭示了人类赖以生存的基本关系所遭到的扭曲、脱节和出现的畸形变态。在人与社会的关系上,现代主义表现出从个人的角度全面地反对社会的倾向,往往带有抽象性和盲目性。在人与人的关系上,现代主义揭示出一幅极端冷漠、残酷、自我中心、无法沟通的可怕图景,表现出对人类互相了解和交往的悲观失望和否定。在人与自然的关系上,现代主义同样表现出

---

[1] [俄]谢烈勃罗夫:《关于契诃夫》,《契诃夫论文学》,第413页。

全面否定的态度，显示出深受物质压迫而仇视物质的精神危机。在人与自我的关系上，现代主义表现出对自我的稳定性、可靠性和意义的严重怀疑。自我各个部分的分裂倒置也是现代主义作品中常见的现象，通常表现为人的理性与直觉、意识与无意识、意志与本能的尖锐冲突，而作者则一般偏于支持直觉、无意识和本能的方面。现代主义文学的这些思想特征深刻地反映出西方世界尖锐的社会和精神危机，同时也表现了人类在对世界和自身认识的内容和形式等方面已经出现的巨大变化。

现代主义以反对传统文学特别是反对现实主义的姿态出现，并以此为自己的创作开辟道路。它们的艺术主张和实践表现出以下特点，同传统文学大相径庭。

第一，现代主义具有强烈的主观内向性。

现代主义作家强调表现人的内心，特别是潜意识，他们排斥传统的描写方法。采用表现法即以歪曲客观事物形态的方法来曲折表现自己的思想感情，揭示心理的真实或现实。在这方面，现代主义既不像浪漫主义那样直抒胸臆，也不像现实主义那样忠于现实。现代主义所采用的"思想知觉化"的方法，要求用"知觉来思想"，"把思想还原为知觉"，以及"像你闻到玫瑰香味那样地感知思想"，从而让思想找到"客观对应物"，让情绪找到它的"对等物"。我们曾经提到的《地铁车站》、《豹》等诗歌作品，都具有这样的特点；[1] 这种方法也被运用于现代主义小说、戏剧的创作之中。特别值得注意的是，现代主义所谓的"内心"，是现代心理学所阐明的以本能为主导的变化多端、异常复杂的内心。这使得他们在用特殊的方式从特殊的角度来反映现实时带有扑朔迷离乃至晦涩难懂的色彩。

第二，现代主义的艺术思维呈非理性状态。

现代主义强调艺术想象的作用，重视作家主观创造的价值，把内在的想象置于现实和理性之上。正因为如此，自由联想成为从象征主义到超现实主义等许多现代主义流派作家常用的方法。这种方法受弗洛伊德潜意识理论的影响，带有很大的主观随意性，常常费人猜索，但却有助于增强艺术表现力。英国作家伍尔芙的意识流小说《墙上的斑点》，所表现的便是由墙上的蜗牛所引起的一系列并无内在联系的人、事、物交织在一起的跳跃性的联想。作品以"心理时间"作为骨架，所以仍显得散而不乱，给人以言深意郁、

---

[1] 参见本书第二章第二节意象部分。

巧而不滥的感觉。

第三,现代主义在艺术形式方面有许多突破传统的创新。

在内容与形式的关系上,现代主义作家大都是有机形式主义者,认为内容即是形式,形式即是内容,离开了形式便无所谓内容。他们注重艺术形式的创新,出现了诸如反主题、反情节、反性格、反语言等等反传统的观念和现象,提供了诸如意识流、荒诞变形、内心独白等等艺术表现形式和手法,在作品的语言形式、叙述方法、结构安排、人物塑造等方面都有许多令人耳目一新的尝试。以爱尔兰作家乔伊斯的意识流长篇小说名著《尤利西斯》而言,就是一个突出的例子。作品着重描述人物瞬息万变的潜意识活动。为此,采用了内心独白、混淆空间、颠倒时序、象征暗示等手法;另外,有意经常变换句式和文体,运用反常的句法和怪僻的词汇,甚至连续几十页不用标点符号,诸如此类,从而造成与内容相适应的一种特殊表达效果。应该承认,现代主义作家在艺术创新方面取得了不少可资借鉴的成果,但其中也有一些并无多大意义的花样翻新不足为训。

(四)后现代主义文学思潮

后现代主义(postmodernism)和现代主义一样,也是一种广泛的社会文化思潮,它影响了包括文学在内的各个艺术领域。虽然有人将这一概念在文学上的运用追溯到1930年代,但所谓后现代主义文学一般是指第二次世界大战以后出现并在1960～1970年代盛行于欧美的一种文学思潮。它既是现代主义的发展,也是对现代主义的反拨。

后现代主义是西方后工业社会的产物。后工业社会的生产方式进一步强化了对个体生存方式与生产活动的控制,个体物质生存的基本条件虽已满足,但如何自由生存的问题仍很尖锐,自我意识的丧失和价值标准的失落成为普遍的现象。有的西方学者指出:"文艺复兴时期确立了以人为宇宙中心的条件,而到了19世纪和20世纪,在科学的影响下,从生物学到宇宙论,人是宇宙的中心这一观念愈来愈难以自圆其说,以致终于站不住脚,甚至变得荒唐可笑了。"[1]科学技术的发展以及随之而来的电视等新的大众传播媒介的发展,对人文学科和艺术的生存与发展构成了威胁。商业活动全面地扩张到各个文化领域,文学和其他文化活动一样,作为高雅的精神活动的地

---

[1] [荷]佛克马:《后现代主义文本的语义结构和句法结构》,佛克马、伯斯顿编:《走向后现代主义》,王宁等译,北京大学出版社1991年版,第96页。

位发生动摇而逐渐成为大众消费对象的一种。知识分子的传统地位、角色和价值观念发生了危机，许多人放弃了作为真理代言人和维护者的形象，其社会角色日益多元化、边缘化和模糊化。后现代主义文学正是在这种社会背景下，受到后结构主义、后期西方马克思主义等哲学思想和美学思想的影响和浸染而产生的。在创作上后现代主义包括许多艺术观念和特点不同的流派，如荒诞派戏剧、"垮掉的一代"诗歌、法国新小说、黑色幽默、魔幻现实主义等。

后现代主义文学不像现代主义那样在打破了传统的创作原则以后仍然试图创造另一个假想的中心，而是存心要消除这种中心。后现代主义追求的是一种绝对的自由选择，不受任何制度或机构的制约。许多作家不像现代主义作家那样仍然追求以其自身的优雅形式和深邃的隐含内容给人以美的愉悦和享受，而是醉心于把文本的创造和解释都变成了一种随意自娱的游戏。文学走出了现代主义的自我表现和个性化的实验场所，面对整个商品化了的社会，历史和虚构、高雅文学和通俗文学、文学和非文学、艺术和非艺术的界限被打破，严肃的纯文学倾向受到挑战。传统的以作者、作品为中心的思维模式被打破，转而以读者、接受为中心来考察文学问题，对文本意义的探讨从确定变为不确定，从绝对变为相对，从单义变为多义。

批评家们对后现代主义文学的认识以及对这一思潮中具体派别和作家归属的意见并不一致，但从这些派别和作家的多数创作中仍然可以看出其中某些共同的特点。

第一，后现代主义要求文学创作平面化，取消作品审美意义的深度。

后现代主义反对任何蕴含在文本深层的意义。这一点显示了后现代主义与从古希腊到现代主义众多文学思想"深度模式"的差异。后现代主义理论家指责种种二项对立的"深度模式"，如文本与意义、现象与本质、表层与深层、真实与非真实、能指与所指等，其共同点就在于寻找现象背后的固定的本质。而他们所要求的平面化，就是看待一个现象时不要寻找这种本质，而是考察它与其他现象的关系，从一物与他物的关系分析它的意义。如果说，深度模式是寻找现象背后的本质意义，本质只有一个；那么，平面模式是寻找现象与现象之间的关系意义，关系无限之多。因此，后现代主义作家反对在创作中对隐含意义的表现，而强调单纯的表述写作，同时认为读者也无须去寻找隐藏在语言背后的深层意义，而只需要根据自己的阅读体验去理解和阐释作品。

第二，后现代主义强调空间的共时性而导致历史感消失。

后现代主义作家重视空间而忽视时间，强调现时的经验而否定历史的记载。他们从全球化的共时性和互动性否定时间给社会发展程度定性和确定世界等级制度的惯例。在后现代主义者看来，空间是历史时间的当下承担者，同时又是时间内容的改变者。全球化的共时性使以西方为中心的世界整体呈现出拼合性，即当下的世界整体不是从本体论的意义上命定必然如此，而是在现实的境遇上已经如此。他们认为，时间不是一个由过去经现在到未来的连续流程，没有任何一个时刻是和其他时间联系在一起的，时间只是不断变幻的当下经验，只是非连续的现时感觉碎片的闪现。这一特征反映在文学创作上，就是彻底的空间化，把延续性的时间转换成共时性的空间。而在表现历史题材时，他们认为历史著作所记载的是"胜利者的历史"、"男性的历史"，往往故意反其道而行之来改造历史现象。

第三，后现代主义否定语言的表现功能而回避表达对现实世界的感受。

传统的观念认为，语言与它所表达的意义是一种对应的关系，用语言可以真实地描述世界。20世纪语言学的发展破除了这种迷信，人们发现语言表现功能的局限。一些后现代主义者否定语言描述再现客观世界的可能性而强调语言所指意义的多样性和歧义性，强调由于不能有效地控制和使用语言而无法表达对现实世界的感受，因而发出不是"我在说话"而是"话在说我"类的感叹，心甘情愿地沉溺了"语言的游戏"之中。语言中心地位的丧失意味着创作主体自我的失落，主体一方面面对着一个非我的世界，另一方面又因无法表达出他对世界的真实感受而陷入无言的痛苦。荒诞派戏剧正反映了后现代主义作家的这种困窘的状态。语言原本是表达和交流的工具，但在荒诞派戏剧中，语言总是成为表达和交流的障碍。这也就从一个方面促成了后现代主义不确定性的精神品格，它既代表了对一切秩序与结构的消解和对世界整体性的怀疑与否定，也反映出人们在相同语言表述面前理解上的分歧和差异。

第四，后现代主义在艺术形式上打破传统规范，表现出开放性的特点。

与上述观念的变化相适应，后现代主义文学在艺术形式上将标新立异与打破文学艺术的自足与神秘结合起来，以传统的文学规范作为革命的对象，表现出开放性的特点。在后现代主义小说中，现代主义常见的一些艺术技巧如意识流的内心独白、时空错位等虽然还在运用，但已退居其次，而一些新的手法得到广泛运用。如许多小说创作中大量采用夸张的、扭曲变形的、嘲讽的戏仿(parody)，其对象包括历史的或现实的事件和人物以至经典名著的内容、形式和风格，通过使这些对象变得荒唐和滑稽达到批判和否定的目的。后现代主义作家还常常使用拼接(collage)的方法，将一些似乎互不相干的虚构故事、新闻报道、古代神话、民间传说甚至政论等等组合在一起，从而打破传统小说的形式结构，以显示所谓"碎片"而非"整体"的现实感受。后现代主义诗歌创作追求口语化，常将各种俗话俚语编织入诗，有意打破传统诗歌语言和结构的规范。后现代主义作品中还有一种所谓"元小说"(metafiction)，将一般意义的小说情节和构思情节的过程交错在一起进行描写，把小说艺术操作的痕迹有意展现给读者，自我揭示虚构。后现代文学创作中这些艺术手法的运用给读者的审美感受造成了强烈的刺激和震撼，从而产生了特殊的艺术效果。

西方近几百年来不断更替演进的文学思潮对中国文学产生了深刻的影响。20世纪初五四文学革命时期，各种西方思潮包括启蒙主义、古典主义、现实主义、浪漫主义以及当时刚刚兴起的现代主义（时称新浪漫主义）等等，都在国内文坛有所介绍和实验。后来，随着国际国内政治和文化形势的变化，俄苏的社会主义现实主义文学思潮逐步成为影响中国文学的占主导性的外国思潮，在此背景下形成了以《在延安文艺座谈会上的讲话》为主要标志的毛泽东文艺思想。发展到世纪中期，对于各种西方文学思潮采取了绝对排斥的态度，中国文学也陷入了闭关自守、发展停滞的境地。1970年代末以来，我国逐步调整了文艺路线和政策，文学事业沿着"文艺为人民服务，为社会主义服务"的方向前进，坚持实行"百花齐放，百家争鸣"的方针，对于各种西方文学思潮积极开放，兼收并蓄，广为运用，形成了五四之后第二个学习借鉴外国文学经验的高潮，在创作上不再强调统一的创作方法，提倡不同形式和风格的自由发展，在理论上开展不同观点和学派的自由讨论，在批评上进行不同观念和方法的自由试验，在各个方面都取得了可喜的成就，显示出社会主义文学的强大生命力和广阔前程。

第六章

文学鉴赏论

　　一部作品完成以后,围绕着它的文学活动的第一个过程,即从作者到作品的创作过程便告结束。同时,随着作品发表和开始流传,文学活动的第二个过程,即从作品到读者的接受过程也就开始了。20世纪中后期由德国接受美学理论发端,文学理论界开始重视读者接受的能动作用,认为读者不仅仅是作家作品的被动接受者,而且在接受过程中也有自己的创造,因此,读者和作者一起共同完成文学活动并推进文学的发展。读者和读者接受这一过去常常被忽视的文学活动的重要环节得到了更多的研究,其特点也得到了多方面的深入揭示。

　　读者的接受过程可以分为三个基本的层次,即一般的文学阅读、审美的文学鉴赏和科学的文学批评。本章将着重研究文学接受的中心环节——文学鉴赏。

第一节　文学鉴赏的生成和过程

一　文学鉴赏的生成

　　文学鉴赏指的是读者在阅读文学作品过程中对作者创造的审美对象的感知、体味和判断这样一种精神活动。而一般的文学阅读,或由于读者不具备必要的审美能力,或由于读者抑制了自己的审美活动,因而无法感受和体会作家创造的审美对象的内容,无法认识和判断它的文学价值,所以还不是真正完全意义上的文学接受。前者如幼儿,常在大人的指导下熟读背诵一些唐诗宋词,但却并不理解这些作品的内容;有些成年人文学艺术修养太低,对文学作品的字面意义和表层内容虽然能够理解,但却无法进入作品所创造的艺术境界。显然他们就未能进入文学鉴赏的境界。后者,如一些利用文学作品做文学以外的各种科学研究的学者,他们阅读作品只是为了搜集和运用例证;而生活中人们也常常为某种实用目的而阅读作品,如读《三国演义》用于企业管理,读《水浒传》学习用兵打仗等等。显然,他们在这时并不需要进入文学鉴赏的境界。

当然,文学作品所具有的特殊魅力往往吸引人们不自觉地进入审美鉴赏当中。因此,抱有其他目的阅读作品的人常因沉溺于作品的艺术境界中而忘记了自己的本来意图,缺乏艺术修养的人也常常因在阅读作品的过程中接受熏陶而养成或提高自己的鉴赏能力。在任何时代,只要智力健全的人,一般总有不同程度的文学鉴赏能力。即使是文盲,也可以通过耳听口传来鉴赏作品。和作家相比,读者的队伍要广大得多。因此,文学鉴赏是比文学创作远为广泛的一种文学现象。

文学鉴赏活动的生成必须具备三个基本条件。

第一个条件是具有一定审美能力的鉴赏主体——读者。

首先,读者必须具备基本的文字阅读理解能力。正如鲁迅所说:"读者也应该有相当的程度。首先是识字,其次是有普通的大体的知识,而思想和情感,也须大抵达到相当的水平线。否则,和文艺即不能发生关系。"[1]

其次,必须具备对艺术美的感受和理解能力。马克思在《1844年经济学哲学手稿》中指出:

> 只有音乐才能激起人的音乐感;对于没有音乐感的耳朵说来,最美的音乐也毫无意义,不是对象,因为我的对象只能是我的一种本质力量的确证,也就是说,它只能像我的本质力量作为一种主体能力自为地存在着那样对我存在,因为任何一个对象对我的意义(它只是对那个与它相适应的感觉说来才有意义)都以我的感觉所及的程度为限。所以社会的人的感觉不同于非社会的人的感觉。只是由于人的本质的客观地展开的丰富性,主体的、人的感性的丰富性,如有音乐感的耳朵、能感受形式美的眼睛,总之,那些能成为人的享受的感觉,即确证自己是人的本质力量的感觉,才一部分发展起来,一部分产生出来。[2]

---

〔1〕 鲁迅:《文艺的大众化》,《鲁迅全集》第7卷,第349页。
〔2〕 [德]马克思:《1844年经济学哲学手稿》,《马克思恩格斯全集》第42卷,第125~126页。

这就是说,只有具备了"有音乐感的耳朵、能感受形式美的眼睛",也就是感知艺术美的能力,才能欣赏艺术;否则"最美的音乐也毫无意义",音乐对它说来"不是对象"。所以,马克思指出:"如果你想得到艺术的享受,那你就必须是一个有艺术修养的人。"[1]很自然,没有通过文字阅读感受文学形象和情感的能力的人也无法进行文学欣赏。而这种能力,是一种"社会的人的感觉",一种"能够成为人的享受的感觉,即确证自己是人的本质力量的感觉"。这种感觉只有在不断的艺术鉴赏实践中才能逐步产生和发展起来。

第二个条件是具有一定审美价值的鉴赏对象即客体——文学作品。

黑格尔说过:"艺术作品尽管自成一种协调的完整的世界,它作为现实的个别对象,却不是为它自己而是为我们而存在,为观照和欣赏它的听众而存在。"[2]而文学作品正是通过内容和形式各种因素及其相互统一而体现出一定的美学价值,构成了文学鉴赏的对象,并制约着文学鉴赏的内容、形式、性质和方向。除了极个别的情况以外,一般作品总在某些方面体现出这种审美价值,而优秀的作品则往往在形象、意蕴、结构、语言等多方面体现出审美价值,从而更易于引起人们的鉴赏兴趣,成为理想的鉴赏对象。不同题材、体裁和艺术风格的作品则提供了具有不同价值的客体供主体选择。

第三个条件是鉴赏主体和客体结成一定的审美关系。

具有审美能力的读者和具有审美价值的作品并不一定能构成现实的审美关系,展开鉴赏活动。有能力者不一定对某部或某类作品产生审美需要或兴趣;而当主体具有这样的审美需要或兴趣时,还要看客观环境是否允许这种鉴赏活动的进行。也就是说,既需要读者的审美趣味和心境与作品的艺术境界和美学风格能够互相适应,同时也与一定的社会文化背景和具体的审美环境有着必然的联系。在我国"文革"时期,中外古今许多文学名著被视为"封资修的毒草"而遭到焚毁、查封和禁读,读者由于受到当时社会文化风气的制约和影响,即使接触到这类作品,也往往并不能很好地与之建立起审美关系。像刘心武的《班主任》中所描写的女中学生谢惠敏就是一个例子。这是一种社会选择的结果。而读者的个人选择,也是能否建立主客体之间的审美关系的原因。德国女革命家克拉拉·蔡特金曾经回忆她和列宁的一次谈话,他们都承认自己对西方现代派艺术既不理解也无兴趣。列宁

---

[1] [德]马克思:《1844年经济学哲学手稿》,《马克思恩格斯全集》第42卷,第155页。

[2] [德]黑格尔:《美学》第1卷,第335页。着重号为原文所有。

说:"我有指出我自己是个'野蛮人'的勇气。我不能把表现派、未来派、立体派和其他各派的作品,当作艺术天才的最高表现。我不懂它们。它们不能使我感到丝毫愉快。""我们不再懂得新的艺术了,我们只是一瘸一拐地跟在它的后面。"[1]显然,他们和这种既不"懂得"也不感到"丝毫愉快"的艺术之间无法互相适应从而建立起审美关系。同样,有的读者喜爱看小说,见了诗就厌烦,他和诗之间就难以建立起审美关系;有的读者爱看言情小说,从不看武侠小说,武侠小说所具有的审美价值对于他来说就几近于无。所以只有当具备鉴赏能力的读者和具备鉴赏价值的作品建立起审美关系,也就是说三个条件都具备时,文学鉴赏才能进行。

二 文学鉴赏的过程

文学鉴赏的过程一般可分为三个环节,即感知、体味和判断。在具体的鉴赏过程中,这三个环节常常是相互交叉、相互渗透的,并不是截然分离、井然有序的三个阶段。

《红楼梦》第23回"《西厢记》妙词通戏语,《牡丹亭》艳曲警芳心"里,有一段描写生动地反映了文学鉴赏的这一过程。小说中这样写道:

> 正欲回房,刚走到梨香院墙角处,只听见墙内笛韵悠扬,歌声婉转,黛玉便知是那十二个女孩子演习戏文。虽未留心去听,偶然两句吹到耳内,明明白白,一字不落道:"原来姹紫嫣红开遍,似这般,都付与断井颓垣……"黛玉听了,倒也十分感慨缠绵,便止住步侧耳细听,又唱道是:"良辰美景奈何天,赏心乐事谁家院……"听了这两句,不觉点头自叹,心下自思:"原来戏上也有好文章,可惜世人只知看戏,未必能领略其中的趣味。"想毕,又后悔不该胡想,耽误了听曲子。再听时,恰唱到:"只为你如花美眷,似水流年……"黛玉听了这两句,不觉心动神摇。又听道:"你在幽闺自怜……"等句,越发如醉如痴,站立不住,便一蹲身坐在一块山子石上,细嚼"如花美眷,似水流年"八个字的滋味。忽又想起前日见古人诗中,有"水流花谢两无情"之句;再词中有"流水落花春去也,天

---

[1] [德]克拉拉·蔡特金:《列宁印象记》,《列宁论文学与艺术》,人民文学出版社1983年版,第434~435页。

上人间"之句,又兼方才所见《西厢记》中"花落水流红,闲愁万种"之句;都一时想起来,凑聚在一处。仔细忖度,不觉心痛神驰,眼中落泪。

从这段淋漓尽致、惟妙惟肖的描写中,我们可以看出林黛玉对《牡丹亭》中曲文的鉴赏正包含了感知、体味和判断三个环节的反复进行和逐步深入。

第一个环节是感知。

刘勰说过:"夫缀文者情动而辞发,观文者披文以入情,沿波讨源,虽幽必显。"[1]这就是说,作家的创作,总是由内而外,即先有情感的活动而后用一定的文辞表达出来;而读者阅读作品,却是由外而内,即先通过语言的媒介与作品外部的艺术形式,沿波(辞)探源(情),逐步获得对艺术形象的感受和体验,引起思想感情上的强烈反应。林黛玉听曲完全是偶然的,是因为"笛韵悠扬,歌声婉转"吸引了她,"感慨缠绵"的唱词又"明明白白,一字不落"地"吹到耳内",这样,林黛玉很自然地感受到《牡丹亭》曲文的语言美,同时又通过不断的"侧耳细听",借助想象获得对作品艺术形象的感受。这是审美感知最初的心理过程,也是进入文学鉴赏的第一步。随着阅读的深入,读者的感知范围进一步扩大,从而产生对艺术形象的情感反应。林黛玉在听曲的过程中就出现了"心动神摇"、"如醉如痴"等情感反应。这是审美感知的深入。

第二个环节是体味。

读者在感知作品的艺术美之后,必然会产生对作品的体验和玩味。我们曾经谈到所谓体验是主体将自身假定为客体的一种精神活动,即设身处地置自身于他人处境中,从而体会他人的外部行为和内心活动。读者鉴赏和作者创作一样,也包含着体验活动。这表现为,第一,对作品中人物的命运经历和思想情感的体验;第二,对作家思想感情的体验。读过《红楼梦》的人都能理解,林黛玉为什么听了《牡丹亭》的曲文会"心痛神驰,眼中落泪"。林黛玉过着寄人篱下、郁郁寡欢的生活,精神上受到很大的压抑,她比封建社会里一般的追求思想自由的妇女更有其不幸和哀怨。显然,曲文所表达的思想情感正触动了林黛玉的心弦,连同《西厢记》以及其他古诗词中的有关内容,经过"仔细忖度"以后,一起引发了类似的体验和强烈的反响。梁启

---

[1] 刘勰:《文心雕龙·知音》,《中国历代文论选》四卷本,第1册,第300页。

超在谈到小说"移人"即"提"的作用时说:"凡读小说者,必常若自化其身焉,入于书中,而为其书之主人翁。""夫既化其身以入书中矣,则当其读此书时,此身已非我有,截然去此界以入于彼界。""书中主人翁而华盛顿,则读者将化身为华盛顿,主人翁而拿破仑,则读者将化身为拿破仑,主人翁而释迦、孔子,则读者将化身为释迦、孔子。"〔1〕这种"化"身"入"书,正是对书中人物命运、情感的一种高度聚精会神的体验,从而达到物我两忘的境界。

林黛玉在听曲时"细嚼'如花美眷,似水流年'八个字的滋味",并认为"看戏"需要"领略其中的趣味",都体现了鉴赏过程玩味的特点。所谓玩味,是在感知和一定的理性思考、判断的基础上,对作品妙处的反复把玩和品评。这种妙处,包括作家在形象塑造、思想提炼、结构布局、语言表达等方面的艺术技巧,也包括作品形象所包蕴的生活内容和思想内涵。我国古代读诗历来强调反复吟诵,咀嚼玩味。宋代理学家朱熹说:"须是先将诗来吟咏四五十遍了,方可看注。看了又吟咏三四十遍,使意思融液浃洽,方有见处。"认为"诗须是沉潜讽诵,玩味义理,咀嚼滋味,方有所益"。〔2〕清代诗人沈德潜推崇朱熹的主张,强调通过玩味感受作品的音韵之美。他说:"诗以声为用者也,其微妙在抑扬抗坠之间。读者静气按节,密咏恬吟,觉前人声中难写、响外别传之妙,一齐俱出。"〔3〕近代词人况周颐则重视玩味对于领悟作品意境的作用。他说:"读词之法,取前人名句意境绝佳者,将此意境缔构于吾想望中。然后澄思渺虑,以吾身入乎其中而涵泳玩索之。吾性灵与相浃而俱化,乃真实为吾有而外物不能夺。"〔4〕他们的这些说法所涉及的鉴赏现象已不限于玩味,但确实道出了通过咀嚼玩味,可以加强对作品内容和形象多方面精妙之处的感受、体会和理解这一奥秘。

第三个环节是判断。

除了感知和体味以外,鉴赏过程中还渗透着读者对作品的理性的审美判断。这种审美判断的对象是多方面的,包括作品中的人物事件、作品的思想内涵、作品的艺术形式、作品整体的审美价值和作家的审美倾向、艺术功力等等。林黛玉听了《牡丹亭》,感叹:"原来戏上也有好文章,可惜世人只知

---

〔1〕 梁启超:《论小说与群治之关系》,《中国历代文论选》一卷本,第410页。
〔2〕 朱熹:《诗人玉屑》,《文学理论学习参考资料》下册,第1107页。
〔3〕 沈德潜:《说诗晬语》,《文学理论学习参考资料》下册,第1108页。
〔4〕 况周颐:《蕙风词话》,《〈蕙风词话〉〈人间词话〉》,第9页。

看戏,未必能领略其中的趣味。"贾宝玉读了《西厢记》,对林黛玉说:"真是好文章!你要看了,连饭也不想吃呢!"这些就都属于对作品总体做出的审美判断。而且,林黛玉的感叹中还包含了对鉴赏风尚的评价。

文学鉴赏中的这种审美判断不同于一般的科学分析,它始终不离开具体的形象和情感的体验,主要是凭借对艺术形象的真实感受和审美经验而做出的。朱熹等人所强调的"沉潜讽诵"中就包含了对作品义理、声韵、意境等方面所做出的"妙"、"佳"等等审美判断。当然同时又是理性因素起着主导作用。这是主体在已有的生活经验、文化知识、鉴赏能力的基础上对作品的判断。林黛玉的审美判断看起来是并未多加思索而在瞬间做出的不自觉无目的的思维活动,但实际上却是以她高度的文化艺术修养和独特的人生经验为基础的,其中很自然地体现了她的审美倾向和生活追求,渗透着明显的理性因素。

一些西方学者从审美观照是一种无利害感的活动的观念出发,认为鉴赏判断也是一种完全无利害感的活动。例如康德就认为:"鉴赏是凭借完全无利害观念的快感和不快感对某一对象或其表现方法的一种判断力。"[1]但这在实际上是很难做到的。即使是像林黛玉这样一位已经达到了很高鉴赏层次的书香门第的才女,也不可能在鉴赏活动中完全排除个人身世等现实利害的渗透和干扰,便是一个生动的例证。

文学鉴赏的三个环节,以感知作为起点,以体味达到高潮,以判断发生深化,使读者逐步深入到文学活动的美好天地里去,从而领略艺术的玄妙和奥秘。

第二节 文学鉴赏的性质和作用

一 文学鉴赏的性质

首先,文学鉴赏是一种审美享受。

文学作品所提供的艺术世界的非现实性,使得读者可以在同现实保持一定距离的条件下对其进行审美观照。因此,文学鉴赏本身带有一定的愉悦性。同时,作品所提供的艺术世界凝聚了比现实世界更丰富更集中更典

---

[1] [德]康德:《判断力批判》上卷,第47页。

型的美学因素,可以引起读者强烈的审美感受和情感活动,使之获得多方面的精神实践,从而得到现实世界中所难以得到的精神满足。另外,作品所表露的作者的审美倾向,对读者有着潜移默化的影响、启发和教育,促使读者的精神境界得到净化和升华。可以说,文学鉴赏同阅读科学著作的主体心态是大不相同的。

其次,文学鉴赏又是一种审美创造。

读者的接受不是消极被动的,他必然在阅读作品的同时发挥自己的想象能力和情感体验能力,进行艺术的再创造。俄罗斯作家高尔基曾经这样分析作家的创造和读者的创造之间的关系:"文学家的工作究竟是什么呢?他想象自己的观察、印象、思想和自己的生活经验——把它们放进形象、画面、性格里去。只有当读者像亲眼看到文学家向他表明的一切,当文学家使读者也能根据自己个人的经验,根据读者自己的印象和知识的累积,来'想象'——补充、增加——文学家所提供的画面、形象、姿态、性格的时候,文学家的作品才能对读者发生或多或少强烈的作用。由于文学家的经验和读者的经验的结合、一致,才有艺术的真实——语言艺术的特殊的说服力,而文学影响人们的力量,也正来自这种说服力。"[1]这样一来,读者就和作家融洽地结合在一起,以致"觉得那个艺术作品并不是其他什么人所创造的,而是他自己创造的,而且觉得这个作品所表达的一切正是他很早就已经想表达的"。[2]

文学作品的叙述和描写,不但具有间接性,而且带有很大程度的模糊性和跳跃性。按照德国接受美学理论家伊瑟尔的看法,作为审美对象的文学作品有着许多"不确定性"和"空白",它们"促使读者去寻找作品的意义,从而赋予他参与作品意义构成的权利"。[3]读者运用自己的知识、经验、情感、想象等等去填补空白,确定"不确定"的对象,从而进行自己的创造。伊瑟尔将这种意义不确定和意义空白视作本文或者审美对象的基础结构,称为"召唤结构"。伊瑟尔的这种看法和他们对文学接受的特殊认识相联系,确实道出了文学鉴赏再创造的必然性。

---

〔1〕[俄]高尔基:《给初学写作者的信》,高尔基:《论文学》,孟昌等译,人民文学出版社1978年版,第225~226页。

〔2〕[俄]列·托尔斯泰:《艺术论》,《西方文艺理论名著选编》中卷,第422页。

〔3〕[德]伊瑟尔:《本文的召唤结构》,转引自《西方二十世纪文论史》,第277页。

在鉴赏过程中，读者不但需要把语言转化为审美意象，而且要通过自己的再创造使之更为清晰、连贯和充满生气，并深入理解作品的内涵。而不同的读者又必然按照自己独特的生活体验和审美个性来进行这种审美创造。从一定意义上说，作品所提供的只是媒介或雏形，读者可以利用自身的生活经验和艺术修养来再现、丰富以至再造艺术形象。具有一定创作能力的读者可能由鉴赏而转入创作，用文字再造出一个新作品来。毛泽东"读陆游咏梅词，反其意而用之"，就由鉴赏"寂寞开无主"的梅花而创造出一个"她在丛中笑"的梅花。而一般读者则只在自己的头脑里进行这种再创造活动罢了。

读者的再创造的内容是多方面的。例如：对艺术形象的再现、补充、扩大以至改造，对作品内涵包括艺术形象的象征、隐喻意义等的理解和开掘，在一定范围内改变作品感情素质的性质和程度，等等。林黛玉在听曲过程中就调集了《西厢记》以及唐人崔涂《春夕》、南唐李煜《浪淘沙》中的形象，让它们"凑聚在一处"，充实和丰富了《牡丹亭》的形象，从而达到了"心痛神驰，眼中落泪"的鉴赏高潮。

鲁迅说过："看人生是因作者而不同，看作品又因读者而不同。"这样再创造的结果，就使得读者的审美意象和作者创造的文学形象，不同读者的审美意象，都不可能是完全一致的。鲁迅的阿Q在不同的读者中就有种种不同的感受和解释，所以当他为《阿Q正传》俄文译本作序时，便设想："这一篇在毫无'我们的传统思想'的俄国读者的眼中，也许又会照见别样的情景的罢。"[1]当然，这种再创造活动并不是绝对自由的。它一方面受到主体审美心理结构和人生体验的限制，另一方面又受到鉴赏对象即作品的客观性质的制约。如果不是林黛玉，而是傻大姐或薛宝钗经过梨香院墙外，那么她们或因缺乏相当的审美心理结构，或因缺乏类似的社会人生体验，便不可能产生像林黛玉那样的审美感受。而在一般情况下，读者所想见的杜丽娘也只能是崔莺莺一类的千金小姐，而不可能是挂帅出征的穆桂英或擂鼓金山的梁红玉。

再次，文学鉴赏是一种艺术思维活动。

读者在鉴赏中的思维活动，和作家创作时的思维活动相比，其基本性质是一致的，都是艺术思维，当然没有创作思维那样自觉。

在鉴赏活动中，主体调动自己的种种心理机制，诸如感觉、知觉、想象、

---

[1] 以上均引自鲁迅：《俄文译本〈阿Q正传〉序及著者自叙传略》，《鲁迅全集》第7卷，第82页。

移情、通感等等，进行形象思维。像梁启超所说的"化其身以入书中"即体验，就不但以感知为基础，包含了丰富的想象，同时也还有强烈的移情活动。当读者化身而为华盛顿、拿破仑时，实际上是将自己的主观感情移入对象，这和作者创造的华盛顿、拿破仑并不能画等号。作家创造审美观照对象充分运用了形象思维，读者如果不具备相应的形象思维能力，便难以感受和理解作家的创造。清代文学理论家叶燮曾经指出："作诗者，实写理、事、情，可以言言，可以解解，即为俗儒之作。惟不可名言之理，不可施见之事，不可径达之情，则幽渺以为理，想象以为事，惝恍以为情，乃为理至、事至、情至之语。"他分析了许多著名诗句，指出它们"决不能有其事，实为情至之语"。例如杜甫《夔州雨湿不得上岸作》诗中有"晨钟云外湿"一句，就需以视觉、听觉、触觉等多种感觉的通联和想象为基础才能创作出来。即所谓"隔云见钟，声中见湿，妙悟天开，从至理实事中领悟，乃得此境界也"。而"俗儒于此，必曰'晨钟云外度'，又必曰'晨钟云外发'，决无下'湿'字者"。[1] 叶燮所说的"俗儒"，俗就俗在不能或未能调动通感、想象等心理机制进行创作或欣赏。

当然，与此同时，鉴赏活动中也含有抽象思维的因素，这主要表现在主体对作品做出审美判断的过程中。可以说，文学鉴赏和文学创作一样，是一种调动了一切心理因素的积极的综合性的艺术思维活动。

二 文学鉴赏的作用

文学鉴赏在文学活动中的作用可以从以下三个方面来认识。

首先，文学鉴赏是文学活动过程的主要阶段之一，对于实现文学的功能具有重要意义。

如果说文学创作是一种精神生产，那么，文学鉴赏首先就是对这种生产的产品的消费。生产和消费相互联系着，产品只有在消费中才能最后完成。一件衣服由于人穿它才实现其衣服的功能；一间房屋由于住人贮物才实现其房屋的功能；文学的目的和功能也只有当作家创作出作品并为读者阅读鉴赏时才能实现。作品的审美价值在读者感受和认识以前，还只是潜在的东西。只有通过文学鉴赏，潜在的审美价值才转化为现实的存在，文学才能发挥其社会作用。相反，如果创作了作品以后便"束之高阁"或"藏之名山"，

---

[1] 以上均引自叶燮：《原诗》，《中国美学史资料选编》下册，第314～315页。

那么除了作者的自我满足以外,便不可能有更多的社会作用了。

同时,文学鉴赏又不仅仅是一种精神消费,它本身也具有精神生产的意义。上节所谈到的文学鉴赏的艺术再创造性质,正说明读者也在进行一种精神生产,不过它的产品只是属于读者个人的审美意象,一般并不见诸文字,广为流传。德国接受美学理论家重视读者在文学活动中的作用,他们提出"第一文本"与"第二文本"的区别,认为"第一文本"是艺术家创作的艺术制品,"第二文本"是与读者直接发生关系的审美对象。他们认为,作品的意义不是隐藏在作品之中等待发现的神秘之物,而是作者和读者相互作用的产物。他们所说的"第二文本"已经不是一个孤立的存在,而是经过读者的感悟、阐释、补充和丰富所形成的,属于作者与读者共同创造的艺术世界。这种看法使得人们对于包括鉴赏在内的整个接受过程在文学活动系统中的意义有了新的认识。

其次,文学鉴赏对于文学创作具有反馈作用,是推动和制约创作发展的重要因素。

文学鉴赏的这种反馈作用,首先表现在作家个人的文学鉴赏活动有助于加强自身的艺术修养,促进创作水平的提高。同时,更主要地表现在群众鉴赏的倾向和要求,包括其对具体作品的意见,总是推动和制约作家的创作。

德国接受美学理论家尧斯提出,读者阅读文学作品时往往有一种以原有阅读和审美经验为基础而形成的"期待视野"。当作品和读者的期待视野一致时,读者便失去了阅读这部作品的兴趣;而当作品超出了、校正了期待视野时,读者就会感到高兴,因为作品拓展了他的期待视野,丰富了他的审美经验。而这种"期待视野"的历史变迁则会引起文学批评标准、作家创作观念和方法等的变化,并引起文学内容、形式和风格的变化,从而影响整个文学的风貌。[1]

黑格尔指出:"诗人是为某一种听众而创造,首先是为他自己的民族和时代而创造,这些听众有权要求能了解他的艺术作品而且感觉到它异常亲切。"[2] 显然,作家在进行创作时自觉不自觉地总要对读者的"期待视野"做

---

[1] 参见[德]尧斯:《文学史向文学理论的挑战》,《接受理论与接受美学》,周宁等译,辽宁人民出版社1987年版,第28~31页。

[2] [德]黑格尔:《美学》第1卷,第336页。

出预测,预先考虑自己的作品能否引起读者的兴趣,能否为读者所理解和接受,必须预先确定自己对于现存的社会观念和不同的鉴赏趣味的态度。作品发表以后的读者反馈对作家来说,则是检验创作效果、校正审美标准、调整创作方向的重要参照对象。读者的这种反馈往往包含了正反两个方面的内容,而作家则据此或修改原作,或再造新作。也只有这样,才能创造出超越而不是低于读者"期待视野"的作品,才能不断开风气之先,把文学创作推向新的水平。

马克思说:"艺术对象创造出懂得艺术和能够欣赏美的大众——任何其他产品也都是这样。因此,生产不仅为主体生产对象,而且也为对象生产主体。"[1]读者正是不断通过对文学作品的鉴赏而提高审美能力,拓展"期待视野"。而这本身也就构成了对作家更高的要求,形成对创作的反馈。

第三,文学鉴赏是文学接受的中心,它是文学批评的基础。

文学接受是一个宽泛的概念,但文学鉴赏无疑是它的中心。一般的文学阅读只有达到鉴赏阶段,才能真正领略文学的艺术境界。而更高一级的接受——文学批评又必须以鉴赏为基础。

"一个学会最透彻地评论一出戏的人,总是那些最勤于看戏的人"。[2]而"感情已经冰结的思想家,即对于诗人往往有谬误的判断和隔膜的揶揄"。[3]一个批评家首先应该是一个鉴赏家,应该具有多方面的素养和才能,能够迅速准确地感受把握作品的形象体系,体验作品的美学内涵,否则就不可能进行真正的文学批评。且不说中国古代的诗话文论多以鉴赏体会的形式出现,即使是西方文学批评中那些以明确的理论观念和严密的逻辑论证而著名的批评家们,也总是显示出自身杰出的鉴赏能力。鲁迅曾经批评弗洛伊德等人"专一用解剖刀来分割文艺,冷静到入了迷,至于不觉得自己的过度的穿凿附会者",说的就是另外一种情况。这些批评家们的见解对文学不无意义,但常常并非文学的批评。其中原因之一,就在于"因为他们精细地钻研着一点有限的视野,便决不能和博大的诗人的感得全人间世,而同时又领会天国之极乐和地狱之大苦恼的精神相通"。[4]

---

〔1〕[德]马克思:《〈政治经济学批判〉导言》,《马克思恩格斯选集》第2卷,第95页。
〔2〕[德]莱辛:《汉堡剧评》,上海译文出版社1982年版,第129页。
〔3〕鲁迅:《诗歌之敌》,《鲁迅全集》第7卷,第236页。
〔4〕鲁迅:《诗歌之敌》,《鲁迅全集》第7卷,第236页。

第三节　文学鉴赏的主体

一　文学鉴赏的主体——读者

读者作为主体在文学鉴赏活动中具有高度的自由性和创造性。这种主体性是由多方面因素造成的,并在文学鉴赏活动中不断发展。每一次鉴赏活动都构成下一次鉴赏活动的基础,都可能使主体的审美心理结构产生一定的变化。鉴赏主体的审美心理结构及其变动深刻影响着接受活动中主体性作用的程度和面貌。

我们曾在第五章中分析过创作主体的审美心理结构,鉴赏主体的审美心理结构包括了同样的四个层次。这四个层次的综合作用及动态发展,造成了文学鉴赏多样性和一致性的有机统一。

第一,人类审美心理也深藏在鉴赏主体身上。我们曾经说过,作家对于表现自然之美、男女之爱、亲子之情,往往表现出相同或相近的创作兴趣;而作家创作的这类作品或作品中的这方面内容,也往往容易使不同群体的读者产生相同或相近的情感反应,其中不可忽视的正是这种人类共同审美心理的作用。人们对于艺术形式的感受,往往比对文学内容的评价更容易取得相同或相近的看法,也正因为前者比后者更容易引起人类共同审美心理的反应。有些思想内容很复杂的作品,也可能在这一心理层次上唤起不同读者的审美感受而获得某种永恒的价值。例如,南唐后主李煜的许多作品,反映的是亡国之君的悔恨和绝望、去国离乡的愁苦和忧伤,本身有很大的局限性,但却被不同时代不同阶级的读者所传诵。究其原因,主要在于这些作品以生动的艺术形象所表达的处于被侮辱被损害地位的悲痛心理,对逝去的幸福和故土的追忆与留恋,以及由此而生发出来的对人生对命运的思索和感叹,构成了一个隽永的意境。其中既有一定的历史内容,又有超越历史的内涵,而主要正是后者唤起人们共同审美心理的反应。

第二,读者的群体审美心理比作者表现更为强烈。这主要因为创作主体的个性特点和个人选择性比较突出。马克思讲:"忧心忡忡的穷人甚至对最美丽的景色都没有什么感觉;贩卖矿物的商人只看到矿物的商业价值,而看不到矿物的美和特性。"[1]这里说的是一定群体的人在某种条件下甚至不能感受美的存在。鲁迅讲："贾府上的焦大，也不爱林妹妹的。"[2]"北极的遏斯吉摩人和菲洲腹地的黑人，我以为是不会懂得'林黛玉型'的。"[3]这里说的是一定群体的人对于某种美的隔膜或排斥。这其中既有阶级的分野、民族的不同，也有文化的差异、境遇的悬殊等等。这些因素都会制约和影响鉴赏活动的生成和发展。

第三，审美趣味个性在鉴赏主体身上的表现则更为自由和广泛。刘勰曾经这样描述人们在文学鉴赏中的个体差异：

> 知多偏好，人莫圆该。慷慨者逆声而击节，蕴藉者见密而高蹈，浮慧者观绮而跃心，爱奇者闻诡而惊听。会己则嗟讽，异我则沮弃，各执一隅之解，欲拟万端之变。[4]

刘勰这里所说的"慷慨"、"蕴藉"、"浮慧"、"爱奇"等性格特征，正表现了明显的审美趣味个性。当然，肯定读者的审美趣味个性并不等于肯定偏好。"从来偏嗜，最为小见。"[5]有较高的艺术修养及其他方面修养的人常常对多种题材、体裁、艺术手法和美学风格表现出广泛的兴趣和宽容的态度，这正体现出其本身审美趣味个性的兼容性特点。

第四，审美心境这种审美主体随机选择性的表现，也是影响鉴赏的重要心理因素。人们在不同的人生阶段和不同的环境中，由于不同的心情支配，鉴赏要求会有所不同和变化，即使对于同一部作品所产生的审美感受往往也会并不相同。郭沫若曾经谈到："感受性的定量属于个人，在一定限量内，个人所能发展的可能性，依教养的程度而丰啬。同是一部《离骚》，在童稚时我们不曾感得什么，然而目前我们能称道屈原是我国文学史上第一个有天才的作者。"[6]造成这种现象的原因其实并不限于"教养的程度"，还和人生

---

〔1〕[德]马克思：《1844年经济学哲学手稿》，《马克思恩格斯全集》第42卷，第126页。
〔2〕鲁迅：《"硬译"与"文学的阶级性"》，《鲁迅全集》第4卷，第204页。
〔3〕鲁迅：《看书琐记》，《鲁迅全集》第5卷，第531页。
〔4〕刘勰：《文心雕龙·知音》，《中国历代文论选》四卷本，第1册，第299页。
〔5〕薛雪：《一瓢诗话》，《〈原诗〉〈一瓢诗话〉〈说诗晬语〉》，人民文学出版社1979年版，第103页。
〔6〕郭沫若：《艺术的评价》，《文学理论学习参考资料》下册，第1112页。

体验的积累、社会政治文化背景的变化、生活处境的动迁等因素有着密切的关系。西汉贾谊被贬谪长沙后作《吊屈原赋》，引屈原为知己，叹自身之遭遇。司马迁遭李陵之祸后修《史记》，慨叹屈原"信而见疑，忠而被谤，能无怨乎"？认为"盖自怨生"的《离骚》"与日月争光可也"。[1] 这两位作家与屈原类似的生活遭遇无疑使他们加深了对屈原的理解，形成了与《离骚》更相切合的审美心境。在文学鉴赏过程中，甚至连身体状况、阅读环境等因素都会影响到主体审美心境。一个人卧病在床和精力充沛地游山玩水，群情激沸的朗诵会和安宁肃静的图书馆，无疑都会使人们产生不同的审美要求和感受。

北宋画家郭熙曾经这样描述人对山的观察感受由于时空的变化而有所不同：

> 山，近看如此，远数里看又如此，远十数里看又如此，每远每异，所谓山形步步移也。山，正面如此，侧面又如此，背面又如此，每看每异，所谓山形面面看也。如此，是一山而兼数十百山之形状，可得不悉乎？山，春夏看如此，秋冬看又如此，所谓四时之景不同也。山，朝看如此，暮看又如此，阴晴看又如此，所谓朝暮之变态不同也。如此，是一山而兼数十百山之意态，可得不究乎？[2]

这种"一山而兼数十百山之形状"和"意态"现象的形成，既有山本身所具有的内容，更是主体感受的结果。同样看到山，却有每看每异的差别。在文学鉴赏活动中，人们的感受和要求也会出现这种同中有异、异中有同的局面，即使是对于同一作品同一形象往往也不例外。西方有一种说法，所谓"有一千个观众便有一千个哈姆雷特"，指的正是同中有异的一方面。这除了作品本身是多方面美的内容的统一这一客观因素以外，主体审美心理结构的复杂性和差异性也是一个决定性的因素。

文学鉴赏这种同中有异、异中有同的特点，即通常所说的多样性和一致性的统一。所谓鉴赏认识和要求的多样性，也就是由于鉴赏主体的不同审美心理结构所造成的独特性的反映。误读现象就是这种多样性的突出表现。所谓鉴赏认识和要求的一致性，就是一定群体以至人类整体表现出来

---

〔1〕 司马迁:《史记·屈原传》,《中国历代文论选》四卷本,第1册,第85页。
〔2〕 郭熙:《山川训》,《中国美学史资料选编》下册,第14页。

的共同性。共鸣现象就是这种一致性的突出表现。

二 文学鉴赏主体的共鸣现象

共鸣,原是物理学名词,亦称共振。指两个振动频率相同或相近的物体,其中一个振动,引起另一个也振动。文学理论上借用这个词汇,说明主体的一种心理现象,指的是读者和作品中的人物、作者以及其他读者在情感体验上的相同或相似。这里包括了互相联系的三个层次。第一,读者和作品中人物的共鸣。作品中人物的命运遭遇以及有关的情感活动,会引起读者相同或类似的情感体验。林黛玉读《西厢记》,听《牡丹亭》,就产生了崔莺莺、杜丽娘式的情感体验,和她们发生了共鸣。第二,读者和作者的共鸣。读者在鉴赏作品时感受和体会到作者的思想情感,会产生相同或类似的体验。林黛玉听了《牡丹亭》,感叹"原来戏上也有好文章,可惜世人只知看戏,未必能领略其中的趣味",就体现她同作家思想感情上的共鸣,也流露出对那些不能产生这种共鸣的人的惋惜。第三,读者之间的共鸣。即不同的读者及读者群体对同一文学作品产生了相同或相近的情感体验。一般来说,这是由于他们在前两个层次上已产生了共鸣而必然出现的现象。《红楼梦》第23回中还写到贾宝玉和林黛玉共读《西厢记》的情景。贾宝玉称赞"真是好文章!"林黛玉则"越看越爱","一面看了,只管出神,心内还在默默记诵"。他们对作品中的人物以及作家的审美情感都产生了共鸣,因而很自然地实现了相互之间的共鸣。

共鸣是文学鉴赏中的普遍现象。但所谓共鸣,一般只是人们情感体验某种程度某些方面的相同或相近,并不是完全相同。民族心理上的相通并不能抵消阶级意识上的差异,时代精神上的一致并不能抹杀文化水准上的悬殊,性别、年龄、职业、地域等因素也都必然在"共鸣"中留下或强或弱的"杂音"。

共鸣产生的原因,应该从鉴赏活动生成的三个基本条件特别是主体本身来考察。

首先,作品具有激发读者感情体验的力量。这是读者共鸣的先决条件。能够引起共鸣的作品并不一定都是艺术珍品,但无疑都需要具有一定的艺术感染力。否则,读者不能产生情感体验活动,也就无所谓相同或接近。

其次,主体审美心理结构和人性的相通,是共鸣产生的根本原因。由于人的审美心理结构和人性在不同层次上具有共同点,因而相互之间的沟通不仅可能而且也是必然的。反映在鉴赏活动中,这种相通也就造成了共鸣。由于人们对自然景物和现象一般具有相同或相近的审美感受,因此对于描写山水田园、花鸟虫鱼、日月星辰、风雷雨电以及表现人与自然关系的作品就往往容易产生广泛的共鸣。由于人们对亲子、情侣、友朋、故土等等具有相同或相近的情感,因此"但愿人长久,千里共婵娟"(苏轼:《水调歌头》)之类的感叹和祝愿,往往就更能拨动读者的心弦。由于人们对客观世界的感受和认识总是有着相通的因素,因此"欲穷千里目,更上一层楼"(王之涣:《登鹳雀楼》)之类富于哲理、体现客观规律的诗章,就能使不同的读者同样顿开心智。不仅是这些直接表现共同人性的作品容易引起广泛的共鸣,即使是那些带有鲜明阶级倾向的作品,也可能因其中的某些内容而在共同的人性及审美心理的层次上引起不同阶级读者的共鸣。对白居易的《长恨歌》的思想倾向,人们可以有各种不同的评价,但诗中的名句:"在天愿作比翼鸟,在地愿为连理枝","天长地久有时尽,此恨绵绵无绝期",却可以在对爱情的赞美这一层次上引起不同阶级读者的共鸣。

再次,一定的鉴赏环境提供共鸣产生的外部条件。这种外部条件刺激主体的审美意识,推动主体和客体结成一定的审美关系,进而出现共鸣。这种环境条件包括社会矛盾和具体生活环境的相似等等。例如民族危亡之际,像岳飞的《满江红》、文天祥的《正气歌》那样歌颂民族气节、表现爱国激情的作品就能引起不同阶层读者的共鸣。而当人身处逆境时,对于像罗曼·罗兰的《约翰·克利斯朵夫》、海明威的《老人与海》等表现顽强意志、追求美好理想的作品就容易产生共鸣。列宁夫人曾经回忆列宁逝世前的情景:

> 伊里奇逝世前两天,我在晚上给他读杰克·伦敦的短篇小说《对生命的热爱》——那本书现在还放在他房里的桌子上。这是一篇非常有力的小说。一个饿得快要死的病人通过没有人迹的荒野的雪地到一条大河的码头去。他非常衰弱,他不是走,而是爬,旁边有一只也饿得快死的狼跟着他,他们之间进行了搏斗,结果人胜利了,他到了目的地,虽然近乎半死,知觉也失掉了。伊里奇很喜欢这篇小说。[1]

---

[1] [俄]娜·康·克鲁普斯卡娅:《伊里奇喜爱什么文学作品》,《列宁论文学与艺术》,人民文学出版社1983年版,第399页。

很明显，列宁在战胜死亡、争取生存的层次上对美国作家杰克·伦敦的小说产生了共鸣，其中原因除了人性的相通以外，也还有生活处境的相似，即他和小说的主人公都处于死神的威胁面前。

在文学鉴赏生成的三个条件高度和谐的基础上产生的共鸣现象，能使主体更深入地理解作品并从中观照社会和自身，得到深刻而丰富的审美享受和精神升华，从而更好地实现文学的目的和功能。

三　文学鉴赏主体的误读现象

误读，即对作品或作品的某一部分产生偏误或错误的理解和阐释，也是文学鉴赏过程中经常出现的现象。误读，应当是对正读而言的。人们通常认为的正读，往往是以作者的告白、主流批评家的阐释、文学界影响广泛的共识等为依据的。如果对象是历史已久的作品，那么这些因素则综合成文学界对其延续形成的主导性阐释意见，成为正读的依据。

误读是任何阅读中都存在的现象，不仅仅限于文学作品的阅读，其原因不外乎两个方面：一种是由于被阅读的文本在表述上存在疏漏或模糊之处，给读者带来了产生误读的空间；一种是由于读者自身的知识背景、阅读能力和认知倾向等方面的差异，造成对文本的误读。正因为如此，即使是对于在文字表达方面要求最严谨周密的法律文书，有时也会出现不同的理解和解释。文学鉴赏过程中产生误读除了上述一般性的原因之外，文学以及文学鉴赏自身的性质和特点的作用不可忽视。文学作品与一般文本——如科学（包括自然科学和人文社会科学）著作、法律法规、政府公文等等——相比，在内容表达上存在明显的差异，这种差异在本书以前各章中陆续有所说明，归结起来，就是文学作品所创造的艺术形象及其体系本身通常并没有明确的意义指定，作者出于艺术创造的需要还常常有意留下模糊和空白，文学语言有别于科学语言以及日常语言的特点带来能指和所指之间的张力，等等，这些都给读者自己去意会作品和展开想象提供了广阔的空间。法律法规中都有解释权归属的规定，不允许解释和执行的各行其是；而文学作品的解释却从来都无法绝对地定于一尊，即使是作者本人对自己作品的解释也常常为评论者们所诟病。文学鉴赏的性质和特点也决定了文学误读的必然性。鉴赏中的感知和体味本身就是主体带有强烈主观性的活动，而判断也是以感知和体味为基础的认识活动，这些都使得读者的阅读和鉴赏结果不可能完全与作者和评论家们的意见一致。而读者在阅读鉴赏过程中对作品的阐释包括有时出现的过度阐释,都渗透着自己的审美经验、审美理想和审美趣味,体现出自己的理解能力和创造能力,都以一定的形象思维为基础、包含了情感、想象等因素。一般的读者往往满足于说明作品说的是什么意思,而水平高的读者则往往更注意说明作品可以说出什么意思;前者出现的误读和再创造是不自觉的,后者的误读则往往包含了有意为之,将误读当做一种再创造的成分。我国春秋战国时代人们赋《诗》说事成风,而且往往各取所需,断章取义,因此所引之诗,其义因人而异,这样就有了"诗无达诂"的说法,也就是说《诗》没有确切的训诂或解释。这一说法最初是针对《诗经》而言的,后来扩大到对其他诗歌和其他文学作品,成为一种泛的鉴赏观念,从而肯定了鉴赏的差异性和误读的必然性。

1960年代在法国兴起的解构主义认为世界上不存在任何客观本质的意义,语言和文本都没有固定的意义;所有的理解都是误解,所有的阅读都是误读,阐释活动因此成为一种充满自由的文字符号的游戏。这种误读理论具有哲学(包括阐释学)、语言学等方面的学术背景,将客观存在的误读现象推崇为一种必然要求和理想状态。美国批评家布鲁姆在论述诗歌的历史发展时提出了著名的"诗的误读"的理论。他指出:"诗的影响——当它涉及两位强者诗人、两位真正的诗人时——总是以对前一位诗人的误读而进行的。这种误读是一种创造性的校正,实际上必然是一种误译。一部成果斐然的'诗的影响'的历史——亦即文艺复兴以来的西方诗歌的主要传统——乃是一部焦虑和自我拯救的漫画的历史,是歪曲和误解的历史,是反常和随心所欲的修正的历史,而没有所有这一切,现代诗歌本身是根本不可能生存的。"〔1〕布鲁姆肯定了诗歌发展的历史延续性,不过他在人们通常注意的继承性之外,强调的是后人对前人的误读所产生的创造力量。这种强调达到了极端的地步,以至认为诗歌就是误读的产物,整个诗歌史就是一部误读史。布鲁姆等人的这种误读理论显然有助于激励读者在阅读中发挥自己的能动性,在文本基础上进行积极的再创造,从而扩大文本阐释的空间,发掘文本潜在的内涵,促进文本意义的增殖。这对于文学作品的阅读、鉴赏以至批评来说,都具有明显的积极意义。

当然,正如一些学者对这种偏激的误读理论所质疑的那样,对作品的阅读或误读是否应该或者能够脱离文本本身的某种规定性而自行其是,误读

---

〔1〕[美]布鲁姆:《影响的焦虑》,徐文博译,江苏教育出版社2006年版,第31页。

之外是否还存在正读呢？在一般阅读（例如对科学著作、法律法规、政府公文等应用性文体的阅读）中，往往要求的是对文本原意尽可能正确、准确、完整的理解，而由于阅读对象本身的特点和阅读者的态度，这一目标通常也不难达到，这时，误读就既不可取也不应该。至于文学文本的阅读鉴赏，尽管存在着误读的广阔空间和合理需要，但是作品形象及其所蕴涵的审美意义还是有一定的质的规定性的。读者需要在作品所提供的总体框架下通过阅读去感知，通过想象去体味，通过还原去创造，通过解读去发挥，只有明白了作家和作品究竟提供了什么，并在这种框架下去合理活动，鉴赏者的创造性误读才具有坚实的基础。否则，如果把贾宝玉误读为薛蟠或贾琏，把林黛玉误读为宝钗或晴雯，那就可能真正是对作品错误的阅读或有意的曲解了。历史上曾经多次出现过的"文字狱"，不管其制造者的主观愿望如何，但都是由对文学作品的某种误读而发端，这应该说是误读造成的最严重的后果了。在文学批评和原著改编中，不适当的误读或曲解引起的文坛纠纷也不在少数。即使是就文学鉴赏本身而言，过分强调误读往往也可能影响对作品本身所具有的审美意义的感悟和把握。这些都提醒我们在阅读鉴赏实践中把握误读的适度的重要性。

四　读者层次和文学的雅俗问题

本书第一章曾经论述文学的社会作用以审美观照作用为核心的多层次系统性，文学多方面的社会作用（包括认识作用、教育作用、娱乐作用、交际作用等等），都是通过读者实现的，是对读者的作用。读者希望通过文学鉴赏满足自己娱乐消遣、进行交际、扩充知识、获取教益、探究真理、增进美感乃至提高艺术技巧等等不同方面的需求，而不同的文学作品则在不同程度上满足这些需求。由于读者文化水平、艺术修养高低不同，可以将其划分为不同的层次。作家、批评家属于高层次的读者。层次是一种客观存在。对于相同层次的读者来说，也存在不同层次、不同方面的审美需求。不同层次的读者也可以在某一层次、某一方面存在共同需求，可以对某些文学作品产生共同的兴趣，学富五车的大学教授和识字不多的乡村青年同样可以对"三国"、"水浒"或者金庸的武侠小说流连忘返，年过半百的知识女性和情窦初开的青春少女同样可以为"西厢"、"红楼"或者琼瑶的言情小说心旌摇荡。文学界应当正视这种客观情况的存在，注意满足读者的多种需要，为社会提供多样化的精神食粮。

通常所说的高雅文学(或精英文学、严肃文学、纯文学)和通俗文学(或大众文学、流行文学)[1]就是适应不同层次读者和读者不同层次要求而产生的不同文学类型。文学的雅俗问题涉及多方面的因素,但最核心的就是由于读者的不同层次和不同需求而产生的文学观念和文学价值标准问题。所谓高雅文学和通俗文学的区分,并不是一种严格的艺术种类的划分,而是在文学发展过程中动态变化的宽泛的文学分野和类别概念。

通俗文学和高雅文学都有审美观照的基本功能,但高雅文学更注重其中的思想性,通俗文学则更注重其中的娱乐性,更集中地满足人们通过文学阅读达到娱乐消遣的需要。按照上面所说的读者分类,在艺术鉴赏修养层次较低的读者身上,这种娱乐消遣的需要更加突出和迫切,通俗文学更多地适应了这些读者的需求。当然,通俗文学与高雅文学一样,也要表现一定的思想内容,但和后者强调反映思想内容的综合性、深刻性和隐蔽性不同,通俗文艺的思想内容通常表现出单一性、普适性和明确性的特点,例如武侠小说中常见的惩恶扬善,言情小说中常见的爱情至上等等。

高雅文学强调对人类生活现象及其内在本质的整体把握,对社会生活(包括人的精神生活)的表现是立体的、全方位的和有机的。虽然也有取舍,也有变形包括夸张的变形,但总是在假定性基础上保持着一种逻辑一贯性和真实性。通俗文学则趋向于对现实世界单维的把握,往往将社会生活的某一方面做孤立的突出描述,并进而将其虚幻化,如武侠小说与凶杀复仇,言情小说写卿卿我我,主人公除此以外别无他事,作品中一切人、物、事也都为此服务。通俗文学中的人物大多是福斯特所说的"扁平人物"即内涵简单、静止不变的类型化人物,这样更符合以人物推进情节的要求。与高雅文学在生活描写中发现真理、揭示真理、引发读者思考和探索的追求不同,通俗文学通过对这种虚幻世界的描绘,满足读者对生活的企盼或逃避的愿望,成为"成年人的童话"。

高雅文学着力于提高,体现作者个人化的艺术目的,在艺术上更追求个人的独创性,反对雷同和重复;而通俗文学则着力于普及,主动迎合读者特别是广大中下层观众读者的期待视野,在艺术形式上较多遵循惯例和程式,以减少读者的陌生感。通俗小说创作中就存在一些读者喜闻乐见的常用情

---

[1] 关于高雅文学和通俗文学的这些类似名称之间有细微的差别,但在实际使用时基本是通用的。

节结构模式,例如西方常见的"基督山"、"灰姑娘"、"福尔摩斯"模式,中国传统的"才子佳人"、"忠奸对立"模式等,作家可以"旧瓶装新酒",借用这些老的模式去叙述新的故事。这样,作家也减轻了创作的难度,提高了创作的效率,适应了通俗文学大量生产的需要。正因为如此,高雅文学被称为"作者的艺术",通俗文学被称为"读者的艺术"。所谓"读者是作家的上帝"的说法,也主要是适用于通俗文学的创作。

通俗文学在艺术风格上与高雅文学存在着明显的差异。首先是追求明白易懂,减少读者阅读和鉴赏的障碍。除了上面已经谈及的一些表现外,通俗文学往往使用口语化的或程式化的语言,在文本结构上也常采用比较明朗的情节结构,不像高雅文学那样追求陌生化和多样化。其次是追求夸张传奇,突出对读者的吸引和诱惑。通俗文学通常选取特异的人物和事件作为题材,在叙述上重视运用悬念、巧合等手法,在情节安排和细节描写上则通常追求新奇、怪异和趣味性,等等,至于高雅文学重视的心理描写、性格描写倒反而较少采用。再次是追求大喜大悲,以煽情为中心来满足读者的需求。通俗文学对人物之间的爱恨情仇往往做绝对化的过滤和渲染,形成反复升级、不可逆转的情感矛盾和冲突,以一次又一次地冲击读者的视觉和心灵,使之沉溺于其中。

通俗文学和高雅文学的这些不同的特征其界限并不十分明确,就具体的样式或作品而言,其归属也会存在争议或发生变化。由于各种历史条件的变迁(其中集中反映为读者条件的变迁),许多古代的通俗文学作品今天已经被视为高雅文学作品。究其原因,或者是内容和形式已经与今天的读者隔膜,造成理解的困难和读者的减少;或者是由于社会艺术观念的变化,过去认为是不登大雅之堂的样式或作品已经成为文学的正宗。例如《诗经》中的国风很多本是民间歌谣,属于当时的通俗文学,而在经过乐官的采集润色纳入了官方的体制以后,就逐渐被赋予经典的地位;对于今天的读者而言,内容上的古远和语言上的阻隔,更增添了其高雅的色彩。词、曲、京剧在诞生之初,也是作为诗、文、昆曲等正宗文艺形式的补充而出现的,是当时的通俗文学或艺术,后来却都成为高雅文学或艺术。

通俗文学和高雅文学之间也是经常互相影响、互相促进的。高雅文学的成功艺术经验经过一定的积淀和筛选,可以为通俗文学所接受以丰富自己的艺术表现能力。例如意识流手法出现之初具有强烈的探索性,一般读者或观众并不适应,但现在就已经成为通俗小说以及电影、电视剧中常用的表现手法。通俗文学的某些题材、主题和艺术表现方法也常常为高雅文学所吸纳。

　　读者的层次是处在变动之中的。就个体而言,可以向高层次上升,也可以向低层次下降。就群体而言,整个读者层次的水平也会有所变化,不会永远停留在一个水平上。往往低层次的读者水平提高了,高层次的读者又上升到更高的层次。因此,要在承认层次的同时,努力提高各个层次读者的水平,并且根据新的层次结构来满足更高水平的多种需要。高雅文学也好,通俗文学也好,在这方面有着共同的目标和任务。20世纪以来,人们的生活水平和文化水平总体得到提高,广播、电影、电视、网络等传播媒介的产生和普及,给高雅文学和通俗文学的发展特别是后者的发展提供了有利条件,也给二者的互相影响、互相促进提供了有利条件。世界范围内大众文化即通俗文化的发展则同样给作为其中一个部分的通俗文学的发展创造了多方面的经验和广阔的文化背景。

第七章

文学批评论

　　文学批评作为文学接受的高级阶段,是整个文学过程的一个有机组成部分。同时,它作为一门科学,又是文艺学系统中的一个重要部门。本章将研究文学批评的性质和作用、标准、主体等问题。文学批评方法或模式是文学批评研究的一个重要范畴,它是文艺学研究方法在文学批评领域里的具体化,本书绪论中列专节讨论文艺学研究方法,对于一些主要的批评方法已经有所评介,其他章节中对此也有所涉及,可以参看,因此本章不再专门讨论文学批评方法问题。

第一节　文学批评的性质和作用

一　文学批评的性质和内容

　　文学批评是批评家以及其他读者对于当代作家作品以及其他文学现象的阐释和评价活动。文学批评的对象主要是具体的文学作品,同时也包括文学活动的整个过程、文学发展的现实运动、文学在社会生活中的地位和作用的实现等。因此,作家、读者、文学思潮、文学流派、文学运动和文学思想等等都在其中。

　　文学批评活动可以说是伴随着文学的产生就存在的,西方的历史最早可以追溯到柏拉图、亚里士多德等人,而中国的源头则远在孔孟老庄等先秦贤哲。作为现代科学意义上的文学批评,在西方是19世纪初才真正形成,并在20世纪得到更自觉的发展;而在中国,主要是五四文学革命以后才随新文学的成长而形成的。

　　我国传统的文学批评方式主要是从钟嵘《诗品》发端的诗话(后来又发展起类似的词话、曲话等),另外还有杜甫《戏为六绝句》开创的诗体批评,以金圣叹为代表的评点体批评等。这些批评偏重在抒发作者对作品内容和技巧的感受,属于现代意义的随笔一类。而西方传统的文学批评形式则主要是严整的论著体。这种文体在20世纪初逐步为我国文学界所接受,发展成为文学批评的主体性文体。除此以外,文学批评也常以随笔、序跋、书信、对话的形式撰写。比起论著体的文学批评来,这些文体一般具有篇幅短小、笔调活泼、论述集中的特点,书写比较自由,读者阅读也比较轻松,但论述的广度和深度往往不及论著体。当然,这些文体有的也展开长篇论述,实际上已经成为论著体。例如,1930年代蔡元培、鲁迅、胡适等文化名人分别为《中国新文学大系》各卷所写的序言,就都是严整的长篇论文。

法国文学批评家阿尔贝·蒂博代曾经将文学批评分为三种,即有教养者的批评(或自发的批评)、专业工作者的批评(或职业的批评)和艺术家的批评(或大师的批评)。他指出:

> 有教养者的批评或自发的批评是由公众来实施的,或者更正确地说,是由公众中那一部分有修养的人和公众的直接代言人来实施的。专业工作者的批评是由专家来完成的,他们的职业就是看书,从这些书中总结出某种共同的理论,使所有的书,不分何时何地,建立起某种联系。艺术家的批评是由作家自己进行的批评,作家对他们的艺术进行一番思索,在车间里研究他们的产品。〔1〕

> 毫无疑问,应该把三种批评看作三个方向,而不应该看作固定的范围;应该把它们看作三种活跃的倾向,而不是彼此割裂的格局。〔2〕

蒂博代还谈到19世纪两个行业的发展对文学批评的影响,这就是记者行业和教授行业。记者行业以及整个报纸业的发展推动了自发批评的发展,人们关于文学作品的交谈对话、日记、通信、笔记等等这些自发的批评,借助报纸等媒体的力量得到了比过去更自觉更广泛的传播,而记者或批评家撰写的报纸以及其他新闻媒体的批评则逐步发展起来,并已成为这种批评的主流,文化记者和报刊评论员则充当了"公众中那一部分有修养的人和

---

〔1〕 [法]阿尔贝·蒂博代:《六说文学批评》,赵坚译,三联书店1989年版,第3页。
〔2〕 [法]阿尔贝·蒂博代:《六说文学批评》,第4页。

公众的直接代言人"的角色。而教授行业的发展则使职业的批评有了稳固的、坚定的骨干队伍。

在蒂博代所说的三种批评中,作为文学批评核心的是职业的批评。首先,它是职业性的,是由社会发展而产生的以文学批评为职业或主要工作而被称为批评家的人专门从事的;其次,它一般都采用论著体写作,具有理论观点明晰、资料广博翔实、论证严密等特点;第三,它是一种自觉的批评活动,有比较明确的目的、标准和方法等等。相比而言,它承担着其他两种批评难以代替的功能:"其一,使文学的整个过去保持现实性;其二,因为对所处时代的作品的了解,亦因为对人文科学的了解,给予文学以更准确、更具技术性、更科学的描述和阐释。"[1]这样,比起其他两种批评,它更加明显地体现了文学批评这一活动本身的性质和特点,而且也直接或间接地影响着其他两种批评。随着读者的文化水平和作家的理论水平不断提高,这种情况就更为明显。本章对文学批评活动的论述,主要以这种批评为对象。

文学批评的具体内容包括以下三个方面:

第一,品评文学作品。

文学批评的主要对象既然是文学作品,因此它的最基本最经常的任务便是对文学作品进行科学的品评,鉴别其优劣,分析其得失。这种品评以对作品的审美鉴赏为基础,进而对其内涵和审美特点加以阐释,最后从总体上做出判断的评价。具体来说,可以分为以下三个步骤。

首先,批评家需要将自己以及其他读者对作品的鉴赏体会加以明晰化和系统化。脱离了鉴赏这一基础,不能充分感知和把握作品的艺术形象体系,就无法深入进行真正的文学批评。美国新批评派理论家布鲁克斯曾经用一个生动的比喻强调感受对于文学批评的重要意义:"文学布丁糕点的滋味的最可靠证明就是去尝一口。"对于厨师的评价要综合考虑很多因素,但"最后决定还是要靠品尝,靠吃,靠切身的感受"。[2]批评家的任务不仅在于自己感受作品,更在于将自己的感受传达给读者,因此,对鉴赏体会以至作品内容本身进行具体生动而又明晰清楚的描述,往往成为文学批评首要的

---

[1] [法]让-伊夫·塔迪埃:《20世纪的文学批评》,史忠义译,百花文艺出版社1998年版,第6页。

[2] [美]布鲁克斯:《新批评》,赵毅衡编选:《"新批评"文集》,百花文艺出版社2001年版,第604页。

工作。

其次，批评家需要根据自己的理解对批评对象做出阐释。例如，作品的形象体系所包含的审美意蕴并不可能完全直接诉诸读者，作家的艺术构思和审美倾向也并不可能完全被读者感受和领悟，作品文本的内涵和意义也可以有多种体会和阐释的空间。这些都需要批评的破译和解说。这种阐释首先要力图客观、具体和准确，同时又凝聚着批评家的主体认识，闪烁着新鲜独特、富于光彩的真知灼见，因而常常超越作家的主观意图和读者的一般感受。

再次，批评家必须在阐释的基础上对作品的倾向和价值、作家的风格和成就等等做出判断。西方"批评"一词"源于一个希腊字，意思是'做出判断'；因而，在广义上说来，批评就是'判断'"。[1] 在批评实践中，即使是最谦虚的批评家也不免要运用判断。正常的判断，是批评家的自信和力量的表现。这种判断的主要内容是对作品的审美判断，当然也包括对作品所表现的多方面社会内容的判断。但是要避免和反对那种简单粗暴的、武断的、忽视艺术规律的"判决"式的判断。

郭沫若曾经说过："批评的三段过程：（1）感受，（2）解析，（3）表明，这是批评家所必由之路。"[2] 而法国现象学美学家杜夫海纳则把"批评家的使命"概括为三项，即"说明、解释与判断"。[3] 他们的这些说法和其他学者的类似说法都清楚地指出了品评作品的基本步骤。至于对于作品以外的其他文学现象的批评活动大致也经过这样三个环节。

当然，在具体的批评实践中，可以有不同的侧重点和表现方式，因而便有鉴赏性的批评、阐释性的批评和判断性的批评等区分。

第二，总结文学经验。

除了评论作品以外，文学批评还需要在考察大量现象的基础上，总结文学经验，探讨艺术规律。这种经验总结的对象可能是某个作家乃至一个作家某一阶段某一方面的创作，也可能是一个时期文学发展和演变的宏观现象。例如，文学风格、流派和思潮的形成、发展、性质和特点，文学内容和形式的演变转换，民族传统的继承和外来文学的影响，等等，都是文学批评需

---

[1] [俄]别林斯基：《〈关于批评的讲话〉》，《别林斯基选集》第3卷，第574页。
[2] 郭沫若：《批评—欣赏—检察》，《文学理论学习参考资料》下册，第1215页。
[3] [法]米盖尔·杜夫海纳：《美学与哲学》，孙非译，中国社会科学出版社1985年，第156页。

要研究的课题。鲁迅曾经指出:"批评家的职务不但是剪除恶草,还得灌溉佳花,——佳花的苗。"[1]这不但适用于作品批评,也适用于各方面文学经验的总结,也就是说,总结经验应该包括正反两方面的经验。

文学批评所总结的经验和提出的见解,往往昭示了一种艺术理想。别林斯基指出:"进行批评——这就是意味着要在局部现象中探寻和揭露现象所据以显现的普遍的理性法则,并断定局部现象与其理想典范之间的生动的、有机的相互关系的程度。"[2]这样,批评不仅对于文学创作具有具体的指导和规范意义,有时还成为一个时代文学革新发展的先导。别林斯基和车尔尼雪夫斯基、杜勃罗留波夫等人的文学批评就是这样推动了19世纪俄国革命民主主义文学的发展,造就了俄国文学史上的一座高峰。

第三,论争文学主张。

在文学界内部,由于美学理想、艺术追求、哲学观念以及政治立场、宗教信仰等等不同,经常地存在着文学主张的差异、对立、矛盾和斗争。这种斗争的内容有的是具体的艺术问题,有的是牵涉文学方向的原则问题。文学批评就是文学界进行不同文学主张论争的主要方式。作家、批评家总是要通过文学批评来宣传自己的主张,批评他方的主张。特别是在阶级斗争激烈的年代里,当文艺思想斗争和阶级斗争交织在一起时,作为一个有社会责任感和历史使命感的文学家,更理所当然地会以文学批评作为参与斗争的武器。

正常的文学论争,充分说理的批评与反批评,是文学思想活跃的表现,是文学繁荣的动力。从这个意义上说,"文艺界的主要的斗争方法之一,是文艺批评"[3]这个命题本身并没有错误。但在过去相当长的时间里,曾对毛泽东的这一论述和文学的这一功能作了相当狭隘、片面的阐释和强调,将一切批评归于阶级斗争。这样,不但造成了对批评的滥用,严重影响了文学事业的繁荣,而且也作茧自缚,阻碍了文学批评和整个文艺学自身的发展。

文学批评是一种融合了社会批评的美学批评。

文学批评首先是一种美学批评。文学是一种人工创造审美对象的活动,作品的美学内蕴和审美价值、作家的艺术风格和美学理想等等,是文学

---

[1] 鲁迅:《并非闲话(三)》,《鲁迅全集》第3卷,第152页。
[2] [俄]别林斯基:《关于批评的讲话》,《别林斯基选集》第3卷,第574页。
[3] 毛泽东:《在延安文艺座谈会上的讲话》,《毛泽东论文学和艺术》,第72页。

批评首先应该注意的对象。对作品以及其他文学现象,做出美学的分析和评价是文学批评的首要任务。

同时,文学批评又不是单纯的美学批评。文学作为对社会生活的审美反映,渗透着主体对社会、对人生、对世界的感受、理解、认识和评价。优秀的作品总是和各种各样的社会因素相联系,一定的创作主体总有着各种各样的社会背景,因此,对文学现象的批评活动就不可能不涉及社会生活的各个方面,不可能不涉及社会科学以至自然科学各个部门,诸如:政治、道德、哲学、民族、历史、经济、军事、生理学、心理学、医学等等,不可能不对作品所涉及的这些内容做出阐释和评价,不可能不反映出批评家的有关知识和观念体系。因此,文学批评常常渗透了其他科学的因素,成为一种融合了社会批评的美学批评。对那些表现生活容量较大的作品的批评就尤其是这样。而不同的知识结构和理论观念往往造成了社会批评的不同角度和重点。20世纪后期兴起于英美等国的生态批评就是一种研究文学与自然环境的文学批评,它旨在对探索人与自然关系的文学作品进行评论,又倡导从生态的角度来解读古往今来的文学作品,从而推动人类建立强烈的生态批评观念和忧患意识。例如对19世纪英国作家狄更斯的名作《艰难时世》,一般只是从社会历史角度来阐释。而现代环境科学和生态批评的发展,却给人们提供了一个新的视角,即是将作品中的焦煤镇看作当时英国环境污染的历史见证,认为《艰难时世》的"艰难"还有一层为人忽视的内涵——环境污染带来的艰难。

批评家所昭示的理想不仅包括审美理想,也包括一定的社会理想。批评家往往通过对作家所表现的社会理想的肯定或否定来表现自己的社会理想。例如,1980年代初期我国出现过"改革文学",1990年代中期出现过"现实主义冲击波",近年来又出现"反腐(败)文学"、"官场文学"等创作潮流,其作品都是正面表现改革开放过程中特别是干部队伍中的种种矛盾、冲突和斗争,其中不少在社会上造成很大的轰动。作者们在这些作品中,表达了对改革过程中各种问题的看法,塑造了不同的干部形象,表现了自己的社会理想;而评论家以及广大读者对作者们这些认识的赞扬或责难,正反映出他们心目中的理想形态和作者的理想形态的一致或不同。

当然,文学批评与单纯的社会批评是不同的。批评文学,并不一定就是文学批评。单纯从政治上对作品进行鉴别和评判还不是文学批评。同样,脱离了对作品的美学分析,而在作品中搜罗例证作为其他科学研究的材料,那只能是单纯的非文学研究。正像美国学者韦勒克所说的：

> 文学研究如果不决心把文学作为不同于人类其他活动和产物的一个学科来研究，从方法学的角度说来就不会取得任何进步。因此我们必须面对"文学性"这个问题，即文学艺术的本质这个美学中心问题。[1]

显然，文学批评中有无美学批评，这是区别文学批评和其他科学批评的主要标志。

二　文学批评的系统地位和作用

对于文学批评的地位和作用，可以将其分别置于三个系统中进行考察。

首先，将文学批评置于文学接受的系统中加以考察，它是文学接受的高级阶段。一般的文学鉴赏只是自发的精神活动，而文学批评则是对各种文学现象的自觉把握。文学鉴赏中主体的体验和认识往往是分散的、模糊的和经验性的，而文学批评则是将主体的体验和认识加以明晰化和系统化，上升到理性认识的高度，带有科学性、理论性。同时，文学批评的主体——批评家比一般读者具有更高的思想水平、艺术修养和分析能力，在品评作品和考察分析其他文学现象时，有着更为透彻的理解和认识。一般读者在阅读作品时，常常不能充分地进入审美状态，对作品的优劣良莠的鉴别能力也有种种差别。优秀的文学批评则仿佛是风景名胜的旅游向导，把读者引入聚精会神的审美鉴赏，逐一指点好的作品和作品中的精华之处，启发人们感受领悟；同时，又引导读者鉴别文学中的糟粕，就仿佛是动物园里笼住野兽的铁栅栏，可以既让人们观赏老虎，又免受它的伤害。文学批评就是这样引导读者从一般阅读进入审美鉴赏阶段，引导文学鉴赏达到更高的水平，从而使文学更积极地实现其社会作用。

其次，将文学批评置于文学活动的大系统中加以考察，它是文学创作的理性反馈和升华。文学鉴赏作为接受的过程，对创作也有反馈和升华作用，但它主要是个体的、自发的和经验性的。而文学批评则是一种自觉的、理性

---

[1] [美]韦勒克：《比较文学的危机》，《比较文学译文集》，第30页。

的、更带社会性的反馈和升华。这种性质和作用具体表现在以下几个方面：

第一，文学批评直接对文学创作进行干预。文学鉴赏对文学创作的制约作用是潜在的影响，而批评则不但把读者鉴赏反映的信息及时地反馈给作者，而且还必然包括对这些信息做出理性的分析和升华。这对作者的创作所产生的影响更为直接和全面。同时，批评家的批评意见会不同程度地影响读者的鉴赏心理，从而在更广泛的范围内和更深入的层次上引发进一步的反馈。而优秀的作家总是重视和欢迎批评家的意见的。巴尔扎克曾经说过："作家没有决心冒批评家的火力就不要动笔写作，正如出门的人不该期望永远不会刮风落雨一样。"[1]曹雪芹在创作《红楼梦》的过程中，"披阅十载，增删五次"，就吸取了脂砚斋等人阅读作品手稿后提出的许多批评意见。

第二，文学批评对作品的阐释和评价，往往言作者之所未言，想作者之所未想，使得作者和读者一样，在艺术境界上得到升华。19世纪俄国批评家杜勃罗留波夫为评论冈察洛夫的小说《奥勃洛摩夫》，写了《什么是奥勃洛摩夫性格》这篇著名评论。他指出这个人物的主要性格特征在于一种彻头彻尾的惰性，"这完全不是人类生来的东西，而纯然是后天养成的习惯"。他不但从横的方面揭示了这一典型产生的社会根源，而且从纵的方面进行考察，将这个典型同以往的俄国文学中众多的"多余的人"形象相比较，揭示了它所体现的时代特点和历史必然性。他认为"多余的人"在当时已经失去了任何积极的意义，而在冈察洛夫笔下现出了原形。杜勃罗留波夫的这种分析，完全是从作品本身出发的，但又是冈察洛夫本人和一般读者所没有清楚意识到的。所以冈察洛夫对其表示同意和欢迎。这种批评不但对于作家以后的创作具有促进和启发意义，而且本身也成为作家创作的进一步延伸。从这个意义上说，批评本身表现为一种创造。就像人们所说的，奥勃洛摩夫是作家冈察洛夫和批评家杜勃罗留波夫的共同创造。

第三，文学批评的对象不像鉴赏活动那样仅仅局限于作品，它可以在更广的范围内和更大的程度上影响文学创作的风貌，制约文学的发展。文学批评家对某种艺术理想的呼唤或贬斥，对某种文学主张的支持或反对，对某种体裁、题材、风格、流派的发现和褒贬，等等，都可以起到影响文学创作的作用，有时甚至影响或造就了一代文风。例如，我国唐代诗人陈子昂针对晋、宋至唐五百年间"文章道弊"、"彩丽竞繁"的诗文风尚，肯定风雅、汉魏诗歌的传统，强调

---

[1] [法]巴尔扎克：《〈人间喜剧〉前言》，《西方文艺理论名著选编》中卷，第115页。

"风骨"和"兴寄"。他在理论上的倡导和创作上的实践,影响了当时许多诗人、作家,起到了"横制颓波"的作用。而中唐诗人元稹、白居易的诗歌理论批评,也对新乐府运动的开展起到了有力的推动作用。至于欧洲近现代各种文学思潮的兴衰更迭,几乎都与文学批评的鼓吹、阐说和论争有关。

古罗马理论家贺拉斯作过一个生动的比喻,他把创作比做"刀子",把自己从事的批评比做"磨刀石",说磨刀石虽然"自己切不动什么",但却"能使钢刀锋利"。[1] 文学批评正是这样,使得创作更加"锋利",也就是以思想上和艺术上更大更强的力量去发挥自己的社会作用。

再次,将文学批评置于文艺学学科系统中加以考察,它是一门独立的科学学科。俄国诗人普希金早在19世纪就指出:

批评是科学。
批评是揭示文学艺术作品的美和缺点的科学。
它是以充分理解艺术家或作家在自己的作品中遵循的规则、深刻研究典范的作品和积极观察当代突出的现象为基础的。[2]

从那时起,人们对于文学批评作为一种科学活动的认识不断加强。当然,也有一些作家、批评家从强调批评的主体创造性出发,否定文学是一门科学。例如,法国作家阿纳托尔·法朗士主张印象主义的批评。他说:"为了真诚坦白,批评家应该说:'先生们,关于莎士比亚,关于拉辛,我所讲的就是我自己。'"[3] 还有一些人则从强调文学批评与鉴赏的密切关系以及文学批评的文体特殊性出发,将文学批评称之为一种艺术。

文学批评确实以鉴赏为基础,而且不可避免地会带有一定的主观色彩,在有的批评家或批评流派身上这种主观色彩还相当强烈。有些文学批评文章的文学色彩很浓,有的甚至采用诗歌等文学形式来写作。但是,从文学批评的一般情况来看,它主要是采用概念、判断、推理等理论形态来把握文学现象,总结经验,揭示规律。从本质上讲,它是一种科学活动,和以形象创造审美观照对象的艺术活动有所不同。当然,这种科学活动属于人文学科范

---

[1] 参见[古罗马]贺拉斯:《诗艺》,《西方文艺理论名著选编》上卷,第107页。
[2] [俄]普希金:《论批评》,《西方文论选》下卷,第373页。
[3] [法]阿纳托尔·法朗士:《文学生活》,同上书,第267页。

畴,不同于自然科学甚至社会科学。虽然"也许它不是一门'纯粹的'或'精确的'科学",但是,"没有任何理由说作为一种系统研究的批评就不应该成为、至少部分成为一门科学"[1]。

作为文艺学一个部门的文学批评,是文学实践同文学理论、文学史之间的中介。它以自己对各种具体的文学现象所做的分析和评价,充实和促进文学史和文学理论的研究,从而推动整个文艺学的发展;同时,又将文学理论和文学史研究的成果融入自身,从而促进文学的进一步繁荣。别林斯基曾经这样说明文学批评和文学理论的联系与区别:

> 理论是美文学法则的有系统的和谐的统一;可是,它有一种不利,那就是它只包含在一定的时间限度里面,而批评则不断地进展,向前进,为科学收集新的素材,新的资料。这是一种不断运动的美学,它忠实于一些原则,但却是经由各种不同的道路,从四面八方引导你达到这些原则,这一点就是它的进步。[2]

而别林斯基本人的批评就熔文学理论、文学史和文学批评于一炉,在评价具体文学现象的同时探讨和阐明了一系列的理论问题,成为名副其实的"运动的美学"。在 20 世纪西方各种文学思潮的发展中,文学批评与文学理论、文学创作的互动是明显的特点,其中文学批评的作用也是非常突出的。

第二节　文学批评的标准

一　文学批评的原则标准

批评家在对文学现象进行评论时,总有一定的尺度和准则,这一定的尺度和准则也就是文学批评的标准。

文学批评标准是人们的审美理想和文学观念在文学批评中的具体表现,是人们在社会实践特别是文学实践中形成的对批评对象的规范要求,它

---

[1] [加拿大]弗莱:《文学的原型》,[英]洛奇编:《20 世纪文学评论》下册,葛林等译,上海译文出版社 1993 年版,第 99 页。

[2] [俄]别林斯基:《论〈莫斯科观察家〉的批评及其文学意见》,《别林斯基选集》第 1 卷,第 323~324 页。

是从批评主体的全部精神素养和整个审美心理结构中凝聚起来的价值标准。

文学批评标准是一种客观存在。在我国,孔子最早提出文学批评的标准。他说:"《诗三百》,一言以蔽之,曰:思无邪。"[1]这既是他删诗的标准,也是他进行文学批评的标准。此外,他所肯定的"文质彬彬"、"温柔敦厚",也都是传统文学批评常用的标准。在西方,首先明确提出文学批评标准的则是古希腊的柏拉图。他要求"除掉颂神的和赞美好人的诗歌以外,不准一切诗歌闯入国境"[2]。在他们之后,许多文学理论家和批评家曾经从不同的理论观念和实际需要出发,提出过形形色色的批评标准。

尽管文学批评标准是一种客观存在,但是中国和西方都有否定标准的观点存在。不少人认为,文学批评有了一定的标准就形成了"框框"或"圈子",就会束缚创作的发展。针对这类看法,鲁迅曾经指出:

> 我们曾经在文艺批评史上见过没有一定圈子的批评家吗?都有的,或者是美的圈,或者是真实的圈,或者是前进的圈。没有一定的圈子的批评家,那才是怪汉子呢。……我们不能责备他有圈子,我们只能批评他这圈子对不对。[3]

显然,只有自觉或不自觉运用标准的差别,运用什么标准和怎样运用标准的差别,而没有根本不运用一定标准的批评。

恩格斯曾经强调文学批评要有美学观点和历史观点,他认为这是文学批评的最高标准。他在《诗歌和散文中的德国社会主义》中说过:"我们决不是从道德的、党派的观点来责备歌德,而只是从美学和历史的观点来责备他。"[4]又在致拉萨尔的信中指出:"我是从美学观点和历史观点,以非常高的、即最高的标准来衡量您的作品的"[5]。马克思和恩格斯在自己的批评实践中,正是运用这样的标准来衡量和评价歌德和拉萨尔等人的作品,科学分析他们的社会思想和艺术思想。例如,他们对拉萨尔的剧本《弗兰茨·冯·

---

[1] 《论语》,《中国历代文论选》一卷本,第11页。
[2] [古希腊]柏拉图:《理想国》,《西方文艺理论名著选编》上卷,第39页。
[3] 鲁迅:《批评家的批评家》,《鲁迅全集》第5卷,第428~429页。
[4] [德]恩格斯:《诗歌和散文中的德国社会主义》,《马克思恩格斯全集》第4卷,第257页。
[5] [德]恩格斯:《致斐迪南·拉萨尔》,《马克思恩格斯全集》第29卷,第586页。

济金根》,就一方面将其置于文学发展的历史中加以考察,肯定它艺术上的成功之处,指出它的不足,并由此展望"戏剧的未来";另一方面又对作品所表现的历史内容、社会理想和政治观念等加以分析,批评了拉萨尔的唯心主义错误。他们这种实事求是切中要害的批评正体现了"美学和历史的观点"的标准。

在恩格斯之前或同时,其他一些理论家和批评家,如黑格尔和别林斯基等人,也发表过相同或类似的意见。例如,别林斯基就指出:"不涉及美学的历史的批评,以及反之,不涉及历史的美学的批评,都将是片面的,因而也是错误的。批评应该只有一个,它的多方面的看法应该渊源于同一个源泉,同一个体系,同一个对艺术的观照。"[1]这种区分也为许多理论家和批评家所接受。

美学观点和历史观点的批评标准,就是要将文学作品或其他文学现象置于一定的历史范围里,对其审美创造的成败得失进行评价。具体说来,美学观点所要衡量的内容包括:作家从生活中发现和开掘美的水平,作家创造艺术美的水平,作家的审美理想以及作品本身的审美价值,等等。历史观点所要衡量的内容包括:作品对社会生活的反映是否揭示了历史发展的本质真实,作品所表现的作家多方面的社会理想和观念在历史发展进程中的意义,作品或其他文学现象在文学发展历史中的地位和作用,等等。总之,要求在历史发展的进程中衡量和评价作品的美学价值,同时,又要求根据文学作品的审美特性来衡量和评价作品的历史地位。

值得注意的是,"确定一部作品的美学优点的程度,应该是批评的第一要务。当一部作品经受不住美学的评论时,它就已经不值得加以历史的批评了"。[2] 美学观点和历史观点应该在艺术实践的基础上互相渗透,得到完全的融合和统一。只有这样,才能将文学批评和其他科学批评区别开来。

美学观点和历史观点相统一,只是科学的文学批评总的原则标准。除此以外,西方传统文论中强调的真善美三者的统一,毛泽东提出的政治标准和艺术标准,以及由此推衍出来的思想标准和艺术标准等,也都是属于这种总的原则标准。它们在具体的文学批评实践中总要体现为一定的具体标准。

---

[1] [俄]别林斯基:《〈关于批评的讲话〉》,《别林斯基选集》第3卷,第595页。
[2] [俄]别林斯基:《〈关于批评的讲话〉》,《别林斯基选集》第3卷,第595页。

二 文学批评标准的系统性和多样性

文学批评标准以美学观点和历史观点统一为核心,构成多样化的系统序列。这具体表现在批评标准的主体性、客体性、随机性和变动性及其相互联系上。

所谓批评标准的主体性,是指批评主体由于审美理想和价值观念不同,形成批评标准的不同内容和特点。当不同的批评主体面对同一批评对象时,必然会根据自己的标准得出不同的认识和判断。总的批评标准只能引导文学批评的基本方向和范围,却不能规范和代替主体的具体标准。同样是强调真善美的统一,古希腊的思想家普洛丁认为三者统一于神,这和当代中国批评家的理解相差何等之远。即使是仅从道德范畴来谈善,也有各种不同的善恶观念和标准。俄国作家托尔斯泰完全否定莎士比亚,甚至认为莎士比亚根本不是艺术家,其作品也不是艺术品。他得出这种结论,原因之一就是从基督教博爱主义的特定道德标准出发来衡量莎士比亚的作品。在他看来,《哈姆雷特》等作品充斥着复仇和残杀,好人和坏人无区别地"大量死亡",缺乏明显的惩恶扬善的内容,因此没有道德上的力量,也根本不应该成为基督教世界的文艺内容。正因为同样道理,对于表现农民起义的《水浒传》,对于歌颂自由爱情的《红楼梦》,由于善恶观念的不同,也必然会有不同的评价,有人把它们当做生活和斗争的教材,有人则指责它们"诲盗"、"诲淫"。

这种主体性从一个方面造成了批评标准的多样性,这种主体性往往带有一定政治的、宗教的、道德的、团体的、民族的色彩。不同的批评群体往往会形成一定的共同批评标准。例如,统治法国文坛达两百年的古典主义思潮,就以其"三一律"等规范作为普遍永恒的绝对标准衡量评价各种文学作品。伏尔泰正是从这种标准出发,才贬斥莎士比亚是一个"喝醉了酒的野蛮人",认为他的作品只是"粪便里夹杂着珍珠"。其他各种文学流派、思潮的批评家,也总是这样自觉或不自觉地在批评活动中体现出群体的文学观念和批评标准。

所谓批评标准的客体性,指的是由于批评客体本身固有的某些性质特点和功用,自然形成了对它们进行衡量和评价的标准。以文学作品而言,有体裁、题材、风格、篇幅等等不同,这不同的对象存在便会形成不同的文学观念和批评标准,不能互相替代。例如,小说批评通常注重人物、情节、环境,诗歌批评通常注重情感、意象、意境,剧本批评通常注重戏剧冲突和戏剧情境,等等。至于文学作品以外的其他文学现象也会因各自的特点不同而使批评出现不同的要求。在批评实践中,常常出现忽视这种标准客体性的倾向。这在我国现当代文学批评中就有多种表现。例如:将政治标准绝对化、庸俗化,认为或要求一切作品都应表现政治斗争和政治思想内容,甚至连大量的山水诗、爱情诗也都要挖掘其政治上的微言大义;将现实主义文学观念作为规范一切文学的模式,否定贬斥其他各种流派、思潮,甚至使得著名作家郭沫若也不敢承认自己的浪漫主义倾向;将某种文体的特点作为衡量其他文体的标尺,例如用叙事文学中的人物典型化来要求诗歌,用民歌的特点来要求一切诗歌,等等。实际上,文学批评客体的丰富多样,决定了批评标准的多样性,就像一把钥匙开一把锁一样,需要有适用于不同对象的不同标准。

所谓批评标准的随机性,指的是由于客观环境和现实需要不同,批评标准的主体性和客体性在某一方面的相互沟通和契合,形成批评标准的不同。在具体的批评实践中,客体的这一方面还是那一方面引起主体的批评兴趣,主体选择这样或那样的批评标准,除了受客体和主体本身的性质和特点决定以外,很大程度上还受到客观环境和现实需要的制约。刘勰提出:"将阅文情,先标六观:一观位体,二观置辞,三观通变,四观奇正,五观事义,六观宫商。斯术既形,则优劣见矣。"[1]他所提出的"六观",实际上是六项既各自独立又互相联系的批评角度,涉及文学作品的内容和形式的许多方面,而重点又在艺术形式。具体包括了体裁选择、遣词造句、源流演化、艺术手法、典故引用、声调韵律等方面。这些角度既可以分别运用,也可以综合运用,还可以和其他角度(如对作品内容的衡量等)结合起来进行批评活动。这样,具体怎样运用标准就不能不带有很大的随机性。而当批评家从某一角度运用某一种标准评论作品时,并不意味着他一定忽略了其他方面,忽视了其他标准。例如,某一作家的艺术技巧非常出色,但批评家却可能从某种需要出发,并不运用有关标准对其进行衡量,而是着重对其社会内容进行评价,这并不意味着批评家一定忽视了作家的艺术技巧,而只是上述随机性的表现。

所谓批评标准的变动性,指的是由于社会历史的发展而带来的批评标准的演变和发展。一方面,主体的审美观念和文学观念会发生变化,从而带

---

〔1〕 刘勰:《文心雕龙·知音》,《中国历代文论选》四卷本,第1册,第300页。

来批评标准的改变。例如,过去对于现代文学史上相当数量的一批作家,如胡适、周作人、徐志摩、沈从文等人,在文学史著作和其他文学论著中或完全否定,或避而不提。这主要是由于当时根据简单化和庸俗化的政治标准,或因其政治立场,或因其阶级出身,或因其他某一方面的原因,而全盘否定他们在新文学发展过程中的作用。社会生活进入新时期以后,审美观念和文学观念的变化带来批评标准的变化,人们用"美学和历史的观点"来评价他们的地位和作用,从而获得了新的结论。而且他们的一些长期受贬斥的作品,也不同程度地受到重视以至欢迎。另一方面,文学批评的客体的性质、特点和功用也会发生变化,这就必然导致批评标准的演化。例如,随着小说等散文体叙事作品和电影、电视剧等艺术样式的发展,诗歌作为一种最古老的艺术样式,其性质、特点和功用都朝侧重抒情的方向发展,而它曾经具有的叙事性相对减弱。因此,再拿史诗的标准来衡量它就未见得适当。这些都说明,既然主体和客体都处在不断的发展变化中,那也就不可能有永恒不变的批评标准。

主体的多样性,客体的多样性,主体和客体随机结合的多样性,主体和客体的历史变动所形成的多样性以及由此随机结合的更大范围的多样性,这就使得文学批评标准由美学观点和历史观点的圆心出发,扩散出无比丰富多彩的价值标准和批评形态,构成一个不断变化和发展的系统,制约着文学批评以至整个文学事业的发展。

第三节　文学批评的主体

一　文学批评家的文化心理结构

文学批评是文学接受的高级阶段,文学批评家是艺术接受者的高级阶层和突出代表,他们负有沟通作者与读者、创作与接受、文学实践与文学理论的重大责任。文学批评家所处的地位和所承担的任务,决定了他们应有多方面的素养。

第一,理论素养。

文学批评作为一门科学,决定了批评家应该具有较高的哲学、美学、文学以及其他方面的理论素养,具有熟练进行抽象思维的能力,掌握唯物辩证法和其他科学方法。这样,才能对复杂的文学现象做出客观、准确而有见地的阐释和评价,才能为文学理论和文学史研究提供有价值的研究成果,才能高瞻远瞩，对文学发展的态势和趋向做出清醒的、有力的预见和引导。

在各种理论当中，哲学对于提高批评家的素养具有特别重要的意义。普列汉诺夫曾经指出："对于艺术作品的充分而且完全的理解，只有通过哲学的批评才有可能，而哲学批评的任务是从局部和有限当中找出一般和无限的表现。自然，这种批评远不是轻而易举的事情。"[1]美学作为哲学的分支，与文学艺术的关系更为密切，对于文学批评的指导意义也更为直接。中外许多著名的文学批评家往往同时也是哲学家、美学家，或者有相当的哲学和美学素养，显示出对文学现象高度的透视、概括和分析能力，从而高于一般评论者和读者。

20世纪西方文学批评呈现出强烈的理论化倾向。批评家通常都是在一定的理论观念的指导下，运用一套理论范畴，以思辨的方式开展文学批评活动。哲学、美学、文学理论的发展呈现出多种思想、思潮、流派互相竞争、论战、更替的繁复景象，与其他多种学科（例如心理学、语言学、人类学等等）的相互渗透和交叉更使得这种理论景观令人眼花缭乱，这些都对文学创作和文学批评产生了复杂的影响。无论是对作家作品的评论，还是对其他文学现象的剖解，往往都离不开对其产生的理论背景的把握。不了解萨特的存在主义思想，就难以深入评价他本人以及加缪、波伏娃等人的存在主义文学作品；而具有精神分析的理论准备，自然有助于理解和评析意识流小说。当然，理论修养的意义更多地体现在开拓了文学观念和批评方法的视野，从而为具体的文学批评活动注入创新的活力。20世纪初期和后期，西方文学界的上述潮流曾经两次对中国文学界造成冲击，如果说第一次冲击促成了中国现代文学批评的诞生，那么后一次冲击则有力地吸引了中国文学批评不断加强自己的理论化倾向，这就对中国文学批评工作者提出了更高的多方面理论修养的要求。

第二，艺术素养。

文学批评家同其他接受者一样，必须首先踏进鉴赏的前厅，才能进入批评的后院。而精深的艺术素养，包括多方面的艺术知识、丰富的鉴赏经验、活跃的艺术想象能力、敏锐的审美感受能力和准确的判断能力等等，对于一个批评家来说，都是不可缺少的。只有具备了这些条件，他才能更好地理解作品，理解作家，真正充分地把握批评对象，并对批评对象的内涵和意义进

---

[1] [俄]普列汉诺夫：《维·格·别林斯基的文学观》，《普列汉诺夫美学论文集》第Ⅰ集，人民文学出版社1983年版，第201页。

行开掘、补充、延伸和拓展。同时,良好的艺术修养往往还有助于增加评论作品逻辑力量之外的情趣和意味,产生审美的感染力量,增强说服力。

批评家多方面的艺术素养主要是在长期的艺术鉴赏和批评实践中养成的。刘勰曾经写道:"操千曲而后晓声,观千剑而后识器,故圆照之象,务先博观。"[1]有关文学以及其他艺术的各种知识,艺术鉴赏的规律,固然要通过实践来学习、领会和掌握;而直觉式的审美感受和判断能力,虽然和人的先天素质不无联系,但主要还是通过在实践中的反复体验、比较以及理论上的学习反思而逐渐形成的。

此外,批评家适当地进行一些文学创作实践,也可以帮助自己亲身体会创作的过程和规律,领悟文学的性质和特征,对于提高艺术素养也是有益的。不少著名的文学家,往往兼作家与批评家于一身。我国现代文学家鲁迅、郭沫若、茅盾、钱钟书、李健吾等人就都是这样。

第三,知识素养。

茅盾曾经说过:"批评家应当比作家具备更多方面的社会知识,更有系统的对社会生活的了解,更深刻的对社会现象的判别能力,然后才能给予作家以更有效的帮助。"[2]文学作品作为社会生活的审美反映,描绘古今中外多方面的生活现象,包含或涉及了多方面的科学知识。如果说作家的知识和经验越丰富,就越容易加深对生活的感受、认识和表现;那么,批评家的知识和经验越丰富,往往就越容易理解作品,进入作品的艺术境界,从而顺利地开展批评活动;就越容易实现自身与作家、与读者的沟通,并成为作家和读者之间相互沟通和联系的桥梁;就越容易做到视野开阔,思维活跃,实现文学观念和批评方法的创新。相反,如果像鲁迅所讽刺的,搞不清楚"裸体画和春画的区别,接吻和性交的区别,尸体解剖和戮尸的区别……"[3],缺乏起码的常识,只能闹出一大堆笑话,把批评引向歧路。

批评家的知识素养既需要通过各种学习过程来丰富,也需要通过各种实践过程来培育。不同学科门类的知识,不同人生经历的体验,都是批评家调整和充实自己知识结构的宝贵财富。而善于丰富自己的知识,特别是在短时间之内能迅速获得某一方面的知识,以满足完成不同批评任务的需要,

---

[1] 刘勰:《文心雕龙·知音》,《中国历代文论选》四卷本,第 1 册,第 300 页。
[2] 茅盾:《新的现实和新的任务》,《人民文学》1953 年 11 月号。
[3] 鲁迅:《对于批评家的希望》,《鲁迅全集》第 1 卷,第 401~402 页。

这也是批评家所需要具备的素养。

第四，人格素养。

批评家比一般读者承担了更多的社会责任，因而也就应该有更高的人格素养要求。这种要求主要表现为：淡泊名利，排除杂念，热情、无私、客观地对待批评对象；敢于坚持真理，坚持原则，具有独立的批评品格，而不趋炎附势，媚俗从众，随风摇摆；执著但不偏执，善辩但不狡辩，严肃地进行批评和反批评，随时修正错误；平等地对待作家、读者和其他批评家，善于设身处地，错位思考，避免"文人相轻"；等等。

每个批评家都有自己的批评观念、标准和风格。但是一般说来，优秀的人格素养却是人人必需的。它不但有利于批评家更科学地把握对象，而且有利于批评家和读者建立起互相信任、互相尊重的良好关系，从而有利于批评功能的更好实现。

现代传播媒体的发展使得文学艺术作品的传播更为迅捷、广泛，媒体批评也随之膨胀，并吸引了众多职业批评家聚集其中。在商品经济的背景下，媒体业和出版业的运作都和经济利益相联系，都要运用一定的宣传手段，媒体批评在原本性质之外，很自然地可能要服从或照顾一定的商业目的。正因为如此，某些批评文章被指为"红包批评"，某些批评家被指为"吹鼓手"，而以无原则的捧场为主再加点无关痛痒的批评，则成为不少媒体批评文章的基本套路，造成了表面的热闹和实际的空虚。另外，近年"酷评"也颇流行，所谓"酷评"顾名思义，即严酷、苛刻的批评，其对象大多是名家名作，这类文章往往结论吓人，论证不足，有的甚至失之人身攻击。这种"酷评"的形成，除了作者可能存在的见解的偏激和矫枉过正的心态之外，往往也和媒体炒作的需求有关。真正有见解的"酷评"当然可以起到一定的振聋发聩的作用，但刻意地求"酷"无疑对开展正常的文学批评不利。这些现象的出现，都给批评家提高自身人格修养包括职业道德修养提出了严肃的课题。

批评家的自身素养即文化心理结构是在社会实践特别是批评实践中形成和发展起来的，并处在不断的自我超越之中。批评家在对批评对象进行审视和评价的过程中，也对自己固有的审美理想、文学观念、思维方式以至整个文化心理结构进行反思，从而做出某种调整和发展，实现自身的部分重建以至质的飞跃。

二 文学批评的基本原则

文学批评的性质和任务决定了文学批评家在自己的工作中应该坚持以下原则,才能使自己的批评达到较高的水平。

第一,科学性原则。

文学批评的科学性质决定了主体应取的科学态度。这种科学态度应该贯串在批评活动的全过程中。批评家应从作品实际出发,从形象分析入手,详细占有材料,通过缜密严谨的分析得出结论,努力防止和坚决反对断章取义、主观臆断、以偏概全等不良倾向。

当然,由于文学批评以鉴赏为基础,并包含了不同程度的鉴赏因素,批评家一般不会像自然科学家那样排除个人的感情倾向,但却不应该让个人的偏好或私情妨害自己对批评对象采取冷静理智的态度,做出科学的认识和评价。正像刘勰所说的,只有做到"无私于轻重,不偏于憎爱",才能达到"平理若衡,照辞如镜"的境界。[1] 俄国批评家车尔尼雪夫斯基曾经提出:"公平正直以及文学的利益高于作家个人的感触"。[2] 他在批评活动中身体力行这一宗旨。他对自己最敬爱的导师别林斯基就并不偏爱、溢美,也不盲目追随别林斯基发表过的见解;同时他对自己的论敌或反对者,也并不过分贬抑或计较个人恩怨。例如,托尔斯泰曾经攻击车尔尼雪夫斯基的著作《艺术与现实的审美关系》,指责他对别林斯基的肯定。但车尔尼雪夫斯基却公正客观地评价托尔斯泰的作品,敏锐地指出这位当时刚刚初露头角的青年作家的杰出天才和远大前途。这正是一个真正批评家科学态度的生动体现。

英国著名诗人艾略特同时也是一位杰出的理论批评家,他曾经指出:

> 从事批评,本来是一种冷静的合作活动。批评家,如果是真正名副其实的话,本来就必须努力克服他个人的偏见和癖好——这是每个人都容易犯的毛病——在和同伴们共同追求正确判断的时候,还必须努力使自己的不同点和最大多数人协调一致。[3]

---

[1] 参见刘勰:《文心雕龙·知音》,《中国历代文论选》四卷本,第1册,第300页。
[2] 车尔尼雪夫斯基:《论批评中的坦率精神》,《车尔尼雪夫斯基论文学》中卷,辛未艾译,上海译文出版社1979年版,第168页。
[3] [英]艾略特:《批评的功能》,《现代西方文论选》,上海译文出版社1983年版,第279页。

显然，艾略特所说的"合作"和"协调一致"，是以克服"个人的偏见和癖好"的科学态度为基础的。对于一定的批评群体或整个文学批评界来说，脱离了这种科学态度，往往很容易陷入不必要的对峙和争论当中，或者形成某种错误的一边倒、一风吹倾向，从而妨害文学的发展。这在中外文学史（例如我国现当代文学史）上是不乏其例的。

文学批评本身也是一种文学现象，它也属于文学批评的对象范畴。因此，批评应当研究自身。别林斯基曾经说过："分析和研究的精神，是我们时代的精神。现在，一切都必须受到批评，就连批评自身也是如此。"[1]一百多年后的今天，批评家就更应有自觉的学科意识，努力通过批评的批评来健全学科的科学形态，从而获得自身的发展。

第二，有机性原则。

这是科学性原则在批评实践中的一项带根本性的内容。这种有机性原则首先体现在对批评对象的把握上。对象本身作为一个系统，具有整体的有机性。对象又处于一定的社会系统和文学系统中，分别同其他社会现象和文学现象存在着有机联系。艾略特曾经谈到：当他"想到文学、想到世界文学、欧洲文学、某一个国家的文学时，正像现在一样，并不把它当做某些个人写下的作品的总和来看，而是把它当做'有机的整体'，当做个别文学作品、个别作家的作品与之紧密联系，而且必须发生联系才有意义的那种体系来看"。而且，"在任何时代里，真正的艺术家之间，我认为有一种不自觉的联系"[2]。这正说明，作家也好，其他文学现象乃至整个文学也好，都脱离不了一定的"与之紧密联系，而且必须发生联系才有意义的"体系。

我国古代文学批评中历来有"以意逆志"和"知人论世"的传统。这些说法出自《孟子》。孟子说：

> 故说诗者，不以文害辞，不以辞害志；以意逆志，是为得之。
> 颂其诗，读其书，不知其人，可乎？是以论其世也，是尚友也。[3]

---

[1] [俄]别林斯基：《〈关于批评的讲话〉》，《别林斯基论文学》第3卷，第569页。
[2] [英]艾略特：《批评的功能》，《现代西方文论选》，第278页。
[3] 《孟子》，《中国历代文论选》四卷本，第1册，第31页。

"以意逆志"是孟子提出的理解作品的方法。他认为应该根据整个作品而非个别词句去探寻作者的创作意图,分析作品的内容。"知人论世"本是孟子提出的修身方法,后人将其与"以意逆志"结合起来,作为文学批评的方法原则来运用。这虽非孟子的原意,但还是符合文学批评的规律的。鲁迅在批评朱光潜的美学观念和批评方法时所说的三个"顾及",就体现了这种传统。

1930年代,朱光潜推崇"静穆"的美学境界,并认为"这种境界在中国诗里不多见。屈原阮籍李白杜甫都不免有些像金刚怒目,愤愤不平的样子。陶潜浑身是'静穆',所以他伟大"。鲁迅认为这种结论只是从陶潜的部分作品得出的,并不能概括陶潜的全部创作,陶潜"现在之所以往往被尊为'静穆',是因为他被选文家和摘句家们所缩小,凌迟了"。由此,鲁迅指出:

> 倘要论文,最好是顾及全篇,并且顾及作者的全人,以及他所处的社会状态,这才较为确凿。要不然,是很容易近乎说梦的。[1]

许多中外学者都发表过和鲁迅类似的观点。例如丹麦文学史家勃兰兑斯就认为,一本书所透露出来的思想观点,也会在作者的所有作品中表现出来,"不对它有所了解,就不可能理解这一本书。而要了解作者的思想特点,又必须对影响他发展的知识界和他周围的气氛有所了解"。不过,勃兰兑斯同时认为如果从美学的观点看,一本书"就是一个独立存在的完备的整体,和周围的世界没有任何联系",这种看法是片面的。单个作品的美学风格和艺术特色既不可能脱离作者的整体艺术追求,也不可能脱离"影响他发展的知识界和他周围的气氛",特别是其中的美学和艺术潮流。[2]

批评的有机性还体现在自身的性质、标准、方法等方面。也就是说各种不同性质、不同标准、不同方法的批评之间仍然存在着某种有机的联系,不能将它们完全割裂或对立起来。同时,这种有机性也还体现在文学批评同文艺学其他部门的联系上。批评家应该有自觉的理论意识和文学史意识,从而使得批评更具有活力和深度。

---

[1] 以上均见鲁迅:《"题未定"草(六至九)》,《鲁迅全集》第6卷,第427~430页。
[2] 参见[丹麦]勃兰兑斯:《19世纪文学主流》第1分册,张道真译,人民文学出版社1980年版,第2页。

第三,创造性原则。

文学创作是创造,揭示文学价值、影响文学发展的文学批评同样也是创造。文学批评的创造性体现在许多方面,包括:通过对作品内涵和价值的独到发现,实现对作家创造的延伸和升华;通过对文学实践的观察与思考,提出和回答有普遍意义的问题,推动文学的前进;通过对批评观念、标准、方法以及文体等等的独特探索,实现自身的超越,促进本学科的发展;通过在独特层面上沟通文学理论、文学史与文学实践的联系,促进整个文艺学系统的发展;等等。在20世纪西方文学批评发展历程中,众多派别的兴衰更替令人目不暇接。而支持这些派别登台亮相并往往盛极一时的内在力量正是蕴涵其中的创造性。无论是前期从偏向"外部研究"到后期偏向"内部研究"的研究思路的调整,还是从作者到作品再到读者的研究重心的转移,无论是形式主义范围内俄国形式主义、英美新批评派、法国结构主义的依次递进,还是文化批评框架中女权主义、新历史主义、后殖民主义的先后崛起,等等,尽管文学观念和批评方法不同,但都表现出强烈的批判精神和创新意识,给批评和整个文坛带来一股股清新的风气,共同推动着文学的发展。

由于种种原因,我国20世纪中期的文学批评曾在较长的时间里始终与政治运动联系在一起,一些文艺问题往往成为政治运动的导火线,一些本来属于文艺本身的问题,也因此不能正常进行深入讨论。文学批评家的创造性则因此受到限制和压抑,文学批评往往局限于经典言论的诠释、政治观念的演绎和社会生活的比附,特别是那种被称为"棍子"的政治判决式的批评更是令人生厌生畏。"文革"结束后,文学批评工作者的创造性逐步发挥出来,文学批评出现了新的格局和风貌。从肯定《班主任》等"伤痕文学"作品开始,文学批评家们对文学创作真正实现了具有真知灼见的品评、分析和推动;从推倒"文艺黑线专政论"开始,文学批评家们和文学史家们实现了对一系列历史问题的拨乱反正;从纠正文艺从属于政治命题的偏颇开始,文学批评和整个文艺学走上了健康发展的道路。新时期文学(包括文学批评本身)的每一步前进,都是和文学批评极富创造性的阐释与分析、预见与总结、鼓吹与争鸣分不开的。特别是1980年代中期关于文学观念、文学研究方法更新的热潮,更突出地体现了这种创造性的力量。这种创造性成为一种可贵的精神力量,推动了我国文学批评和整个文学事业的发展。

第八章

文学发展论

　　文学的历史,是对文学的本质、特征和规律进行逻辑概括的重要基础。文学史,是对文学的历史进行描述、分析和评价的科学。本章将通过对文学起源和发展的动态考察,从历史构成上进一步说明文学的基本原理,包括文学史研究的若干原则。

第一节　文学的起源

一　研究艺术起源的基本途径

　　文学及其他艺术的起源问题,是文艺学研究的一个古老的课题。但是,它和人类起源问题一样,都是19世纪末进化论取得胜利后才真正被加以科学探讨的。这一研究被称为文艺发生学或发生学文艺学,即对文学产生的萌芽状态进行研究的一种文艺学分支。

　　文艺学原本以文学为研究对象,但在研究起源问题时,则一般将文学和其他古老的艺术门类联系在一起。因为根据学术界对原始艺术的考察和推测,作为文学最初萌芽的诗歌是和音乐、舞蹈三位一体的;同时,各种艺术的相互联系和共同特点在原始艺术中也有一定的体现。这样,文学起源问题就不可避免地需要置于整个艺术起源中来加以考察。但是,应该看到,文学和其他艺术门类的形成仍然可能有时间的先后和不尽相同的具体条件,从而有它自身的独特性。

　　对于艺术起源问题,历史上的研究除了凭借零星的史籍记载和哲理的思辨推断以外,自19世纪以来,主要有以下三种科学实证的基本途径。

　　第一,从考古学角度对史前艺术遗迹进行研究。

　　根据目前考古学的发现,人类艺术的起源,最早可以追溯到距今约三万年的欧亚大陆冰河期,那一时期的人们具有了艺术生产的几乎各种加工技巧。在考古活动中发现的许多史前洞穴里,原始人创作的多种形式的绘画和雕刻,给现代人打开了窥视原始艺术奥秘的窗口,提供了科学研究唯一可靠的实际证据。但是,这种遗迹主要是绘画和雕刻,而像诗歌、音乐、舞蹈之类则已经无法据此做出实证考察。同时,这些遗迹也还只是迄今发现的最早遗迹,和人类三百万年以至更长的历史相比,应该说,还远远不是艺术的最初源头。至于未来能否通过考古来发现这样的源头,也是无法预料的问题。可以说,史前人类并没有给我们留下一堵原始艺术的完整的回音壁,寄希望于考古发现来寻找这失落的一环,从而回答艺术起源问题,是不现实的。

第二,从现代残存的原始民族文化来考察艺术起源的可能状况。

数百年前,随着航海技术和事业的发展,世界被沟通和联结为一片。这时,一些仍然处于原始社会状态的民族,诸如美洲的印第安人、北极的爱斯基摩人等,便暴露在文明社会的面前。甚至近年也还有零星的原始部落被发现。正如英国美学家李斯托威尔所指出的那样:

> 由于当代的一些原始民族是史前社会唯一的残存者,独一无二的证人,他们是进化发展突然受到阻遏所产生的结果,因此,在原始人类和史前人类的社会生活与艺术活动之间,就存在着一定的类似——必须承认,这只是大体上的类似。[1]

这样,现代残存的原始民族就可能为史前人类的生活和艺术提供一种类比。对于造型艺术以外的许多艺术门类,像诗歌、音乐、舞蹈等,人们在已经不可能获得史前艺术直接证据的情况下,便借助现代原始民族的艺术作为旁证,从而对史前艺术进行假设和推测。德国艺术家格罗塞的《艺术的起源》、俄国学者普列汉诺夫的《没有地址的信》等名著,就都是根据19世纪末期人类学研究的发现进行这类探索的。但是,现代原始民族和史前原始人类,他们的心理状态和实践水平是否完全相同或基本相同,这很难加以科学的确证。因此,这样得出的关于艺术起源的结论自然也还只是一种假说。

第三,通过对儿童艺术心理学的研究来推测艺术的起源。

---

[1] [英]李斯托威尔:《近代美学史评述》,蒋孔阳译,上海译文出版社1980年版,第199页。

早在 18 世纪,法国启蒙主义者卢梭等人就曾经论及儿童的精神发展对艺术行为的影响。19 世纪末以来,随着科学技术水平的提高,在西方一些国家陆续开展了对儿童艺术心理的实验性研究。其中,儿童的绘画作品特别受到重视,并被和现存原始民族中成年人的绘画相比较。许多学者认为,儿童心理与原始人心理之间存在着不少相似之处,例如:不可思议的想象力,经常混淆现实与梦幻的界限、无生命物和有生命物的界限,等等。儿童绘画中那种扑朔迷离的朦胧状态的魅力,往往被认为是与艺术起源密切相关的东西。但是,这类实验活动的另一些发现又揭示出儿童心理和原始人心理的若干差异。现代的儿童生活处在与原始人不同的自然条件和社会条件之下,其心理和原始人出现这种差异乃是很自然的。而作为儿童心理学实验对象的儿童又不可能完全排除个体条件和具体环境因素的干扰,因而很自然地影响到这种实验结论的普遍意义。因此,对儿童艺术心理学的研究还不可能对艺术起源问题提供关键性的科学答案。

综上所述,可以看出,关于艺术起源的种种研究,大多是在必要的历史环节的基础上所进行的假设和推论。承认这样的现实,将有助于我们提高勇气,跨越前人的研究成果,去探索文学艺术起源这一古老而又年轻的问题。

二 关于艺术起源的主要理论

在文艺理论史上,和对艺术本质的认识相联系,曾经有过关于艺术起源的多种理论。它们从不同的角度解释艺术起源的奥秘,有些至今仍有着很大的影响。其中主要的有以下几种理论:

(一)模仿说

这是一种最古老的艺术起源理论。这种理论认为,艺术起源于人类对外在事物模仿的本能。古希腊的哲学家德谟克利特和亚里士多德等被认为是这种理论的倡导者。亚里士多德在《诗学》中指出:

> 一般说来,诗的起源仿佛有两个原因,都是出于人的天性。人从孩提的时候起就有摹仿的本能(人和禽兽的分别之一,就在于人最善于摹仿,他们最初的知识就是从摹仿得来的),人对于摹仿的作品总是感到快感。……摹仿出于我们的天性,而音调感和节奏感……也是出于我们的天性,起初那些天生最富于这种资质的人,

使它一步步发展，后来就由临时口占而作出了诗歌。[1]

至于其他艺术，也和诗歌一样，都是源于这种模仿本能，只不过有模仿对象、媒介和方式的不同而已。这种观点和对艺术本质的解释相联系，成为西方传统的艺术起源理论。

在残存的史前艺术遗迹和现代原始民族的艺术中，确实可以比较明显地看到模仿各种自然物特别是动物的现象。模仿作为人类比较原始的和基本的一种心理机能和倾向，不但构成了艺术活动中一种手段和方法的基础，而且对于艺术的产生确实具有一定的意义。但是，包含有模仿因素的原始艺术品的意义毕竟不能用模仿就可以解释穷尽。另外，也还有相当一部分原始艺术品，很难从中找到明显的模仿痕迹。因此，简单地把艺术归于模仿，把模仿归于人的"天性"，从而将艺术起源同原始人类的其他社会活动完全割裂开来，便很难完满地解释艺术起源的原因。这样，随着现代科学认识水平的提高，模仿说便逐渐失去了它的影响。

（二）游戏说

这是在西方具有广泛影响的一种理论，其主要特点在于认为以过剩精力为动力的游戏冲动是艺术产生的根本原因。此说源于德国美学家康德，后来由德国文学家席勒和英国哲学家斯宾塞等加以发挥，因此被称为"席勒—斯宾塞理论"。席勒认为，在模仿冲动的后面，艺术还蕴藏着更为原始的动机，这就是推动模仿产生的游戏。游戏是创造力的表现，其本身就是目的，和物质需要没有直接的联系。人们在现实生活中受到物质和精神两方面的束缚，得不到充分的自由。因此，便利用剩余的精力创造了游戏这一自由的天地，并因此产生了最初的艺术活动。斯宾塞对这一说法作了进一步的补充，认为低等动物要把全部精力用于维持和延续生命，而作为高等动物的人类，除此以外则还有过剩精力用于艺术和游戏活动。19世纪末20世纪初不少学者都接受游戏说，同时也有若干修正和补充。例如德国美学家谷鲁斯便认为游戏并非仅仅是一种过剩精力的发泄，而是给未来生活做准备的实践活动。

在对现代原始民族艺术的考察中，发现了不少有利于游戏说的现象。例如原始部落中盛行的一些歌唱和舞蹈，往往在比较空闲的时候进行，带有

---

[1]〔古希腊〕亚里士多德：《诗学》，《西方文艺理论名著选编》上卷，第48~49页。

消遣乃至狂欢的性质。这些都证明游戏说揭示了艺术发生的某些重要原因。同时,这种理论强调艺术是人脱离动物的根本标志之一,具有相当明显的合理性。但是,游戏说单纯从生物学和生理学的意义来看待游戏的冲动和艺术的发生,从而抹杀了游戏和艺术中所蕴含的社会意义,同时也忽视了艺术比游戏具有更深沉的内容和更长久的魅力。因此,单纯用游戏说并不能全面地说明艺术的起源。

(三)巫术说

这是迄今为止西方在艺术起源问题上影响最大的一种理论。19世纪末20世纪初,随着人类学研究的发展,巫术及其与艺术之间的关系成为当时科学研究中的一个热门课题。在英国人类学家泰勒、弗雷泽等人研究的基础上,法国人类学家萨洛蒙·雷纳克通过研究欧洲旧石器时代的艺术,正式提出艺术起源于巫术。他认为原始艺术家遗留在史前洞穴中的岩画和雕刻,目的在于召唤或祈求精灵。具体地说,就是要通过巫术达到两个目的,一是促使动物大量繁殖,二是确保狩猎成功。当时对美洲、大洋洲等地原始民族的考察表明,原始民族的说、唱、舞蹈等艺术活动通常是作为巫术的手段,或者带有巫术的性质,这也为巫术说提供了一定的佐证。巫术说很快被一些学者所接受,并按照丰产巫术和狩猎巫术这两种类型模式去解释史前艺术。

巫术说虽然带有假设和推测的性质,但也确有一定的客观根据。在人类的发展历史中,存在过巫术盛行的阶段。在当时,巫术反映了原始人简单的心理活动,同时也推动了原始人心理机制的发展。巫术作为原始人把握世界的一种手段,具有强烈的实用功利目的;但在这种活动中,原始人投入强烈的情感,展开奇妙的想象,获得高度的精神愉悦,无疑具有艺术活动的性质。另一方面,巫术说也有其局限性。首先,它是建立在巫术早于艺术出现这一假设的基础上的,因而很难具有确定的可信性。其次,人们也发现,一些艺术品,例如用于生产和战争的石制品、表现性爱的舞蹈和绘画等等,并不具有巫术的性质。而且,这种理论也未能进一步说明艺术从巫术中分离出来的内在依据。

(四)劳动说

这是迄今在我国文艺理论界影响最大的艺术起源理论。这一命题曾经为西方一些学者所注意。德国学者毕歇尔就比较早地在《劳动与节奏》中研究了劳动、音乐和诗歌之间的相互关系。他得出结论说:

> 在其发展的最初阶段上,劳动、音乐和诗歌是极其紧密地互相联系着,然而这三位一体的基本的组成部分是劳动,其余的组成部分只具有从属的意义。[1]

普列汉诺夫支持毕歇尔的观点,并做了许多阐发,被我国理论界多方引证。主张艺术起源于劳动,主要依据以下几点:第一,劳动创造了人自身,创造了人类社会,也创造了文学艺术赖以产生的物质基础。这种物质基础包括人灵巧的双手和发达的头脑、各种感觉器官以及人对于客观世界的认识感受能力等等。第二,原始人类劳动中出现的需要,诸如协调动作、减轻疲劳、传授经验、交流感情等,是产生最初文学艺术的直接动因。第三,劳动生活是原始艺术直接的表现对象,构成了原始艺术的基本内容,诸如舞蹈的内容常常是再现生产劳动的过程,或模仿动物的动作,绘画、雕刻则常常直接表现作为狩猎对象的各种动物。第四,原始人类最初的艺术形式,例如诗歌、音乐、舞蹈三位一体等,和当时的生产劳动有着密切的关系。

劳动说重视生产劳动这一人类基本社会实践对于艺术发生的意义,具有合理性。但是,这种理论在一定程度上忽视了原始人类的心理因素在艺术起源中的意义,而且也很难解释劳动之外其他物质生活和精神生活对原始艺术的投影。同时,劳动创造了人类本身,并不直接构成艺术起源于劳动的理由,否则,人类一切文化活动都可以解释为由劳动而起源,艺术起源于劳动这一命题也就失去了独立的意义。

除了上述几种有代表性的理论以外,在艺术起源问题上也还有一些其他的理论。所有这些理论大致可以分为两类。一类以模仿说、游戏说为代表,着重从人的生理和心理需要出发来研究和解释艺术起源。例如:英国诗人雪莱、俄国作家列·托尔斯泰等人提倡心灵表现说,主张艺术起源于人类传达感情的需要;日本学者黑田鹏信主张艺术起源于人的审美欲求。另一类则以巫术说、劳动说为代表,着重从人的社会实践活动需要出发来研究和解释艺术起源。例如:法国学者雷纳克在主张巫术说的同时就认为原始图腾也是艺术的源头;美国学者亚历山大·马沙克认为原始雕刻和绘画是原始人用来记录季节变化的符号等。

上述各种艺术起源理论都抓住了问题的某一个重要方面,得出了有事

---

[1] 转引自[俄]普列汉诺夫:《没有地址的信》、《〈没有地址的信〉〈艺术与社会生活〉》,第40页。

实根据和心理依据的假说和推测,揭示出艺术发生的某些原因。但是,这些理论一方面因为不能穷尽事理而难以尽如人意,另一方面又往往因为唯我正确而导致互相攻讦。这种科学探索中难以避免的正常现象启发我们:在艺术的起源阶段,可能正是由于那些人们已经论及或者尚未认识的多种因素共同推动了艺术的发生。因此,我们不应固守那种非此即彼的"艺术起源于××"的思维模式,完全可以而且应该从系统的观念出发,探索文学及整个艺术起源的奥秘。

三 文学起源是历史合力作用的结果

恩格斯在《反杜林论》中提出并在《致约瑟夫·布洛赫》的信中作了进一步阐发的关于历史合力问题的论述,对于认识文学艺术发生和发展的动因与规律,具有重要的方法论意义。恩格斯指出:

> 历史是这样创造的:最终的结果总是从许多单个的意志的相互冲突中产生出来的,而其中每一个意志,又是由于许多特殊的生活条件,才成为它所成为的那样。这样就有无数互相交错的力量,有无数个力的平行四边形,而由此就产生出一个总的结果,即历史事变,这个结果又可以看作一个作为整体的、不自觉地和不自主地起着作用的力量的产物。因为任何一个人的愿望都会受到任何另一个人的妨碍,而最后出现的结果就是谁都没有希望过的事物。所以以往的历史总是像一种自然过程一样地进行,而且实质上也是服从于同一运动规律的。但是,各个人的意志——其中的每一个都希望得到他的体质和外部的、终归是经济的情况(或是他个人的,或是一般社会性的)使他向往的东西——虽然都达不到自己的愿望,而是融合为一个总的平均数,一个总的合力,然而从这一事实中决不应作出结论说,这些意志等于零。相反地,每个意志都对合力有所贡献,因而是包括在这个合力里面的。[1]

按照恩格斯这样的观点来分析问题,就可以明白,文学艺术的发生正是

---

[1] [德]恩格斯:《致约瑟夫·布洛赫》,《马克思恩格斯全集》第37卷,第461~462页。

各种历史因素综合作用即历史合力的总结果。在这个历史过程中，人占有主体地位，参与活动的每个人的意志与行为的相互冲突和交融就是这种历史合力的表现。

由于时隔久远，单凭那些寥若晨星的原始艺术遗迹，我们很难破译原始艺术家"每个人的意志"和"向往的东西"。但是，这又是我们必须加以注意和研究的问题。尽管对艺术究竟产生于什么时代目前无法作出确论，但可以肯定，在从猿进化到人的过程中，随着劳动和整个社会生活的复杂化，人类的各种器官和能力充分成熟，审美意识逐步产生和发展，人类开始以美的规律来改造世界。这既表现在劳动产品上，也表现在劳动工具上，同时还表现在对自身的改造上。这样，现代意义的艺术要求就逐步产生，一种旨在表现自身创造力量，满足审美需要的"意志"就成为内在的心理动力推动艺术逐步取得独立的地位。正因为如此，模仿说、游戏说、心灵表现说等着重从人的生理或心理需求方面来探究文学艺术起源的动因，才有其合理性。

原始人类的这种心理要求，一方面是他的"体质"，即生理条件"使他向往的东西"，另一方面又是"外部的、终归是经济的情况""使他向往的东西"。而后者正包括了劳动、巫术等社会实践活动。这些活动一方面促使原始人类产生和发展了审美意识和艺术要求，提高了原始人类的思维能力和表现能力；另一方面又为这种审美意识和艺术要求提供了一定的表现形式。经过了一定亦实用亦艺术的阶段以后，艺术活动便逐渐从劳动、巫术、游戏等社会活动中脱离出来，成为一种独立的社会实践活动形式。

文学的起源除了和其他艺术的起源有着紧密联系与共同之处以外，也还有其自身的独特之处。文学是语言艺术，对于它的产生和发展，看来不应忽视语言本身的作用。李斯托威尔曾经谈到这样一种分析：

> 原始民族最早的抒情歌谣，总是和手势与音响分不开的。它们都是些没有意义的语言，纯粹的废话，在部落的舞会上吟唱，以便宣泄由于饱餐一顿或狩猎成功而得到的狂欢。但是，一直等到行吟诗人耗尽心机地用语言来精心地描绘激情的时候，一直等到这些语言获得了确切而又明确的意义的时候，诗歌才会变得优美纯净，才会向着表现个人感情的方向发展。就在抒情的叫喊声中，在对饥渴的痛苦的呼唤声中，后来，在对燃烧的性欲赤裸裸的表示中，以及在对死亡无可奈何的悲叹中，我们发现了一切高级形式的

抒情诗的萌芽。[1]

他认为,这种"抒情的感叹的采用",是"完全独立于部落的舞蹈而发生的",是"诗歌发展过程中所跨进的最大的一步"。而"叙事诗或许是起源于某些野蛮人想把当前的事件加以描述,以便传达给他人"。[2] 这种分析便体现了将文学起源与语言的起源和发展相联系的研究方向和观点。

鲁迅在《门外文谈》中有一段关于诗歌起源的名言,他说:

> 我想,人类是在未有文字之前,就有了创作的,可惜没有人记下,也没有法子记下。我们的祖先的原始人,原是连话也不会说的,为了共同劳作,必需发表意见,才渐渐的练出复杂的声音来,假如那时大家抬木头,都觉得吃力了,却想不到发表,其中有一个叫道"杭育杭育",那么,这就是创作……[3]

对于这段话,人们往往只注意将其作为劳动起源的一个论据,却忽略了其中可能包含的另一层意义。鲁迅指出原始人应该有一个从"连话也不会说"到"渐渐的练出复杂的声音来"的过程,这种"复杂的声音"当中也就包括了我们可以视为最早的文学作品的东西。语言的叙事、状物、传情、达意的基本功能逐步完善以后,以语言作为审美对象或以语言创造审美对象的艺术活动也就应运而生。

从我们现在所能见到的最早的文学作品来看,它们虽然远离原始人的时代至少数万年,但仍然是相当粗糙、简单的,而且都是实用功能和审美功能并存的。我国古代第一部散文合集《尚书》所收大都是一些誓词、文告和记事文字。《诗经》在当时受到重视,首先并不是因为审美,而是因为实用。贵族除了典礼、讽诵要用诗以外,还要用诗来美化语言,借诗明志。正因为如此,才有"不学诗,无以言"[4]的说法,儒家才将《诗经》列为经典。至于上古神话、希腊史诗,也和这种情况接近,属于一些"复杂的声音"或"精致的讲

---

[1] [英]李斯托威尔:《近代美学史评述》,第197页。
[2] [英]李斯托威尔:《近代美学史评述》,第198页。
[3] 鲁迅:《门外文谈》,《鲁迅全集》第6卷,第93~94页。
[4] 《论语》,《中国历代文论选》一卷本,第12页。

话"。由此推测,文学可能正是这样由一般的言语表达从简到繁、从粗到精、从短到长、从实用到审美而逐步发展起来的。

第二节 文学发展和社会发展

一 文学发展和社会发展

"时运交移,质文代变"。[1] 从扑朔迷离的萌芽阶段到高度发达的今天,文学和整个人类生活一样,经过了不断发展的漫长历史过程。

文学的发展首先表现在内容方面。不断向前发展的社会生活必然在文学作品中有所表现。从上古到秦汉,从唐宋到明清,直至现代,每一时代的风云变幻、世俗人情,都在我国文学中留下投影。至于世界其他各国文学也无不是这样。但是,文学内容的发展和社会生活的发展之间并不是简单的线性对应关系。在一定的社会历史时期内,作家可以从不同的现实生活或历史生活领域里开掘题材,从而丰富发展文学的内容。新时期文学中出现的众多带思潮性质的文学现象,如伤痕文学、反思文学、改革文学、寻根文学等,都包含有从题材和主题方面发展文学内容的意义。至于在历史文学方面,众多的作品反映农民战争或宫廷生活,也都是属于这种类型的开掘。

文学内容的发展还体现在作家对所表现的社会生活在认识上的提高,这是一种更深层次的发展。一方面,这种发展体现在人类对世界认识总体水平的提高,如从上古神话到现代科幻作品,虽然都属于以充分的幻想为主创造出来的生活变形物,但却清楚地反映出人类在科学技术方面的伟大进步。另一方面,这种发展更主要地体现在:对于同一类或同一个社会现象,不同作家个体或群体,或相同作家在不同时期,都可能具有不同的感受和认识,从而构成文学内容的发展。新时期的反思文学所涉及的我国当代社会生活中的一系列重大事件,过去在文学作品中并非没有表现;但是,在新的历史条件下,作家站在新的高度去回顾反思这些历史现象,就构成了文学内容的发展。

文学的发展也表现在形式方面。以文学体裁而言,它所表现出来的形式的发展就是多方面的。第一,是一种形式经历不断的发展过程。如诗歌

---

[1] 刘勰:《文心雕龙·时序》,《中国历代文论选》四卷本,第1册,第283页。

这一古老的体裁在我国就经历了《诗经》、楚辞、乐府、古体、近体以及现代白话自由诗等不同发展阶段,还出现了词、曲等变体。而在每一发展阶段或变体身上,又包含了复杂的演变发展过程,凝聚着众多作家的辛勤探索和艰苦努力。如在词的发展过程中,温庭筠、李煜、柳永、苏轼、周邦彦、辛弃疾、姜夔等人从不同方面所进行的创造性活动,对于扩大词的表现力,丰富词的种类样式,提高词的功能和地位,都起到了程度不同的促进作用,从而不断推动了词的成熟和发展。第二,是多种形式的不断出现,造成日趋丰富的局面。我国唐代以前的文学体裁主要限于诗歌和散文,唐以后才陆续出现和发展起小说和戏曲;进入20世纪以后,又吸收外国经验,结合本国实际,适应社会物质生活和精神生活包括艺术领域的新变化,发展起现代小说、话剧、白话诗、报告文学、影视文学等。这中间虽然不断有一些旧的文学体裁趋于没落和衰亡,但总的来说,是向着由少到多、由简到繁的方向发展的。第三,是多种形式的地位作用处在变化发展之中。我国古代文学中的汉赋、唐诗、宋词、元曲、明清小说,就是在不同历史时代占据主要或突出地位的不同体裁。它们之间既有相互渗透也有相互斗争,并以其地位作用的交替更迭,形成了文学形式发展的重要线索。文学的其他形式因素,如语言、结构、艺术手法等等,也都经历了和体裁相类似的发展过程,并相互结合,共同推进,构成了整个文学形式的发展。最近一段时间里发展起来的网络文学,就是由于互联网的发展而产生的新的文学形态,它在艺术表现形式上就有许多适应网络运作的特点。

　　文学的发展还表现在文学经验方面。随着文学活动的沿演推移,人们逐步积累起多方面的文学经验。这些经验中最重要的当然是文学创作的经验。叙事、状物、抒情、议论等基本的文学表现方式,可以说是古已有之,但在有史可鉴的几千年历史中,它们又经过了无数的探索尝试,才达到了今天的水平。主观型变形和客观型变形这两种艺术变形贯串在古今中外的文学创作中,并经历了不断发展的过程,形成和积累了丰富的经验。以欧洲文学中的主观型变形而言,最早可以追溯到古希腊的神话、史诗和悲剧,其后又经过中世纪英雄史诗和骑士文学、文艺复兴以及启蒙运动,以浪漫主义和现代主义先后达到高峰,其中就包括了不断的经验积累和发展。这种经验的发展同时也包括文学鉴赏的经验在内。例如:对文学鉴赏的性质、特点和作用的总体认识,对文学鉴赏过程和方法的自觉把握,对不同种类和体裁作品的美学特征和鉴赏方法的反复探究,对某一部作品甚至某一个艺术形象鉴赏认识的逐步深入，都体现了人们的鉴赏活动在既有经验的基础上不断发展的趋向。

文学经验的发展明显地表现在文学内容和形式的发展之中，渗透在文学活动的过程之中。同时，这种发展主要以理论形态进行，体现为文学理论、文学批评和文学史等文学研究活动的推进。

文学在社会生活中性质、地位和作用的变化，是文学发展的集中表现。这种变化首先表现为文学由最初和其他实用文体、其他艺术形式相混融的状态而逐步独立，经过了由不自觉到自觉、由模糊到清晰的复杂过程，终于形成了以语言创造审美观照对象的特殊艺术门类。其次，这种变化还表现为文学在形成自己的审美特点的同时，又不断地和其他实用文体、其他艺术形式相互渗透、相互结合，向社会生活的各个层面扩大自己的功能和影响。上述两种变化都不是毫无曲折的直线前进过程。事实上，由于主客观多方面因素的作用，文学的性质、地位和作用在审美和实用这两极之间常常会出现这样或那样的倾斜和偏离。这种变化必然影响整个文学的发展，乃至造成一定时期文学发展的停滞、倒退和反复。20世纪以来，电影、电视、电脑、互联网陆续产生和普及，具有强烈感官刺激的图像文化随之不断发展，以至近来有"进入读图时代"之说，而以语言文字为媒介的文学的发展便不能不受到这一形势的深刻影响和制约。

文学作为一种社会现象，它的发展不能仅从其自身去寻找原因，还应该从广泛的社会背景中去溯源探流。这一问题很早就为一些理论家、文学家们所注意。刘勰《文心雕龙》的《时序》篇，就是考察文学发展与社会发展关系的名作。他在文中对从先秦到宋齐之际的大量文学现象进行分析，指出社会风俗、政治形势、帝王倡导等对于文学发展都有重要的影响，得出了"歌谣文理，与世推移"，"文变染乎世情，兴废系乎时序"的结论。[1] 刘勰的分析虽然还未尽周密和精确，但至今仍有其启发意义。社会发展对文学发展的影响主要表现在：提供文学活动开展的物质条件和社会环境，提供不同时空范围的审美对象，激发主体创作和鉴赏欲求，影响主体的审美心理结构，等等。这些都必然直接或间接地影响和制约文学的面貌及其发展趋势。

影响文学发展的社会原因是多方面的，历来人们曾经从多种角度进行过探讨，有的则往往将对其中某种原因强调到不适当的甚至唯一的程度。

---

〔1〕 刘勰：《文心雕龙·时序》，《中国历代文论选》四卷本，第1册，第283、285页。

例如：黑格尔孤立地强调"绝对精神"或"绝对理念"对文学发展的影响，认为只是由于这种理念的发展，艺术才有一整套的特殊阶段和类型。法国早期浪漫主义作家史达尔夫人和丹纳等人是环境决定论者，他们脱离经济、政治等因素，只是着重从自然环境来考察文学发展的根源和动因。一度对我国影响颇大的前苏联早期文学史家弗理契则是唯经济决定论者，认为艺术的兴盛和衰微与经济上的盛衰有着密切的依存关系，他的《艺术社会学》、《欧洲文学发展史》等著作就是以这种观点来分析欧洲文艺复兴等文艺现象的。而唯政治决定论，则是20世纪中期在我国有相当影响的一种理论，其主要表现是用政治特别是阶级斗争的起伏来解释文学的兴衰。最突出的例子就是在"文革"后期甚至出现了以所谓"儒法斗争"为线索来重写中国文学史的怪现象。所有这些观念和倾向，就其内容而言，都不能排除其可能有某种程度的合理之处，然而一旦偏执于一端，便不免失之于荒谬了。

恩格斯曾经指出：

> 根据唯物史观，历史过程中的决定性因素归根到底是现实生活的生产和再生产。无论马克思或我都从来没有肯定过比这更多的东西。如果有人在这里加以歪曲，说经济因素是唯一决定性的因素，那末他就是把这个命题变成毫无内容的、抽象的、荒诞无稽的空话。[1]

弗理契的唯经济论和其他片面强调某一社会因素对文学发展影响的理论中便确实存在不少"荒诞无稽"的成分。文学发展和文学起源一样，都如恩格斯所说的，是历史合力作用的结果。

关于经济基础和上层建筑各部门等多种社会因素对文学发展的影响，本书在第一章第二节中已有论及，此外在其他各章节特别是第五章中也有不同程度的涉及。下面仅从精神生产和物质生产的角度出发，就文学发展同物质生产的关系、文学发展同其他精神生产（主要是科学、艺术两个部门）的关系等两个方面，进一步分析文学发展同社会发展的关系。

---

[1] [德]恩格斯：《致约瑟夫·布洛赫》，《马克思恩格斯全集》第37卷，第460页。

二 文学发展和物质生产的关系

人类的社会生产包括物质生产和精神生产。所谓物质生产,是指为了满足人们生存和发展的物质需求而进行的物质资料的生产。所谓精神生产,是指为了满足人们精神需求而进行的科学、艺术、哲学、政治思想、法律思想等观念形态的生产。两种生产相互依存,相互影响。艺术(包括文学)生产是精神生产的一种特殊形式,探讨其与物质生产的关系,乃是认识文学发展规律不可忽视的一个方面。

在人类历史上,随着社会生产力的发展,曾经出现过几次大的社会分工,推动了社会的发展。其中,物质生产和精神生产的分工,对文学艺术的发展产生了巨大的影响。恩格斯曾经指出:"当人的劳动的生产率还非常低,除了必需的生活资料只能提供微少的剩余的时候,生产力的提高、交换的扩大、国家和法律的发展、艺术和科学的创立,都只有通过更大的分工才有可能,这种分工的基础是,从事单纯体力劳动的群众同管理劳动、经营商业和掌管国事以及后来从事艺术和科学的少数特权分子之间的大分工。"[1]正是在物质生产发展到了一定水平,社会的物质产品有了较多的剩余时,才能满足供给专门从事社会管理以及文化艺术活动的人们的需要,物质生产和精神生产的分工才有可能。这时就开始出现专门从事文艺创作的作家和其他艺术家,文学艺术才逐渐摆脱简单、幼稚、粗糙的原始状态,从内容到形式都发生了深刻的变化。长期在民间口口相传的神话、传说、歌谣等,由于有专人进行搜集、整理和加工,便形成了人类历史上最早用文字记载的文学作品。西方的古希腊史诗《伊利亚特》和《奥德赛》,相传就是由盲诗人荷马根据口头流传的史诗短歌编成,后来又由人用文字记载并加以修订的,其间经历了几百年的时间。我国最早的诗歌总集《诗经》中包括的许多民间歌谣,便是通过官方的采诗活动由专人搜集整理而保存下来的。即使是在文学获得长足的发展以后,专业作家的搜集、整理和改造仍是民间口头文学创作得以丰富发展和留存的主要途径。我国古代的《水浒传》、《西游记》等著名作品,就是经过专业艺人和作家的多次加工而形成的。

物质生产和精神生产的分工也使两种生产劳动者之间产生了隔膜、分离甚至对立和斗争,并在不同程度上限制了各自的全面发展。特别是最广

---

〔1〕 [德]恩格斯:《反杜林论》,《马克思恩格斯选集》第3卷,第221页。

大的普通劳动群众的艺术才能和创造欲望受到压抑和限制，这不能不给文学艺术的发展带来消极的影响。只有随着物质生产水平的不断提高，随着阶级对抗和两种生产劳动的对立逐渐消失，人们的智慧与才能包括艺术创造的智慧才能才有可能得到充分的发展，文学艺术的发展才有可能进入一个崭新的阶段。

物质生产对文学发展的影响还表现在前者水平的提高必然改善后者的主客观条件。

文学发展客观条件的改善突出表现在人类传播媒介和方式的转变上。人们先是以口头方式传播信息，后来创造了文字，先后以兽骨、竹简、绢帛等作为传播书面信息的载体，继而又先后发明了造纸术和活版印刷术，以后又以电力、机械等物质手段将这些技术提高到新的水平，如今又出现了以电视、互联网为中心的电子传播系统。这每一次转变都改善了文学创作、传播和接受的客观条件，扩大了文学传播的时空范围，从而促进了文学的发展。这种转变不断增强了处于不同时空范围的作者之间、读者之间以及读者和作者之间的相互联系，促进了文学交流，推动了区域性以至世界性整体文学的形成和发展。

物质生产所引起的文学发展主观条件的变化是和客观条件的改善相互联系的。由于传播媒介和方式的转变而引起的信息传播速度、范围等方面的变化，以及由于交通条件改善带来的人们直接见闻速度、范围等方面的变化，都必然导致人们视野和思维空间的开拓，促使人们形成新的知识结构、思维方式和审美心理。这对于作者的创作和读者的接受都自然会产生深刻的影响。一台电视机或计算机使儿童在文学艺术以及其他方面所具有的知识、才能和经验，和他们父辈的童年水平相比，有着天壤之别。而在历史上，先后出现的书、报、杂志、收音机等，都曾经产生过类似的作用。计算机特别是互联网的发展和推广运用，对于社会组织形式和社会文化形态都产生了潜移默化的影响。文学沿用几千年的基本载体——书本的地位和作用也已经发生了变化，从保存和传播作品的意义上来说，它在相当程度上（当然不是全部）让位于软盘、硬盘、光盘和网络，这对文学创作、传播和接受不可能不产生相当复杂而深刻的影响。

由于网络传输的便捷，原来以纸质媒体为载体的文学作品借助网络得到了更为广泛的传播，同时，也有相当数量的写作者直接利用计算机进行创作，以网上发表为目的，以网上读者为预设受众，发挥计算机的优势与特点，形成了与纸介文学有若干区别的"网络文学",即通过互联网发表、传播的原创性文学。这时,计算机屏幕不再简单的是书籍纸张的替代,网络介入了文学生产、流通和消费的全过程。由于网络文学是在虚拟的空间发表,所以没有版面的限制,没有编辑严格的审查和修改,作者的身份可以隐匿,内容也较少受到束缚,任何具有一定写作水平和发表欲望的人都可以将自己书写的文字粘贴上去,利用网络进行传播。虽然,读者在这种纷纭复杂的文学潮涌面前仍会有自己的选择,优秀的作品也会在这种鱼龙混杂的局面中经过自由竞争脱颖而出,网络文学也需要利用报纸、期刊、图书等印刷媒体和评奖等常用手段来扩大自己的影响,但是网络无疑给更多的人走向或走近文学,运用这一形式达到精神的自由提供了广阔天地,从一个方面促进了文学水平的提高和社会的进步。

物质生产水平的提高必然不断带来劳动强度的降低,这也给人们从事文学艺术活动提供了更加充分的条件和更加强烈的需求。计算机的运用不但从多方面减轻了人类的劳动强度,而且对于文学创作本身来说,也直接减轻了书写劳动的强度,提高了书写的速度,至于在检索、复制资料方面更是带来了不言而喻的便利。

物质生产水平的提高通过对文学这一艺术生产主客观条件的影响,必然进一步引起文学内容和形式的变化。这突出表现在文学体裁样式的发展变化上。一种体裁由简单到复杂、由幼稚到成熟的发展,新体裁的产生和旧体裁的衰落,文学体裁样式由单一到众多并出现各种综合样式,这些现象的出现,往往和物质生产水平的提高有着一定的联系。我国宋、金、元等朝代城市经济的繁荣,就对词、曲(包括杂剧)、话本等文学体裁的发展起到了重要的推动作用。而一些现代文体,如报告文学、广播剧、影视文学的产生,就和印刷、广播、电影、电视等物质手段的发展有着直接或间接的关系。文学体裁的发展自然包括了内容的变化。而文学内容的变化更主要表现在由于主体意识转变而带来的潜移默化上,如文学内容中审美因素的增强就是一个重要的表现。

尽管借助计算机屏幕的网上阅读比书面阅读要紧张得多,速度往往也要缓慢一些,不过网上阅读具有的互动性、紧张性、多选择性、多媒体性还是可以给读者带来与书面阅读迥然不同的乐趣。由于网上的写作与阅读都比书面的写作与阅读来得急促,与之相适应,网络文学文体上的某些特点也突出了出来,例如题材偏于个人生活,结构跳跃活泼,语言节奏明快,和读者的交流性增强,等等;同时,思想上、艺术上的粗疏、肤浅也是许多网络文学作品普遍性的缺陷。被一些人大力推崇的超文本文学是一种以超文本技术为支撑的网络文化品类。超文本文学在文本内部设置不同的超文本链接点,提供不同的情节走向供读者选择,不同的阅读选择会产生不同的结局。超文本文学打破了传统的文学分类和艺术分类的界限,不但可以链接不同的文学文本,而且还可以将文学与图像、音乐、动画等进行链接,实际上已经形成了使用多种艺术语言(包括文学语言在内)的综合艺术,传统意义上的那种通过文字阅读、想象进而进入宁静的审美观照的乐趣减少了,多种艺术媒介结合给人们带来的身心合一的冲击增强了,这种作品和一般意义上的文学作品已经有所不同。

艺术生产的发展是以物质生产的发展为基础的,但是,两种生产的发展并不是在任何国家、任何时期都是同步的。马克思在《〈政治经济学批判〉导言》中提出了物质生产的发展同艺术生产的发展不平衡关系的命题。马克思指出:

> 关于艺术,大家知道,它的一定的繁盛时期决不是同社会的一般发展成比例的,因而也决不是同仿佛是社会组织的骨骼的物质基础的一般发展成比例的。例如,拿希腊人或莎士比亚同现代人相比。就某些艺术形式,例如史诗来说,甚至谁都承认,当艺术生产一旦作为艺术生产出现,它们就再不能以那种在世界史上划时代的、古典的形式创造出来;因此,在艺术本身的领域内,某些有重大意义的艺术形式只有在艺术发展的不发达阶段上才是可能的。如果说在艺术本身的领域内部的不同艺术种类的关系中有这种情形,那末,在整个艺术领域同社会一般发展的关系上有这种情形,就不足为奇了。[1]

艺术生产同物质生产的不平衡主要有两种表现。

一种情况是:某些艺术形态的繁荣乃至巅峰时期,可能出现在社会发展的低级阶段。例如古希腊的神话、史诗,就是在社会生产力的发展还处在不发达的阶段时出现的。这是因为产生神话、史诗的条件是和这种不发达状

---

[1] [德]马克思:《〈政治经济学批判〉导言》,《马克思恩格斯选集》第2卷,第112～113页。

态相联系的,成为希腊神话和史诗的基础的"那种对自然的观点和对社会关系的观点"正是由这种不发达状态而产生并与之相适应的。"任何神话都是用想象和借助想象以征服自然力,支配自然力,把自然力加以形象化;因而,随着这些自然力之实际上被支配,神话也就消失了。"[1]同样,唐诗、宋词、元曲所形成的某种文学形态的高峰,就很难为物质生产已经大大发展的后世所超越,其中的原因也是复杂的。

另一种情况是:在历史发展过程中,艺术生产和物质生产的发展水平,并不是时时都成正比例的。18世纪的德国和19世纪的俄国,与同时期的英、法等欧洲国家相比,社会经济以及政治都处在比较落后的状态,但在文学艺术方面却出现了空前的繁荣景象,涌现了莱辛、歌德、席勒和普希金、果戈理、托尔斯泰以及别林斯基、车尔尼雪夫斯基、杜勃罗留波夫等大批杰出的文学家,形成了群星灿烂的时代。在同一国家的不同时期也往往有类似的情况出现。例如我国唐代文学在"安史之乱"发生、物质生产受到严重破坏以后,就在一段时间内仍然继续保持繁荣的趋势。我国实行改革开放以来,在经济建设上取得了令人瞩目的飞跃发展,文学艺术上虽然也取得了许多成绩,但却很难与经济上的成就相比。这些现象说明,仅仅从一定社会的物质生产水平来分析文学发展的原因是不够的。下面,就从其他精神生产的影响方面来继续考察文学发展问题。

三 文学发展和其他精神生产的关系

文学作为一种精神生产,与人类的其他精神生产活动有着密切的联系。在其发展运动中,既体现出人类精神生产的共性,也表现出自身的特点。文学和其他精神生产存在着相互影响。本书第一章第二节曾经论及的政治、宗教、道德等属于上层建筑的社会意识形态对文学发展的作用,就是属于这种影响。下面则着重分析一下作为一般社会意识即非社会意识形态的自然科学对文学发展的影响,以及同样以审美为主旨的其他艺术样式对文学发展的影响。

(一) 自然科学对文学发展的影响

自然科学对文学发展的影响,首先表现在科技研究成果转化为物质产

---

[1] [德] 马克思:《〈政治经济学批判〉导言》,《马克思恩格斯选集》第2卷,第113页。

品以后对文学传播条件的改善。这在上面讨论物质生产的影响时已经论及。此外,自然科学对文学发展的影响,主要表现在以下两个方面。

首先,科学的发展直接或间接地促进了文学的自觉,即不断提高人们从审美的角度认识和把握对象的自觉性,使文学从对自然与社会生活的不自觉的艺术加工,发展为自觉的艺术加工,而且不断提高其自觉性。

文学在其发展初期曾经和自然科学以及社会科学在一定程度上存在着混融的现象。后来,它们各自不同方向的发展终于导致了相互独立。而科学以其精细的阐述、严密的推理等特点促进了这种转变;同时,对这种现象的科学阐释和评价也推动了这种转变。

自然科学的发展开拓和深化了人们对客观世界的认识,从而使文学的表现在更大程度上符合自然与社会本身的内在本质和规律。从文艺复兴时期的人文主义,到19世纪的现实主义,再到20世纪的现代主义、后现代主义,人们不难看出科学的变革和技术的发展,是怎样一步步推进了人们对世界的认识,加强了文学与世界的多方面联系,从而推动了文学的发展。

自然科学的发展促进了人类对客观世界总体认识水平的提高,也对研究文学的专门学科即文艺学的发展起到了间接的促进作用。至于某些自然科学如心理学的发展,还对文艺学的建设产生了直接的影响。这些都对文学的发展具有不可忽视的意义。

其次,自然科学的发展还不断丰富了文学的内容和形式。

上面所说的科学发展深化了人们对客观世界的认识,就必然要转化为文学的内容。例如像《福尔摩斯探案》一类近现代侦探推理文学作品,其中就包括了医学、生理学、心理学、遗传学等方面的知识,并以此构成情节转变的契机。这就不同于传统的公案戏、公案小说中常以私访、神示、梦游作为破案关节的陈规,体现出科学在社会生活中的作用和对文学内容的渗透。至于一些具体的科学研究成果,往往也会在一定程度上影响到文学的内容。像弗洛伊德的精神分析学说对西方现代文学的影响就是非常深远广泛的。

科学发展所引起的文学形式的变化也是多方面的。前面提到的传播媒介和方式的每一步转变,都是科学研究成果转化为物质产品的结果。它们所引起的文学体裁的变化,只是其中的一部分。而科学幻想小说、科学幻想诗一类的文学样式,则是随着近现代自然科学的发展,在文学与科学的边缘地带逐步发展起来的。至于艺术手法、结构等方面的发展变化,科学影响的作用也不可忽视。现在常见的时空变化、"自由联想"等,就是同人们对客观世界的总体认识以至某些具体的科学观念相联系的。文学语言的发展变化,则同虽然不是自然科学但却和自然科学有着许多共同特点、同属于一般社会意识的语言科学直接相关。

（二）其他艺术对文学发展的影响

文学和其他艺术在创造非现实的审美观照对象这一基本方面是一致的,但是各自的媒介、对象和作用却有所差异,发展道路也有所不同。不过,文学的发展不可能脱离艺术的整体发展。不但在起源阶段上诗、乐、舞曾经是三位一体的,而且在以后的漫长的发展过程中,文学也在很大程度上得益或受制于其他艺术。这突出地表现在以下几个方面。

其他艺术的经验往往对文学产生启发,从而丰富了文学的表现能力。由于文学和其他艺术共同遵循审美创造的规律,因而很自然地存在许多相同或相似之处,相互之间吸收借鉴艺术经验乃是非常正常的。许多具有一定其他艺术修养的作家便常在这方面做主动的努力。例如我国现代诗人闻一多受过严格的绘画等方面的艺术训练,他提出"诗的实力不独包括音乐的美(音节),绘画的美(词藻),并且还要建筑的美(节的匀称和句的整齐)",[1]这"三美"的主张就明显地表现出他借鉴其他艺术经验来阐明诗歌格律要求的努力。鲁迅从小热爱美术,后来在论述文学创作问题时也常借鉴美术领域的经验。例如他在谈到"力避行文的唠叨"时,举中国旧戏和花纸"没有背景"为例;在谈到写人要传神时,引证中国传统绘画中"点睛"的古训,即"要极省俭的画出一个人的特点,最好是画他的眼睛"。[2]其他艺术的许多经验,如音乐对节奏的强调,电影的蒙太奇结构方式等等,也都对文学的发展产生了相当重要的影响。

文学对其他艺术经验的借鉴吸收,并不限于作家个人,往往是以流派、思潮的形态出现的。19世纪后期至20世纪初期曾在欧洲流行的印象主义,就是先绘画、后音乐、再文学地逐步在各个艺术领域里发展起来的。印象主义作家采用类似印象派绘画和音乐的创作方法,致力于捕捉模糊不清的转瞬即逝的感觉印象,否定对所描绘事物之间的联系进行合乎理性的提炼加工,从而形成了印象主义文学。其他如表现主义先在绘画领域发展,后波及文学;新现实主义先在电影领域获得成功,后影响文学;这些就都是属于其

---

〔1〕 闻一多:《诗的格律》,《闻一多文集》第3卷,三联书店1983年版,第415页。
〔2〕 以上均参见鲁迅:《我怎么做起小说来》,《鲁迅全集》第4卷,第512～513页。

他艺术在流派、思潮范围内影响文学发展的例证。

　　其他艺术对文学发展的影响还表现在它们和文学的相互结合，往往形成某些综合的艺术部门以及与之相适应的文学形式。被称为综合艺术的戏剧、电影、电视剧就包括了文学在内的多种艺术因素，戏剧、影视艺术的总体发展以及其中某一种艺术因素的发展都会给文学因素即剧本的创作以制约和影响。同时，其他艺术形式对文学不同程度的利用，也会造成文学某些方面的发展。音乐演唱的发展就必然推动歌词的创作。我国传统文学的瑰宝——诗、词、曲在其发展之初，无不都是为了适应传唱的需要。在我国传统艺术中，建筑、绘画、工艺美术等部门都表现出对文学相当程度的借重，如对联、碑铭对于建筑，题诗、题词对于绘画和某些工艺美术，都是非常重要的补充或点缀，而书法和文学的关系则更为密切。它们的这种借重，一方面促进了文学内容和形式某些方面的发展，另一方面也促进了文学的传播，扩大了文学的影响。今天电视艺术的发展就吸引了许多小说家将自己的作品改编为电视剧，而他们的小说创作也在相当程度上受到电视艺术思维方式和制作规范的制约和影响。这样一来，电视扩大了小说的影响，小说也打上了电视的烙印。

　　其他艺术和文学往往在共同的社会历史背景之下，在共同的思想观念以及创作原则的指导之下，相互呼应，相互影响，相互促进，汇成共同的或相近的文艺流派或思潮。如文艺复兴、古典主义、启蒙主义、浪漫主义、现实主义、现代主义、后现代主义（其中有的不限于文艺思潮的范围），就是属于这种情况。当然，这并不是说一种广阔的时代背景、一种特定的思想观念对各门艺术的影响都是一样的。实际上，上述各种文艺思潮所波及的领域是有所不同的，除文学以外，文艺复兴主要是在绘画、雕塑，古典主义和启蒙主义主要是在戏剧，浪漫主义主要是在音乐，现实主义主要是在绘画、戏剧，现代主义和后现代主义所涉及的艺术部门较为广泛，但各个部门的情况也是不同的。这就造成文学所受的影响也是有差别的。

　　当然，文学和其他艺术的这种相互影响和相互作用，并不影响它们各自保持独特的内在结构和发展进程。对于文学和其他艺术的关系，文学和其他精神生产的关系，文学和物质生产的关系，都不应做简单、机械的理解，这是我们在分析文学发展和社会发展的关系时所必须注意的。

第三节 文学发展的自身规律

　　文学发展除了受各种社会因素的制约作用以外,还有其自身的规律。文学发展的自身规律包括了丰富的内容,概括起来说,主要体现在两个方面:一是不同时间范围内的文学之间纵向联系的规律,二是不同空间范围内的文学之间横向联系的规律。我们在以前各章中已经论及的一些问题,如文学创作与文学接受的相互影响,文学活动和文学理论的相互作用,不同文学流派、思潮的相互竞赛、斗争和交替更迭等,都不同程度地反映了这两方面的一些规律。本节着重再讨论两个问题,一是属于纵向规律的本民族文学的继承与革新的关系问题,二是属于横向规律的各民族文学之间相互影响的问题。

一　文学发展中的继承与革新

　　文学的每一步发展都是以继承既有文学的成就和经验作为基础的。每一特定历史阶段的文学,总是作为整个文学发展的一个环节而存在的。它既受到过去文学的影响,又成为后来文学发展的基石。这种历史继承性是文学发展一种规律性的表现。

　　文学的历史继承性体现了人类社会发展的普遍规律。人们总是在既定的、从过去继承下来的条件下进行新的创造。历史的发展总是既有扬弃,又有继承。卫星上天需要三级火箭,只有在扬弃第一级、第二级火箭外壳的同时,借助即继承它们的推动力,第三级火箭才能将卫星送入轨道。同样,一定时代的文学也需要借助即继承前人创造的文学遗产作为推动才能获得长足的进步。刘勰曾说:"楚之骚文,矩式周人;汉之赋颂,影写楚世;魏之策制,顾慕汉风;晋之辞章,瞻望魏采。"[1]他在这里指出了周、楚、汉、魏、晋各个时代文学之间,在文学风格等方面存在着不断承前启后的联系,存在着后世向前代"矩式"、"影写"、"顾慕"、"瞻望",亦即学习、模仿、继承的规律性现象。这种继承关系并不局限于直接相连的两个时代的文学,而是可以跨越较大的历史时空,获得长久以至永恒的意义。例如中国古代的《诗经》和楚

---

〔1〕　刘勰:《文心雕龙·通变》,《中国历代文论选》四卷本,第1册,第259页。

辞,西方的古希腊神话和史诗,其影响就绵延不绝,至今作家们仍从其中吸取多方面的营养。而从一个作家个人的发展来看,也只有在学习前人作品的基础上逐步获得文学经验,才能开始创作;只有"转益多师"(杜甫《戏为六绝句》中有"转益多师是汝师"句),博采众长,才能取得杰出的成就。这正像歌德所说的:"每逢看到一位大师,你总可以看出他吸取了前人的精华,就是这种精华培育出他的伟大。"[1]

文学和各门艺术一样,作为一种以审美为中心的社会意识形态,与其他社会意识形态相比,更具有相对独立性和稳定性。它既受经济基础的制约,又不会随着旧的经济基础消亡而全部消亡。这一特点也决定了文学发展中必然包括了对历史遗产的继承。那些在文学史上经受了时间考验的优秀作品,不但不会消亡,而且至今拥有广大的读者和崇高的地位,并还将长期以至永久地流传下去,成为人类世世代代的精神财富。这些作品所表现的思想观念、审美情趣等,尽管可能已和今天有所差异甚至大相径庭,但它们作为一定文化的形象表现,对于人们进行审美观照仍然具有永恒的魅力。此外,在传统文学中长期积淀的一定民族的乃至整个人类的文化心理,正是通过一个个、一代代作家的继承和发扬而不断保持和发展的。例如儒家的入世哲学和教化观念等,就在历代中国作家的创作中构成一种或明或暗的文化基质的源流。

在文学发展的历史过程中,一定文学作品里所表现的人物、事件、环境、主题以至词语等,都有可能超越作品本身以及所处的时代,成为新时代作家不断再创造的原型。这也必然构成了新旧文学之间千丝万缕的继承网络。在中国文学中,《离骚》所塑造的上下求索、九死不悔的主人公,最早见于《汉书》记载的王昭君,从白居易《长恨歌》开始见于文学的唐玄宗和杨贵妃的故事,由元稹《莺莺传》创造出来的崔莺莺和张生的传奇,都成为后世作家多次运用的题材。至于西方文学中,圣经故事、希腊神话中的人物、事件也是这种反复出现的原型。在这种创作中,尽管作家和作品的思想倾向、美学风格等已发生了很大的差异和变化,但却显示出人们对社会人生种种问题感受与思考的延续和深化。

文学发展的历史继承性突出表现在文学形式方面。这是因为,与内容相比,形式具有更大的相对独立性和稳定性,它的变化要缓慢得多。当一种

---

〔1〕 [德]爱克曼:《歌德谈话录》,第105页。

文学形式形成以后，往往可以跨越时空限制，表现不同性质的文学内容。我国传统的格律诗、词、曲等文学样式，不但在封建社会中经过了几百年乃至千余年的历史而长久不衰，即使到了今天，用以表现当代生活也仍有一定的生命力。而一种新的文学形式的产生，又往往总是要在旧形式的基础上经过不断的革新才能完成，它和旧形式之间存在着明显的继承关系。我国传统的五、七言的近体诗就和五、七言的古体诗，以至汉乐府中的五言、楚辞中的七言诗句有着一定的承传联系，是从后者逐步发展起来的。另外，在文学发展的过程中，某些旧的形式在整体上没落衰亡了，但其中有的部分却可能被继承下来，构成新形式的有机因素。《诗经》所用的四言形式已经在诗歌创作中渐趋绝迹，但其句式整齐、隔句用韵等特点却在我国传统诗歌中被继承下来成为基本的格律要求，对新诗创作也不无影响。至于人们在长期文学创作和接受中形成的种种经验，当然也和艺术形式一样，具有不断继承的必然性和必要性。

文学发展的历史继承性是与革新创造相联系的。"江山代有才人出，各领风骚数百年。"[1]每一时代的文学发展总要适应当时当地以及一定群体的需求，而这种需求不可能不随着时代社会多种因素的变化而有所不同。因此，每一时代的文学就不能不以新质、新态和新的经验提供其前代所未能做出的贡献。对于前代遗产的继承，当然必须服从于这个目的。首先，必须对遗产有所选择；其次，必须对遗产有所改造；最后，必须于遗产以外有所创造。这种革新体现在文学内容、形式和艺术经验等各个方面，和前面所说的多方面的继承紧密相连。这种革新符合事物新老交替、推陈出新的客观规律，适应了社会历史条件变化所带来的一系列主客观需要，特别是人们审美心理的变化所带来的新的鉴赏需求，因此对于文学发展来说是非常重要的。"四言敝而有《楚辞》，《楚辞》敝而有五言，五言敝而有七言，古诗敝而有律绝，律绝敝而有词。盖文体通行既久，染指遂多，自成习套。豪杰之士，亦难于其中自出新意，故遁而作他体以自解脱。一切文体所以始盛终衰者，皆由于此。"[2]王国维所说的中国古代诗歌文体的演变，以及后辈作家以文学形式革新来显示自身的存在的普遍现象，从一个方面揭示了文学发展中革新的历史必然性。可以说，没有继承，文学发展就失去了前提与基础；反之，如果没有

---

〔1〕 赵翼：《论诗》，《中国历代文论选》四卷本，第3册，第497页。

〔2〕 王国维：《人间词话》，《中国历代文论选》一卷本，第446页。

革新,文学就要停滞乃至倒退。文学的继承和革新是辩证统一的关系。它们的相互联系和相互作用构成了文学自身发展的运动过程和基本规律。

在正确地对待文学遗产、处理继承与革新的问题上,历来存在着两种错误偏向,一种是主张"全盘继承"的复古主义倾向,一种是主张"全盘否定"的历史虚无主义倾向,它们都对文学发展产生了消极的影响。

复古主义的倾向否定文学应该根据现实生活和自身发展的需要进行变革,将前代创作奉为典范,在内容和形式上拘守其桎梏,亦步亦趋地进行模拟。明代以李梦阳、何景明和李攀龙、王世贞为代表的前后七子,就创建和兴起了以复古主义为主导倾向的文学流派和运动。他们提出"文必秦汉,诗必盛唐"的主张,将先秦两汉的散文、汉魏古诗和盛唐近体诗作为绝对完美的楷模加以推崇,认为以后的诗文一代不如一代;他们提倡在创作中像习字临帖一样,不越这些楷模雷池一步。前后七子个人以至整个流派的思想和创作都是比较复杂和有所变化的,其中也不乏某些积极因素,但他们兴起的这股复古主义思潮,却在一定程度上造成了当时文学在总体上的停滞不前。这正说明,复古主义必然扼杀革新的生机,是违背文学发展的客观规律的。

另一方面,对传统文学遗产采取全盘否定一概排斥的倾向,在社会和文学发生新旧冲突和斗争时,往往作为不满现存秩序、寻找摆脱传统努力的偏激形态出现。20世纪初期欧洲的未来主义文艺运动就是这种倾向的一个代表。他们否定一切文化遗产和传统,认为人类既往的文学艺术和现存的文化都已腐朽、僵死,无法反映飞跃发展的时代,提出"摒弃全部艺术遗产和现存文化"、"摧毁一切博物馆、图书馆和科学院"等口号。他们在创作上也做了种种大胆的新奇的试验。事实证明,这种割断历史、否定传统的主张不仅不符合文学发展的客观规律和历史事实,在实践上也是行不通的。

鲁迅在对待文学遗产的问题上,提出了有名的"拿来主义"。他形象地将遗产比作"一所大宅子",提出:要反对三种态度,一是"徘徊不敢走进门",二是"放一把火烧光",三是"欣欣然""接受一切";要提倡一"占有"二"挑选"的精神;而在挑选之后,则分别采取"或使用,或存放,或毁灭"的不同处理办法。这样一来,"主人是新主人,宅子也就会成为新宅子"。[1] 鲁迅的这一阐述中包含了对继承与革新关系的透辟认识,无论是对于复古主义还是虚无主义都是有力的针砭。

---

[1] 参见鲁迅:《拿来主义》,《鲁迅全集》第6卷,第39~40页。

为了处理好继承与革新的辩证统一关系,建设和发展新文学,必须坚持历史唯物主义的基本立场,对遗产从历史价值和现实价值两方面做科学的分析和估价。

一定的文学作品和其他文学现象,都是一定时代的产物。无论是其思想价值还是艺术价值,都只有置于它产生的那个时代的背景之下,才能做出科学的、历史的估价。判断古代作家作品的得失功过,不是根据他们有没有提供现代所要求的东西,而应该根据他们有没有比他们的前辈做出新的贡献;不是根据今天社会正确与错误、美与丑的标准,而是根据在当时社会里他们有没有反映进步的发展方向和美的追求。清初戏剧家朱素臣的《十五贯传奇》(即《双熊梦》)源于宋代话本《错斩崔宁》。二者相比,前者在继承后者基本情节的基础上明显做了大量创造性工作,体现出自己的发展。它不但将后者由一个简单的故事演化成为情节复杂曲折、人物众多生动的大型剧作,而且在主题方面也实现了从劝人"颦笑之间最宜谨慎"到反对草菅人命的升华。这部作品尽管存在着一些缺点,但在文学史和戏曲史上都有一定的地位和积极意义。我们不能完全用今天的标准去要求像《十五贯传奇》这样的古典作品,那样只能陷入苛求古人否定遗产的歧途。

对于过去的文学作品,除了历史价值以外,还存在着现实价值需要加以衡量的问题。历史在不断发展,同一部作品在不同历史时期内的社会作用和影响也必然会有所变化。因此,在对一部作品进行历史分析的同时,还应该进行现实的分析,即从现实的实际需要出发,对其进行检验,分析研究它们在今天可能产生的作用和影响。如《十五贯传奇》中况钟发现冤情的主要契机在于判斩之前宿庙惊梦,在于神的启示,这就属于封建迷信的内容,并在客观上削弱和伤害了况钟这个正面人物形象。这种情节以及作品中表现出来的忠君思想,在封建时代的文学作品中是常见的,也是无可苛责的。但从新时代的现实需要和思想标准来衡量,就属于应该加以批判或摒弃的糟粕了。

在科学评价的基础上,对文学遗产加以有选择的吸收消化,就可以滋养新文学,发展新文学。即使是对传统文学作品的改编,也可以达到"推陈出新"的效果。20世纪中期曾经轰动全国的昆剧《十五贯》就是根据朱素臣的《十五贯传奇》改编的。新作删去了原作三分之二以上篇幅的内容,除了上述带封建迷信色彩的情节以外,还包括原作的另一条情节线索和其他一些内容,使得新作主题更加明确,情节更加集中紧凑。为了适合于新时代的审美需要,表现新时代的审美认识,新作还对原作的一些情节进行了改造,对原作的一些词句进行了删改。《十五贯》改编和演出的成功,使昆曲这个长久以来趋于没落的古老剧种重新引起人们的关注,甚至得到"一出戏救活了一个剧种"的赞誉。这也生动地说明,对古典作品等文学遗产只有通过富于革新精神的消化,而不是机械搬用或模仿,才能真正有利于新文学的发展。近年来,戏曲工作者对于古老的昆曲剧目《牡丹亭》、《桃花扇》都有不同的革新尝试,受到了观众的欢迎。鲁迅曾经这样谈到"旧形式的采用"问题:

> 这些采取,并非断片的古董的杂陈,必须溶化于新作品中,那是不必费说的事,恰如吃用牛羊,弃去蹄毛,留其精粹,以滋养及发达新的生体……[1]

鲁迅本人及其他杰出的文学家都是善于"弃去蹄毛,留其精粹",在对遗产融会贯通的基础上创造新文学的大师。整个文学的发展也就包括了不断的"弃去蹄毛,留其精粹"的过程,并且将永远延续下去。

二 各民族文学的相互影响

各民族文学的相互影响是文学发展横向规律的一个重要方面。各民族文学的相互影响,既表现在某些多民族的国家里,即同一国家内部,各民族文学在发展过程中存在着相互交流和影响;同时也表现在各个不同国家、不同民族的文学之间的相互交流和影响。前者在一个国家范围内,后者则在更大的范围乃至世界范围内影响文学的面貌和发展进程。

各民族文学的相互影响是伴随着各民族之间经济、政治、文化等多方面的交流而来的必然现象。早在两千多年前,由于社会生活的发展和各民族经济、政治、文化的交流,世界上许多民族就开始了文学方面的交流。以后,随着历史的发展,范围越来越广,作用越来越大。我国古代很早就同日本等一些东方民族有了文化交流,到了隋唐以后,同日本、印度的交流更加频繁,对文学也产生了相当明显的影响。特别是西方资本主义社会形成以后,由于开拓了世界市场,过去那种地方的和民族的自给自足闭关自守的状态被打破,代之以各民族之间多方面的相互往来和相互依赖,在文学方面也逐渐

---

[1] 鲁迅:《论"旧形式的采用"》,《鲁迅全集》第6卷,第23页。

开始了世界性交流的历史进程。正是在这种背景下,德国作家歌德首先提出了近代意义上的"世界文学"的概念,指出:"民族文学在现代算不了很大的一回事,世界文学的时代已快来临了。"〔1〕后来,马克思和恩格斯进一步从人类物质生产的世界性必然导致人类精神生产的世界性这一命题出发,指出:"各民族的精神产品成了公共的财产。民族的片面性和局限性日益成为不可能,于是由许多种民族的和地方的文学形成了一种世界的文学。"〔2〕这样,在新的物质基础和社会条件的作用下,各民族文学的相互影响就更趋自觉、广泛和深入。20世纪中后期以来,随着社会和科技的发展,世界各国之间的交流日益增多,互相融合和互相依存的程度增大,在政治、经济、文化等诸多方面都出现了人们所说的"全球化"趋向,这种倾向影响到社会结构、日常生活和各种意识形态,所谓"地球村"的说法正生动地揭示了这种趋向的特点。在这种背景下,各民族文学的相互影响也就比过去更加频繁和强烈了。

各民族文学的相互影响是以接受影响一方社会发展的内在需要作为基础的,是这种需要导致的必然结果。各民族文学之间的交流往往存在某些偶然性和盲目性,如首先介绍到西方去的中国小说《好逑传》,首先译成汉语的英语诗——美国作家郎费罗的《人生颂》,就都不是什么上乘之作。但是各民族文学之间能否通过交流而产生一定的影响,则和施加影响的一方能否对接受影响的一方在社会政治、经济、文化发展方面产生积极的影响有关。首先,一个国家内部各个民族长期处于政治、经济、文化统一或相对统一的状态,构成了大致相同的发展需求,在文学上的相互影响就非常普遍。我国汉民族文学和其他少数民族文学在千百年的历史发展中所形成的血肉关系,就是世界文学史上突出的例证。其次,不同国家不同民族处在大致相同的历史阶段,或者遇到类似的社会问题,文学之间相互影响的程度,往往与社会关系的类似成正比例。欧洲各国在文艺复兴以来的各个历史时期里,由于常常面临共同的社会发展需要,在文学上也就屡屡互相影响,共同推进,形成了不同文学思潮的起伏更迭。我国五四以后新文学的发展,从西方多种文艺思潮特别是俄苏现实主义文学中汲取了丰富的营养,就因为它们适应了我国民主革命阶段社会发展的需要。

各民族文学的相互影响也是由艺术创造基本特点所决定的文学发展的

---

〔1〕 [德]爱克曼:《歌德谈话录》,第113页。
〔2〕 [德]马克思、恩格斯:《共产党宣言》,《马克思恩格斯选集》第1卷,第255页。

必然需要。文学创作和其他艺术创造一样,求新求异乃是其基本特点和要求。这就要求作家在不断扩大艺术视野的过程中,多方面地吸收新的养分,用以革新文学的内容、形式和创作技巧。而民族特点的差异,比起民族内部某些因素(如地区、流派等)形成的差异来,就显得更加突出和明显。异邦他国的文学总使人倍感新鲜和奇异,无论对于作者还是读者来说都具有特殊的魅力。在不同民族文学的相互碰撞中,往往可以清楚地发现本民族文学的不足之处,明确变革的方向。正因为如此,各民族文学在接触和交流中相互渗透和吸收,就是非常自然的了。也正因为如此,《好逑传》这样并非上乘的中国小说却能在西方风行一时,而中国古典诗歌也以独到的艺术表现手法启发了意象派等西方现代诗歌流派。20世纪后期中国开启了长期关闭的文学交流的大门以后,众多的西方作品和理论纷至沓来,使人耳目一新,广泛的关注、学习、借鉴乃至模仿,也正反映了文学发展的自身需要。

各民族文学相互影响的范围是广泛而深入的,它渗透到文学发展的各个方面,并且常常是综合产生的。以我国五四新文学的发展而言,当时的先驱者们就曾经广泛地介绍欧洲近代先后出现的浪漫主义、现实主义和现代主义等各种思潮和流派,宣传它们的观念,借鉴它们的经验。在文学内容方面,则以浸透了西方现代科学和民主思想的新主题,代替了各种旧的主题;以农民及其他劳动者和新型知识分子等人物形象,代替传统的帝王将相才子佳人,占据了文学题材的主要地位。即使是历来文学常见的争取婚姻自由的题材,这时也贯串着个性解放的主题,打上了西方现代思想潮流的烙印。在文学形式方面,则不但实现了从文言到白话的巨大转变,而且在吸收西方文学经验的基础上发展起诗歌、小说、散文和戏剧的现代形态。在中国文学由古典向现代的转变中,西方文学以及各种社会文化思潮无疑起到了深刻强烈的催化和推进作用。当然,在许多时候,不同民族文学的相互影响并不一定都是这样全面展开的,而只是在某些方面有突出的表现。不同民族文学的相互影响,不但反映在创作主体身上,也还反映在接受主体身上,这主要表现为审美趣味、鉴赏心理和批评标准等方面的变化。

各民族文学的相互影响不是无条件的、对等的。在一般情况下,社会经济、政治、文化处于先进状态民族的文学,对于处于落后状态民族的文学,总是占有主导的、推动的影响。后者虽然也可能对前者产生一定程度的影响,但总的说来则是处于受影响被推动的地位,甚至常常只存在前者对后者的单向影响。中国封建社会盛期的文学,曾经对日本、朝鲜等亚洲邻近国家的文学产生了强烈而深刻的影响,相比之下这些国家对中国的影响就微小得多。这主要是因为当时中国社会及文学比它们更为发达和繁荣。即使是文明发展处在落后阶段的民族用武力征服了文明发展处在先进阶段的民族,在它们之间的文化及文学交流中,也仍然是后者占主导地位。我国历史上曾经多次发生过这样的情况:文明水平落后于汉族的其他民族一度在局部以至整体范围内征服汉族,其中最突出的是蒙古贵族建立的元朝和满族贵族建立的清朝,但他们在文化上最终却都被"汉化"了。在更多的情况下,不同民族文学之间的影响则是相互的、双向的。除了上面所说低级形态的文学也可能对高级形态的文学产生某些影响以外,在相同形态文学之间的相互影响就更为常见了。但即使是在这种情况下,二者的地位和作用也不会是完全相同和固定不变的。

各民族文学的相互影响是通过文学主体实现的。翻译家的输送,评论家的介绍,作家的吸收,读者的认同,都体现了这种主体的作用。文学主体的这些活动既反映了一定社会发展的客观需要,也带有强烈的群体或个体的主观倾向。因此,一个民族在接受外国文学影响时,通常总存在着多种选择和途径。同样处于五四文学革命的大潮之中,鲁迅更多地从俄国及东北欧现实主义作家(如果戈理、契诃夫)那里吸取养分;郭沫若则从泰戈尔到歌德,后来又选择了具有雄浑豪放风格的惠特曼作为自己学习的楷模;其他一些作家对于外国文学也各有自己的兴趣侧重。这就反映出在共同的方向之下,由于个体或群体主观条件的不同,必然带来不同的外来文学影响。这样也就带来一个民族接受其他民族文学影响的丰富性和复杂性,带来总体的自觉性、必然性和局部的自发性、偶然性交相作用的特点。

在当今这个信息传递迅达、国际交流频繁的时代,各民族文学已经建立起世界范围内的普遍联系,并在某些范围内和一定程度上表现出共向同步发展的趋势。任何民族的文学要想自立于世界文学之林,都必须自觉地积极吸收世界其他民族文学的有益成分。可以说,这是在新的时代条件之下各民族文学发展的必由之路。

首先,应当以宏大的气魄、虚心的态度全面介绍外国文学,博采众长,广泛吸收。世界各民族文学程度不同地都有值得学习借鉴之处,只有全面地加以介绍和了解,才有可能得到多方面的滋养启发。这就是鲁迅所说的"占有"。只有在此基础上才有"挑选"运用的可能。在借鉴的过程中,也要提倡全面地进行,反对偏嗜倾向。鲁迅在接受外国文学方面,以俄国及东北欧现

实主义文学为主,同时又吸收了象征主义、意识流、精神分析等现代主义流派的若干观念和技巧。他指出:

> 无论从那里来的,只要是食物,壮健者大抵就无需思索,承认是吃的东西。惟有衰病的,却总常想到害胃,伤身,特有许多禁条,许多避忌;还有一大套比较利害而终于不得要领的理由……〔1〕

一个作家是这样的"壮健者",他的作品才有生气;一个民族是这样的"壮健者",它的文学才有活力。这一客观规律已为文学史上众多事实所证明。当然,在介绍和吸收的过程中也应当像对待本民族的文学遗产一样,坚持历史的分析和现实的分析相结合,既明确它的历史意义和地位,也辨别它对本民族文学可能发生的影响。

其次,在吸收借鉴其他民族文学的经验时,应当注意结合本民族的社会实际和审美传统。不同民族的文学之间一方面存在某些共同特点和趋向,另一方面又总有各自的特点和发展道路,从而形成相互之间的差异以至对立。在吸收借鉴其他民族文学的经验时,不可能回避这一问题的存在。一般来说,本民族的审美传统在外来文学的冲击下总会发生一定的变化,并进而影响社会生活的其他方面;外来文学在进入一定民族领域后,总要在该民族审美传统的作用下发生某种变形,至于文学经验的运用,就更是如此。当我们充分认识这一客观规律以后,就应该而且可以更自觉地克服盲目性,真正勇于实践,善于吸收,更有效地借助异域之力来发展本民族的文学。

在吸收借鉴其他民族文学精华的问题上,存在两种有害的偏向。一种是主张"全盘否定"的排外主义倾向,一种是主张全盘接受即"全盘西化"的民族虚无主义的倾向。排外主义倾向割断了本民族文学同外部世界的联系,使之陷入一种自我封闭的绝境。而民族虚无主义倾向则割断了现代文学同本民族文学传统的联系,使之成为脱离本民族社会生活和文化背景的无源之水、无本之木。这两种偏向,和前面所说的对待本民族文学遗产的两种偏向,既有类似之处,又有相互联系。它们在我国现代文学史上都曾经反复出现,造成过相当的危害,在今后的文学发展中必须注意防止和克服。

以上,我们对分别属于文学纵向发展和横向发展的两个重要问题做了

---

〔1〕 鲁迅:《看镜有感》,《鲁迅全集》第1卷,第198页。

简略的阐说。文学的这两种不同方向的发展构成了相互联系、共同推进的统一过程,体现出文学发展的自身规律。

　　人类文学产生的历史以有文字记载的计算,已经有数千年之久。在这样漫长的岁月里,在种种外来力量的推动下,经过自身的不断运动,文学发展到了今天这样高度发达和繁荣的水平。千千万万视文学为最高生命、为文学殚精竭虑的作家、理论家、批评家,以及其他文学工作者和更多的普通文学爱好者,在这一过程中不断投入自己的创造,构成了生生不息、永远奔流的艺术长河。现在,人们又在不无忧虑地谈论"全球化"对文学和文学研究的影响,谈论文学和文学研究是否会"终结"这一沉重的话题。其实,不管社会的物质生活和精神生活发生什么变化,不管文学本身在此过程中受到多么严重的挤压,只要人类审美的需求不泯灭,只要人类还需要用语言进行交流,那么,人类存在一天,人类用语言进行审美创造的文学的发展就一天也不会停止。而以文学作为研究对象的文艺学的发展也将是永无止境的,永远不会终结。

后　　记

　　这本小书是为我的学生们写的。

　　在南大工作八年来,每年给同学上文学概论及相关课程,再加上给外校兼课,算来也有十轮了。教学中困扰最大的问题,莫过于没有一本合适的教材。国内外的同类教材固然不少,但或因观点不合,或因取舍有异,总觉不能尽如人意。有时也指定某一两本为参考教材,又不免因此引起某种混乱,招致同学的非议。从大家或愤怒或期望或无可奈何的表情中,我渐渐明白,他们还是希望能有一本和教师的讲课大致吻合的教材。这样,随着教学内容和方法的逐步稳定,自己编一本教材的想法就自然而然地形成了。必须感谢学校出版社决定接受这部书稿,否则它大概至今还只能是一份油印的"纲要"。

　　今年春天,我应中央电视师范学院之聘,曾以本书大部分章节的线索,给全国卫星电视教育高师中文专业的同学讲课。电视机前的学生,号称有成千上万,反正比我面对面教过的大几百人要多得多。我感到遗憾的,一是不能在上课之前将这本书提供给同学,以减少他们笔记和资料检索之苦,特别是其中有许多人是边远落后地区的中学教师,就更令我不安;二是时间仓促,来不及吸收他们以及辅导老师们的意见,来自这么多人的意见原本是修改定稿时一份很可宝贵的财富。我诚挚地希望,他们中间能看到这本书的人,以及其他因为自学而阅读这本书的青年朋友,能从中获得一点知识,激发起一点兴趣,捕捉到一点继续学习的线索。我之所以对书中引文的标注不厌其详,也正是出于这种希望。

　　80年代中期以来,文学理论界曾经空前地热闹了一阵,新学派、新方法蜂拥迭至,新译介、新论著层出不穷。这种形势的出现,推动人们站在一个新的高度上认识文学和文艺学本身,从而带来了理论思考的热情和学科建设的自觉。这种形势的出现,对于学府内文学理论课程特别是文学概论的教学来说,既带来了活力,也带来了压力,造成了从内容到方法的动荡不定和强烈的危机意识,迫使人们不能不进行变革。同行们这几年陆续出版的一些教材就反映出这种共同的趋势。

这本小书，就是我在上述潮流中不断学习的一个记录。它反映了我对一系列理论问题的思考，其中包括了对过去和现在国内外学者众多观点的辨析、认同、质疑和驳难，也体现了我对文学概论这门课程教学内容和方法的基本认识。总的来说，我是在一种习见的结构框架下展开全书内容的。我觉得作为一本"概论"，这种结构并没有什么不好，更没有什么不对，也不妨碍人们在这个结构之下介绍各家学派，阐述自己的观点。其中原因，就是我在绪论中说的，各种不同的以至对立的理论体系，其所论大致总不会超出这些范围。这或许是一种很落后的看法。此外，像对系统方法的重视，对文学审美创造这一基本特点的强调，这些支撑本书的重要观念，以及书中那些属于我杜撰的概念和结论，或许也都是荒谬的。但是，一则因为我不以为其落后或荒谬，二则在教学实践中也还行得通，三则也可以借此求教于方家，所以也就堂而皇之地仍让它们招摇过市了。

这本书的写作得到了许多老师和朋友的关心。包忠文教授经常就课程和教材建设给予指点，并曾经组织教研室全体同仁讨论这本书的纲要，使我受益匪浅。现在又欣然为之作序，自然含有鼓励和鞭策之意。叶子铭教授一直支持我编一本新的文学理论教材，他多次谈起自己六七十年代参加《文学的基本原理》一书编写和修订的经验教训，对我启发良深。这本不像样的小书，就算是对老师和朋友们的一点回报吧。

作　者

1991年盛夏，记于南京大学南园清平界

修订本后记

本书付排初版已是十五年前的事了。出版以后,受到了许多同行专家的热情肯定。中国社会科学院钱中文研究员、复旦大学吴中杰教授、南京大学包忠文教授、浙江大学王元骧教授、江苏省社会科学院陈辽研究员、苏州大学应启后教授、南京师范大学王长俊教授、扬州大学佴荣本教授等诸位先生或撰书评,或作鉴定,给了我很大的鼓励和启发。专家肯定的主要是以下几个方面:一、在研究思路和方法上,"既有坚持而又有发展,既稳妥而又有创新"(王元骧教授)。二、在理论见解上,"有一个明确的文学观念贯穿全书","作为研究可以自成一说"(钱中文研究员)。三、结构合理,平实中有新意,"虽说是一种习见的结构框架,但实际上已包容了文艺学的各方面的内容"(钱中文研究员)。在"文艺规律的总结"、"基本理论的深化"、"概念的重整"等方面都"新意迭出"(王长俊教授)。四、富于启发性和开放性,"不以告诉学生'是什么'为满足,还注意于引导学生多思考'为什么',以开阔理论视野,在理论思维方式方法上有所启示"(应启后教授)。五、"行文简练、叙述清楚、知识准确、通俗易懂","适宜于做教材"(吴中杰教授)。其他一些使用或见到这本书的兄弟院校同行或通信,或面谈,对教材建设和课程教学交流心得,也使我获益不少。十多年来,这本书被南京大学和其他一些高校用作中文系本、专科文学概论课程教材和硕士研究生入学考试的指定参考书,同学们在使用过程中也对此书的体系性、学术性与实用性表示了充分的肯定。

本书初版以后,特别是 1990 年代后期被列为"九五"国家教委重点教材以后,曾修订重印过多次,现在又被列为"十一五"国家级规划教材。这也推动我进行一次较为全面的修订,以适应文学理论研究和教学的发展。这次修订本在保持初版本基本观点和结构框架的基础上,在若干重要观点、理论资源采用、文学现象分析等方面吸收近年文学研究、文学创作和理论教学的经验和成果,表达了作者新的思考和认识;同时对某些局部内容做了删节和调整,对引文、注释等形式方面也根据新的要求做了全面的修改。

十多年来,文学理论教材出版了很多,仅以文学概论或文学原理教材而言,进入新世纪以来就出版了十多种,这些教材反映了我国文学理论界新的研究视野和成果,思维更加开放,内容更加丰富。在理论资源的运用和文学现象的引证方面,也更多地反映了新的时代色彩。同时,教材的作者们也进一步遵循课程特点和教材编写的要求,注意理论体系与教学体系的区别、基础性教材与提高性教材的区别、教材与专著的区别等,对西方理论资源的运用,对新观念、新概念的运用,对前沿话题的引入,总体上多而不滥,新而不怪,保持在适合教学适当的"度"上,与文学理论研究动荡激烈的现状有所不同,显示出教材作者沉稳的心态。我在认真阅读了这些教材以后,决定对本书做了上述修订。之所以保持原有的基本观点和结构框架,是因为我仍然认为这是正确的观点和合理的结构;之所以适度地而不是更多地加入或展开新的内容,是考虑课程的性质和教材的容量,也给教师的教学留下更多灵活处理的空间;之所以保持原有的叙述方式,是因为根据我的经验和认识,这并不妨碍教学的开放性和灵活性。作为修订一本教材而不是另写一本教材,我想,这样处理或许是合适的。

  在本书修订出版的同时,南京大学出版社将出版配套的《文艺学撷英》和《文艺学研习》两本教材。《文艺学撷英》是一本中外文论名著读本,该书以《文艺学论纲》的主要引证篇目为基础,适当扩大,收录文论名篇共60余篇。选文后加简要注释和导读性文字,由多位对选文有研究的学者撰稿。《文艺学研习》是一本文学理论教学参考书。内容主要包括:《文艺学论纲》教学大纲(含章节内容提要、名词术语、复习思考题等)、学习参考书目、试题汇编与分析等,并配有《文艺学论纲》多媒体教学课件光盘。另外,南京大学出版社前几年出版过我的《文科理论教学论》,这本书借鉴国内外先进的教学理论,对文科理论教学的基本问题进行了全面的阐说,其中也包含了我对自己以《文艺学论纲》为依托进行文学概论课程教学改革的经验总结。希望这三本书能对以本书为教材的老师和同学提供方便,同时也可以为使用其他教材的老师和同学或一般文学理论爱好者提供参考。

  十多年来,南京大学以及中文系领导对我执教的文学概论课程建设包括这本教材的出版、使用和修订给予了多方面的支持。南京大学出版社的领导和编辑也对本书的印行和修订多方关心。社长兼总编左健先生是本书初版的责任编辑,此次修订本申报国家级规划教材和迅速出版,得到了他和副总编胡豪先生、总编助理王伟先生的热情关心和大力支持,在此谨表示诚挚的感谢。中文系最近几届博士生,在我主持的课程讨论中对文学理论教材建设,对本书的修订工作提出了很多富有建设性的意见和建议,对我很有促进和帮助;中文系不少硕士生和本科生在使用教材后也提出过一些意见和修改建议。可惜这次限于体例和篇幅,不少好的意见未能吸纳,我在致谢的同时还得表示抱歉。

在本书修订本出版的时候,我还必须提到初版本后记中曾经感谢过的我的两位导师。包忠文教授是我的硕士导师,他在文论教学方面的经验对于我的教学和教材建设都深有启发。他已退休多年,但仍活跃在教学和科研的第一线,而且还一直在使用本书进行教学,这更是对我的信任和支持。叶子铭教授在本书初版后不久录取我为他的博士生,与我建立了正式的师生关系,对于我提升学术品位,增强科研和教学能力给予了悉心指导,对这本书的修订也非常关心。先生已于一年前驾鹤西去,这个修订本也寄托了学生的一片怀念之情。

作　者

2006年中秋于南秀村

修订本二版后记

本书修订本出版六年多来，除了一些学校用做教材以外，还有相当一些考研学子将其作为参考书。使用过程中，读者也提出了不少修改意见。这次出版社决定再版，提供了一个吸纳各方面意见，进一步修订的机会。只是因为时间紧迫和结构框架等方面的限制，修订只限于对于某些论述、例证的补充和调整，对于某些具体知识和文字、标点等方面的订正，一些外国文论引文则根据最新的译文版本做了校订。应该说，即使是这种修订也是很不充分的。

最近一次博士生的课堂讨论中，一位同学在比较韦勒克的《文学理论》和卡勒的《文学理论入门》时提出，如果韦勒克活到现在，他会怎样修改自己的著作？他会像卡勒那样采取开放的学术态度吗？我当时说，韦勒克对《文学理论》做过多次修订，但并未改变自己的基本学术立场和观点，如果他活到现在，当然不能完全排除会改弦更张，采取和卡勒同样的学术立场和观点；但假如是这样，他可能会去另写一本新的著作，而不是修改《文学理论》。因为作为反映新批评派学术观点的《文学理论》自有其独特的学术价值和经典意义，即使是作为教材和教学参考书，在今天也仍有其价值，无需也不应拿卡勒的学术立场和观点来要求它。当然，这只是一个有趣的假设。93岁高龄的韦勒克是1995年逝世的，他自然无法在两年后即1997年，见到卡勒的《文学理论入门》。

《文艺学论纲》这本小册子的价值与《文学理论》相比，九牛一毛都谈不上，但它也有自己的功能和价值定位：一是作为基础课的教材，它应该讲述一些本学科共识性、常识性的基本理论、基本知识，并力求用自己的方式讲述，简明清晰，易于为读者把握；二是作为个人撰述的教材，它应该有作者自己明确的基本文学观念贯穿全书，虽然读者可能不同意作者的观点，但仍可以从一家之言中得到启发；三是作为一本所谓本质论的教材，它应该同时具有开放性的特点，在文学观念和论述话题上都有开拓和延伸的空间，可以和其他不同观点、不同体系的教材参照使用。出于对这些基本性质的认识，和初版本相比，修订本没有涉及基本文学观念和结构框架的调整，其中原因在

《修订本后记》已有说明,这一原则这次仍未作改变。这虽然有利于保持自己的特色,但也不可避免地留有许多观念和知识特别是新观念新知识的空白。文学和文学理论学科的发展为文学原理的教学提供了源源不断的活水,但是任何一本教材都不可能也没有必要穷尽所有的观念和知识。这种空白留给了读者。衷心地希望这本教材提供的文学观念和学科知识框架有助于而不是妨碍读者获取和掌握本书所未涉及的那些新观念新知识。如果这个愿望能够实现,那也正说明这本书发挥了自己应有的作用。

作　者

2013年新年于南秀村

图书在版编目(CIP)数据

文艺学论纲 / 胡有清著. —修订本. —南京:南京大学出版社,2013.2(2020.7重印)
ISBN 978-7-305-11096-2/01

Ⅰ.①文… Ⅱ.①胡… Ⅲ.①文艺学－高等学校－教材 Ⅳ.①I0

中国版本图书馆CIP数据核字(2013)第016875号

出版发行	南京大学出版社
社　　址	南京市汉口路22号　　邮　编 210093
出 版 人	金鑫荣
书　　名	**文艺学论纲(修订本)**
著　　者	胡有清
责任编辑	刘　平
照　　排	南京开卷文化传媒有限公司
印　　刷	常州市武进第三印刷有限公司
开　　本	787×960　1/16　印张 20.5　字数 350千
版　　次	2013年2月第2版　2020年7月第3次印刷
ISBN	978-7-305-11096-2/01
定　　价	50.00元

网　　址:http://www.njupco.com
官方微博:http://weibo.com/njupco
官方微信:njupress
销售咨询:(025)83594756

* 版权所有,侵权必究
* 凡购买南大版图书,如有印装质量问题,请与所购图书销售部门联系调换